Pia Hagmar

Lisa

Herzklopfen und Pferdeglück

Aus dem Schwedischen von Dagmar Lendt

KOSMOS

Umschlaggestaltung von Götz Rohloff, Köln,
unter Verwendung von Fotografien von Panthermedia

FSC
www.fsc.org
MIX
Papier aus verantwortungsvollen Quellen
FSC® C014496

Gedruckt auf chlorfrei gebleichtem Papier

ISBN 978-3-440-13874-8
Redaktion: Hannah Tannert
Produktion: DOPPELPUNKT, Stuttgart
Grundlayout und Satz: DOPPELPUNKT, Stuttgart
Printed in Germany / Imprimé en Allemagne

Lisa – Herzklopfen und Pferdeglück

Lisa, verliebt!

Für Magriffe, meine größte Inspirationsquelle

1

Es ist so früh am Morgen, dass der Tau noch auf dem Gras liegt. Als ich um die Hausecke biege, stehen da zwei Rehe und knabbern an Mamas Rosenbüschen. Sie haben schon fast alle rosa Blüten abgefressen. Mama kriegt einen Anfall, wenn sie das sieht. Die Rehe hören mich kommen und heben die Köpfe. Einen kurzen Moment lang sehen sie mich mit ihren sanften, braunen Augen an, dann verschwinden sie mit anmutigen Sprüngen Richtung Waldrand. Es sieht aus, als würden sie den Boden kaum berühren.

Auf der Koppel ist das Gras bis auf die Wurzeln abgefressen. Um Mittsommer herum war das Gras kniehoch und saftig grün, jetzt sind nur noch einzelne gelbbraune Büschel übrig. Die Sommerferien sind vorbei. In zwei Stunden ist es Zeit, die große Allee hinunterzugehen und auf den Schulbus zu warten. Aber bis es so weit ist, werde ich mich auf meine Art vom Sommer verabschieden. Mit Stars hellbraunem Zaumzeug über dem Arm krieche ich unter dem Elektrozaun durch und laufe über die Koppel.

Star und Olle stehen wie immer in der hintersten Ecke. Seite an Seite, ganz dicht nebeneinander. Ein kleines schwarzes Pony und ein größeres braunes. Sie sehen nicht so aus, als wollten sie gestört werden, aber ich habe die Taschen voller Mohrrübenstückchen, um sie zu überreden. Star knufft mich mit seinem weichen grauen Maul neugierig an. Er weiß, dass ich immer etwas Leckeres für ihn dabeihabe. Seine dunklen Augen schimmern durch den langen Stirnschopf und funkeln vor gieriger Erwartung.

Während er kaut, ziehe ich das Zaumzeug über seinen

Kopf und schiebe ihm das Gebiss ins Maul. Widerwillig folgt er mir, als ich ihn zum Gatter führe. Olle hebt seinen braunen Kopf und wiehert sehnsüchtig. Star antwortet ihm. Die beiden tun mir kein bisschen leid. Sie können den ganzen Tag draußen auf der Koppel faulenzen, während ich im Klassenzimmer sitzen muss. Wenn hier jemand Mitleid verdient, dann bin ich das.

Ich nehme Anlauf und schwinge mich auf Star. Es ist immer ein kritischer Augenblick, wenn ich dann bäuchlings über seinem Rücken hänge. Manchmal rast Star ausgerechnet in dem Moment los, nur weil er weiß, dass ich völlig hilflos bin. Aber jetzt ist er zum Glück viel zu morgenfaul für solche Scherze.

Auf Stars Rücken fühle ich mich mehr zu Hause als sonst irgendwo. Der Gedanke, dass ich ihn erst vor einem halben Jahr bekommen habe, ist unfassbar. Inzwischen habe ich mich daran gewöhnt, Pferdebesitzerin zu sein. Aber ich weiß noch gut, was für ein Gefühl es war, als Mama mich triumphierend ansah und sagte:

»Lisa Andersson, Pferdebesitzerin. Hört sich nicht schlecht an, was?«

Damals hatte sie gerade beschlossen, Star für mich zu kaufen, obwohl Papa es für eine bescheuerte Idee hielt. Wahrscheinlich hat sie es nur deshalb getan, um ihn zu ärgern. Seit die beiden geschieden sind, hat Mama sich alle Mühe gegeben, immer das Gegenteil von dem zu tun, was Papa will.

Sobald wir in den Wald kommen, stellt Star die Ohren nach vorn und will ausgreifen. Olle ist vergessen und alle Morgenmüdigkeit auch. Ungeduldig drängt er vorwärts. Ich klammere mich an seiner Mähne fest und drücke ihm die Schenkel in die Flanken. Star reagiert sofort. Wir stürmen den Waldweg in vollem Galopp entlang. Die Hufe donnern über den Boden und ich hänge tief über Stars Hals.

Durch die Jeans fühle ich, wie seine Muskeln arbeiten. Seine Wärme und Kraft geht auf mich über. Die zwei Sommerwochen im Reitlager haben mich sicherer gemacht. Ich habe gelernt, wie man ein Pferd rückwärtsrichtet und wie man korrekt angaloppiert. Unsere Hinterhandwendungen sehen am Schluss meistens noch ein bisschen komisch aus, aber ich weiß wenigstens, was ich tun muss. Gesprungen sind wir im Reitlager auch, sowohl draußen im Wald als auch auf dem Reitplatz. Wir haben eigentlich eine ganze Menge gelernt, Star und ich. Aber am wichtigsten ist, dass ich mich jetzt auf Stars Rücken absolut sicher fühle. Wir zwei haben uns richtig gut kennengelernt. Ich vertraue ihm und er vertraut mir.

Der Galopp führt uns tief in den Wald hinein. Ich schiele auf die Uhr. Höchste Zeit zum Umkehren, wenn wir noch rechtzeitig zu Hause sein wollen. Ich lasse Star am langen Zügel Schritt gehen und schaukle mit seinen Bewegungen mit. Eigentlich hätte ich wohl Kristin wecken müssen. Vielleicht ist sie sauer, weil ich allein ausgeritten bin, ohne sie zu fragen, ob sie mitkommt. Aber ich wollte den letzten kostbaren Morgen der Sommerferien allein mit Star genießen und mit niemandem sonst.

Kristin. Ich weiß gar nicht recht, wie ich sie nennen soll. Schwer zu sagen. Ist sie die Nachbarstochter, meine Freundin oder meine große Schwester? Vielleicht ist sie alles auf einmal?

Meine Mutter und ich haben die eine Wohnung in dem großen roten Haus gemietet. Lasse, der Hauseigentümer, wohnt in der anderen. Aber es ist gut möglich, dass die beiden Wohnungen bald zusammengelegt und wir eine Familie werden, denn Mama und Lasse sind ein Liebespaar.

Am Anfang hatte ich ein bisschen Angst vor Kristin. Sie sah mich mit kalten Augen an und ich hatte gleich im Gefühl, dass sie mich nicht mochte. Aber inzwischen sind wir Freundinnen geworden. Sicher, Kristin kann manchmal ganz schön überheblich und zickig sein, aber wenn ich sie wirklich brauche, hält sie zu mir. Zu Beginn der Sommerferien ist Kristin zu ihrem Vater Lasse nach Hallondalen gezogen. Sie wollte lieber bei ihm wohnen, als in der Stadt bei ihrer Mutter und ihrem kleinen Bruder Torsten.

Als Star und ich uns jetzt der Koppel nähern, ist Kristin da. Sie hat einen Heuballen nach draußen gebracht und die Badewanne mit frischem Wasser gefüllt. Olle mampft schon eifrig, während Kristin neben ihm steht und ihm die Mähne krault.

»Hei, Lisa!«, begrüßt sie uns. »Also echt, dass du schon vor der Schule ausreiten kannst! Ich habe es kaum aus dem Bett geschafft.«

Ich atme auf. Kristin ist nicht sauer. Was für eine Erleichterung, denn ihre Launen sind schrecklich. Wenn sie erst mal eingeschnappt ist, kann es lange dauern, bis sie wieder mit einem redet.

»Am besten, du gehst gleich rein. Deine Mutter hat schon öfter nach dir gerufen. Vermutlich hat sie wieder einen ihrer mütterlichen Anfälle«, sagt Kristin und grinst.

Meine Mutter ist ein extremer Morgenmuffel. Es dauert Stunden, bis sie richtig wach ist. Meistens mache ich das Frühstück für uns. Aber von Zeit zu Zeit kriegt sie einen Rappel und meint, sie müsste jetzt mal eine perfekte Mutter sein, und dann wuselt sie um mich herum wie eine Henne um ihre Küken.

Diesmal hat Mama den Frühstückstisch mit Croissants, Saft, gekochten Eiern, Fruchtjoghurt und einer Unmenge anderer Sachen gedeckt. Der ganze Tisch steht voller Essen. Das reinste Hotelbüfett.

»Jetzt komm endlich frühstücken, damit du ordentlich Kraft für die Schule hast«, sagt sie und blinzelt mich aus verschlafenen Augen an.

»Gleich, ich muss nur erst duschen.«

Am ersten Tag in der siebten Klasse sollte man nicht nach Pferd riechen. Nach dem Duschen ziehe ich schnell meine neuen schwarzen Jeans an und meinen kurzärmligen Lieblingspullover mit den Knöpfen. Ich nehme auch Mamas Mascara und tusche mir die Wimpern ganz außen in den Augenwinkeln. Kritisch betrachte ich mich selbst im Garderobenspiegel. Die Haare sind, wie sie sind, blond, halblang und ziemlich widerspenstig. Die Augen sind blau und ich habe noch mehr Sommersprossen als sonst. Hässlich bin ich nicht, aber richtig hübsch eigentlich auch nicht. Was soll's, wird schon gehen.

Gierig werfe ich mich auf das Frühstück. Der Ausritt hat mich hungrig gemacht. Mama isst nichts, sie nippt nur hin und wieder an ihrem Kaffee, wenn sie nicht gerade gähnt.

Sobald ich aus dem Haus bin, wird sie wieder ins Bett gehen und noch ein paar Stunden schlafen.

»Kaum zu fassen, wie die Zeit rennt«, sagt sie und streichelt meine Wange. »Jetzt kommst du schon in die siebte Klasse. Bist du aufgeregt?«

»Keine Spur«, antworte ich.

Das stimmt nicht ganz. Es kribbelt mir schon ein bisschen

im Magen, wenn ich daran denke, dass ich in die Siebte und damit in eine ganz neue Schule komme. Die Schule, in die die Großen gehen, die cool und fast erwachsen sind. Jetzt gehöre ich plötzlich auch dazu, aber ich fühle mich weder groß noch cool. Außerdem gibt es meine alte Klassengemeinschaft nicht mehr. Sie haben alle Abgänger der Grundstufe auf neue Klassen verteilt. Ich hoffe nur, dass in meiner neuen Klasse wenigstens ein paar aus meiner alten sind. Wenigstens Anna.

Anna ist meine beste Freundin. Hoffentlich ist sie das noch, wir haben uns schließlich den ganzen Sommer über nicht gesehen. Erst war sie bei ihrer Oma und dann hat sie Urlaub auf Hawaii gemacht. Ihr Vater hatte eine Reise dorthin gewonnen. Ich bin schon sehr gespannt darauf, sie wiederzusehen. Ich muss ihr unbedingt alles von meinen Reiterferien erzählen.

Eine Hand voll Kieselsteine prasselt plötzlich gegen das Küchenfenster. Draußen steht Kristin und winkt.

Höchste Zeit für den Schulbus.

»Ich geh dann, Mama!«, rufe ich und öffne die Tür.

Aber so leicht lässt sie mich nicht entwischen. Sie kommt aus der Küche gerannt, umarmt mich und drückt mich so fest, dass ich kaum Luft kriege.

»Ist ja gut«, japse ich. »Ich fahre doch nur zur Schule, nicht nach Australien. In ein paar Stunden bin ich wieder zu Hause.«

»Findest du mich albern?«, fragt sie und küsst mich aufs Ohr.

»Und wie«, grinse ich. »Aber ich hab dich trotzdem lieb.«

Kristin ist die beste Begleitung, die man sich für den ersten Tag an einer neuen Schule wünschen kann. Sie ist nicht nur ein Jahr älter als ich, sondern auch viel cooler und hübscher. Mit ihren langen, glänzenden, schwarzbraunen Haaren und ihren dunklen Augen sieht sie aus wie eine Indianerprinzessin.

Normalerweise fahre ich nicht gern mit dem Schulbus. Er ist voller Kinder, die einen beim Hereinkommen alle anglotzen. Ich setze mich dann immer schnell irgendwohin, um den Blicken zu entkommen. Aber Kristin ist nicht so schüchtern. Obwohl sie niemanden kennt, geht sie, ohne zu zögern, den Mittelgang entlang. Erst ganz hinten, wo die Schreihälse ihren Platz haben, setzt sie sich hin. Ich folge ihr wie ein braves Hündchen.

Es wird ganz still um uns herum, alle starren auf Kristin und mich. Ich merke, wie ich rot werde.

»Hei«, sagt Kristin. »Ich heiße Kristin und das ist Lisa.«

»Hallo, hei …«, hört man ein paar einzelne Stimmen und dann passiert nichts mehr.

Die Lautstärke kehrt zu ihrem gewohnten Level zurück. Kristin knufft mich in die Seite.

»Mach nicht so ein ängstliches Gesicht, Lisa. Dich beißt schon keiner, ich versprech's dir.«

Ich schaue aus dem Busfenster und frage mich, wie es wohl ist, Kristin zu sein. Sich keine Gedanken mehr machen, nur noch das tun, was man selbst will. Einfach losgehen und es tun, als wäre das ganz selbstverständlich.

»Hast du denn keine Angst?«, frage ich leise.

Kristin wirft ihr Haar zurück und lacht laut los. Ich habe das Gefühl, dass ihr Lachen wie ein Echo durch den Bus hallt, aber niemand sonst scheint es zu bemerken.

»Wovor sollte ich denn Angst haben?«

Da gäbe es einiges, finde ich. Sie weiß doch ebenso wenig wie ich, ob sie sich in ihrer neuen Klasse wohlfühlt oder nicht.

»Reg dich bloß nicht auf, das lohnt nicht«, sagt Kristin. »Keiner wird dich hauen oder behaupten, du hättest hässliche Jeans an. Geduscht hast du auch, also kann keiner sagen, dass du nach Pferd stinkst. Entspann dich. Siehst du, da ist die Schule, und wer steht da und wartet auf dich? Wenn das nicht deine kleine, widerliche Freundin Anna ist. Ich sag doch, dass du keinen Grund hast, dir Sorgen zu machen.«

Mir wird ganz heiß vor Freude, als ich Anna entdecke. Sie steht wirklich da und wartet auf mich, ungeduldig auf der Stelle trippelnd. Als ich winke, winkt sie zurück und lacht, dass ihre Wangengrübchen zu sehen sind. Kristin prustet los.

»Sie sieht noch genauso blöd aus wie immer. Nimm dich in Acht vor ihr, Lisa.«

»Hör auf!«, blaffe ich sie an. »Anna ist meine Freundin.«

»Das glaubst auch nur du«, sagt Kristin bedeutungsschwer.

Kristin kann Anna nicht leiden, sie kann es kaum ertragen, Anna auch nur zu sehen. Das ist irgendwie komisch, denn wenn jemand von uns sauer auf Anna sein müsste, dann ich. Als ich Star Anfang des Jahres bekam, war Anna so neidisch, dass sie eine Menge Lügen über mich in der Schule verbreitete. Hinterher hat es ihr dann leidgetan. Ich habe ihr verziehen und wir wurden wieder beste Freundinnen. Aber Kristin hat Anna nicht verziehen, obwohl die ganze Sache gar nichts mit ihr zu tun hatte. Kristin ist überzeugt, dass Anna mich wieder verraten wird.

Anna läuft auf mich zu und drückt mich herzlich. Danach bleiben wir stehen und sehen uns an. Der ganze lange

Sommer liegt zwischen uns, ein Ozean an Erfahrungen, die wir nicht geteilt haben. Durch Annas schwarze Haare ziehen sich sonnengebleichte Strähnen und sie ist unwahrscheinlich braun gebrannt. Sie ist auch schlanker geworden und hat einen richtigen Busen bekommen, der sich unter dem T-Shirt wölbt.

»Du siehst aus wie immer«, sagt Anna.

Ich weiß nicht genau, ob das als Kompliment gemeint ist, und ich weiß auch nicht, was ich erwidern soll. ›Du hast einen Busen gekriegt‹, kann ich ja wohl kaum sagen, jedenfalls nicht jetzt und hier.

»Wie war's auf Hawaii?«, kriege ich endlich zustande.

Anscheinend hat Anna auf genau diese Frage gewartet. Sie blüht auf wie eine Butterblume und holt schnurstracks einen Stapel Fotos aus ihrem Rucksack.

»Es war der totale *Wahnsinn*! Sieh dir nur mal diesen Pool an … und hier unser Apartment, ist das nicht toll … und hier haben wir ein Auto gemietet … und siehst du dieses Kätzchen? Das hab ich gefunden …«

Anna sprudelt los und zeigt ein Foto nach dem anderen.

Anna am Strand, Anna neben einer Palme, Anna in Nahaufnahme und Anna ganz hinten.

»Das ist das beste Foto von allen«, sagt Anna. »Hier siehst du unsere ganze Familie auf der Terrasse.«

Bis jetzt konnte ich mir Annas Eltern einfach nicht in Badesachen vorstellen. Ich habe ihre mollige Mutter nie in anderen Sachen gesehen als in sackähnlichen Kleidern mit Schürze. Ihr Vater sieht genau aus wie der Fiese Fritz aus dem Comic. Er ist mager, sein schwarzes Haar ist ganz gerade gescheitelt und er hat immer blank geputzte schwarze Schuhe an. Sogar zu Hause.

Aber auf dem Foto, das Anna jetzt zeigt, trägt der Fiese Fritz eng sitzende Badehosen, eine Sonnenbrille mit Spiegelgläsern und blaue Badelatschen. Ich erkenne ihn nur an seinem Scheitel wieder. Die Mutter hat einen Bikini mit kleinen Rüschen an. Der Bikini hat genau dieselbe Farbe wie ihre Haut. Anna sitzt in einem Liegestuhl zwischen ihren Eltern und lacht in die Kamera.

»Warte mal, ich habe noch massenhaft Fotos in meinem Rucksack«, sagt Anna eifrig.

In dem Moment klingelt es zum Unterricht. Was für eine Erleichterung.

2

Unser neuer Klassenlehrer heißt Bengtsson. Er ist groß und mager und hat einen dünnen Schnurrbart und eine Meckifrisur. Er sieht aus, als ob er sich in seinem verknitterten moosgrünen Anzug nicht wohlfühlt. Das ist kein Wunder, so heiß, wie es in der Klasse ist.

Während Bengtsson über Stundenpläne und Klassenräume und neue Unterrichtsstoffe redet, schiele ich zur Seite. Anna sitzt neben mir. Wir sind in derselben Klasse gelandet, das ist das Wichtigste. Außer ihr sind aus meiner alten Klasse noch die Quasselstrippe Katrin, ihre Freundin Gabriella sowie Tobias und Andreas übrig geblieben. Ansonsten reihenweise unbekannte Gesichter. Ich lasse meinen Blick durch den Klassenraum wandern, aber plötzlich bleibt er überrascht hängen.

Das kann doch nicht wahr sein! Ist das tatsächlich Jonte, der schräg hinter mir sitzt? Ich kneife die Augen zusammen und schaue noch mal. Langer, blonder Pony, der bis über die Augen hängt. Schmale Hände mit abgekauten Fingernägeln. Plötzlich wirft er seinen Pony zurück und sieht mich direkt an mit seinen hellblauen Augen. Ich kann den Blick nicht schnell genug abwenden und merke, wie ich rot werde. Klar ist das Jonte. Als er mich entdeckt, erscheint sofort sein magisches Lächeln, das sein ganzes Gesicht strahlen lässt. Ich werde noch röter.

Was macht denn Jonte hier in meiner Klasse? Es ist nicht zu fassen. Wir waren diesen Sommer im selben Reitlager, das ist jetzt fast einen Monat her. Jonte war mit seinem hässlichen, total unmöglichen Pony Plutten dort. Im Reitlager sind wir Freunde geworden, Jonte und ich. Aber was mich rot werden lässt, ist die Erinnerung an unsere Küsse oben im Kirschbaum. Es kamen eine ganze Menge davon zusammen, bis es Zeit zum Heimfahren war. Jonte ist der erste Junge, den ich geküsst habe.

Wir hatten verabredet, uns zu schreiben, wenn wir wieder zu Hause sind. Nach einer Woche bekam ich eine Ansichtskarte mit einem Elch. Auf der Rückseite stand:

Hallo Lisa!

Wie geht es dir? Mir geht es gut.

Ich habe mir ein Moped gekauft. Eine Honda.

Schöne Grüße sendet dir

Jonte

Ich hatte zwar keinen schmachtenden Liebesbrief erwartet, aber doch ein bisschen mehr als das hier. Er hatte nicht mal seine Adresse geschrieben, sodass ich ihm nicht antworten konnte. Trotzdem habe ich die Karte an meine Pinnwand geheftet. Und jetzt sitzt Jonte plötzlich hinter mir.

Anna boxt mir in die Seite.

»Findest du den etwa süß? Bisschen zu mager für meinen Geschmack«, flüstert sie.

»Quatsch«, zische ich zurück.

Im selben Moment, als es zur Pause klingelt, steht Jonte vor mir.

»Hei, Lisa!«

»Hei«, antworte ich verlegen.

Ich bin nervös, weil Anna dabei ist. Mit Jonte will ich in aller Ruhe reden, ohne dass sie vor Neugier bibbernd danebenhockt. Im Reitlager konnten Jonte und ich über alles reden, aber jetzt weiß ich nicht, was ich sagen soll.

»Ist Plutten inzwischen verkauft?«, frage ich.

Ein kleines Mädchen hatte sich im Reitlager in den hässlichen Plutten verliebt und wollte ihn unbedingt haben. Jonte war glücklich, sein Pony loszuwerden. Er wollte viel lieber ein Moped.

»Klar doch, der ist verkauft. Von niemandem beweint und betrauert«, lacht Jonte.

»Jetzt hast du also stattdessen ein Moped. Fährst du damit zur Schule?«, frage ich dümmlich.

»Das erlaubt meine Mutter nicht. Erst wenn ich fünfzehn bin und bis dahin dauert es ja leider noch eine Weile. Aber weißt du was? Plutten vermisse ich nicht, aber das Reiten fehlt mir. Deswegen habe ich jetzt ein neues Pferd. Mein Bruder hat mir geholfen, ein gutes auszusuchen.«

»Komm endlich, Jonte! Lass die Schnecken in Ruhe, wir spielen jetzt Basketball«, rufen ein paar von den anderen Jungs.

Jonte grinst.

»Echt anstrengend, wenn man ein gefragter Typ ist. Bis nachher!«

Und weg ist er. Ich sehe ihm lange nach. Anna zupft an meinem Arm.

»Wer war das denn? Kennst du den? Bist du etwa mit dem zusammen?«

»Quatsch«, sage ich abwehrend. »Das ist bloß Jonte. Er war zur selben Zeit im Reitlager wie ich.«

Ein bisschen hoffe ich, dass Anna mich nach meinen Ferien im Reitlager und nach Star fragt. Ich habe schließlich auch Fotos in meiner Schultasche. Aber Anna hat gleich wieder das Thema Hawaii parat.

»Du hättest den Strand sehen sollen, der war absolut fantastisch. Und die Jungs erst! Die waren alle so wahnsinnig süß und …«

Es ist richtig schön, dass Katrin und Gabriella in dem Moment auftauchen. Sie scheinen sich mehr für Hawaii zu interessieren als ich.

Vorsichtig halte ich Ausschau nach Jonte, aber er ist nirgends zu sehen. Dafür entdecke ich Kristin. Sie redet und lacht und um sie herum stehen ihre neuen Klassenkameradinnen und hören andächtig zu. So ist das immer mit Kristin. Überall steht sie im Mittelpunkt. Kein Wunder, dass sie unbesorgt ist.

»Da bist du ja, Lisa! Ich habe dich schon gesucht«, sagt eine Stimme hinter mir.

Schnell drehe ich mich um und da steht Lotta. Ihre dunklen Haare sind kurz geschnitten zu einer neuen, zotteligen Frisur. Ihre Augen sind schräg und braun wie Mandeln. Sie lacht freundlich. Ich nicht.

»Was ist denn?«, frage ich abwartend.

In der Reitschule waren Lotta und ich Pferdemädchen für Sigge, das süßeste von allen Ponys dort. Lotta und ich konnten uns von Anfang an nicht leiden und später wurde es immer schlimmer. Als Sigge verkauft werden sollte, weil er zu wild war für ein Schulpferd, hat Lotta ihn bekommen, nicht ich. Seitdem hat sie mit ihm rumgeprahlt und mich immer damit geärgert, dass Star im Vergleich zu Sigge nur ein elender Gaul sei.

Lotta war diesen Sommer auch im Reitlager und sie war noch ekliger zu mir als sonst. Aber eines Tages stürzte sie bei einem Ausritt im Wald und Sigge fiel auf sie drauf. Beide hatten sich böse verletzt. Ich habe sie gefunden und ihnen geholfen, zurück zum Stall zu kommen. Lotta sagte, ich hätte ihr und Sigge das Leben gerettet und dass sie nie wieder gemein zu mir sein würde. Dieses Versprechen nehme ich ihr nicht so richtig ab.

»Ich wollte dir nur sagen, dass Sigges Bein wieder ganz gesund ist«, sagt Lotta. »Zu Hause auf der Koppel springt er herum wie ein junges Fohlen und das haben wir nur dir zu verdanken!«

»Ach was, es war reiner Zufall, dass ich euch gefunden habe«, sage ich. »Ist er schon wieder so weit okay, dass du ihn reiten kannst?«

»Klar. Er ist wie neu. Hat nur eine kleine Narbe behalten. Hast du übrigens schon gehört, dass sie in der Reitschule einen Springkurs für Privatreiter anbieten? Daran dürfen nur Leute mit eigenem Pferd teilnehmen. Ich habe Sigge und mich schon angemeldet. Willst du nicht auch mitmachen? Das wird bestimmt toll.«

»Spinnst du? Star kann doch nicht springen und ich auch nicht.«

»Im Reitlager hat es doch prima geklappt. Ich bin sicher, dass ihr es schafft. Du überlegst es dir, versprochen? Ich muss wieder rein«, sagt Lotta.

Verblüfft schaue ich ihr hinterher. Lottas schnelle Verwandlung von der Feindin zur Freundin verwirrt mich. Will sie mich vielleicht nur dabeihaben, damit sie über Star und mich herziehen kann? Zutrauen würde ich es ihr. Star hat gerade erst angefangen, Springen zu lernen, und verglichen mit Sigge kann er gar nichts. Obwohl es natürlich nicht unbedingt ein gemeiner Plan von Lotta sein muss. Vielleicht hat sie mir den Tipp mit dem Springkurs ganz ohne fiese Hintergedanken gegeben. Möglich ist es schon, wenn auch nicht sehr wahrscheinlich.

»Springkurs? Hört sich cool an«, sagt Anna, die unser Gespräch offenbar mit angehört hat. »Da will ich auch mitmachen.«

»Aber Lotta hat gesagt, dass man dazu ein eigenes Pferd haben muss«, sage ich zweifelnd.

Das ist ein heikles Thema. Ich weiß zwar, dass Anna kein eigenes Pferd haben möchte. In der Reitschule hatte sie nicht einmal Lust, Pferdemädchen für Putte zu sein, weil sie es schon anstrengend genug fand, sich um ihren Hamster zu kümmern. Aber ich weiß auch noch, wie neidisch sie war, als ich Star bekam.

»Willst du mich etwa nicht dabeihaben?«, fragt Anna aufbrausend.

»Na klar will ich das«, antworte ich rasch. »Es wäre wirklich super, wenn wir wieder in derselben Gruppe reiten könnten. Kannst du nicht Maggan anrufen und sie fragen, ob du eines der Schulpferde leihen darfst? Schließlich ist sie die einzige Reitlehrerin dort und führt bestimmt auch den Springkurs durch.«

Den Rest des Schultages verbringe ich damit, mich nach Star zu sehnen. In der siebten Klasse zu sein, ist überhaupt nicht so spannend, wie ich dachte. Der Stundenplan ist länger, man muss sich mehr Klassenräume merken und hat in jedem Fach einen anderen Lehrer, aber ansonsten ist alles genau wie immer. Nicht mal das Wiedersehen mit Anna ist so schön, wie ich gehofft hatte. Sie redet nur noch von Hawaii.

Ab und zu schiele ich zu Jonte hinüber, aber er sieht immer ganz konzentriert aus. Ich würde gerne wissen, ob er mich auch heimlich betrachtet. Es ärgert mich, dass ich es nicht bleiben lassen kann, in seine Richtung zu sehen.

»Wieso starrst du den Typen dauernd an?«, flüstert Anna. »Bist du etwa verknallt in den?«

»Jetzt hör endlich auf«, fauche ich.

Ich bin nicht verknallt in Jonte. Kein Stück. Ab sofort sehe ich nur noch geradeaus. Mein Hals ist schon ganz steif, aber ich habe keine Lust, mir noch mehr blöde Kommentare von Anna anzuhören.

Kaum sitzen wir im Bus nach Hause, erzähle ich Kristin von dem Springkurs. Sie ist sofort Feuer und Flamme.

»Na klar melden wir uns an. Au ja, das wird toll. Ein Springkurs in der Reitschule ist genau das, was wir brauchen.«

Meine Bedenken wedelt sie fort, als wären sie ein Schwarm lästiger Fliegen.

»Manchmal bist du wirklich hoffnungslos, Lisa. Was spielt es für eine Rolle, ob Lotta dich und Star auslacht? Das kann dir doch wohl egal sein, oder? Sie reitet viel länger als du und Sigge hat schon an zahllosen Springturnieren des Vereins teilgenommen, als er noch Schulpferd war. Wäre doch komisch, wenn die beiden nicht mehr könnten als du und Star. Aber damit ihr besser werdet, müsst ihr trainieren, oder geht das nicht rein in dein Erbsenhirn?«

Wenn ich eines im Reitlager gelernt habe, dann das. Natürlich kann ich mich auch damit zufriedengeben, mit Star durch den Wald zu streifen. Aber wenn ich beim Reiten Fortschritte machen will, muss ich ordentlich trainieren, und eine bessere Lehrerin als Maggan gibt es nicht.

Trotzdem zögere ich. Springkurs für Privatreiter, das klingt so anspruchsvoll. Für Kristin ist es bestimmt genau das Richtige. Ihr Olle ist ein tüchtiges Springpferd, das schon massenweise Turnierpreise geholt hat, bevor Lasse ihn kaufte. Star dagegen ist ein Jungpferd, das erst ein paar Mal gesprungen ist, und ich selbst war vor einem Jahr noch eine totale Anfängerin.

»Es ist ein ziemlich langer Ritt zur Reitschule«, versuche ich es.

»Quatsch, das sind doch nur Ausreden, Lisa. Gib's zu. Wenn wir die Abkürzung durch den Wald nehmen und ein bisschen traben, dauert es nicht viel länger als eine halbe Stunde. Und wenn Lotta gemein zu dir ist, sagst du mir einfach Bescheid. Ich verspreche dir, dass ich dich beschütze«, sagt Kristin und grinst.

Sie neckt mich, aber hinter der Neckerei ist es ihr ernst. Kristin hat mich schon früher gegen Lotta verteidigt.

Als ich nach Hause komme, ist Mamas mütterlicher Anfall vorbei. Sie sitzt vor dem Computer und ist so beschäftigt, dass sie nicht einmal fragt, wie es in der Schule war. Ich nehme einen Beutel Frikadellen aus dem Gefrierschrank und mache ein paar davon in der Mikrowelle heiß. Ich muss was essen, bevor ich hinunter in den Stall gehe.

Das Telefon klingelt, aber ich kümmere mich nicht darum. Wenn bei uns jemand anruft, ist es fast immer für Mama. Aber zwei Sekunden später steht sie in der Tür.

»Für dich, Lisa.«

»Wer ist es denn?«, frage ich.

»Ein *Junge*«, antwortet Mama und grinst. »Wird das in Zukunft immer so sein, wo du jetzt in die Siebte gehst? Dass hier Tag und Nacht Jungs anrufen?«

Ich renne an ihr vorbei und nehme den Telefonhörer auf.

»Ja hallo, hier ist Lisa?«

»Hei, hörst du, wer dran ist?«

Und ob ich das höre. Jontes Stimme kann ich gar nicht verwechseln. Die Röte steigt mir in die Wangen und ich weiß nicht, was ich sagen soll. Dass Mama in der Tür steht und mich neugierig ansieht, macht es nicht einfacher.

»Bist du noch dran?«, fragt Jonte.

»Ja, klar.«

»Ich hab vergessen, dir in der Schule was zu sagen. Hast du gehört, dass sie in der Reitschule einen Springkurs anbieten? Ich will mit meinem neuen Pony daran teilnehmen und ich dachte, dass du und Star vielleicht auch mitmachen möchtet.«

»Ich wollte gerade dort anrufen und mich anmelden«, schwindle ich.

»Super! Dann bis morgen in der Schule«, sagt Jonte und legt auf.

Ich stehe mit dem Hörer in der Hand da und fühle mich auf idiotische Art glücklich. Jonte hat mich angerufen! Plötzlich will ich nichts lieber als an dem Springkurs teilnehmen. Wütend weise ich mich selbst zurecht. Es hat überhaupt nichts damit zu tun, dass ich Jonte öfter sehen will. Nein, nein, nein. Aber ich weiß, dass er nicht besser reiten kann als ich, und wenn er sich traut, traue ich mich auch. Das ist der Grund. Sonst nichts.

3

Es ist ein komisches Gefühl, die Reitschule wiederzusehen. Ich war nicht mehr hier seit dem schrecklichen Tag, als ich Sigge zum letzten Mal ritt, bevor er verkauft wurde. Damals hatte ich beschlossen, niemals mehr hierherzukommen. Ohne Sigge im Stall war es für mich undenkbar, weiter in der Reitschule zu reiten.

Jetzt bin ich wieder hier, mit meinem eigenen Pferd.

Alles sieht genau aus wie immer. Stall und Reithalle liegen auf einem Hügel mit großen Eichen drum herum. Auf der Koppel sind alle Schulpferde in einer Herde versammelt. Mittendrin Victor, das Pony, auf dem ich angefangen habe. Er ist rund und braun wie ein Pfefferkuchenpferd und sieht viel kleiner aus, als ich ihn in Erinnerung hatte. Als ich das erste Mal auf seinem Rücken saß, kam es mir schrecklich hoch vor.

Der Ritt durch den Wald hat Star nicht im geringsten angestrengt. Beim Anblick der Pferde auf der Koppel wirft er begeistert den Kopf hoch und drängt vorwärts. Den Schweif hat er wie einen Federbusch aufgestellt.

Aus dem Stall kommt eine kräftig gebaute Frau mit krausen blonden Haaren. Sofort erkenne ich Maggan wieder, meine ehemalige Reitlehrerin. Sie brachte mir die ersten Grundregeln bei und ließ mich Sigges Pferdemädchen werden.

»Schön, dich wiederzusehen, Lisa«, sagt sie freundlich. »Ich hoffe, es geht dir ein bisschen besser als damals bei unserer letzten Begegnung. Lass mal dein Pony anschauen.«

Geübt gleitet ihr Blick über Star und ich halte den Atem

an. In meinem Bauch kribbelt es vor Spannung und Erwartung. Ich vertraue Maggan. Ihr Urteil über Star bedeutet mir viel.

»Hübsches kleines Pony«, sagt sie schließlich. »Lange, wohlgeformte Beine und ein ausdrucksvoller Kopf. Wie alt ist er?«

»Fünf Jahre.«

»Ist er viel gesprungen?«

»Fast gar nicht.«

»Das ist gut. Jungen Pferden soll man Zeit geben. Ich bin gespannt, wie er sich in der Halle benimmt. Jetzt tänzelt er ja nur herum. Die anderen Teilnehmer am Springkurs sind schon in der Bahn. Ihr könnt gleich reinreiten.«

Das große Tor zur Reithalle steht offen. Trotz der Neonlampen an der Decke ist es dunkel dort drinnen, verglichen mit dem hellen Sonnenlicht draußen. Star bleibt abrupt im Eingang stehen und schnaubt empört.

»Na los, rein mit euch«, sagt Kristin ungeduldig hinter mir. »Wir sind sowieso spät dran.«

Aber als ich Star antreibe, trippelt er nur nervös zur Seite. Vorwärts will er nicht. Ich fühle mich unheimlich blöd. Was sollen die anderen von mir denken? Da melde ich mich zum Springkurs an und schaffe es noch nicht mal, mein Pferd in die Halle zu reiten. Mal wieder typisch Star, dass er ausgerechnet jetzt Zicken macht. Ich hebe die Gerte, um mir Gehorsam zu verschaffen. Aber plötzlich verstehe ich, warum er sich so merkwürdig benimmt. Wahrscheinlich war er in seinem ganzen Leben noch nie in einer Reithalle. Kein Wunder, dass er scheut.

»Geht ihr zuerst«, sage ich und lasse die Gerte sinken.

Kristin gibt Olle die Schenkel und er geht auf seine

gleichmütige Art in die Halle. Star trippelt noch nervöser, als Olle verschwindet. Er wiehert sehnsüchtig und Olle antwortet. Das entscheidet die Sache. Star macht einen großen Satz vorwärts und wirft sich hinein in das Unbekannte. Das kommt so unerwartet, dass ich die Steigbügel verliere und anfange zu rutschen. Nur mit Mühe und Not gelingt es mir, im Sattel zu bleiben. Wirklich kein eleganter Auftritt, den wir da hinlegen.

In der Reithalle bleibt Star stocksteif stehen und sieht sich mit weit aufgerissenen Augen um. Ich auch, denn ich bin neugierig, wer alles dabei ist. Da sind Lotta und Sigge, er ist wie immer wunderschön mit seinem bodenlangen, welligen Schweif. Als ich ihn das letzte Mal sah, konnte er sein linkes Vorderbein kaum aufsetzen nach dem Unfall im Wald. Jetzt trabt er mit federnden Schritten und niemand würde glauben, dass er vor einem Monat noch beinahe gestorben wäre. Wie immer werde ich ein bisschen wehmütig, wenn ich ihn sehe. Einmal hatte er beinahe mir gehört.

Hinter Lotta reitet Jonte auf einem hellen Fuchs, dessen Mähne und Schweif sahneweiß sind. Das ist also sein neues Pony. Es sieht gut gelaunt aus und macht ab und zu kleine Freudenhüpfer. Jontes blonde Haare stehen unter der Reitkappe hervor und er winkt mir zur Begrüßung zu. Ich winke zurück.

Jontes großer Bruder Peter ist auch da, mit seinem dunkelbraunen Turnierpferd Lord. Ich wundere mich, dass er sich herablässt, mit uns anderen zu trainieren, wo er doch herumreist und ein Turnier nach dem anderen gewinnt. Peter war auch in unserem Reitlager. Er sieht wahnsinnig gut aus und das weiß er auch. Aber auf Dauer ist sein charmantes Lächeln ziemlich langweilig. Im Reitlager haben wir ihn heimlich ›Tarzan‹ genannt, weil er gerne in Badehosen herumlief und seine Muskeln zeigte.

Dann sind noch zwei Teilnehmer dabei, die ich nicht kenne. Ein mageres, blasses Mädchen, das ein dürres weißes Pony reitet, und eine spitznasige Frau auf einem hellbraunen Pferd. Maggan hat bereits ein paar Hindernisse aufgebaut. Sie sind so niedrig, dass sogar Star und ich keine Probleme damit haben dürften.

»Antraben!«, ruft Maggan.

Alle Pferde außer Star fangen sofort an zu traben. Star ist gespannt wie eine Stahlfeder, er tänzelt und macht kleine Hüpfer. Die Reithalle ist offenbar der unheimlichste Ort, den er je gesehen hat. Er scheut vor den Wänden, den Hindernissen, ja sogar vor seinem eigenen Schatten. Ich habe alle Hände voll zu tun, mich im Sattel zu halten.

Es wird kein bisschen besser, als Maggan mit dem Unterricht beginnt. Star scheint alles vergessen zu haben, was er im Reitlager gelernt hat. Er reckt die Nase in die Höhe und jagt herum, ohne dass ich ihn in den Griff bekomme.

»Immer mit der Ruhe, Lisa«, ruft Maggan. »Entspann dich.«

Entspannen! Wie denn, wenn ich auf einem verängstigten Pferd sitze, das nichts lieber will als fliehen? Obwohl ich weiß, dass Star Angst hat, bin ich wütend auf ihn. Er macht alles kaputt. Ich wollte Maggan doch so gerne zeigen, was für ein tolles Pony ich habe. Stattdessen blamiert er mich vor der ganzen Gruppe.

Ich werfe einen unruhigen Blick hinauf zur Zuschauertribüne. Auf der obersten Bank sitzt eine Horde kleiner Mädchen und kichert. Die sind mir egal. Aber ganz hinten an der Wand entdecke ich Anna. Was macht sie hier? Ich winke ihr zu, aber sie winkt nicht zurück. Vielleicht hat sie mich nicht gesehen. Oder sie will mich nicht kennen, wo es im Moment doch so schlecht läuft bei mir.

Noch schlimmer wird es, als wir die Steigbügelriemen kürzen sollen und Maggan uns anweist, im Leichten Sitz zu galoppieren. Sobald ich die Zügel etwas nachgebe, wirft Star sich vorwärts. Wir rasen durch die Halle, Runde um Runde. Star legt sich in die Kurven und überholt die anderen Pferde mehrere Male.

»Langsamer!«, ruft Maggan und in ihrer Stimme liegen sowohl Ärger als auch Sorge. »Bring ihn zum Stehen, bevor ihr beide euch den Hals brecht!«

Ich ziehe und zerre an den Zügeln, aber Star wirft nur den Kopf hoch und rast weiter. Erst als ich den inneren Zügel kräftig annehme und Star in eine Volte zwinge, kann ich ihn durchparieren. Der Schweiß fließt mir den Rücken hinab und die Reitkappe ist mir über die Augen gerutscht.

»Oh, oh, oh«, sagt Maggan. »Das hätte böse ins Auge gehen können.«

»Was soll ich denn machen?«, frage ich kleinlaut.

»Du springst heute nicht, so viel ist klar«, sagt Maggan. »Star muss sich erst mal an die Reithalle gewöhnen. Bevor das nicht klappt, kann er sich auf nichts anderes konzentrieren.«

Ich bin unglaublich enttäuscht, wie ich da auf Star sitze und alle anderen mit ihren Pferden springen sehe. Die Tränen brennen in meinen Augenwinkeln und ich krümme mich vor Scham. Blöder Star. Wenn er sieht, dass keines der anderen Pferde Angst hat, muss er doch wohl begreifen, dass ihm nichts Schlimmes passiert, oder?

Jontes neues Pony ist der reinste Wirbelwind. Zusammen fliegen sie über alle Hindernisse und nach jedem Sprung macht das Pony ein paar lustige Bocksprünge. Anschließend lacht Jonte von einem Ohr zum anderen. Dass Maggan sagt, er sei viel zu schnell, kümmert ihn überhaupt nicht. Nach der Zeit mit Plutten, der freiwillig keinen Schritt zu viel machte, hat er bestimmt Spaß daran, auf einem springfreudigen Pony zu sitzen.

Sigge nimmt die Hindernisse ohne die geringste Mühe, die Ohren aufmerksam nach vorn gestellt. Man kann ihm schon von Weitem ansehen, wie liebend gerne er springt. In mir brennt der Neid. Genau so soll Star sein, das wünsche ich mir so sehr.

Nach ihrer Runde reitet Lotta neben mir auf. Ich bin darauf vorbereitet, dass sie etwas Geringschätziges und Gemeines über Star sagt, aber das tut sie nicht. Ganz im Gegenteil.

»Wenn du möchtest, kannst du es gerne mit Sigge probieren. Wir haben es schließlich dir zu verdanken, dass er wieder springen kann.«

Ich glaube, ich spinne. Ich durfte Sigge kaum anfassen, nachdem Lotta ihn bekam. Und jetzt bietet sie mir tatsächlich an, ihn zu reiten.

»Meinst du das im Ernst?«, frage ich verblüfft.

»Natürlich. Nimm ihn nur, ich kümmere mich solange um Star.«

Diese Chance kann ich mir einfach nicht entgehen lassen. Wieder auf Sigges Rücken sitzen! Darauf hätte ich nicht mal im Traum gehofft. Schnell tauschen Lotta und ich die Pferde. Zitternd stecke ich den Fuß in Sigges Steigbügel und sitze auf. Ich streichle Sigges Hals und seine lange, weiche Mähne. Die Zügel schmiegen sich wie Seide in meine Hände.

»Wie ist es?«, ruft Maggan.

»Wunderbar«, antworte ich glücklich.

Ich darf ein paar Runden traben und galoppieren. Die Erinnerung an Sigges Bewegungen ist noch lebendig in mir. Mir ist, als wäre ich um ein knappes halbes Jahr in die Zeit zurückversetzt, als ich Sigges Pferdemädchen war und ihn einmal die Woche reiten durfte. Sigge hat noch denselben weichen, fließenden Gang wie damals. Der kleinste Druck meiner Schenkel genügt und er wird schneller. Mir steigen die Tränen in die Augen. Obwohl ich jetzt Star habe, hat Sigge immer noch einen besonderen Platz in meinem Herzen. Ein kleines Eckchen, das nur ihm gehört.

»Wenn du willst, kannst du jetzt springen«, ruft Maggan.

Ich straffe die Zügel und lenke Sigge auf das niedrigste Hindernis zu. Wir fliegen so leicht hinüber, dass es kaum wie ein Sprung erscheint. Dann nehmen wir noch drei Hindernisse und auch das klappt wunderbar.

»Das sieht richtig gut aus, Lisa«, sagt Maggan. »Offenbar hast du eine ganze Menge gelernt, seit du hier aufgehört hast.«

Ich sauge das Lob gierig in mich hinein. Es ist ein kleiner Trost nach der Blamage mit Star.

»Danke«, sage ich zu Lotta, nachdem ich von Sigge heruntergerutscht bin.

Ich kann ihr ansehen, dass sie versteht, wie ehrlich ich das meine.

»Nichts zu danken«, antwortet sie. »Du kannst ein andermal gerne wieder mit ihm springen, wenn du möchtest.«

Ist das wirklich dieselbe Lotta, die Star als jämmerliche

Vogelscheuche beschimpfte und meinte, man sollte Leberwurst aus ihm machen? Möchte nur mal wissen, ob sie weiterhin so nett ist oder ob die alte Gemeinheit bald wieder bei ihr durchbricht. Ich lege meine Wange an Sigges Kopf und spüre seinen wohl bekannten Duft in meiner Nase. Auch mein Geruchssinn hat ihn nicht vergessen.

Als ich wieder auf Star sitze, merke ich sofort, dass die Angst ihn verlassen hat. Er ist nicht mehr steif und angespannt und voller unterdrückter Energie. Anscheinend hat er endlich begriffen, dass die Reithalle kein gefährlicher Ort ist.

»Siehste, du olle Knalltüte, brauchst überhaupt keine Angst zu haben«, sage ich zärtlich und klopfe seinen Hals.

Endlich können wir mitmachen. Als die anderen im Leichten Sitz zwei große Volten traben, reihe ich mich hinter Kristin ein.

»Traust du dich, noch mal zu galoppieren, Lisa?«, ruft Maggan.

»Klar«, antworte ich kurz.

Es passt mir nicht, dass sie so was sagt. Sie tut gerade so, als wäre ich immer noch eine blutige Anfängerin, die beim Gedanken an den Galopp am Ende der Reitstunde Magenschmerzen kriegt. Ich bin aber keine Anfängerin mehr. Ich habe ein eigenes Pferd und galoppiere jeden Tag. Star kenne ich in- und auswendig. Ich weiß, dass er diesmal kein dummes Zeug macht.

Und das tut er auch nicht. Weich geht er in den Galopp über und ich stehe in den Steigbügeln und gehe mit.

»Gut, Lisa«, ruft Maggan. »Star scheint jetzt wie ausgewechselt. Wenn du willst, kannst du versuchen, mit ihm zu springen. Lass Kristin und Olle vorreiten.«

»Fertig?« Kristin dreht sich um und lacht mich an.

Ich nicke. Die anderen parieren durch, während Kristin und ich eine Volte traben. Kristin galoppiert an und reitet auf ein niedriges Hindernis aus roten Stangen zu. Ich gebe ihr einige Meter Vorsprung, bevor ich Star antreibe und ihr folge. Er schnaubt und wird schneller, um Olle einzuholen. Aber als er das Hindernis vor uns entdeckt, macht er sich steif und der Galopp wird hoppelig.

Nachdem er die anderen Pferde hat springen sehen, sollte es ihn nicht überraschen, dass in der Reithalle Hindernisse aufgebaut sind. Vielleicht ist er schwer von Begriff. Ich gebe ihm die Schenkel und lenke ihn direkt auf das Hindernis zu. Star *muss* hinüber, ob er will oder nicht.

Als Olle über das Hindernis schwebt, hat Star noch fünf Meter vor sich. Er bremst ab und ich merke, wie unsicher er ist.

»Na komm, mein Junge. Spring!«, rufe ich und Star springt.

Es wird ein etwas ungelenker Hüpfer, aber immerhin sind wir drüber. Star ist so zufrieden mit seiner Leistung, dass er nach hinten auskeilt.

»Noch mal«, sagt Maggan.

Jetzt hat Star verstanden, was er machen soll. Die Springfreudigkeit, die er im Reitlager gezeigt hat, ist wieder da.

Als wir uns wieder dem Hindernis nähern, wird er von ganz allein schneller und stellt die Ohren nach vorn. Er fliegt hinüber und ich brauche nicht mehr zu tun, als mich an der Mähne festzuhalten und mitzugehen.

Triumphierend sehe ich zur Tribüne hinauf. Aber Anna ist nicht mehr da.

4

Nach der Springstunde versammeln wir uns alle draußen vor dem Stall, um die Pferde verschnaufen zu lassen. Kristin und ich sind nicht die Einzigen, die einen langen Ritt nach Hause vor sich haben. Maggan nimmt mich zur Seite.

»Ich freue mich wirklich sehr, dich wiederzusehen, Lisa. Als ich gezwungen war, Sigge zu verkaufen, hatte ich fast ein bisschen Sorge, dass du mit dem Reiten aufhörst. Aber wie ich sehe, hast du stattdessen seit damals eine Menge gelernt. Wirklich ein flinkes kleines Pony, das du da hast. Bestimmt wird er mit der Zeit noch richtig gute Leistungen zeigen.«

Das ist nicht gerade das, was ich hören will. Ich möchte, dass Maggan ihn jetzt schon tüchtig findet, sie soll sagen, dass Star das tollste Pony ist, das sie jemals gesehen hat. Ich versuche mich damit aufzumuntern, dass es viel schlimmer gewesen wäre, wenn sie gesagt hätte, dass Star ein hoffnungsloser Fall ist und nie irgendwas können wird. Aber das ist kein besonders guter Trost.

Jonte strahlt über das ganze Gesicht auf seinem neuen Pony. Ich fühle mich idiotisch verlegen, wenn ich ihn ansehe. Aber irgendwas muss ich zu ihm sagen. Sonst denkt er noch, ich wäre sauer auf ihn. Und das will ich nicht.

»Gefällt es dir, nicht mehr auf Plutten sitzen zu müssen?«, frage ich.

Jonte lacht von einem Ohr zum anderen.

»Das fragst du noch? Es ist ein Unterschied wie zwischen einem Dreirad und einem frisierten Motorrad. Daisy ist ein Superpony. Übrigens hast du vorhin ja ein mordsmäßiges

Tempo in den Kurven vorgelegt. Ich hatte direkt schon Angst.«

»Echt?«, sage ich verlegen.

»Wäre wirklich schade gewesen, wenn du dir den Hals gebrochen hättest«, sagt Jonte und grinst. »Ich muss los. Meine Mutter bringt mich um, wenn ich nicht rechtzeitig zum Essen zu Hause bin. Wir sehen uns Montag in der Schule!«

Enttäuscht schaue ich ihm nach, als er mit Peter zusammen davonreitet. Jonte ist ganz anders als im Reitlager. Dort konnten wir stundenlang über alles Mögliche reden. Jetzt haben wir uns anscheinend nichts mehr zu sagen.

Nun, wo Jonte losgeritten ist, will ich auch nach Hause. Aber Kristin unterhält sich eifrig mit dem blassen Mädchen auf dem klapprigen Schimmel und sieht nicht, dass ich ihr zuwinke. Plötzlich entdecke ich drüben an der Stalltür eine Gestalt in roter Windjacke und mit dunklem Pferdeschwanz. Das ist Anna, ich hatte sie ganz vergessen. Ich reite im Schritt auf sie zu.

»Toll, dass du auch hier bist«, sage ich.

»Supertoll«, mault Anna. »Tolles Gefühl, wenn man den anderen beim Reiten zuschauen muss und selber nicht mitmachen kann.«

»Willst du ein bisschen auf Star reiten?«

Anna steckt die Hände tief in die Jackentaschen und wirft mir einen finsteren Blick zu.

»Auf der Koppel Schritt reiten wie ein Kleinkind? Nee danke.«

»Du kannst in der Halle reiten, wenn du willst«, sage ich.

Eigentlich möchte ich so schnell wie möglich nach Hause. Aber Anna tut mir leid. Es ist bestimmt schrecklich, abseitsstehen zu müssen, nur weil man kein eigenes Pferd hat. Wenn Star Anna gehören würde und ich auf der Tribüne sitzen müsste, würde ich vor Neid sterben.

»Lass gut sein«, sagt Anna. »Wenn du mir einen Gefallen tun willst, dann überrede Maggan, dass sie mich an dem Springkurs teilnehmen lässt. Auf mich hört sie ja nicht. Bitte sprich mit ihr, gleich. Ich halte Star solange.«

Ich habe überhaupt keine Lust, mit Maggan über Anna zu sprechen. In meinem ganzen Körper kribbelt es vor Unbehagen. Aber ich muss es tun, das weiß ich. Anna würde mir das sonst nie verzeihen. Mit zögernden Schritten gehe ich auf Maggan zu.

»Anna möchte auch gern am Springkurs teilnehmen«, sage ich.

Maggan zuckt die Schultern. »Ich weiß. Aber sie kann keines der Schulpferde ausleihen. Wenn ich Anna das erlaube, muss ich es auch anderen erlauben, und die Pferde haben schon genug in den Reitstunden zu leisten. Ich möchte sie nicht überstrapazieren, das müsste Anna eigentlich verstehen. Ich habe schon mit ihr darüber geredet.«

Ich fühle Annas Blicke in meinem Nacken brennen.

»Bitte, bitte …«, bettle ich.

»Es tut mir leid, Lisa, aber es geht nicht.«

Anna sieht mir sofort an, dass ich mit meinem Auftrag gescheitert bin.

»Vielen Dank auch für deine große Hilfe«, sagt sie spitz und ihr Blick ist eiskalt. Sie dreht sich auf dem Absatz um und geht einfach weg.

»Du kannst Star jederzeit reiten, wenn du möchtest«, rufe ich ihr hinterher. »Wenn du Montag nach der Schule mit zu mir nach Hause kommst, kannst du auch mit ihm springen!«

Aber Anna verschwindet im Stall, ohne sich umzudrehen.

Kristin trällert und singt den ganzen Weg nach Hause. Ich wäre auch gerne fröhlich. Star und ich haben die erste Springstunde hinter uns gebracht, ohne uns bis auf die Knochen zu blamieren. Der zweite Sprung war richtig gut. Aber Anna hat mir die ganze Freude verdorben. Obwohl ich finde, dass sie gar keinen Grund hat, böse auf mich zu sein, bin ich doch traurig, dass sie es ist.

Als wir uns Hallondalen nähern, sehe ich schon von Weitem den glänzenden blauen Volvo. Mir wird ganz heiß vor Freude und ich treibe Star an. Das ist Papas Auto. Endlich sehe ich ihn wieder. Es sind schon mehrere Wochen vergangen seit dem letzten Mal.

Eigentlich soll ich alle vierzehn Tage ein Wochenende bei Papa verbringen, aber es kommt oft etwas dazwischen. Manchmal ist mein kleiner Halbbruder Nils krank, manchmal will Papas neue Frau Elisabeth, dass sie zu dritt irgendwohin fahren, und manchmal hat Papa einfach keine Zeit. Meine Sehnsucht nach Papa ist wie eine unheilbare Krankheit. Ich werde nie richtig gesund. Meistens kann ich die Gedanken an Papa dadurch verdrängen, dass ich an Star denke. Aber ab und zu bricht die Sehnsucht durch und macht mich traurig. Ich weiß nicht, wie viele Liter Tränen ich seit der Scheidung schon seinetwegen geweint habe.

Das Reitlager im Sommer war ein Geschenk von Papa. Ein Trostgeschenk dafür, dass ich nicht mit ihm, Elisabeth und Nils nach England durfte. Nach dem Reitlager wollten Papa und ich irgendwohin fahren, nur wir beide. Das haben wir auch gemacht. Wir waren zwei Tage in Dänemark, aber so richtig schön, wie ich es mir ausgemalt hatte, war es nicht. Meistens mussten wir im Hotelzimmer bleiben. Papa hat die ganze Zeit telefoniert und irgendwelche Sachen auf seinem Laptop geschrieben. Währenddessen lag ich auf dem Bett und habe ferngesehen. Okay, ein bisschen was haben wir schon unternommen. Wir haben in einem teuren Restaurant gegessen und einen langen Spaziergang am Strand gemacht.

Seit der Dänemarkreise habe ich ihn nicht wiedergesehen. Aber jetzt steht er da, mitten auf dem Hof. Viel zu warm angezogen, wie immer, im dunklen Anzug mit Schlips. Ich trabe auf ihn zu, rutsche von Stars Rücken und fliege in seine Arme. Er umarmt mich fest und der Duft seines Rasierwassers steigt mir in die Nase.

»Hallo-hallo-hallo, was für eine Umarmung«, lacht Papa und gibt mir einen Schmatz auf die Wange. »Dein Pferd da sieht aber ziemlich bedrohlich aus.«

Immer noch halte ich Star am Zügel und sein Kopf ist ganz dicht an Papas. Sanft blinzeln seine Augen unter dem langen Stirnschopf hervor und ausnahmsweise macht er ein ganz liebes Gesicht. Niemand außer Papa würde in diesem Moment auf die Idee kommen, Angst vor ihm zu haben. Aber seit Star ihm einmal in die Hand gebissen hat, ist Papa immer nervös, wenn Star ihm zu nahe kommt.

»Bring ihn lieber auf die Koppel«, sagt Papa. »Dann wäre mir wohler. Ich möchte vermeiden, dass er auf meinen Anzug sabbert.«

»Er sabbert nicht«, sage ich beleidigt. »Außerdem musst du ihm erst mal Guten Tag sagen. Er tut dir nichts, ich verspreche es.«

Papa streckt zögernd die Hand aus und streicht mit den Fingerspitzen über Stars Hals.

»Sooo ja, gutes Pferd. Nicht beißen. Nicht treten.«

In gehörigem Abstand folgt Papa Kristin und mir hinunter zum Stall. Geduldig wartet er, während ich Star absattle.

»Dass du dich das traust«, sagt er beeindruckt, als ich Stars Hinterhufe auskratze. »Was, wenn er dich jetzt tritt? Sei bloß vorsichtig.«

Kristin sieht Papa an, als hätte er nicht mehr alle Tassen im Schrank.

»Du bleibst doch ein bisschen?«, frage ich.

Bei Papa kann man nämlich nie wissen. Manchmal taucht er ganz überraschend auf, nur um ein paar Minuten später schon wieder loszuhetzen. Dann wünsche ich mir beinahe, dass er überhaupt nicht gekommen wäre.

»Klar bleibe ich«, sagt er und legt seinen Arm um meine Schulter.

Aber als wir in die Küche stapfen, macht er ein Gesicht, als würde er es bereuen. Denn da sitzt Mama auf Lasses Schoß und die beiden sind so mit Knutschen beschäftigt, dass sie uns nicht kommen hören.

»Oh Verzeihung. Wir wollten nicht stören«, sagt Papa und tritt hastig ein paar Schritte zurück.

Mama schaut hoch und strahlt ihn an. Ihr Lippenstift ist ganz abgeküsst. Dafür hat Lasse überall im Gesicht klebrige rote Flecken.

»Nur herein. Du störst überhaupt nicht. Lasse hat einen Toskana-Kuchen gebacken. Wenn du brav bist, darfst du probieren.«

Lasse und Papa mustern sich abschätzend.

»Tag«, sagt Lasse und streckt die Hand aus.

Papa lässt sich auf einen Stuhl fallen und tut so, als hätte er die Hand nicht gesehen. Er macht kein sehr erfreutes Gesicht. Mürrisch starrt er vor sich hin und gibt sich alle Mühe, Lasse nicht anzusehen. Ich schäme mich für ihn. Lasse ist echt in Ordnung. Papa hat überhaupt keinen Grund, eifersüchtig zu sein. Schließlich war er es, der Mama verlassen hat, um mit Elisabeth zusammenzuziehen.

»Ich glaube, ich geh dann mal rüber zu mir«, sagt Lasse nach ein paar Minuten und verzieht sich. Den Toskana-Kuchen lässt er da.

Als die Wohnungstür ins Schloss gefallen ist, wirbelt Mama herum und bohrt ihre Augen in Papas. Gesicht und Hals sind brennend rot. Aus ihren Augen lodern Flammen.

»Was, bitte schön, sollte das denn?«, faucht sie.

»Was meinst du?«, fragt Papa unschuldig.

»Lasse hat dir nichts getan! Du hättest wenigstens *versuchen* können, höflich zu ihm zu sein.«

Papa macht die Schultern gerade und rückt den Krawattenknoten zurecht.

»Entschuldige mal bitte, ich glaube wirklich nicht, dass es Lisa guttut, wenn sie mit ansehen muss, wie du dich gerade eben aufgeführt hast.«

»Was meinst du mit ›aufgeführt‹?«, fragt Mama mit Unheil verkündend leiser Stimme. »Meinst du vielleicht, dass wir uns geküsst haben? Küsst du Elisabeth nie, wenn Lisa oder Nils dabei sind?« Papa verdreht die Augen.

»Elisabeth ist meine Frau. Das ist etwas ganz anderes als all deine Liebhaber.«

Mama sprüht beinahe Funken vor Wut. Mit einem Satz ist sie bei Papa und packt ihn am Schlips. Er starrt sie erschrocken an.

»Du eingebildeter Riesenaffe! Was gibt dir eigentlich das Recht, hierherzukommen und mir vorschreiben zu wollen, was ich tun und lassen soll? Ich mache, was ich will, kapier das endlich. Nicht, dass es dich etwas angeht, aber Lasse und ich werden zusammenziehen und heiraten. In Zukunft brauchst du dir also keine Sorgen mehr über ›all meine Liebhaber‹ zu machen. Manchmal bist du so was von dumm, dass ich es kaum fassen kann. Dein mikroskopisch kleines Hirn muss sich in einen wurmstichigen Pfifferling verwandelt haben. Und jetzt mach, dass du wegkommst, bevor ich dich rauswerfe!«

Nach Mamas Wutanfall breitet sich lähmende Stille in der Küche aus. Papa sperrt den Mund auf und schnappt nach Luft. Mamas Zug an der Krawatte hat ihm beinahe den Hals abgeschnürt. Zufrieden mustert Mama sein schockiertes Gesicht.

»D-d-du willst wieder heiraten?«, stottert Papa, als er wieder durchatmen kann.

»Ja, das habe ich vor. Hast du vielleicht was dagegen? Findest du das etwa auch schädlich für Lisa? Was weiß ich, vielleicht hast du ja als Einziger das Recht, wieder mit einem neuen Partner zu leben?«

»Natürlich nicht«, murmelt Papa und zieht sich Richtung Tür zurück. »Ich rufe dich lieber morgen an, Lisa.«

Und weg ist er.

Mama sinkt auf einen Küchenstuhl und schüttelt den Kopf.

»Der Kerl macht mich wahnsinnig«, seufzt sie. »Keiner bringt mich so auf die Palme wie der. Er weiß genau, wie er es anstellen muss. Verzeih mir, Lisa. Ich weiß, wie sehr du dich danach gesehnt hast, ihn wiederzusehen. Ich wollte ihn nicht verjagen. Aber ich war so wütend, dass ich mich nicht beherrschen konnte.«

»Das habe ich gemerkt.«

»Komm mal her und setz dich«, sagt Mama und klopft sich auf den Schenkel.

Die Enttäuschung darüber, dass Mama und Papa durch ihr ewiges Gezanke schon wieder alles kaputt gemacht haben, lässt mich zögern. Aber ich sehne mich auch danach, getröstet zu werden, und dieses Gefühl ist stärker. Ich setze mich auf ihren Schoß und sie wiegt mich sachte in den Armen.

»Du und Lasse, ihr wollt heiraten?«, frage ich leise.

Dass Lasse mit Mama zusammenleben und sie heiraten will, ist kein Geheimnis. Aber bisher hat Mama immer gezögert.

»Ich weiß nicht«, sagt Mama. »Das zu sagen, war eine so fantastische Möglichkeit, dem Blödmann den Wind aus den Segeln zu nehmen, dass ich es mir einfach nicht verkneifen konnte.«

»Und es wäre eine fantastische Möglichkeit, mich glücklich zu machen«, ertönt eine Stimme hinter uns. »Ich wünschte, du könntest dir auch das nicht verkneifen.«

In der Tür steht Lasse. Seine alte Jeans ist ausgebeulter denn je, das Hemd ist voller Farbflecken und auf dem Kopf hat er die hässliche Baseballkappe, die Mama hasst wie die Pest.

»Ich verspreche dir auch, die Kappe zu verbrennen, wenn du Ja sagst«, grinst Lasse.

Seine Augen strahlen. Es ist wirklich nicht schwer, ihn gernzuhaben.

»Was meinst du dazu, Lisa?«, fragt Mama.

»Ich finde, du solltest Ja sagen«, antworte ich.

5

Im Schulbus habe ich über vieles nachzudenken. Fast ein halbes Jahr lang hat Mama hin und her geschwankt. Mal will sie nichts lieber als mit Lasse zusammenziehen, und eine halbe Stunde später ist sie ebenso sicher, dass sie ihn satthaben wird, sobald er die Wand zwischen unseren Wohnungen einreißt.

Kristin und ich haben viel darüber geredet. Wir sind beide nervös, wie es wohl werden wird. Kristin macht sich Sorgen, dass meine Mutter sie dann auch erziehen will und ständig an ihr herumnörgelt. Mütterliches Gequengel hat sie genug abgekriegt, als sie noch bei ihrer eigenen Mutter wohnte. Die beiden haben sich über jede Kleinigkeit gestritten, wenn man Kristin glauben darf.

Ich dagegen mache mir vor allem Sorgen, dass Mama sich nur noch um Lasse kümmert und mich dabei vergisst. Viele Jahre lang waren wir nur zu zweit und daran habe ich mich gewöhnt.

Aber trotzdem, die Vorstellung, dass wir alle vier am Küchentisch sitzen und plötzlich eine richtige Familie sind, ist auch schön. Und Lasse ist nett. Obwohl er Kristin natürlich am liebsten hat, weiß ich doch, dass er mich auch sehr mag. Außerdem ist es ungeheuer praktisch, dass wir schon im selben Haus wohnen. Niemand braucht umzuziehen. Kristin kann ihr Zimmer behalten und ich meins.

Als Mama sich bereit erklärt hat, mit ihm zusammenzuziehen, wollte Lasse sofort mit dem Möbelrücken anfangen. Aber da hat Mama ihn schnell gestoppt.

»Jetzt mal schön langsam. Bevor ich darüber nachdenken

kann, wo das Sofa stehen soll, muss ich mich erst an den Gedanken gewöhnen.«

Lasse seufzte leise, nickte aber nur. Er weiß, dass man Mama nicht drängen darf, sie wird dann bloß dickköpfig. Er tut mir fast ein bisschen leid. Dass Mama in ihrer Wut Papa ins Gesicht brüllte, sie würde Lasse heiraten, ist vielleicht nicht gerade die beste Voraussetzung für eine Ehe. Mamas heftiges Temperament reißt sie oft zu Entscheidungen hin, die sie bereut, wenn sie sich wieder beruhigt hat.

Anna steht nicht an der Haltestelle, als der Bus an der Schule ankommt. Enttäuscht halte ich nach ihr Ausschau, aber sie ist nirgends zu sehen. Sonst steht sie immer da und wartet auf mich. Vielleicht ist sie krank?

Als ich in die Klasse komme, entdecke ich sie sofort. Sie sitzt nicht mehr neben mir in der Bank, sondern hat sich einen Platz weiter hinten gesucht. Zögernd gehe ich auf sie zu. Als ich direkt vor ihr stehe, sieht sie hoch und schaut mich an. Nein, sie schaut mich nicht an, sie sieht direkt durch mich hindurch, als wäre ich unsichtbar. Ich mache den Mund auf, um etwas zu sagen, klappe ihn aber wieder zu. Man muss nicht Gedanken lesen können, um zu begreifen, dass Anna nicht mit mir reden will.

In dieser Stunde höre ich kein Wort von dem, was Bengtsson sagt. Die ganze Zeit spüre ich Annas scharfe Blicke in meinem Rücken. In mir brodelt es vor Wut und Enttäuschung. Ich will keinen Krach mit Anna. Natürlich verstehe ich, dass sie neidisch auf mich ist, aber die Sache mit dem Springkurs ist doch nicht meine Schuld. Ich habe wirklich versucht, Maggan zu überreden. Dass Anna sauer auf mich ist, weil es nicht geklappt hat, ist ungerecht. Der Platz neben mir ist leer und verlassen. Alle in der Klasse können sehen, dass Anna nichts mit mir zu tun haben will.

Als die Stunde um ist und Anna an meinem Tisch vorbeigeht, kann ich nicht länger schweigen. Ich packe sie von hinten an ihrem Pullover.

»Ich kann nichts dafür, dass Maggan dir kein Schulpferd leihen will«, sage ich.

Anna sieht mich mit kaltem Blick an.

»Wenn du dich angestrengt hättest, wäre es dir gelungen. Maggan hört auf dich. Aber du wolltest gar nicht. Du willst lieber mit deinen feinen Pferdebesitzerfreunden zusammen sein als mit mir.«

»Das stimmt doch überhaupt nicht«, sage ich. »Du weißt, dass es nicht stimmt.«

Annas Blick brennt sich in meine Augen. Ihre Pupillen sind kleine Stecknadelköpfe.

»Seit du Star gekriegt hast, denkst du nur noch an dich. Du, du, du und Star, Star, Star. Ich könnte kotzen.«

Mit diesen Worten dreht sie mir den Rücken zu und geht weg. Ich bleibe ganz still sitzen, als wäre ich auf dem Stuhl festgefroren. Das ist so ungerecht, dass mir ganz flau wird. Ich habe ihr kaum etwas über Star und mich erzählt. Sie ist es doch, die die ganze Zeit über ihren Hawaii-Urlaub redet.

Ist es wirklich nicht möglich, dass Anna und ich Freundinnen sind, nur weil ich Star habe? Dabei war ich so froh, dass wir uns wieder vertragen haben, nachdem Anna so viele Lügen über mich verbreitet hatte. Und jetzt ist wieder alles genau so wie in der schlimmen Zeit.

Jemand setzt sich auf den Stuhl neben mir und für den Bruchteil einer Sekunde bilde ich mir ein, dass es Anna ist, die es sich anders überlegt hat. Aber sie ist es nicht, es ist Jonte.

»Was ist los, Lisa?«

»Nichts«, antworte ich und starre hinunter auf den Tisch, damit er meine tränennassen Augen nicht sieht.

»Ich sehe doch, dass du traurig bist. Oder willst du mir nicht sagen, was passiert ist?«

Jonte sitzt so dicht neben mir, dass ich seinen Atem auf meinem nackten Arm spüre. Auf einmal merke ich, dass ich nichts lieber möchte, als ihm alles zu erzählen. Er hört schweigend zu, während ich rede. Ab und zu schiele ich zu ihm hinüber, um zu sehen, ob er noch zuhört. Das tut er.

»Ist es meine Schuld, dass ich ein Pony habe und Anna nicht? Muss ich Star verkaufen, damit Anna zufrieden ist?«

»Du würdest doch nicht Star verkaufen, um Anna wieder als Freundin zu gewinnen?«, fragt Jonte.

»Natürlich nicht«, fauche ich.

Star verkaufen? Spinnt er?

»Na also«, sagt Jonte und zuckt die Schultern.

»Aber ich will nicht, dass Anna sauer auf mich ist«, schluchze ich.

»Warte«, sagt Jonte leise.

Er sieht sich rasch um. Der Klassenraum ist leer. Alle anderen sind draußen in der Pause. Seine blauen Augen glitzern und bevor ich begreife, was passiert, küsst er mich auf den Mund. Sein langer Pony kitzelt an meiner Nase. Ich küsse ihn schnell zurück und dann sehen wir uns verlegen an. Endlich ist es zwischen uns wieder so wie im Reitlager.

»Ich kann mich zu dir in die Bank setzen, dann bist du nicht mehr so allein«, sagt Jonte. »Aber natürlich nur, wenn du willst.«

»Klar will ich«, sage ich lächelnd.

Die Wut und die Traurigkeit über Annas Anfeindungen lassen sich plötzlich viel leichter ertragen. Noch besser fühle ich mich, als die Pause um ist und Anna in die Klasse zurückkommt. Ich sehe, wie verblüfft sie ist, als sie entdeckt, dass der Platz neben mir nicht mehr leer ist.

Jonte und ich stecken fast die ganze Stunde die Köpfe zusammen und flüstern. Es gibt so vieles, über das wir reden müssen. Der Lehrer ermahnt uns mehrere Male, aber wir kümmern uns nicht darum. Ab und zu drehe ich mich um und sehe triumphierend zu Anna. Sie schaut wütend zurück.

»Heute haben wir früher Schluss. Wollen wir zusammen ausreiten?«, fragt Jonte. »Wir könnten uns auf halbem Weg treffen, unten an der alten Steinbrücke.«

»Gut, machen wir«, antworte ich leichthin.

Ich versuche so zu tun, als spielte es keine große Rolle für mich, dass er fragt. Aber innerlich singe ich vor Freude. Er hat sich getraut, das zu fragen, was ich mich nicht getraut habe.

Vielleicht versteht er trotzdem, wie sehr ich mich freue, denn er lacht auf diese besondere Art, die nur er draufhat. Dieses Lachen, das langsam angeschlichen kommt und sich dann ausbreitet, bis sein ganzes Gesicht strahlt.

Wohl noch nie hat der Schulbus so lange bis nach Hause gebraucht. Ich versuche, ihn mit der Kraft meiner Gedanken anzutreiben, aber es nützt kein bisschen.

Jonte und ich werden zusammen ausreiten. Nur wir beide. Vielleicht ist dies das Gefühl, das die anderen Mädchen in der Klasse haben, wenn sie sich auf die Disco freuen. Brausepulver im ganzen Körper. Aber während sie Klamotten anprobieren und sich die Wimpern tuschen, gebe ich mir besonders große Mühe, Stars Fell glänzend zu bürsten. Ich brauche nicht mal meine Haare zu kämmen, denn die sieht man unter der Reitkappe sowieso nicht. Außerdem bin ich sicher, dass es Jonte schnurzegal ist, ob ich gekämmt bin oder nicht.

Ein bisschen Sorge macht mir, ob Kristin wohl eingeschnappt ist, weil ich nicht mit ihr zusammen ausreite.

Ich möchte ihr am liebsten gar nicht sagen, warum ich gerade heute allein ausreiten will. Aber Kristin kann ich nichts vormachen. Sie merkt sofort, dass etwas im Gange ist.

»Erzähl, was ist los«, verlangt sie.

»Nichts ist los«, sage ich und versuche mir einzureden, dass es keine Lüge ist.

Kristin legt den Kopf schräg und sieht mich aus schmalen Augen an.

»Soll ich raten? Hat es vielleicht was mit dem Typen in deiner Klasse zu tun, der mit dir im selben Reitlager war? Sieh mal einer an … du wirst rot! Treffer beim ersten Versuch, stimmt's?«

Sie lacht zufrieden.

»Dieser Jonte kann kaum schlimmer sein als Anna«, fügt sie hinzu.

Ich gehe nicht darauf ein. Ich habe keine Lust, Kristin von Annas ungerechten Vorwürfen zu erzählen. Jedenfalls noch nicht. Wer weiß, vielleicht bereut Anna es schon.

»Viel Spaß auch!«, ruft Kristin mir nach, als ich losreite.

Sie grinst spöttisch und ich zeige ihr die Zunge. Star gefällt es gar nicht, Olle zurückzulassen. Er kommt nicht recht in Gang und wiehert immer wieder laut. Als der Stall hinter uns verschwindet und wir den Wald erreichen, wird es besser. Schnell ist Olle vergessen und der Inhalt der Haferkrippe auch. Wir folgen dem gewundenen Weg durch den Wald. Auf der anderen Seite überqueren wir einige Wiesen, um schneller zur Steinbrücke zu kommen.

Jonte ist noch nicht da. Ich halte Ausschau in alle Richtungen, aber es ist kein Junge auf einem Pferd zu sehen. Ich ärgere mich ein bisschen. Jetzt wird er merken, wie sehr ich mich beeilt habe, und das will ich nicht. Vorsichtig lenke ich Star die Böschung neben der Brücke hinunter. Er watet ins Wasser und trinkt mit tiefen, schlürfenden Zügen. Als ich im Frühling hier geritten bin, brauste das Wasser in schäumenden Wirbeln unter der Brücke hindurch. Jetzt, nach dem trockenen Sommer, ist nur noch ein kleiner, plätschernder Bach übrig.

Plötzlich höre ich Hufklappern in der Ferne und vor Freude macht mein Magen einen Sprung. Eine Minute später taucht Jonte oben auf der Brücke auf. Daisy tänzelt auf der Stelle, dass ihre sahneweiße Mähne nur so flattert. Auf ihrem Rücken sieht Jonte größer aus als in der Schule. In der Klasse ist sein Hals so dünn, wenn er sich über die Bücher beugt, und seine Arme und Beine sind lang und schlaksig. Aber wenn er Daisy reitet, sieht er gar nicht mehr ungelenk aus, und ich glaube nicht, dass es nur an seinem bauschigen Pullover liegt. Es ist, als würde ihre Kraft auf ihn übergehen.

»Hei, hab dich gar nicht gesehen«, ruft Jonte und lacht zu mir hinunter. »Ich war ganz sicher, dass ich als Erster hier sein würde. Mann, ich hab mich so beeilt. Peter hat gleich gemerkt, dass ich was Besonderes vorhabe.«

Seine Worte machen mich froh. Er findet unsere Verabredung also auch spannend.

»Ein Stück weiter gibt es einen Waldweg, der perfekt zum Galoppieren ist. Wie hört sich das an?«, fragt Jonte.

»Hervorragend.«

Star ist begeistert, Daisy zu treffen. Er läuft auf sie zu und stupst sie mit seinem weichen Maul neugierig an. Daisy antwortet mit einem kurzen heiseren Wiehern. Sofort beginnt Star, mit hochgezogenen Vorderbeinen und aufgerichtetem Schweif um sie herumzustolzieren. Es ist mir richtig peinlich, aber Jonte lacht nur, und Daisy sieht aus, als gefiele ihr Stars Herumscharwenzeln.

Jontes Waldweg ist wirklich prima. Weich und breit und wie geschaffen zum Galoppieren.

»Wer Erster ist, gibt ein Eis aus!«, ruft Jonte und drückt Daisy die Fersen in die Weichen.

Mit einem Sprung rasen die beiden los und auch Star lässt sich nicht lange bitten. Er reißt mir die Zügel aus den Händen und versucht Daisy einzuholen. Es geht wahnsinnig schnell vorwärts. Der Weg unter uns wird zu einem undeutlichen Streifen und die Tannenzweige fliegen vorbei wie eine grüne Kulisse. Star liebt es, schnell zu galoppieren, und freiwillig gibt er sich nie geschlagen. Ganz egal, ob sein Konkurrent größer ist als er. Sein ganzes Wesen ist nur von der Sehnsucht erfüllt, Erster zu sein.

Seit dem Galopprennen am Anfang der Sommerferien weiß ich, dass Star schnell ist. Aber Daisy ist größer und kräftiger. Trotzdem holt Star Meter für Meter auf. Als Jonte über die Schulter zurückschaut, sehe ich Verwunderung in seinen Augen aufblitzen, dass wir noch nicht abgehängt sind. Er beugt sich vor und feuert Daisy an.

Star brauche ich nicht anzutreiben. Er gibt alles, ohne dass ich ihn darum bitten muss. Er fliegt vorwärts wie ein schwarzer Wirbelwind aus Zähigkeit und Ehrgeiz. Die Hufe donnern über den Boden. Wir sind schon auf gleicher Höhe. Mit einer letzten Kraftanstrengung zieht Star vorbei und lässt Daisy hinter sich.

6

Die Pferde keuchen mächtig, als wir langsamer werden. Stars Hals glänzt vor Schweiß, aber er hat noch reichlich Energie und tänzelt aufgeregt auf der Stelle. Ich klopfe seinen Hals und lache glücklich.

»Mann, was für ein schneller kleiner Teufel. Ich fass es kaum, wie er das geschafft hat«, mault Jonte.

»Und das bei dem Vorsprung, den ihr hattet«, sage ich neckisch.

Jonte schneidet eine Grimasse.

»Na warte, Lisa. Ich gebe nicht auf, ich will eine Revanche.«

»Die sollst du kriegen«, lache ich.

»Hoffentlich finden wir bald einen Kiosk«, sagt Jonte. »Du schuldest mir ein Eis. Der Gewinner gibt eins aus, war es nicht so?«

»Okay«, antworte ich. »Aber dann musst du mit zu mir nach Hause kommen. Unser Gefrierschrank ist voller Eis.«

»Klar doch«, sagt Jonte.

Der Wald hat immer etwas Verzaubertes an sich. Dieser Geruch nach Moos und Farn. Dunkelgrünes Sonnenlicht, das durch die tief herabhängenden Tannenzweige dringt. Gedämpftes Hufgetrappel auf den nadelbedeckten Pfaden. Ich wiege mich in Stars Schritten und kneife die Augen zusammen. Neben mir reitet Jonte. Jetzt ist zwischen uns wieder dieselbe Selbstverständlichkeit wie im Reitlager. Manchmal ist das Leben so schön, dass es beinahe wehtut.

Als wir uns Hallondalen nähern, bereue ich mein Angebot beinahe schon wieder. War vielleicht doch keine so gute Idee, Jonte zu mir nach Hause einzuladen. Ich will nicht riskieren, dass Mama und Kristin alles kaputt machen, indem sie zweideutige Sachen sagen und sich vielsagend zuzwinkern.

Aber als wir ankommen, macht Kristin Dressurübungen auf unserer provisorischen Reitbahn. Sie ist so beschäftigt, dass sie für uns gar keine Zeit hat. Olle geht wie ein richtiges Dressurpferd, versammelt und mit schön gebogenem Hals.

»Ach, wenn ich das doch auch nur lernen könnte«, seufzt Jonte mit sehnsüchtiger Stimme.

Genau das denke ich auch immer, wenn ich Kristin reiten sehe. Wir haben denselben Traum, Jonte und ich. Das ist ein schönes Gefühl. Ein Glück, dass er sich nicht nur für Mopeds, Fußball und Computerspiele interessiert, so wie es anscheinend alle anderen Jungs tun. Dann hätten wir nicht viel, worüber wir reden könnten.

Daisy und Star lassen wir auf die Koppel, bevor wir zum Eisessen ins Haus gehen. Ich werfe ihnen einen Armvoll Heu hin und sie stehen einträchtig nebeneinander und mampfen.

Mama hat auch keine Zeit, sich über uns lustig zu machen. Sie sitzt vor dem PC und haut in die Tasten, dass es nur so klappert. Als wir hereinkommen, hat sie kaum Zeit, uns Guten Tag zu sagen.

»Hallo, Jonte! Schön, dich wiederzusehen«, sagt sie nur. »Holt euch aus der Küche, was ihr möchtet. Ich habe der Redaktion versprochen, diesen Artikel hier vor sechs Uhr zu liefern, also stört mich bitte nicht, okay?«

Ich hole Eis aus dem Tiefkühlfach und Waffeln und Schokoladensoße dazu. Jonte sieht so hungrig aus, dass ich auch noch ein paar Frikadellen in der Mikrowelle heiß mache. Wir setzen uns an den Küchentisch und essen. Komisches Gefühl, Jonte hier zu Hause so dicht bei mir zu haben.

»Schwer in Ordnung, deine Mutter. Im Reitlager habe ich mich zuerst gewundert, dass sie mitgekommen ist. Ich dachte, sie wäre deinetwegen da, weil du dich vielleicht nicht getraut hast ohne sie. Aber dann hab ich geschnallt, dass sie selbst auch reiten wollte. Muss cool sein, eine Mutter zu haben, die reiten kann. Meine traut sich kaum, Daisy nur zu streicheln.«

»Manchmal ist es nervig, dass sie alles besser weiß. Aber meistens ist sie ganz okay. Ohne ihre Hilfe hätte ich nie reiten gelernt.«

Ich erzähle ihm, wie es war, als ich meine ersten Reitstunden hatte. Wie ich im Sattel herumrutschte und dachte, alle würden mich auslachen. Und dass ich beinahe schon aufgeben wollte, weil es so schwer war.

Mitten in meiner Erzählung biegt plötzlich ein Taxi auf den Hof. Aus dem Auto klettert ein Mann, der kaum auf den Beinen stehen kann. Er muss sich an der Tür festhalten, um nicht hinzufallen. Ich verstumme und starre nach draußen.

»Was ist denn das für ein komischer Typ? Sieht aus, als ob er stockbesoffen ist«, sagt Jonte atemlos.

Der Mann stolpert verwirrt auf dem Hof herum. Er geht wie ein neugeborenes Kalb und es sieht aus, als wüsste er nicht richtig, wohin. Vor der Treppe hält er an und starrt hinauf zum Fenster. Seine Haare sind zerzaust und sein Anzug ist verknittert. Seine Augen irren hin und her, ohne Halt zu finden.

»Mama, komm mal!«, rufe ich.

»Ich kann jetzt nicht, Spatz«, ruft Mama zurück. »Ihr müsst euch selbst was zu essen machen. Schieb eine Pizza in den Backofen oder mach ein paar Würstchen heiß.«

»Du musst aber kommen. *Jetzt gleich!*«

Der betrunkene Mann hat Kurs auf unsere Haustür genommen und ist auf dem Weg die Treppe hinauf. Ich laufe in Mamas Zimmer und packe sie am Arm. Das hier ist wirklich wichtiger als ihre Arbeit.

»Was ist denn um Himmels willen los, Lisa!«, sagt Mama ärgerlich. »Kann das nicht warten? Nur noch eine kleine Weile? Ich bin fast fertig.«

Im selben Moment wird die Haustür aufgestoßen und ein mordsmäßiges Gepolter ist zu hören. Das bringt Mama endlich auf Trab. Sie läuft in den Flur, ich hinterher. Unser Besucher ist anscheinend über die Türschwelle gestolpert, wollte sich festhalten und hat die Flurgarderobe heruntergerissen. Jetzt liegt er hilflos strampelnd zwischen Jacken, Schuhen und lehmigen Gummistiefeln.

»Was ist denn hier los?«, schreit Mama. »Ruf die Polizei an, Lisa! Wer weiß, was das für ein Verrückter ist. Vielleicht ist er gefährlich!«

Ich schüttle den Kopf.

»Siehst du denn nicht, wer das ist?«, sage ich.

Der Mann flucht leise vor sich hin und endlich gelingt es ihm, sich wieder aufzurappeln. Mit einfältigem Gesichtsausdruck starrt er Mama an und sie starrt zurück.

Plötzlich taucht Lasse in der Tür auf und sieht uns erschrocken an. Das bringt Leben in den Betrunkenen. Er macht einen wackeligen Schritt auf Lasse zu und schüttelt drohend die Faust.

»Du … du Frauenklauer! Du kriss meine Frau nich!!!«, brüllt er und schwankt.

»Papa, hör auf!«, rufe ich.

»Wissu et… wissu etwa den als neuen Vadder ham?«, lallt Papa und sieht mich mit umnebeltem Blick an.

Ich glaube, ich habe Papa noch nie betrunken gesehen. Vielleicht mal beschwipst nach einer Feier, aber noch nie so voll wie jetzt. Er kann kaum auf seinen eigenen Füßen stehen und ich schäme mich so sehr für ihn, dass ich nicht weiß, wo ich hingucken soll. Bei dem Gedanken, dass Jonte hinter mir steht und alles mit ansieht, könnte ich heulen. Jetzt fehlt nur noch, dass Mama einen ihrer berühmten Tobsuchtsanfälle kriegt.

Aber komischerweise sieht sie nicht mal ärgerlich aus.

»Ich kümmere mich um ihn«, sagt sie ganz ruhig. »Na komm, Rolf, du legst dich jetzt erst mal eine Weile hin. Sieht aus, als hättest du ein bisschen Ruhe nötig.«

Entschieden packt sie Papa und zieht ihn mit sich ins Wohnzimmer. Wir hören, wie er mit einem Stöhnen auf das Sofa plumpst.

»Was ist denn passiert?«, fragt Lasse.

»Keine Ahnung«, sage ich.

»Nita kommt sicher ganz gut alleine klar«, sagt Lasse. »Aber versprich mir, dass du mich holst, wenn es Ärger gibt.«

Als Lasse gegangen ist, sehe ich Jonte an. Er macht ein verwirrtes Gesicht und das ist ja auch kein Wunder.

»Tut mir leid. So was macht Papa sonst nie«, sage ich leise. »Er muss es sich mächtig zu Herzen genommen haben, dass Mama gesagt hat, sie will Lasse heiraten.«

»Ich gehe jetzt wohl besser«, meint Jonte und verschwindet durch die Tür, ohne Tschüss gesagt zu haben.

Auf dem Küchentisch stehen noch unsere halb gegessenen Eisportionen. Das Eis ist geschmolzen und hat sich in Vanillesoße verwandelt.

Papa schläft auf dem Sofa. Er liegt auf dem Rücken und schnarcht mit offenem Mund. Ich betrachte ihn angewidert. Mein Vater soll sich nicht so benehmen. Mama ist auch anders als sonst. Sie schimpft kein bisschen. Stattdessen sitzt sie auf dem Fußboden neben Papa und sieht ihn geradezu liebevoll an.

»Mama ...«, sage ich mit Tränen in der Stimme.

Sofort ist Mama auf den Beinen und schließt mich in ihre Arme. Sanft streicht sie mir übers Haar.

»Meine arme, kleine Lisa«, flüstert sie. »Das hier hätte ich dir gerne erspart. Wo doch Jonte zu Besuch war und alles.«

Die Tränen schwimmen in meinen Augen und ich umarme Mama ganz fest. Jetzt, wo man sich auf Papa nicht mehr verlassen kann, habe ich nur noch sie.

»Was hat er denn?«, frage ich leise und nicke in Papas Richtung.

Er grunzt und stöhnt im Schlaf. Es hört sich ekelhaft an.

»Er ist eifersüchtig«, sagt Mama. »Da hat er mich vor vielen Jahren wegen Elisabeth verlassen und trotzdem regt er sich dermaßen darüber auf, dass ich einen anderen gefunden habe. Manchmal ist er wirklich ein Idiot.«

»Warum bist du nicht wütend?«, frage ich.

Mama kichert.

»Ja, das ist wirklich komisch. Natürlich müsste ich wütend auf ihn sein, dass er hier hereinpoltert und uns Ärger macht. Aber soll ich dir was sagen? Eigentlich freue ich mich. So sehr wie schon lange nicht mehr.«

»Du freust dich?«, frage ich verblüfft.

Mama sieht auf Papa hinunter.

»Du weißt ja, wie wütend ich war, als er uns sitzen gelassen hat. Das Schlimmste war gar nicht mal, dass er uns verließ, sondern dass er nicht verstand, wie schwer es danach für mich war. Er hat nie begriffen, wie weh es mir tat, ihn mit seiner neuen Frau und dem kleinen Baby zu sehen. Aber jetzt, wo ich Lasse kennengelernt habe, spürt er es am eigenen Leib, obwohl wir nicht mal mehr verheiratet sind. Verstehst du?«

»Nicht ganz.«

»Ich dachte, er hätte mich verlassen und sofort vergessen. Aber das hat er offenbar nicht. Er macht sich immer noch etwas aus mir.«

»Was machen wir jetzt mit ihm?«, will ich wissen. »Er kann doch nicht auf dem Sofa übernachten.«

Mama grinst spitzbübisch und ihre Augen glitzern. Sie sieht genau aus wie Star, wenn er sich etwas ganz besonders Neckisches überlegt hat.

»Jetzt kommt das, was mir am meisten Spaß macht. Ich werde Elisabeth anrufen und sie bitten, ihren Mann abzuholen.«

Papa liegt immer noch auf dem Sofa und schnarcht, als Elisabeth zwei Stunden später eintrifft. Sie sieht ihn voller Abscheu an.

»Nun, hier kann er ja kaum liegen bleiben«, sagt Mama aufgekratzt.

»Was macht er überhaupt hier?«, will Elisabeth wissen.

Ihr pinkfarbener Lippenstiftmund ist ein schmaler Strich und ihre Augen wandern nervös zwischen Mama und Papa hin und her.

»Er schläft«, sagt Mama.

»Das sehe ich selbst«, erwidert Elisabeth spitz. »Das habe ich auch nicht gemeint.«

»Ich habe dich schon verstanden«, sagt Mama und lächelt. »Aber die Einzelheiten soll Rolf dir lieber selbst erzählen. Ich schlage vor, dass wir den müden Krieger erst einmal ins Auto verfrachten.«

Mama legt sich Papas einen Arm um die Schultern und Elisabeth nimmt den anderen. Papa hängt zwischen ihnen wie eine kaputte Puppe. Ihre einzige Chance, ihn nach draußen zu bringen, ist, ihn hinter sich herzuziehen. Ich will nicht zusehen, wie mein Vater über den Fußboden geschleift wird wie ein Sack Kartoffeln.

»Ich hole Lasse«, rufe ich.

Mit Mamas Hilfe gelingt es Lasse, Papa zu schultern und ihn die Treppe hinunter zum Auto zu tragen. Gemeinsam bugsieren sie ihn auf die Rückbank.

»Armer Rolf«, sagt Mama und streichelt Papa über die Wange. »Wie sehr du dich wohl schämen wirst, wenn du wieder bei Besinnung bist.« Seit der Scheidung hat sie ihn nicht mehr Rolf genannt. »Dein Vater«, sagt sie sonst immer. Gerade so, als würde er nur mir gehören und als hätte sie nie was mit ihm zu tun gehabt.

»Sei lieb zu ihm«, sagt Mama zu Elisabeth. »Es wird ihm nicht gut gehen, wenn er aufwacht.«

Elisabeth verzieht säuerlich den Mund, steigt ohne ein Wort ins Auto und gibt so heftig Gas, dass der Kies unter den Reifen wegspritzt.

»Weg mit Mann Nummer eins und her mit Mann Nummer zwei«, sagt Mama und lacht aus vollem Hals.

Sie wirft sich in Lasses Arme und küsst ihn auf den Mund, dass es nur so schmatzt.

»Ich habe den Glauben an die Liebe wiedergefunden«, sagt sie mit dramatischem Beben in der Stimme. »Ich finde, wir sollten jetzt so schnell wie möglich heiraten.«

»Langsam begreife ich überhaupt nichts mehr«, sagt Lasse. »Aber das macht nichts. Hauptsache, du hast dich endlich entschieden.«

7

Den ganzen Morgen quält mich die Sorge, ob Jonte mir wohl aus dem Weg gehen wird, wo Papa sich doch so entsetzlich blamiert hat. Ich erwähne es gegenüber Kristin, bereue es aber sofort, als ich ihre spöttische Miene sehe.

»Bist du etwa verknallt in ihn?«, will sie wissen.

»Spinnst du jetzt total, oder was?«, fauche ich. »Jonte und ich sind Kumpel, sonst nichts.«

»*Love, love, love*«, summt Kristin und ich kann nicht anders, ich muss grinsen.

Auch an diesem Morgen wartet Anna nicht an der Bushaltestelle vor der Schule. Aber Jonte. Mir wird ganz heiß vor Freude, als ich ihn entdecke.

»Wie geht's deinem Vater?«, fragt er.

Ich finde es gut, dass er das Thema sofort anspricht.

»Weiß nicht«, antworte ich. »Bestimmt hat er heute Morgen einen dicken Brummschädel und das geschieht ihm recht. So hat er sich vorher noch nie aufgeführt.«

»Wahrscheinlich hatte er nur Kummer«, sagt Jonte und ich staune darüber, wie viel er versteht, ohne dass er weiß, wie die Dinge eigentlich liegen.

Armer Papa. Auf einmal bin ich überhaupt nicht mehr sauer auf ihn. Gerade jetzt hat er es bestimmt auch nicht leicht. Ich weiß, wie wütend Elisabeth werden kann, und sie sah nicht gerade sehr verständnisvoll aus, als sie Papa gestern abholte. Wahrscheinlich hat sie seitdem in einer Tour mit ihm geschimpft. Ich beschließe, Papa anzurufen und ihn zu trösten, sobald ich nach Hause komme.

Jonte und ich sind gerade in der Klasse und haben uns

hingesetzt, als Anna angedackelt kommt. Ihre Schritte sind zögernd und sie sieht mich mit gesenktem Kopf an.

»Entschuldige, dass ich gestern so blöd zu dir war«, sagt sie leise. »Wollen wir wieder Freundinnen sein?«

»Na klar«, sage ich.

Annas Gesicht leuchtet auf. Aber dann schaut sie Jonte an und wird gleich wieder zickig.

»Sag dem da, er soll Leine ziehen, das ist mein Platz«, sagt sie und zeigt auf Jonte.

Es ist, als würde ein kalter Luftzug durch die Klasse wehen. Ich starre sie an und fühle mich wie in einer Falle. Egal, was ich jetzt tue, es wird falsch sein. Gebe ich Anna den Vorzug vor Jonte, ist er sauer, und zwar völlig zu Recht. Entscheide ich mich für Jonte, wird Anna mir das nie verzeihen. Alle beide sehen mich an. Anna trotzig, Jonte fragend, und mir ist, als müsste ich ersticken.

»Ich gehe natürlich, wenn du willst«, sagt Jonte.

»Ja, hau ab«, sagt Anna.

Da glimmt ein trotziger Funke in Jontes Augen auf.

»Ich will Lisas Meinung hören, nicht deine.«

Plötzlich weiß ich, was ich will. Jonte hat mir die Möglichkeit gegeben, zu wählen. Anna nicht. Sie verlangt einfach, dass ich ihr gehorche.

»Ich bin gerne deine Freundin, Anna«, sage ich. »Aber jetzt sitzt Jonte hier. Du hast dir selbst ausgesucht, dass du woanders sitzen willst.«

Anna hält die Luft an. Sie macht den Mund auf, als wollte sie etwas sagen, aber dann klappt sie ihn wieder zu. Ohne ein Wort marschiert sie zurück zu ihrem Platz. Ihr hasserfüllter Blick ist wie eine Stichflamme. Bis eben war sie nur sauer auf mich. Jetzt ist sie meine Feindin.

»Das hättest du nicht tun müssen«, flüstert Jonte.

»Ich weiß«, flüstere ich zurück. »Aber ich sitze lieber neben dir. Ich will nicht, dass Anna über mich bestimmt.«

Unter dem Tisch tastet Jontes Hand nach meiner. Das macht es mir leichter, Annas Hass zu ertragen.

Als ich nach Hause komme, liegt ein großes Paket auf dem Küchentisch. Es ist in Silberpapier eingewickelt und sieht teuer aus. »Für Lisa«, steht drauf.

»Was ist das denn?«, frage ich erstaunt.

»Ist nicht von mir«, sagt Mama und macht ein geheimnisvolles Gesicht. »Nun mach endlich auf – ich bin schon den ganzen Tag neugierig.«

Vorsichtig entferne ich das Papier. Zwei weiße Kartons kommen zum Vorschein. Mit angehaltenem Atem öffne ich den ersten und traue kaum meinen Augen. Er enthält ein Paar schwarze Reitstiefel. Sie sind ganz neu und wahnsinnig blank. Im anderen Karton liegt eine Reithose, hellgrau mit dunkelgrauen Wildlederflecken an den Knien.

»Jetzt kapier ich überhaupt nichts mehr«, sage ich. »Ist das wirklich für mich?«

»Schau mal, was ich gekriegt habe«, sagt Mama und verschwindet in ihrem Arbeitszimmer.

Als sie wieder herauskommt, hat sie eine Vase voller roter Rosen in der einen Hand und eine Schachtel Pralinen in der anderen. Es sind mindestens zwanzig Rosen, und eine so große Pralinenschachtel habe ich noch nie im Leben gesehen. Plötzlich geht mir ein Licht auf.

»Von Papa, oder?« Mama strahlt.

»Was meinst du, wie erstaunt ich war, als es an der Tür klopfte und der Bote draußen stand. Ich dachte erst, er hätte sich in der Adresse geirrt. Armer Rolf, er muss sich schrecklich schämen wegen gestern. Jetzt versucht er sich freizukaufen von der Schande. Ich möchte nur mal wissen, was er sich hat einfallen lassen, um Elisabeth gnädig zu stimmen. Das wird bestimmt nicht billig, möchte ich wetten. Ein hübsches kleines Cabrio oder eine romantische Reise nach Paris, mindestens.«

»Aber deswegen muss er doch nicht einen Haufen Geschenke kaufen«, sage ich. »Sooo schlimm war es nun auch wieder nicht.«

»Ja, ja. Du weißt doch, wie er ist. Es fällt ihm schwer, die richtigen Worte zu finden, da schickt er lieber ein paar teure Geschenke, anstatt ›Verzeihung‹ zu sagen. Geld genug hat er ja. Und uns beiden tut ein bisschen Luxus ganz gut, oder nicht? Jetzt probier mal die Sachen an, ich will sehen, wie du darin aussiehst.«

Ich steige aus meiner Jeans und ziehe die Reithose an. Sie sitzt wie angegossen. Die Stiefel passen auch. Ich drehe und wende mich vor dem Spiegel und genieße mein eigenes Spiegelbild.

»Jetzt siehst du aus wie eine richtige Turnierreiterin«, sagt Mama. »Wenn du ordentlich Springen übst, wirst du auch bald eine sein.«

Alle anderen, die an dem Springkurs teilnehmen, haben Reithosen und Reitstiefel. Ich war bisher die Einzige, die Jeans und gewöhnliche grüne Gummistiefel anhatte. Das war mir zwar egal, aber natürlich ist es viel cooler, richtige Reitkleidung zu tragen.

»Wie schön, jetzt brauche ich mich endlich nicht mehr für dich zu schämen«, neckt Kristin mich, als wir zu unserer zweiten Springstunde reiten. »Hauptsache, du fällst nicht runter und machst dich schmutzig.«

Ich strecke ihr die Zunge raus. Ich habe absolut nicht vor, mich abwerfen zu lassen. Diesmal werden Star und ich den anderen zeigen, dass wir mehr können, als in irrwitzigem Tempo durch die Reitbahn zu rasen. Star hat überhaupt keine Angst mehr. Er geht direkt und ohne Zögern in die Halle hinein und reagiert nicht einmal auf die Hindernisse, die Maggan aufgebaut hat.

Wir beginnen mit einem Trab über eine lange Reihe auf dem Boden liegender Stangen. Das macht Spaß. Weil Star und Sigge von allen Teilnehmerpferden die kleinsten sind, müssen sie extra lange Schritte machen, um nicht zu stolpern. Alle beide greifen ordentlich aus und es ist ein Gefühl, als würde man schweben.

»Star macht das ganz super«, ruft Lotta, als sie an uns vorbeireitet.

»Sigge auch«, rufe ich zurück.

Es ist kaum zu glauben – Lotta und ich machen uns Komplimente. Wo wir uns doch sonst immer gleich an die Kehle gesprungen sind, wenn wir uns trafen. Langsam glaube ich wirklich, dass Lottas Freundlichkeit echt ist.

Dafür habe ich jetzt eine neue Feindin. Sie steht auch diesmal auf der Tribüne, wie ein drohender dunkler Schatten. Jedes Mal, wenn ich in die Richtung schaue, sieht sie mich finster an und schickt mir Wolken von Feindseligkeit. Neben Anna steht ein kleiner, eleganter Mann mit Trenchcoat und Hut. Er sieht nicht so aus, als gehörte er auf eine Reithallentribüne. Ich frage mich, wer das wohl ist.

»Was ist denn mit Anna los?«, fragt Kristin. »Wieso steht sie oben auf der Tribüne und sieht dich so finster an?«

»Wir sind verkracht«, sage ich. »Sie ist sauer auf mich, weil sie nicht beim Springkurs mitmachen darf.«

»Das ist doch nicht deine Schuld.«

»Du sagst es«, erwidere ich. »Aber sie denkt, ich könnte Maggan überreden, wenn ich wollte.«

Kristin sagt nichts dazu, kein ›Hab ich es dir nicht gesagt?‹ oder etwas in der Art. Dafür bin ich ihr dankbar.

Maggan legt ein paar Stangen vor einem der Hindernisse aus.

»Jetzt sollt ihr aus dem Trab heraus springen«, sagt sie. »Trabt über die Stangen und lasst das Pferd anschließend das Hindernis nehmen.«

»Wäre es nicht besser, die Stangen zu entfernen und das Hindernis anzugaloppieren?«, fragt die Frau mit der spitzen Nase. »In dem Kurs hier sollen wir uns doch aufs Turnierspringen vorbereiten und ich habe noch kein Turnier gesehen, bei dem Bodenstangen vor dem Hindernis liegen.«

Maggan lächelt geduldig. Sie tut so, als hätte sie den rügenden Unterton nicht gehört.

»Mit dieser Übung lernen die Pferde, sich zu konzentrieren und den richtigen Absprungpunkt zu finden.«

»Das mag ja für die Anfänger in der Gruppe wichtig sein«, sagt die Frau und wirft mir einen Blick zu. »Aber für uns andere ist das doch überflüssig. Ich habe mir von dem Kurs wirklich etwas anderes versprochen.«

»Das ist für alle nützlich, Berit«, sagt Maggan ruhig. »Ich verspreche es dir. Frag Peter, wenn du mir nicht glaubst. Er hat schon viele Turniere gewonnen und beschwert sich nicht.«

Peter nickt und Berit hält endlich die Klappe.

»Zeig uns bitte, wie es funktioniert, Peter«, sagt Maggan.

Lord biegt elegant den Hals und trabt mit raumgreifenden Schritten los. Das Hindernis ist so niedrig, dass er ein fach drübersteigt. Als Nächstes ist das blasse Mädchen an der Reihe. Ihr weißes Pony stolpert über die Stangen und sieht das Hindernis nicht rechtzeitig. Es bleibt einfach davor stehen und die Wangen des Mädchens sind plötzlich knallrot anstatt bleich.

»Gleich noch einmal, Jeanette«, ruft Maggan. »Du musst stärker treiben, damit dein Pferd begreift, dass es springen soll.«

Jeanette gibt ihrem Pony entschlossen die Schenkel und es springt. Bei Kristin, Lotta und Jonte klappt es gleich beim ersten Versuch. Danach bin ich an der Reihe. Star stellt sofort die Ohren nach vorn, als er begreift, dass er springen soll. Bevor ich noch weiß, wie mir geschieht, hat er bereits volles Tempo aufgenommen, schaufelt über die Bodenstangen, dass es in alle Richtungen staubt, und fliegt mit einem mächtigen Satz über das Hindernis.

»Ich sagte *traben*«, kritisiert Maggan ruhig. »Nicht im Cowboygalopp losstürmen.«

Oben auf der Tribüne lacht Anna laut und schadenfroh. Ich schicke ihr einen mordlustigen Blick. Beim nächsten Versuch bin ich vorbereitet und fasse die Zügel ganz kurz. Star tänzelt vorwärts, die Nase hoch in die Luft gereckt. Stangen und Hindernis nehmen wir in einer Mischung aus Trab und Bocksprung.

»Die Zügel etwas länger lassen, Lisa. Star muss die Möglichkeit haben, ein Stück vorauszusehen«, mahnt Maggan.

»Ganz ruhig, mein Junge«, flüstere ich.

Star schüttelt den Kopf und peilt erneut das Hindernis an. Endlich scheint er begriffen zu haben, worauf es ankommt. Er macht längere Schritte und springt schließlich an der richtigen Stelle ab.

Jetzt ist nur noch Berit übrig. Sie sieht mich missgelaunt an. Wahrscheinlich findet sie, dass meine Anfängerprobleme ihr Springtraining stören. Ihr großes hellbraunes Pferd sieht genauso missgelaunt aus. Ärgerlich legt es die Ohren zurück, als Berit ihm ihre Fersen in die Seiten drückt.

»Ich halte derartig simple Übungen immer noch für vergeudete Zeit«, meckert sie.

Berit und ihr Pferd nehmen die Stangen ohne Probleme, aber direkt vor dem Hindernis wirft sich ihr Pferd zur Seite. Das kommt so unerwartet, dass zuerst keiner begreift, was da passiert, am allerwenigsten Berit. Sie schießt weiter geradeaus über den Sprung und macht einen Bauchklatscher in die Sägespäne. Der Mann mit dem Hut schreit vor Schreck auf.

Maggan läuft hin, um nachzusehen, ob Berit verletzt ist. Aber Berit wehrt ihre helfenden Hände ab.

»Ich schaffe das schon allein, bemüh dich nicht«, keift sie und rappelt sich wieder auf.

Mit hocherhobener Nase und starrem Blick geradeaus holt sie ihr Pferd. Aber es ist nicht leicht, würdevoll auszusehen, wenn die ganze Vorderseite voller Sägespäne ist. Als sie wieder antrabt, fallen dauernd Späne aus ihren Kleidern.

»Hast du dir wehgetan, Liebling?«, ruft der Mann mit Hut besorgt.

Berit schüttelt abwehrend den Kopf und sieht peinlich berührt aus.

»Bist du sicher?«

»Sei endlich still, während ich reite«, faucht Berit.

Der Mann macht ein unglückliches Gesicht. Der Ärmste. Berits Mann zu sein muss schlimmer sein als Bauchweh.

Nachdem jeder von uns die Übung mehrere Male wiederholt hat, ist Maggan mit uns zufrieden.

»Okay, jetzt wird es Zeit, richtig zu springen. Den ganzen Parcours – im Galopp!«, sagt sie und zwinkert Berit zu.

Aber Berit sieht nicht so aus, als ob ihr die Anspielung gefällt.

Den ganzen Parcours? Vor Spannung habe ich ein Ziehen im Bauch. Im Reitlager haben wir draußen im Wald einen Geländeparcours gesprungen. Aber da waren die Hürden ganz niedrig und Star dachte nicht daran zu verweigern, aus lauter Angst, das Pferd vor ihm aus den Augen zu verlieren. Einen Parcours in der Reithalle zu springen ist etwas ganz anderes.

8

Maggan zeigt uns, in welcher Reihenfolge wir die Hindernisse überspringen sollen. Es kommt mir unmöglich vor, sich den ganzen Parcours zu merken. Meine Hände sind verschwitzt und kleben. Je länger ich die Hindernisse ansehe, desto höher erscheinen sie mir. Erst sind sie nur einen halben Meter hoch, eine Minute später schon so hoch wie ein dreistöckiges Haus. Das schaffe ich nie im Leben.

Aber es kann mich ja auch niemand zwingen. Ich muss nicht mitmachen. Maggan wird es bestimmt verstehen, wenn ich lieber nur zugucke, wie die anderen springen. Das ist ja auch kein Wunder, so wenig wie Star und ich bisher gesprungen sind, gemessen an den anderen. Ich habe mich gerade entschlossen, nicht mitzuspringen, als Berit den Mund aufmacht.

»Soll die etwa auch springen?«, fragt sie mit einer Kopfbewegung in meine Richtung.

Anna kichert vergnügt auf der Tribüne. Das hämische, schadenfrohe Gekicher macht mich rasend. Eine Zorneswelle braust durch meinen Körper und spült alle Angst weg. Das wäre das Letzte, dass Anna mich zögern sieht und sich einbildet, ich hätte keinen Mumm. Die Freude gönne ich ihr nicht.

»Na klar will ich es auch versuchen!«, rufe ich mit lauter Stimme.

Maggan sieht mich an und lächelt.

»Genau die richtige Einstellung, Lisa. Wer nicht wagt, der nicht gewinnt. Du kannst anfangen, wenn du dich bereit fühlst. Treibe Star immer gerade auf das Hindernis zu. Aber versuche, ihn nicht im Maul zu reißen.«

Die Angst liegt wie ein steinharter Klumpen in meinem Magen, aber ich tue so, als wäre sie nicht da. Denn obwohl ich nicht in Annas Richtung sehe, kann ich spüren, wie sehr sie sich wünscht, dass ich es nicht schaffe. Genau aus dem Grund will ich das Gegenteil beweisen.

Ich lasse Star eine ganze Runde traben, bevor ich angaloppiere. Er ist fröhlich und voller Energie. Als ich ihn auf das erste Hindernis zulenke, wird er von ganz allein schneller. Jetzt darf alles passieren, außer dass Star verweigert oder zur Seite ausbricht.

Ich bin so darauf gefasst zu kämpfen, dass es fast eine Enttäuschung ist, als Star einfach hinüberfliegt, mühelos wie eine Katze. Jetzt kommt eine leichte Rechtskurve und dann das zweite Hindernis, gelb angemalte Tonnen mit einer Stange dazwischen. Über ein solches Hindernis sind wir auch im Reitlager gesprungen und anscheinend erinnert Star sich noch daran. Er springt ein bisschen zu dicht vor dem Hindernis ab, trickst sich aber irgendwie hinüber.

Jetzt kennt Star kein Halten mehr. Ich fühle, wie er unter mir vor Kraft fast überschäumt. Der Angstklumpen in meinem Magen ist verschwunden.

»Nicht so schnell. Lasst euch Zeit«, mahnt Maggan.

Aber Star will sich ganz und gar keine Zeit lassen. Er schüttelt irritiert den Kopf, als ich die Zügel kürzer fasse. Wir rutschen ein bisschen in der Kurve an der kurzen Seite der Halle, aber das kümmert Star nicht. Er wird noch schneller und wirft sich wie ein Tiger über die beiden letzten Hindernisse. Wir haben's geschafft, Star und ich! Als ich hochschaue, sehe ich, wie Anna durch die Tür davonschleicht. Pech für sie, dass Star weder verweigert noch eine Stange gerissen hat.

»Was den Stil und die Konzentration angeht, habe ich noch einiges auszusetzen. Aber wie springfreudig er ist, dein kleiner Draufgänger! Er platzt ja beinahe vor Eifer. Hüte diese Springfreudigkeit gut, Lisa. Damit kann er es weit bringen. Es sollte mich nicht wundern, wenn er in ein paar Jahren ein richtiger Champion auf den Springturnieren wäre.«

Maggans Worte sind wie Honig und ich schlecke ihn begierig in mich hinein. Star tänzelt und will bewundert werden. Er findet natürlich, dass er wahnsinnig tüchtig war.

Alle anderen in der Gruppe dürfen über höhere Hindernisse springen. Normalerweise finde ich es unheimlich spannend, anderen beim Springen zuzusehen, aber im Moment bin ich überwältigt von Stars und meinem Erfolg. Wir haben einen ganzen Parcours ohne einen einzigen Fehler geschafft! Es ist unfassbar. Als ich Star Anfang des Jahres bekam, war er ein mürrisches, struppiges kleines Klappergestell, das niemand haben wollte. Jetzt ist er rund und gesund mit schimmerndem Fell und kann sogar springen.

Jontes Augen sind unter dem Schirm seiner Reitkappe kaum zu erkennen. Ich halte ihm die Daumen, dass es bei ihm ebenso gut klappt wie bei mir. Als er Plutten im Reitlager ritt, sah Jonte immer mutlos und resigniert aus. Es war, als hätte er von Anfang an aufgegeben. Plutten war unheimlich träge und total hoffnungslos. Auf Daisys Rücken ist Jonte wie ausgewechselt, energisch und zielgerichtet. Erst jetzt sehe ich, dass er wirklich richtig gut reitet, auch wenn eine feine Hilfengebung und ein gerader Rücken nicht gerade etwas sind, worauf er größere Mühe verwendet.

Daisy ist kaum zu bremsen. An der Startlinie scharrt sie vor Eifer mit den Vorderhufen im Sägemehl. Kaum hat Jonte die Zügel etwas nachgegeben, fegt sie wie ein Wirbelwind los. Manchmal springen sie etwas zu früh ab und manchmal etwas zu spät, aber darum kümmern sie sich alle beide nicht.

Hinterher strahlt Jonte übers ganze Gesicht. Maggan ist nicht ganz so begeistert.

»Solange die Hindernisse so niedrig sind, mag es funktionieren, derartig über den Parcours zu stürmen. Aber wenn du höher springen willst, musst du dafür sorgen, dass sie am richtigen Punkt abspringt. In Zukunft ein ruhigeres Tempo und präzisere Wege, Jonte.«

»Klar«, antwortet Jonte unbekümmert.

Als Nächste ist Kristin an der Reihe, die mit Olle eine gute Leistung ablegt. Es sieht sehr gesittet und ordentlich aus. So ist Olle immer, ruhig und gelassen und ein kleines bisschen langweilig. Er hetzt sich nicht unnötig ab. Das macht Berits hellbraunes Pferd auch nicht. Sie sind sich ziemlich ähnlich, Berit und ihr Pferd. Dasselbe lange Gesicht, dieselbe mürrisch herabhängende Unterlippe.

Berits Springstil ist steif und ihr Pferd muss sich ziemlich anstrengen. Es sieht so mühsam aus, als würde er durch tiefen Matsch galoppieren, und bei jedem Hindernis erwarte ich, dass er gleich verweigert. Aber das tut er nicht. Nach beendetem Parcours sieht Berit sich um, gerade so, als erwarte sie donnernden Beifall. Aber der Einzige, der applaudiert, ist ihr Mann, der sie von der Tribüne aus voller Stolz beobachtet.

Jeanette sieht aus wie eine Porzellanpuppe auf ihrem weißen Pony, so als würde sie beim kleinsten Stoß kaputtgehen. Aber sie legt einen erstaunlich kraftvollen Ritt hin und lacht anschließend glücklich. Danach sind Sigge und Lotta dran. Sigge kann gut springen und die Hindernisse der Reitschule kennt er in- und auswendig. Er ist süß wie ein Märchenpferd, wie er schnaubend vor Eifer vorwärtsstürmt. Der Schweif weht wie eine schwarze Fahne hinter ihm her. Früher war ich immer traurig, wenn ich Lotta auf seinem Rücken sah. Aber jetzt, wo wir keine Feindinnen mehr sind, bin ich nicht mehr ganz so wehmütig.

Ganz zum Schluss springt Peter. Plötzlich ist die Tribüne voller Mädchen, die erwartungsvoll kichern und mit den Augenlidern klappern, in der Hoffnung, dass Peter gerade sie anschaut. Peter hat nichts dagegen, im Mittelpunkt zu stehen, ganz im Gegenteil. Er knipst sein weißes Reklamelächeln an und hebt einen Arm zum Gruß. Um noch mehr Eindruck zu schinden, schließt er die Schenkel so fest, dass sein Pferd ein paar Luftsprünge macht. Der Fanclub auf der Tribüne seufzt entzückt.

Ich habe immer noch nicht herausgekriegt, warum Peter mit uns zusammen trainiert. Jonte sagt, dass er mit Lord üben will, in der Halle zu springen. Vielleicht stimmt das. Aber ich habe den Verdacht, dass Peter nur in der Reithalle trainiert, weil es hier so viele Mädchen gibt.

Bevor Peter springt, erhöht Maggan die Hindernisse noch ein bisschen. Als ich sehe, wie sie sich auftürmen, wird mir ganz flau im Magen, obwohl ich ja nur danebenstehe und zusehe. Es ist mir unbegreiflich, wie jemand freiwillig so hoch springen kann.

»Bist du bereit?«, fragt Maggan.

»Natürlich«, antwortet Peter seelenruhig.

Das Gemurmel auf der Tribüne verwandelt sich in andächtige Stille, als Peter anreitet. Lord ist wirklich ein schönes Pferd. Kräftig, aber doch schlank und so sorgfältig gestriegelt, dass sein muskulöser Körper glänzt. Die Mähne ist eingeflochten, wie bei einem Turnier. Wahrscheinlich haben einige von Peters Bewunderinnen geflochten und gestriegelt. Im Reitlager habe ich nie gesehen, dass er auch nur eine Bürste in die Hand genommen hätte. Immer waren gleich eifrige Helferinnen zur Stelle, die ihm die Arbeit abnahmen.

Jonte reitet zu mir auf. Zusammen sehen wir zu, wie Lord das erste Hindernis ansteuert. Obwohl es so hoch ist, springt er mit gutem Abstand hinüber. Peter ist genauso einfühlsam, wie es die Reiter bei den Springturnieren im Fernsehen immer sind.

»Er springt gut«, sagt Jonte.

»Oh ja, das tut er«, antworte ich, ohne den Blick von Peter zu wenden.

»Besser als ich«, fügt Jonte hinzu.

Peter lenkt Lord auf den Doppeloxer zu. Es liegen nur zwei Galoppsprünge zwischen den Hindernissen und ich begreife nicht, wie Lord auf den wenigen Metern landen und wieder abspringen kann.

»Findest du, dass er gut aussieht?«, fragt Jonte.

»Er ist wunderbar«, sage ich. »Und so mutig.« Erst als Peter den Parcours beendet hat, wende ich den Blick wieder in Jontes Richtung. Er starrt ausdruckslos vor sich hin.

»Wollen wir morgen zusammen ausreiten?«, frage ich.

»Weiß nicht«, murmelt Jonte. »Ich glaub nicht, dass ich Lust habe.«

Verwundert sehe ich ihn an. Anscheinend ist er sauer und das sieht Jonte gar nicht ähnlich. Ich komme mir total blöd vor. Da nehme ich zum ersten Mal meinen Mut zusammen und frage, ob wir uns treffen können – und er sagt Nein!

Vielleicht hat er mich schon satt, ohne dass ich es mitgekriegt habe? Wie peinlich! Meine Wangen werden ganz heiß und ich wende mich ab, damit Jonte es nicht sieht.

»Das habt ihr alle ganz toll gemacht«, stellt Maggan zufrieden fest. »Da kann ich euch ja gleich erzählen, dass wir in einem Monat hier im Verein ein Springturnier veranstalten werden. Die Meldelisten hängen schon am Schwarzen Brett im Stall aus und ich finde, ihr solltet alle mitmachen. Das wird eine gute Übung für euch sein.«

»Das gilt doch sicher nicht für mich?«, frage ich.

»Warum nicht?«, entgegnet Maggan. »Natürlich sind viele Prüfungen noch zu schwierig für euch, aber es wird auch ein Anfängerspringen mit klitzekleinen Hindernissen geben. Wenn du mit Star weiterhin so gut springst wie heute, sehe ich keinen Grund, warum ihr es nicht versuchen solltet.«

Ich sperre den Mund auf. Sie muss verrückt sein. Mir fallen sofort mindestens tausend Gründe ein, warum ich die Finger davon lassen sollte. Dass wir so gut wie keine Ahnung vom Springen haben, ist nur einer davon.

»Machst du da mit?«, frage ich Jonte.

»Ich denke schon«, antwortet er kurz, ohne mich anzusehen.

Das ist ganz ungewöhnlich für ihn. Ich glaube, ich habe ihn noch nie so sauer gesehen, und seine bockige Art irritiert mich.

»Was ist los mit dir?«, frage ich.

»Nichts«, antwortet Jonte muffig. »Kümmer dich nicht um Sachen, die dich nichts angehen.«

Sein Ton lässt mich nach Luft schnappen. Er hat keinen Grund, so bissig zu sein. Am liebsten würde ich ihn einfach stehen lassen. Einfach wegreiten und kein Wort mehr mit ihm reden. Nicht hier, nicht in der Schule. Kein Sterbenswörtchen, bevor er mich nicht anbettelt, wieder mit ihm zu sprechen. Das wäre eine gerechte Strafe.

Aber ich bin viel zu wütend, um den Mund zu halten. Ich versuche mich zu zwingen, einfach wegzureiten, aber es geht nicht. Stattdessen reite ich dicht an Daisy heran und zwinge Jonte, mich anzusehen.

»Was ist denn schon wieder?«, fragt er brummig.

Das macht mich noch wütender.

»Wenn *du* fragst, ob wir zusammen ausreiten wollen, ist alles in Ordnung. Aber wenn *ich* frage, bist du sauer. Findest du das etwa gerecht?«, fauche ich. »Aber mach dir nichts draus, du. Ich will sowieso nicht mehr mit dir ausreiten. Am liebsten würde ich dich nie wiedersehen, du Blödmann!«

Jonte wirft den Kopf zurück und seine Augen brennen sich in meine.

»Schon möglich, dass ich blöd bin. Aber mir steht es bis hier oben, dass alle Mädchen von Peter schwärmen und keine was für mich übrig hat. Ich dachte, du wärst anders, aber du bist kein Stück besser als alle anderen.«

Ich starre ihn an und verstehe überhaupt nichts mehr. Wovon redet er?

»Bist du verrückt? Wann habe ich jemals von Peter geschwärmt?«

»Du hast gesagt, dass er gut aussieht und wunderbar ist und mutig«, sagt Jonte und lässt den Kopf hängen. »Rate mal, was für ein tolles Gefühl es ist, sich das anhören zu müssen.«

Plötzlich begreife ich, was Sache ist, und pruste los vor Lachen.

»Wirklich sehr lustig«, sagt Jonte mürrisch.

Er tut mir leid, aber trotzdem kann ich nicht aufhören zu lachen. Es steigt mir von den Zehenspitzen hoch und lässt sich nicht aufhalten. Jonte starrt mich mit finsterem Blick an. Erst als er Daisy wendet und davonreitet, kann ich das Lachen unterdrücken.

»Warte!«, rufe ich ihm hinterher. »Das hast du ganz falsch verstanden. Ich habe doch nicht Peter gemeint – sondern Lord!«

Einen Moment lang sieht Jonte mich verwirrt an. Dann muss er auch laut lachen.

9

Zu Hause herrscht Chaos. Werkzeug liegt überall herum und der Fußboden ist voller Sägespäne und krummer Nägel. Aber es ist eine angenehme, eine erwartungsvolle Unordnung. Wir finden es alle vier spannend, dass wir bald richtig zusammenwohnen werden. Obwohl ich glaube, dass Lasse sich am meisten darauf freut. Glücklich pfeift und singt er fast die ganze Zeit vor sich hin, während er in seinem beuteligen Heimwerker-Overall herumstapft.

Überall taucht er auf und hämmert und sägt, dass es durch das ganze Haus hallt. Mama ist meistens an seiner Seite und gibt ihm gute Ratschläge, die er nicht braucht. Sie nennt das »mithelfen«, aber ich glaube, die Arbeit würde ohne sie sehr viel schneller vorangehen.

Lasse kann gut tischlern, Mama nicht. Einmal hat sie ein Bücherregal gebaut und unverschämt damit geprahlt, wie gut sie es hingekriegt hat. Als wir dann die Bücher ins Regal gestellt hatten, begann es sich bedrohlich seitwärts zu neigen. Noch bevor wir hinlaufen konnten, kippte es plötzlich um und krachte beinahe auf den Fernseher. Erst da entdeckte Mama, dass die komischen Metallstangen, von denen sie dachte, jemand im Laden hätte sie aus Versehen mit eingepackt, ein Stützkreuz waren und sie sie auf der Rückseite des Regals hätte anschrauben müssen.

Wenn ich Lasse wäre, würde ich mich wahnsinnig über ihre neunmalklugen Ratschläge aufregen, aber er lacht bloß. Bei jeder kleinsten Gelegenheit schlingt er die Arme um Mama und küsst sie.

»Meine hübsche, wunderbare Frau«, sagt er.

»Noch bin ich nicht deine Frau«, sagt Mama und versucht seine Hände von ihrem Körper wegzuschieben.

Jedes Mal, wenn sie das sagt, werde ich ganz unruhig. Es würde mich nicht wundern, wenn sie es sich wieder anders überlegt, und wer weiß, was dann passiert? Vielleicht wird Lasse dann so sauer, dass wir ausziehen müssen. Und ich will in Hallondalen bleiben. Ich habe mich noch nirgends so wohl gefühlt wie hier.

Voller Abscheu erinnere ich mich an Leif, den schmierigen, schiefzahnigen Flugkapitän, der Mama im Reitlager den Hof gemacht hat. Ihn konnte ich schließlich vertreiben, aber er hat mir einen ordentlichen Schrecken eingejagt. Am besten heiraten Mama und Lasse so schnell wie möglich, bevor wieder irgendein neuer widerlicher Typ auftaucht und sich einzuschleimen versucht.

Während Lasse tischlert und Mama ihm dabei zusieht und glaubt, sich nützlich zu machen, sind Kristin und ich meistens im Stall.

»Drinnen ist es ja nicht auszuhalten. Dieses andauernde Geknutsche«, sagt Kristin. »Ich begreife nicht, dass es ihnen nie zu viel wird. Auf die Dauer ist das doch ätzend langweilig.«

»Mhm …«, entgegne ich vage und denke an die Küsserei mit Jonte im Reitlager.

Die ist mir auch nie langweilig geworden.

Ansonsten redet Kristin über fast nichts anderes als das Turnier in der Reitschule. Sie hat sich schon für zwei Prüfungen eingetragen und liegt mir jeden Tag in den Ohren, dass ich auch teilnehmen soll.

»Ich will nicht«, sage ich.

Darüber lacht Kristin bloß.

»Natürlich willst du. Die Sache ist nur, dass du zu feige bist.« Darauf antworte ich nicht.

»Es macht viel mehr Spaß, wenn du auch teilnimmst«, fährt Kristin fort. »Wenn du dich nicht anmeldest, dann tu ich es für dich, das weißt du.«

Das ist keine leere Drohung. Im Frühjahr hatte sie Star und mich für ein Galopprennen angemeldet, obwohl ich nicht wollte.

»Na, und das Galopprennen im Frühjahr lief doch prima, oder?«

»Das war was ganz anderes«, sage ich. »Dass Star rennen kann, das wusste ich. Aber springen kann er noch nicht. Und ich auch nicht.«

»Jetzt zier dich nicht so, Lisa. Weißt du noch, was Maggan gesagt hat? Wer nicht wagt, der nicht gewinnt. Star springt doch wunderbar und du bist auch nicht schlecht. Wir brauchen nur ein bisschen zu üben.«

So geht es den ganzen Tag lang. Es kommt mir schon zu den Ohren raus und ich wünschte, sie würde mich in Ruhe lassen. »Ich will nicht und ich traue mich nicht und überhaupt geht dich das gar nichts an«, würde ich am liebsten schreien. Aber ich tue es nicht. Kristin würde es doch nicht verstehen. Für sie sind Turniere der Grund dafür, sich ein eigenes Pferd zu halten. Sie hat Olle gerade deswegen gekauft, weil er so gut springen kann.

Bei mir ist das anders. Star ist mein bester Freund. Weil es ihn gibt, stehe ich morgens überhaupt auf. Er ist weich und warm und voller Trost. Wenn ich Kummer habe, kann ich immer zu ihm gehen. Für mich ist es viel wichtiger, dass er mich mit einem freudigen Wiehern begrüßt, als dass er Turniere gewinnt.

Kristin hält mich für feige und vielleicht bin ich das auch. Denn natürlich würde ich es schrecklich finden, wenn Star mich abwirft oder beim ersten Hindernis verweigert. Ich mag auch den Gedanken nicht, dass mich eine Menge Leute anstarren und darauf warten, dass ich mich blamiere.

Aber richtig Angst habe ich nicht. Star hat mich gelehrt, dass ich viel mehr kann, als ich mir zutraue. Die Sache ist nur, dass ich selber entscheiden will. Wenn *ich* an einem Springturnier mit Star teilnehmen will, werde ich es tun. Und nicht, bloß weil Kristin oder sonst jemand sagt, dass ich es tun soll.

Jonte will auch, dass ich mitmache, aber er nervt nicht so wie Kristin.

»Schade«, sagt er nur und damit hat sich die Sache.

Anna hat sich eine neue Freundin gesucht. Sie heißt Bittan und hat das schrillste Lachen, das ich je gehört habe. Bittan gehört zu den coolen Mädchen, die jede Pause hinter der Turnhalle stehen und heimlich rauchen. Sie ist klein und zierlich und hat lange blonde Haare bis fast zum Po. Ich finde, sie sieht richtig blöd aus. Aber anscheinend habe ich den falschen Geschmack, denn alle anderen finden, dass sie absolut das hübscheste Mädchen in der ganzen Klasse ist. Wie Anna es geschafft hat, ihre Freundin zu werden, ist mir ein Rätsel. Sie findet sonst nicht so leicht Kontakt und war ziemlich einsam, als ich letzten Herbst in ihre Klasse kam.

Jedenfalls sitzen sie und Bittan jetzt jede Stunde hinter Jonte und mir und nebeln uns mit ihrem ekligen Rauchgestank ein. Anna hat nämlich auch angefangen, heimlich zu rauchen. Ich bin sicher, dass sie Zahnpasta und Zahnbürste in ihrer Schultasche hat, damit ihr Vater nicht merkt, dass sie nach Rauch stinkt, wenn sie nach Hause kommt. Der fiese Fritz würde ausrasten vor Wut, wenn er Anna beim Rauchen erwischen würde. Einmal hat er Anna und mich angeschrien, bloß weil wir uns ein ganz kleines bisschen geschminkt hatten.

Ich finde, Anna könnte mir verzeihen, dass ich Jonte und Star habe, wo sie selbst jetzt Bittan hat. Aber sie denkt anscheinend gar nicht daran, denn sie tut, was sie kann, um mir zu zeigen, wie blöd sie mich findet.

In der Schlange vor der Essenausgabe schubst sie mich an, sodass mir das Tablett aus der Hand rutscht. Sie tut so, als wäre es aus Versehen passiert, aber ich bin sicher, dass sie es mit Absicht getan hat. Es gibt ein enormes Geschepper und die Suppe spritzt in alle Richtungen. Mein neuer Pullover ist voller Fleischbrühe und Bittans widerliches Gelächter tutet wie eine Alarmsirene.

»Oh Verzeihung«, sagt Anna und grinst.

In der nächsten Unterrichtsstunde stellen wir unsere Gruppenarbeiten vor. Jonte und ich sollen ein Referat über Raubvögel halten. Ich finde es immer ein bisschen unangenehm, vorne zu stehen und vor der ganzen Klasse zu reden. So viele Augen starren mich an und ich habe Angst, dass ich vergesse, was ich sagen will. Dabei habe ich gestern meinen Vortrag geübt und Mama meinte, er sei gut. Das dürfte also eigentlich kein Problem sein.

Aber ich stehe kaum vorne am Lehrerpult, da fangen Bittan und Anna schon an zu gackern. Ich raschle mit meinen Blättern und versuche so zu tun, als ob ich sie nicht höre.

»Raubvögel haben …«, beginne ich zögernd.

Was ich sage, ist überhaupt nicht lustig. Trotzdem brechen Anna und Bittan in Gelächter aus. Als Bengtsson sie streng ansieht, gackern sie nur noch lauter.

»Raubvögel haben in der Regel ...«, versuche ich es wieder.

Da beginnt auch der Rest der Klasse zu kichern. Ich merke, wie die Hitze in mir hochsteigt und ich bis über beide Ohren rot werde. Die Worte verschwimmen auf dem Papier und plötzlich weiß ich gar nichts mehr über Hühnerhabichte und Seeadler.

»Jetzt seid mal still und lasst Lisa erzählen«, rügt Bengtsson.

Das macht alles noch schlimmer. Die Klasse brüllt vor Lachen und mir schnürt sich der Hals zu.

Tränen steigen mir in die Augen.

»Kümmere dich nicht um sie«, flüstert Jonte neben mir.

Als ich trotzdem kein Wort herausbringe, tritt er ein paar Schritte vor.

»Jetzt reißt euch zusammen, ihr Idioten!«, schreit er.

Keiner hört zu, aber das kümmert ihn nicht. Mit lauter Stimme berichtet er über die ungesetzliche Jagd auf vom Aussterben bedrohte Raubvögel. Er macht es gut, richtig gut. Es ist wie Theater, unterhaltsam, spannend und lebendig. Seine Stimme steigt und sinkt und packt zu. Jonte scheint sich auf der Bühne wohlzufühlen. Schon nach wenigen Minuten hören alle zu, und als er fertig ist, trage ich meinen Teil der Arbeit in einem Rutsch vor.

»Sehr gut«, lobt Bengtsson.

Ich schwanke zurück zu meinem Platz und tue so, als würde ich Annas hämisches Gesicht nicht sehen. Während die nächste Gruppe vorträgt, schiele ich heimlich zu Jonte hinüber und kriege feuchte Augen. Als alle anderen gelacht haben, ist er gekommen und hat mich gerettet. Das werde ich ihm nie vergessen.

So geht es tagaus, tagein. Anna und Bittan geben sich alle Mühe, den Rest der Klasse gegen mich aufzuhetzen. Die Schule wird zur Qual und nur dank Jonte bringe ich es über mich, jeden Morgen hinzufahren. Er verteidigt mich. Das Komische daran ist, dass niemand ihn deswegen aufzieht. Im Gegenteil. Ich merke, dass immer mehr Mädchen in der Klasse ein eigenartiges Glitzern in den Augen haben, wenn sie ihn ansehen.

Einmal in der Mittagspause, als ich noch in der Klasse bin, höre ich plötzlich, wie sich zwei vor der Tür über mich unterhalten. Ich schleiche mich näher heran, um es besser zu verstehen.

»Bist du eigentlich mit Lisa zusammen?«, fragt eine Mädchenstimme.

»Nicht direkt.«

Das ist Jonte. Seine Stimme erkenne ich überall wieder.

»Gut! Willst du dann vielleicht mit mir gehen?«

Hört sich an wie Bittan, aber sie interessiert sich doch gar nicht für Jonte? Mir wird eiskalt. Ich finde zwar, dass Bittan bescheuert aussieht mit ihren großen Puppenaugen, aber Jonte findet sie bestimmt süß. Alle Jungs in der Klasse würden gern mit Bittan gehen, also wieso nicht auch Jonte? Bei der Vorstellung, dass die zwei ein Paar werden könnten, wird mir ganz schlecht. »Nein, nein, nein!«, würde ich am liebsten schreien. Aber welches Recht habe ich, zu bestimmen, mit wem Jonte geht? Gar keins. Wir küssen uns zwar ab und zu mal, aber zusammen sind wir nicht.

»Na, was sagst du? Willst du mit mir gehen?«, drängelt die Stimme auf der anderen Seite der Tür.

Sie klingt weich und widerlich einschmeichelnd. Das *ist* Bittans Stimme. Kein Zweifel. Ich halte die Luft an.

»Nein, will ich nicht«, antwortet Jonte.

Die Erleichterung ist so groß, dass ich fast in Tränen ausbreche. Da ist plötzlich eine andere Stimme zu hören. Ich spitze meine Ohren, sosehr ich kann. Das ist Anna.

»Wieso nicht, etwa wegen Lisa? Die ist doch echt bescheuert, die hat ja nur ihren blöden Gaul im Kopf. Hast du das noch nicht gemerkt? Für ein neues Halfter würde sie dich glatt stehen lassen, wenn sie die Wahl hätte.«

»Ein neues Halfter kann man immer gut gebrauchen«, lacht Jonte unbekümmert.

Ich traue meinen Ohren kaum. Anna versucht Jonte zu überreden, mit Bittan zu gehen. Sie muss sich wirklich vorgenommen haben, sich auf jede erdenkliche Weise zu rächen.

»Was willst du mit der feigen Tussi?«, ätzt Anna.

»Lisa ist überhaupt nicht feige«, entgegnet Jonte hitzig.

»Ist sie doch«, beharrt Anna. »Sie traut sich nicht, bei dem Springturnier mitzumachen.«

»Natürlich traut sie sich. Sie hat bloß keine Lust. Außerdem, was geht dich das überhaupt an?«

Es klingelt zur Stunde und ich laufe schnell zurück auf meinen Platz. Ich will nicht mit dem Ohr an der Tür erwischt werden. Da sitze ich dann auf meinem Stuhl und schaue Anna und Bittan mit unschuldigen Augen an, als sie in die Klasse kommen. Aber in mir brodelt und kocht es vor Wut.

Anna war meine Freundin und ich habe ihr schon mehrere Sachen verziehen. Die Lügen, die sie verbreitete, als ich Star bekam, oder dass sie mich zwingen wollte, ihren Vater zu belügen, damit sie in die Disco gehen konnte, oder wie sie Olle so rücksichtslos ritt, dass er sich verletzte.

Aber jetzt reicht es mir. Dass sie eifersüchtig auf mich ist, kann nicht alles entschuldigen. Ab jetzt ist Anna meine Feindin, ich werde nie wieder zulassen, dass sie auf mir herumtrampelt. Als Erstes melde ich mich für das Springturnier an. Eine feige Tussi soll sie mich nicht noch mal nennen.

10

Mit zitternder Hand trage ich Stars und meinen Namen in der Meldeliste für die allerleichteste Springklasse ein. Da steht es nun also, klar und deutlich unter allen anderen Namen: Lisa Andersson und Star. Ich hoffe, dass Anna sich vor Wut in den Hintern beißt, wenn sie es sieht.

»Gut so, Lisa«, sagt Kristin zufrieden. »Ich wusste, dass ich es doch noch schaffen würde, dich zu überreden.«

Ich mache mir nicht die Mühe, ihr zu erklären, wie die Dinge wirklich liegen. Wenn Kristin zufrieden ist und Anna sich ärgert, ist alles so, wie es sein soll.

Nachdem ich mich nun mal entschieden habe, gehe ich die Sache auch entschlossen an. Star und ich müssen bis zum Turnier so viel wie möglich lernen. Falls wir scheitern, will ich wenigstens sagen können, dass ich alles mir Mögliche getan habe.

Noch nie habe ich mir so viel Mühe gegeben wie bei den nächsten Springstunden. Der Schweiß dampft unter meiner Reitkappe hervor und ich sauge Maggans Worte in mich auf wie ein Schwamm. Wenn ich das Gefühl habe, dass ich nicht mehr kann, beiße ich die Zähne zusammen und versuche weiterzumachen. Was Maggan uns beibringt, üben Star und ich die ganze Woche lang bis zur nächsten Springstunde. Zu springen wage ich allerdings nur zweimal die Woche. Maggan warnt uns immer wieder davor, zu oft zu springen.

»Die Springfreude ist das Wichtigste von allem, vergesst das nicht«, predigt sie. »Ein Pferd, das Springen langweilig findet, wird niemals gut sein. Die Pferde müssen es kaum erwarten können zu springen, und wenn ihr mit ihnen trainiert, müsst ihr aufhören, wenn es gerade am besten klappt.«

Aber es gibt eine Menge anderes, was geübt werden muss. Zum Beispiel, Kilometer für Kilometer im Leichten Sitz zu galoppieren, bis die Schenkel vor Anstrengung schmerzen, oder Sandwälle hoch- und runterzuklettern und das Gleichgewicht zu halten, ohne sich in der Mähne festzukrallen. Auf der Wiese neben dem Stall bauen Kristin und ich einen Parcours aus Hindernisständern ohne Stangen auf. Da üben wir, enge Kehren zu reiten und trotzdem das Hindernis gerade anzusteuern.

Mein Ziel ist nicht, das Springen zu gewinnen, und auch nicht, einen fehlerfreien Ritt hinzulegen. Das Einzige, was ich will, ist, dass Star und ich den Parcours schaffen, ohne uns zu blamieren. Mehr kann ich nicht verlangen, weder von Star noch von mir selbst. Im Vergleich zu den anderen sind wir immer noch kleine Anfänger.

Aber manchmal lasse ich meinen allerkühnsten Fantasien freien Lauf. Star und ich fliegen dann über turmhohe Hindernisse und auf der Tribüne steht Anna und knirscht vor Wut mit den Zähnen. Ich stelle mir Annas Gesicht vor, wenn ich die Ehrenrunde galoppiere, den Siegerpokal im Arm. Sie noch neidischer zu machen, ist die beste Art, die mir einfällt, um es ihr heimzuzahlen.

Eines Tages sitze ich im Klassenzimmer und träume gerade diesen Lieblingstraum. Es ist die letzte Unterrichtsstunde für heute. Die Sonne knallt durch die großen Fenster, es ist stickig und heiß. Völlig unmöglich, sich auf die Französische Revolution zu konzentrieren. Hinter mir sitzen Anna und Bittan und kauen Kaugummi. Sie schmatzen so laut, dass es sich anhört, als stapften sie durch einen Sumpf.

Plötzlich ist zu hören, wie auf der Schotterstraße draußen ein Auto angerast kommt. Ein alter, rostiger blauer Ford stoppt schleudernd und mit quietschenden Bremsen an der Bushaltestelle und im nächsten Moment wirft sich der Fahrer auf die Hupe. Gellendes Blöken schallt über den Schulhof. Die ganze Klasse starrt erschrocken aus dem Fenster. Ich wünschte, der Fußboden würde sich unter mir auftun und mich verschlucken. Die Klapperkiste da draußen kenne ich nur zu gut.

»Du liebe Güte, was ist denn das für ein Spinner?«, wundert sich Bengtsson.

»Das ist Lisas Mutter«, sagt Anna mit lauter Stimme.

Ich hoffe inständig, dass ihr der widerliche Kaugummi im Hals stecken bleibt, aber sie schiebt ihn nur zufrieden in die andere Backe und schmatzt weiter darauf herum.

»Dann ist es wohl besser, du gehst jetzt, Lisa«, sagt Bengtsson. »Deine Mutter scheint es ein klein wenig eilig zu haben.«

Errötend stopfe ich meine Sachen in die Schultasche und mache, dass ich rauskomme. Kristin kommt auch schon über den Schulhof angerannt.

»Weißt du, was passiert ist, Lisa?«, ruft sie mir zu.

»Keine Ahnung«, rufe ich zurück.

Erst da bekomme ich es mit der Angst zu tun. Mein Herz flattert vor Schreck. Mama benimmt sich zwar öfter mal etwas merkwürdig, aber ohne Grund Rallye auf dem Schulhof fahren, ist sonst nicht ihre Art. Es muss ein Unglück passiert sein. Ein schreckliches Unglück.

Furchtbare Gedanken rasen durch meinen Kopf, während Kristin und ich zum Auto laufen. Vielleicht ist Star aus der Koppel ausgebrochen und von einem Auto angefahren worden. Vielleicht ist Lasse von der Leiter gefallen und besinnungslos. Vielleicht ist Hallondalen abgebrannt. Oder es ist was Schlimmes mit Papa. Er fährt immer viel zu schnell. Was, wenn er gegen einen Baum gefahren ist und nicht mehr lebt? Ich sehe Kristin an, dass sie auch Angst hat. Zusammen rennen wir die letzten Meter und reißen die Autotür auf.

»Was ist passiert?«, brüllen Kristin und ich gleichzeitig.

Da sitzen Mama und Lasse und lachen aus vollem Hals. Auf den Köpfen haben sie alberne Silvesterhüte mit Gummiband unter dem Kinn. Mamas ist golden mit lila Federn und Lasse hat einen silbernen mit einem blöden Spruch drauf. Die beiden sehen absolut bescheuert aus.

»Steigt ein, Kinder«, johlt Mama. »Jetzt wird gefeiert!«

»Ist denn kein Unglück passiert?«, frage ich einfältig.

»Nicht, dass ich wüsste«, sagt Mama.

»Seid ihr jetzt völlig durchgeknallt?«, schreit Kristin. »Ich hatte eine Todesangst!«

»Nita hat keine Schuld, ich war es, der gehupt hat. War vielleicht ein bisschen übertrieben«, sagt Lasse.

»Bisschen übertrieben!«, schimpft Kristin. »Ihr habt sie ja nicht mehr alle. Ist euch eigentlich klar, dass ihr Lisa und mich zum Gespött der ganzen Schule macht?«

»Das geht vorbei«, sagt Mama unbekümmert.

»Jetzt fahr endlich los, bevor euch jemand sieht. Das würde alles noch schlimmer machen«, faucht Kristin. »Und nehmt diese albernen Hüte ab.«

Erst als die Schule hinter uns verschwunden und die Angst verraucht ist, werde ich neugierig.

»Was feiern wir denn?«, frage ich.

»Das wirst du gleich sehen«, sagt Mama und dreht das Autoradio voll auf.

Die Musik dröhnt und Lasse holt eine Spielzeugtrompete hervor, auf der er trötet. Es hört sich grausam an. Kristin und ich sehen uns verwirrt an. Was hat das alles zu bedeuten?

Unsere lautstarke Fahrt geht durch die Ortschaft und weiter Richtung Heimat. Alle Bäume in der Allee bis hinauf zum Haus sind mit Luftballons geschmückt, die lustig im Wind tanzen. An der Treppe sind zwei Birkenstämme befestigt, deren Zweige voller roter Weihnachtskugeln hängen.

»Was habt ihr euch denn jetzt wieder einfallen lassen?«, fragt Kristin, die ebenfalls neugierig geworden ist.

Lasse räuspert sich und rückt seinen albernen Hut gerade, der während der Fahrt verrutscht ist.

»Heute ist ein großer Tag«, sagt er feierlich. »Meine Arbeit ist vollendet. Ab sofort sind wir eine einzige Familie anstatt zwei. Um das zu feiern, möchten meine neue Mitbewohnerin und ich unsere beiden Töchter zu einem richtig tollen Festessen einladen. Aber zuerst sehen wir uns alle zusammen das Haus an.«

Die beiden kleinen Flure sind zu einer großen Diele zusammengelegt. Unsere alte Küche ist völlig leer. Es hallt merkwürdig darin.

»Das hier wird mein Arbeitszimmer«, erklärt Lasse.

Beide Wohnzimmer sind in einen einzigen riesigen Raum verwandelt worden, mit Esstisch am einen Ende und zwei Sofas am anderen.

»Wir konnten uns nicht entscheiden, welches Sofa das

hübschere ist, deshalb haben wir beide hingestellt«, sagt Mama. »Aber sobald Lasse sich umdreht, schmeiße ich seins raus.«

»Moment mal, das ist auch mein Sofa«, protestiert Kristin. »Und mir gefällt es.«

Mama lacht ein wenig verlegen.

»War doch nur ein Scherz. Natürlich bleibt das Sofa stehen.«

In den ersten Stock führen jetzt zwei Treppen, das sieht schon ein bisschen merkwürdig aus. Mein Zimmer ist da, wo es immer war, und nichts darin ist verändert. Auch Kristins Zimmer ist genau wie vorher. Aber Mama ist in Lasses Schlafzimmer eingezogen. Ich bin mal gespannt, wie lange Lasse es dort mit ihr aushält. Sie schnarcht schrecklich laut. Hoffentlich hört man nicht mehr so gut, wenn man richtig verliebt ist.

Aus Mamas Schlafzimmer ist jetzt ein Nähzimmer geworden, wozu auch immer das gut sein mag. In dem Jahr, das wir jetzt in Hallondalen wohnen, hat Mama ihre Nähmaschine noch nicht mal ausgepackt.

»Wir haben den ganzen Tag geputzt und Möbel umgestellt«, sagt Mama. »Ich bin völlig geschafft. Aber ist doch gut geworden, oder?«

»Ja, wie gefällt es euch?«, fragt Lasse eifrig.

»Echt super«, antworten Kristin und ich artig.

Wir wissen beide, wie schwer er gearbeitet hat, um das Haus so herzurichten, und wie enttäuscht er wäre, wenn es uns nicht gefiele. Es ist auch wirklich super, viel heller und geräumiger als vorher. Obwohl es schon irgendwie ein komisches Gefühl ist, man fühlt sich zu Hause und fremd zugleich. Natürlich haben wir die Veränderungen wachsen sehen. Aber alles sieht ganz anders aus, jetzt, wo Werkzeuge, Bretter und Leitern verschwunden sind und die Möbel an ihren neuen Plätzen stehen.

Lasse konnte immer schon gut kochen, aber diesmal hat er sich selbst übertroffen. Als Vorspeise gibt es gratinierten Hummer, danach Rinderfilet im Schlafrock mit Gorgonzolasoße und zum Nachtisch Eis mit Baiserhäubchen. Lasse muss geschuftet haben wie ein Weltmeister, während Kristin und ich in der Schule waren.

Wir sitzen am großen Esstisch in unserem neuen Wohnzimmer. Seltsam, dass man jetzt direkt in Mamas und meine alte Wohnung gucken kann.

»Jetzt stoßen wir auf unsere neue Familie an«, sagt Lasse und hebt sein Glas. »Das hier ist einer der glücklichsten Tage in meinem Leben.«

Er ist sehr ernst und seine Augen sind feucht, als er uns alle ansieht. Mama strahlt ihn an. Ich versuche auch zu strahlen, um ihm eine Freude zu machen. Denn natürlich ist es schön und auch ein bisschen aufregend, plötzlich wieder eine richtige Familie zu sein. Aber es wird wohl etwas dauern, bis ich mich daran gewöhnt habe.

»Wir müssen jetzt in den Stall und die Pferde füttern«, sagt Kristin, als wir die letzten Reste vom Nachtisch verputzt haben.

Lasse und Mama scheinen kaum mitzukriegen, dass wir gehen. Sie sind voll und ganz damit beschäftigt, miteinander anzustoßen und sich zu küssen.

»Ich brauche jetzt einen schnellen Galopp, um den Kopf freizukriegen«, sagt Kristin. »Kommst du mit?«

»Ja, warum nicht«, sage ich.

Schnell satteln wir auf und reiten zum Wald. Kaum haben wir den Waldweg erreicht, drückt Kristin ihre Fersen in Olles Flanken. Vor Schreck keilt er nach hinten aus und stürmt los in vollem Galopp. Sonst lässt Kristin es immer ruhig angehen, wenn sie reitet. So herumzurasen ist gar nicht ihre Art. Aber jetzt ist sie wie verwandelt und treibt Olle an, immer schneller zu laufen.

Star muss alles geben, um nicht abgehängt zu werden. In vollem Karacho donnern wir zwischen den Baumstämmen hindurch. Die Hufe hämmern auf den Boden und der Wind zerrt an den Haaren. Erde und Tannennadeln wirbeln unter den Pferden auf. Es geht viel zu schnell, um Spaß zu machen.

»Langsamer«, rufe ich Kristin zu.

Aber sie hört nicht oder sie will nicht hören. Ihre Schenkel trommeln immer noch genauso heftig gegen Olles Flanken. Wir biegen um eine Kurve und der Weg wird schmaler. Auf diesem Abschnitt reiten wir sonst immer Schritt, weil die Zweige so tief herabhängen. Jetzt galoppieren wir in einem Wahnsinnstempo und ich habe eine Todesangst, dass mich einer der Tannenzweige aus dem Sattel fegt. Außerdem ist der Pfad voller Löcher, da kann es leicht passieren, dass die Pferde ins Stolpern geraten. Wenn Star bei diesem Tempo stürzt, breche ich mir den Hals, da bin ich ganz sicher. Die Tränen laufen mir übers Gesicht und ich beuge mich tief über Stars Hals und klammere mich an der Mähne fest.

»Halt an!«, schreie ich, so laut ich kann.

Meine Stimme gellt vor Angst und Kristin wirft einen Blick über die Schulter zurück. Als sie mein verzerrtes Gesicht sieht, nimmt sie endlich die Zügel an. Es braucht sicher hundert Meter, bevor wir die Pferde zum Stehen bringen.

»Was ist los mit dir? Hast du komplett den Verstand verloren?«, heule ich. »Willst du, dass die Pferde sich die Beine brechen, oder was?«

Kristin antwortet erst nicht. Stattdessen springt sie von Olle und zieht mich von Stars Rücken. Heftig schlingt sie die Arme um mich. Ihr keuchender Atem pustet warm in mein Ohr.

»Entschuldige«, flüstert sie. »Ich wollte dir keine Angst einjagen.«

»Und warum hast du es dann getan?«

Kristin zuckt hilflos die Schultern.

»Ich weiß nicht genau. Vielleicht war es auf einmal ein bisschen viel Familienglück.«

»Willst du denn nicht, dass wir alle vier zusammenwohnen?«, wundere ich mich.

»Doch, das will ich schon. Aber ich bin hierhergezogen, um mehr von meinem Vater zu haben, und jetzt macht er fast nichts anderes mehr, als deine Mutter zu küssen. Das ist nicht gerade das, was ich mir erhofft hatte.«

»Das gibt sich bestimmt«, sage ich lahm.

Ich mache mir nämlich die gleichen Sorgen wie Kristin. Mama und ich haben so lange allein gelebt. Daran hatte ich mich gewöhnt. Vielleicht wird es jetzt viel schöner, aber es kann auch schlechter werden.

»Wir haben ja immer noch uns«, sagt Kristin. »Ich habe mir immer eine kleine Schwester gewünscht und jetzt habe ich eine. Jedenfalls beinahe.«

Wir gehen langsam nebeneinander nach Hause, die Pferde im Schlepptau. Ich denke über Kristins Worte nach. Lasse sie auf der Zunge zergehen wie ein Bonbon. Ein richtig gutes Bonbon.

11

Die Tage fliegen dahin, ebenso die Wochen und plötzlich ist der Tag des Springturniers da. Kristin und ich reiten im Schritt zur Reitschule, um die Pferde nicht zu ermüden. Sie sollen so frisch wie möglich sein, wenn wir ankommen. Ich sitze mit geradem Rücken im Sattel und fühle mich hübscher als jemals zuvor. Die Reithosen sind frisch gewaschen und gebügelt. Die Stiefel habe ich gewienert, bis sie so blank waren wie die Schuhe vom fiesen Fritz. Über dem weißen Polohemd trage ich meine schwarze Reitjacke. Die, die ich für das Geld gekauft habe, das ich zur Belohnung bekam, nachdem Kristin und ich der Polizei beim Einfangen von zwei ausgebrochenen Sträflingen geholfen hatten. Zärtlich streiche ich mit den Fingern über das rote Seidenfutter am Revers. Die Jacke habe ich bisher nur zum Abschluss des Reitlagers getragen. Jetzt habe ich endlich wieder einen Anlass und es kribbelt ganz schön in meinem Bauch.

»Ach, du hast doch gar keinen Grund, nervös zu sein«, sagt Kristin abwehrend. »Keiner erwartet von dir, dass du dich platzierst. Wenn du bloß den Parcours heil überstehst, werden es alle für eine Glanzleistung halten. Bei mir ist das etwas ganz anderes, ich muss auf einen der ersten Plätze kommen. Olle hat eine Menge Turniere gewonnen, bevor ich ihn bekam; stell dir nur mal vor, wie peinlich es wäre, wenn er unter mir schlechtere Ergebnisse bringen würde.«

Als wir ankommen, ist noch viel Zeit bis zum Turnierbeginn, aber trotzdem wimmelt das Reitschulgelände schon von Menschen und Pferden. Es herrscht Feststimmung mit

Lautsprechern und wehenden Fahnen an allen drei Fahnenstangen. Auf dem Außenplatz sind vier Hindernisse zum Warmspringen aufgebaut. Das Turnier selbst soll in der Halle stattfinden.

Mit geschultertem Zaumzeug läuft uns Anna über den Weg. Sie passt nicht auf und es ist nicht meine Schuld, dass Star ihr beinahe auf die Füße tritt. Trotzdem schreit sie mich wütend an:

»Halt gefälligst deinen Gaul zurück. Ist das jetzt deine neueste Masche, Leute über den Haufen zu reiten? Bildest du dir ein, du kannst einfach wild durch die Gegend trampeln, bloß weil du ein eigenes Pferd hast?«

Das ist so gemein, dass es mir die Sprache verschlägt. Ich kriege kein Wort heraus. Nur gut, dass Kristin dabei ist.

»Hör gar nicht hin. Sie ist es nicht wert«, sagt sie kalt und sieht hochmütig auf Anna hinunter.

Niemand kann ein so arrogantes Gesicht machen wie Kristin, wenn sie es darauf anlegt. Anna schlägt die Augen nieder und dackelt davon. Bei mir traut sie sich, aber vor Kristin hat sie einen Heidenrespekt.

An der Stalltür hängen die Startlisten für die verschiedenen Schwierigkeitsklassen. Kristin ist für zwei Prüfungen gemeldet, Star und ich starten nur beim Anfängerspringen mit den allerniedrigsten Hindernissen. Das ist mehr als genug für mich.

»Vergiss nicht, dass in deiner Klasse nach Zeit entschieden wird und es keinen zweiten Umlauf gibt«, ermahnt Kristin mich. »Am wichtigsten ist ein fehlerfreier Ritt, aber du musst auch schnell sein.«

»Ja, ja«, sage ich lachend.

Für sie mag es wichtig sein, keine Fehlerpunkte zu machen und eine schnelle Zeit zu reiten. Mir dagegen reicht es, zu überleben. Neugierig lasse ich meinen Blick über die Teilnehmerliste meiner Klasse wandern. Da, mit der Startnummer neun, stehen unsere Namen geschrieben, Stars und meiner. Sie leuchten mich an, als wären sie Neonbuchstaben.

Es sind nicht nur Privatpferde gemeldet, sondern auch einige Schulponys. Jäh bleiben meine Augen an einem Eintrag hängen. Startnummer drei sind Anna und Putte!

Es ist mir egal, ob ich einen Preis gewinne, aber ich muss auf jeden Fall besser abschneiden als Anna! Das muss ich ganz einfach. Anna hat sich bestimmt auch vorgenommen, besser zu sein als ich. Das hier wird nicht nur ein ganz normaler Wettkampf, das wird auch ein Kampf zwischen uns beiden. Bei dem Gedanken wird mir ganz schlecht vor Aufregung. »Hast du gesehen?«, sage ich und knuffe Kristin in die Seite. »Anna macht auch mit.«

»Wage es ja nicht, gegen sie zu verlieren«, sagt Kristin. »Wenn du das machst, rede ich kein Wort mehr mit dir. Jetzt komm, du musst den Parcours abschreiten. Ich halte Star solange.«

Bevor ich gehe, lasse ich meine Augen schnell noch über den Rest der Startliste huschen. Es ist spannend zu sehen, wer alles dabei ist. Jonte natürlich, er hat die Startnummer dreizehn. Die blasse Jeanette und die zickige Berit aus dem Springkurs sind auch gemeldet. Komisch, dass Berit sich bei den Anfängern eingetragen hat, wo sie sich doch selbst für so tüchtig hält.

Mir bricht der kalte Schweiß aus, als ich den Parcours sehe. Die Hindernisse sind nicht höher als die, über die ich beim Training gesprungen bin, aber sie erscheinen mir trotzdem unheimlich schwer. Vielleicht kommt das von der aufgeladenen Stimmung in der Halle. Alle Teilnehmer des Anfängerspringens schreiten den Parcours ab, um ihn auswendig zu lernen. Einige haben jemanden dabei, der ihnen erklärt, was sie tun sollen. Leise flüstern sie miteinander, damit niemand die guten Ratschläge belauschen kann.

Ich halte Ausschau nach Jonte, aber er ist nirgends zu sehen. Anna geht auch den Parcours ab. Sie macht es zusammen mit den anderen, die auf Schulponys starten, und Maggan gibt ihnen Tipps. Ich werfe neidische Blicke in ihre Richtung. Wenn Anna nicht da wäre, würde ich hingehen, aber so bin ich gezwungen, alleine zurechtzukommen. Ich fühle mich ziemlich einsam, während ich die Hindernisse abschreite und ein Gesicht zu machen versuche, als wüsste ich genau Bescheid.

Als ich der Meinung bin, den Parcours auswendig zu kennen, gehe ich wieder nach draußen und suche Star. Kristin steht mit ihm am Außenplatz und wartet. Neben ihr steht Jonte mit Daisy.

»Hallo, Lisa!«, ruft Jonte. »Bist du schon aufgeregt?«

»Geht so«, sage ich.

»Keine Bange, denen werden wir es schon zeigen«, sagt Jonte übermütig.

Aber ich kenne ihn gut genug, um zu merken, dass er hinter seiner fröhlichen Miene mindestens ebenso nervös ist wie ich. Am liebsten würde ich meine Teilnahme an dem Springen abblasen. Aber wie sollte ich das wohl anstellen, ohne dass alle denken, ich hätte Angst? Denn Angst habe ich wirklich.

Es wird ein wenig besser, als ich aufsitze. Star ist munter und aufgekratzt. Ein bisschen sehr aufgekratzt. Als ich probehalber angaloppiere, schnaubt er und macht eine Reihe fröhlicher Bocksprünge. Ein kleines Mädchen, das am Gatter steht, ruft laut:

»Guck mal das wilde Pferd da! Auf dem würde ich nie reiten. Ganz schön mutig von dem Mädchen, nicht, Mama?«

Mutig? Da kann ich nur kichern. Die Kleine weiß ja nicht, wie sehr sie sich irrt.

Es ist schon ziemlich eng auf dem Platz vor lauter Reitern. Und es ist ganz unterschiedlich, wie sie ihre Pferde warm reiten. Manche reiten im Schritt immer nur rundherum, bis ihre Ponys ganz gelangweilt und müde aussehen. Andere rasen in vollem Galopp und springen immer wieder über die Hindernisse. Ich selbst versuche einen Platz zu finden, wo ich einige Volten traben kann, und lasse Star dann angaloppieren.

»Jetzt spring doch mal«, ruft Kristin ungeduldig.

Ich reite mit Star auf das niedrigste Hindernis zu und er nimmt bereitwillig Tempo auf. Aber kurz bevor er abspringen will, kommt ihm ein kleines braunes Pony in die Quere und läuft einfach zwischen Star und das Hindernis. Star wirft sich zur Seite. Ich nicht.

Mit dem Kopf voran fliege ich aus dem Sattel und lande krachend mitten im Hindernis. Die Luft wird aus meinen Lungen gepresst und meine Rippen purzeln durcheinander wie eine Handvoll Mikadostäbchen. Der Schmerz kommt erst nach einigen Sekunden, aber dann rast er ohne Anfang und Ende durch den ganzen Körper. Ich bleibe regungslos liegen und traue mich nicht, die Augen zu öffnen. Es ist ganz still um mich herum, bis ich eine Stimme fragen höre:

»Ist sie tot?«

In dem Moment weiß ich selbst nicht so genau, ob ich

tot bin oder nicht. Nicht auszuschließen, dass ich es bin. Im nächsten Moment fühle ich, wie starke Arme mich hochheben. Ich wage immer noch nicht, durch die Wimpern zu blinzeln. Falls meine Arme und Beine gebrochen sind, will ich nicht sehen müssen, wie die Knochen komisch verrenkt aus der Haut stechen.

»Kannst du mich hören, Lisa?«, fragt eine Stimme. »Antworte, wenn du mich hörst.«

Das ist Maggan.

»Bin ich tot?«, frage ich leise.

»Sieht nicht so aus«, antwortet Maggan.

Vorsichtig schlage ich die Augen auf und sehe zu ihr hoch. Was für ein schönes Gefühl, dass sie da ist.

»Habe ich mir was gebrochen?«, frage ich.

»Versuch mal, dich zu bewegen«, schlägt Maggan vor.

Ich wedle ein bisschen mit der einen Hand und es geht. Die andere Hand kann ich auch bewegen, die Füße ebenso. Mühsam setze ich mich auf. Mein Kopf ist ein bisschen schwindelig und der Brustkorb tut weh, aber die schlimmsten Schmerzen sind weg.

»Dass es verdammt noch mal immer Leute geben muss, die sich nicht vorsehen können«, schimpft Maggan und wirft einen wütenden Blick über ihre Schulter.

Da steht das braune Pony, das Star vor die Beine lief. Auf seinem Rücken sitzt ein kleines blondes Mädchen mit Tränen in den Augen. Sie sieht so erschrocken aus, dass sie mir direkt leidtut.

»Wie schade, dass du dein erstes Springturnier jetzt nicht antreten kannst«, sagt Maggan. »Du wirst natürlich noch öfter die Chance haben, aber das ist jetzt wohl auch kein großer Trost.«

Meine erste Reaktion ist Erleichterung. Ich muss nicht starten. Niemand kann behaupten, ich sei feige gewesen, nach diesem Sturz hier. Aber als ich den Kopf zur Seite drehe, sehe ich Anna, die im Hintergrund geblieben ist. Obwohl sie ein Stück entfernt steht, kann ich sehen, wie zufrieden sie ist. Sie grinst von einem Ohr zum anderen. Das gibt den Ausschlag.

»Natürlich trete ich an«, sage ich und rapple mich auf. »Ich bin völlig okay.«

»Bist du sicher? Du bist wirklich schwer gestürzt. Du musst Schmerzen haben«, sagt Maggan.

»Nein, mir tut nichts weh«, schwindle ich.

Natürlich tut mir jeder einzelne Knochen weh. Aber das wird mich nicht abhalten. Ich würde wer weiß was tun, um Anna dieses widerliche Grinsen aus der Fresse zu radieren.

Ich reite ein paar Runden Schritt und Trab. In meinem Kopf dreht sich immer noch alles und das eine Bein schmerzt. Aber ich kann reiten. Ich nehme wieder Kurs auf das Hindernis. Jetzt halten alle anderen gehörigen Abstand. Ich habe ein bisschen Angst, dass Star Geschmack daran gefunden hat, sich zur Seite zu werfen. Aber nein, er springt gehorsam mitten über das Hindernis. Star und ich sind bereit, in das Match gegen Anna zu gehen.

Jetzt knackt es in den Lautsprechern, die Musik verstummt. Zeit, an den Start zu gehen. Das Turnier hat begonnen.

»Startnummer eins ist Alf Nyqvist auf Goliat«, tönt es aus dem Lautsprecher.

Ein Junge mit hellbraunen Haaren und verbissener Miene löst sich aus der Menge und verschwindet mit seinem kleinen weißen Pony in der Halle.

»Kannst du Star für mich halten?«, rufe ich Kristin zu. »Anna startet als Dritte und ich muss sehen, wie sie reitet.«

Die Tribüne ist voller Leute. Ich drängle mich nach vorn, um besser sehen zu können. Das kleine weiße Pony hat einen witzigen Springstil. Nach jedem Hindernis senkt es den Kopf und keilt nach hinten aus. Der Junge auf seinem Rücken treibt es hektisch vorwärts. Sie schaffen den Parcours ohne Fehler.

Den nächsten Ritt beobachte ich nicht. Ich habe entdeckt, dass Mama und Lasse ganz vorn an der Brüstung gegenüber stehen. Sie halten Händchen und sehen verliebter aus als je zuvor. Ich winke ihnen zu, aber sie sehen mich nicht.

Jetzt ist Anna dran. Sie trabt auf Putte herein und lächelt schüchtern ins Publikum. Ihre runden Wangen sind rot und sie macht ein ängstliches Gesicht. Ich muss plötzlich daran denken, wie wir beide reiten gelernt haben, sie und ich zusammen, hier in dieser Reithalle. Wir waren wirklich dicke Freundinnen und die glücklichsten Mädchen der Welt, als wir Pferdemädchen für Sigge und Putte werden durften. Wirklich traurig, dass es so gekommen ist, wie es jetzt ist.

Putte ist das faulste Pony der Reitschule, aber Anna hat es immer verstanden, ihn zum Laufen zu bringen. Als das Startsignal ertönt, gibt sie ihm die Schenkel und schlägt ihn gleichzeitig leicht mit der Gerte. Puttes kräftige Gotländerbeine setzen sich in Bewegung und das erste Hindernis nimmt er in gutem Tempo. Das zweite steht kurz vor dem Ausgang und Putte wird ganz von allein schneller. Aber danach müssen sie kehrtmachen und auf die Tribüne zusteuern. Und das will Putte nicht.

Er sperrt sich mit aller Kraft dagegen, während Anna ihn wie wild vorwärtstreibt. Damit er kehrtmacht, muss sie ihn zweimal kräftig mit der Gerte anfeuern. Widerwillig findet Putte sich in sein Schicksal und galoppiert wieder an. Aber je näher er dem Hindernis kommt, desto langsamer wird er. Fünf Meter vor dem Sprung fällt er in Trab, und direkt davor bleibt er stehen.

Anna weigert sich aufzugeben. Sie *will* über dieses Hindernis. Aber wie sehr sie ihn auch antreibt – Putte steht da, wo er steht, und tut so, als ginge ihn das alles nichts an. Obwohl ich so wütend auf Anna bin, fühle ich doch mit ihr. Ich kann mir gut vorstellen, wie ihr jetzt zumute ist. In wenigen Minuten wird es mir nicht besser gehen.

Nach zwei weiteren vergeblichen Versuchen muss Anna aufgeben. Als sie aus der Halle reitet, sieht sie zur Tribüne hoch und entdeckt mich. Unsere Blicke treffen sich. Ihre Augen sind so voller Hass, dass es mir Angst einjagt. Dass ich ihre Blamage gesehen habe, verzeiht sie mir nie.

»Geschieht ihr nur recht«, sagt Kristin, als ich zum Außenplatz zurückkehre und erzähle, wie es Anna ergangen ist.

»Mir tut sie leid«, sage ich.

»Spiel jetzt bloß nicht Mutter Teresa«, prustet Kristin los. »Glaubst du, Anna hätte auch nur einen Funken Mitgefühl, wenn Star verweigern würde? Nee, meine Liebe, ich schwöre dir, sie würde vor Freude tanzen. Hast du nicht gesehen, wie sie gegrinst hat, als du gestürzt bist? Die hat genau das gekriegt, was sie verdient hat, die blöde Kuh. Jetzt konzentrier dich lieber, gleich bist du dran. Versprich mir, dass du dein Bestes gibst, um die Familienehre zu verteidigen. Ich halte dir beide Daumen.«

Ich lasse Star am langen Zügel Schritt gehen, während ich warte. Reiter auf Reiter verschwindet in der Halle, um wenige Minuten später wieder herauszukommen. Einige haben einen fehlerfreien Ritt hingelegt, andere haben eine Menge Fehlerpunkte kassiert. Ich versuche, nicht daran zu denken, wie Star und ich wohl abschneiden werden. Nicht mehr lange, dann weiß ich es.

Startnummer acht reitet aus der Halle und dann knackt es im Lautsprecher.

»Wir bitten um Ihre Aufmerksamkeit. Die angekündigte nächste Teilnehmerin, Lisa Andersson auf Star, kann nicht starten, da ihr Pferd lahmt. Deshalb bitten wir nun die Nummer zehn, Elin Johansson auf Pontus, an den Start zu kommen.«

Völlig verwirrt sehe ich mich um. Was ist denn jetzt los? Star lahmt überhaupt nicht. Wir sind absolut bereit für den Wettkampf und plötzlich sind wir von der Teilnehmerliste gestrichen und dürfen nicht mitmachen? Kristin kommt angerannt.

»Was hast du dir jetzt einfallen lassen?«, ruft sie schon von Weitem. »Wieso hast du gekniffen, du Feigling!«

»Ich habe doch überhaupt nichts gemacht«, schreie ich wütend.

Es reicht schon, nicht starten zu dürfen. Da will ich nicht auch noch als Feigling beschimpft werden.

»Und wieso bist du jetzt nicht dran?«, fragt Kristin.

»Woher soll ich denn das wissen!«

»Da ist doch was oberfaul«, sagt Kristin. »Warte hier, ich hole Maggan.«

12

Kristin verschwindet. Ich bleibe an meinem Platz und weiß nicht, was ich jetzt machen soll. Das ganze Training, all die Gedanken und die Nervosität, das alles war ganz umsonst. Für mich ist das Turnier gelaufen.

»Du …«, höre ich plötzlich eine dünne Stimme neben mir.

Erstaunt sehe ich, dass sie dem kleinen Mädchen auf dem braunen Pony gehört, das meinen Sturz verursacht hat. Sie sieht mich mit großen, ängstlichen Augen an.

»Hat er sich so wehgetan, dass ihr nicht starten könnt?«, fragt sie leise und zeigt auf Star. »Entschuldige bitte, es war mein Fehler. Ich wollte euch nicht in den Weg reiten.«

»Er lahmt nicht, du musst dir keine Sorgen machen«, antworte ich. »Das Ganze ist nur ein Missverständnis.«

»Ich versteh das nicht«, sagt das blonde Mädchen. »Ist ja komisch …«

»Ich verstehe es auch nicht«, sage ich.

Das blonde Mädchen schüttelt den Kopf.

»Das habe ich nicht gemeint. Ich meinte etwas anderes. Ich wollte nicht lauschen, es war einfach Zufall. Und zuerst bekam ich einen Riesenschreck, aber wenn es nicht stimmt, weiß ich gar nicht mehr, was …«

»Ja? Was denn?« Jetzt bin ich doch neugierig geworden. »Erzähl mir, was du gehört hast. Ist mir egal, ob du gelauscht hast oder nicht.«

»Na ja, dieses dunkelhaarige Mädchen, du weißt schon, die Putte reitet … Sie sagte zu einer der Pferdepflegerinnen im Stall, sie solle ins Büro laufen und Bescheid sagen, dass

Star lahmt. Aber warum hat sie das gesagt, wenn es doch gar nicht stimmt?«

Da geht mir ein Licht auf. Anna. Dass ich nicht gleich daran gedacht habe.

Als Kristin und Maggan angelaufen kommen, erkläre ich ihnen rasch, was ich inzwischen herausgefunden habe.

»Ich bring sie um«, zischt Kristin. »Wird mir ein Vergnügen sein.«

Maggan lacht lauthals.

»Das halte ich für keine so gute Idee. Lass das mal meine Sorge sein. Aber zuerst werde ich den Richtern sagen, dass du natürlich teilnimmst, Lisa. Mach dich fertig zum Start!«

Ich sitze wie betäubt im Sattel, völlig durcheinander von allem, was um mich herum passiert. Erst mein Bauchklatscher mitten in das Hindernis und jetzt die Sache mit Anna. Ich kann doch kein Springen reiten, so verwirrt, wie ich bin. Ich weiß ja nicht mal mehr die Reihenfolge der Hindernisse.

Kristin klopft mir beruhigend aufs Knie.

»Du reitest jetzt, wie du noch nie zuvor geritten bist, Lisa. Du und Star, ihr zeigt Anna und allen anderen, was in euch steckt.«

Ihre Worte bohren sich tief in mich hinein. Sie hat recht. Das hier ist meine Chance, allen zu zeigen, was für ein fantastisches Pony Star ist. Diese Chance lasse ich mir von Anna nicht kaputt machen. Und plötzlich geht alles ganz schnell. Mein Name wird durch den Lautsprecher aufgerufen und ich trabe in die Halle hinein.

Star sieht sich verwirrt um. Er war noch nie allein hier drinnen und scheint sich zu wundern, wo denn all die anderen Pferde sind. Ich bin nicht weniger verwirrt. Außerdem tut mir immer noch alles weh nach meiner Bauchlandung. Verzweifelt versuche ich mich daran zu erinnern, was Maggan mir im Springkurs beigebracht hat, aber mein Kopf ist komplett leer. Die Tribüne ist vollgepackt mit Menschen. Irgendwo dazwischen sind Mama und Lasse. Kristin ist da und Jonte auch. Aber hier in der Bahn sind nur Star und ich. Uns kann keiner helfen.

Als das Startsignal ertönt, versuche ich anzugaloppieren. Aber Star ist immer noch durcheinander und unkonzentriert. Er schüttelt nur den Kopf und macht einen Schritt zur Seite. Wir haben eine Minute, um die Startlinie zu überqueren. Schaffen wir das nicht, sind wir disqualifiziert. Auf der Tribüne ist es mäuschenstill. Panik steigt in mir auf. Das schaffen wir nie. Anna ist wegen Verweigerung rausgeflogen, aber ich komme nicht mal über die Startlinie. Wie sehr sie das freuen wird! Dieser Gedanke weckt in mir wieder den Kampfgeist. So leicht gebe ich mich nicht geschlagen.

»Na los, mein Junge«, flüstere ich. »Jetzt zeigen wir es ihnen.«

Entschlossen presse ich die Schenkel in seine Flanken und schwenke drohend die Gerte. Endlich setzt Star sich in Bewegung. Aber sein Galopp ist kantig und steif und nicht so kraftvoll wie gewohnt. Wir überqueren die Startlinie und ich lenke Star auf das erste Hindernis zu. Normalerweise spitzt er dann immer die Ohren und rennt los, sobald er begriffen hat, dass er springen soll. Jetzt scheint er das Hindernis nicht mal zu sehen. Als er unmittelbar davor ist, weiß ich, dass er gleich verweigern wird. Das darf auf keinen Fall passieren.

»Hopp!«, rufe ich und das Wunder geschieht.

Mein Ruf weckt Star auf. Er hebt beide Vorderbeine zugleich und springt. Das ist bestimmt der schlechteste Sprung aller Zeiten, aber wir überwinden das Hindernis jedenfalls ohne Abwurf. Bei der Landung rutscht mir die Reitkappe auf die Nase und ich verliere beide Steigbügel. Bevor ich sie wiederfinde, ist Star schon unterwegs zum nächsten Hindernis.

Jetzt ist er auf einmal genauso voller Springfreude wie immer. Ich pfeife auf die Steigbügel und halte mich stattdessen an der Mähne fest. Wir fliegen über Hindernis Nummer zwei. In der Kurve sind wir viel zu schnell und für den Bruchteil einer Sekunde habe ich das Gefühl, dass Star gleich wegrutscht. Das Publikum auf der Tribüne saugt die Luft ein. Aber Star schafft es, das Gleichgewicht zu halten, und als wir uns dem dritten Hindernis nähern, finden meine Füße die Steigbügel wieder.

Star springt viel zu früh ab, aber er lässt sich davon nicht irritieren. Er streckt sich zu einem richtigen Tigersprung und überfliegt das Hindernis mit gutem Abstand. Das macht ja richtig Spaß! Star will springen. Er ist voller Kraft, die mich ansteckt. Anna ist vergessen, die Zuschauer auch. Jetzt gibt es nur noch Star und mich und eine Menge Hindernisse, die wir schaffen müssen.

Der Doppeloxer klappt unglaublich gut. Wir springen genau richtig ab, nehmen das erste Hindernis, dann zwei Galoppsprünge und ein Satz über das zweite. Passt super. Die beiden letzten Hindernisse überwinden wir in einem Wahnsinnstempo und preschen dann über die Ziellinie.

»Lisa Andersson auf Star mit null Fehlerpunkten und einer Zeit von 43,7«, tönt es aus den Lautsprechern.

Erst da begreife ich, was geschehen ist. Star und ich sind fehlerfrei geritten. Wir haben unsere allererste Springprüfung ohne einen einzigen Fehlerpunkt bestanden. Das ist so unglaublich, dass ich es kaum fassen kann.

Eine Menge Leute umringen uns, als wir aus der Halle reiten. Mama, Lasse, Elisabeth, Jonte, Maggan und Kristin. Alle sind da. Zu meiner großen Überraschung sehe ich, dass sogar Papa gekommen ist.

»Du hast es geschafft! Ich hab ja gesagt, dass du es schaffst«, ruft Kristin.

Mama zieht mich von Star herunter und schließt mich ganz fest in die Arme.

»So was Tollkühnes hab ich ja überhaupt noch nicht gesehen. Ich konnte kaum hingucken«, sagt sie.

»Das sah wirklich lebensgefährlich aus«, sagt Papa, aber seine Augen leuchten vor Stolz.

Ich lehne die Stirn gegen Stars weichen Hals. Das hier ist fast zu viel Glück auf einmal. Vielleicht wache ich gleich auf und stelle fest, dass ich alles nur geträumt habe? Meine Beine zittern und ich kann kaum gerade stehen.

»Jetzt musst du mir die Daumen drücken«, sagt Jonte. »Gleich bin ich dran.«

»Ich kann Star für dich halten, während du Jonte zuschaust«, bietet Mama an.

Zum zweiten Mal an diesem Tag drängle ich mich auf die Tribüne. Als Nächste startet Jeanette. Sie ist blasser als je zuvor, ihre Augen sind wie schwarze Löcher in dem weißen Gesicht. Ihr Schimmel springt unkonzentriert und der Galopp ist zäh wie Sirup. Sie haben zwei Abwürfe und Jeanette sieht eher erleichtert als enttäuscht aus, als sie über die Ziellinie reitet.

Als Jonte an der Reihe ist, balle ich die Hände in meinen Taschen. Ich bin jetzt fast noch aufgeregter als bei meinem eigenen Ritt. Aber Jonte macht überhaupt keinen nervösen Eindruck. Genau wie bei unserem Referat neulich in der Schule scheint er es zu genießen, im Mittelpunkt zu stehen. Seine Augen leuchten erwartungsvoll und er kitzelt Daisy mit der Gerte, nur damit sie ein bisschen herumtänzelt.

Als das Startsignal kommt, rast Daisy los und Jonte treibt sie noch dazu an. Maggans Ermahnungen, es ruhig angehen zu lassen, sind vergessen. Daisy ist geschmeidig und schnell und Jonte völlig furchtlos. Über die ersten beiden Hindernisse fliegen sie nur so hinüber. Die Kurve nehmen sie viel zu eng, sodass Daisy schräg auf die Triplebarre zusteuert. Trotzdem springt sie ab und streift die oberste Stange. Die wackelt bedenklich, bleibt aber liegen.

Jetzt wird Daisy noch schneller. Es sieht lebensgefährlich aus. Ich frage mich, ob Jonte sie eigentlich noch unter Kontrolle hat oder ob er sich bloß noch festhält und hofft, dass alles gut geht. Wie die beiden den Doppeloxer schaffen, ist mir ein Rätsel. Daisy springt vor dem ersten Oxer viel zu früh ab und vertritt sich vor dem zweiten. Trotzdem tricksen sie sich irgendwie rüber, ohne eine Stange abzuwerfen.

»*Yeees!*«, schreit Jonte, als sie über die Ziellinie fegen.

Die Zuschauer lachen und applaudieren. Ich laufe hin, um den beiden zu gratulieren. Jonte strahlt mich an.

»Ab sofort werde ich unerträglich eingebildet sein«, grinst er selig.

Wir warten ungeduldig darauf, dass die restlichen Teilnehmer ihren Durchgang hinter sich bringen. Jonte müsste eigentlich gute Aussichten auf einen Preis haben, so schnell wie er geritten ist.

Die zickige Berit reitet mit hocherhobener Nase hinein. Eine Minute später kommt sie wieder heraus, hinkend und den Rücken voller Sägespäne. Von der Zuschauertribüne stürzt ihr Mann herbei.

»Du warst trotzdem die Beste, Liebling!«, ruft er aufmunternd.

Er ist wirklich eine treue Seele. Berit weiß das anscheinend gar nicht zu schätzen, sie schnaubt bloß und würdigt ihn keines Blickes.

Die Musik aus den Lautsprechern bricht ab. Jonte und ich kneifen einander vor Spannung.

»Kommen wir nun zur Preisvergabe im Anfängerspringen«, tönt es aus dem Lautsprecher. »Platz eins: Elin Johansson auf Pontus, Platz zwei: Jonte Ewerts auf Daisy, Platz drei: Barbro Lindström auf Fever Heat, Platz vier: Alf Nyqvist auf Goliat und Platz fünf: Lisa Andersson auf Star. Ich bitte die Preisträger, sich in der Halle einzufinden.«

Es dauert bestimmt eine ganze Minute, bis die Worte in meinem Bewusstsein angekommen sind und ich begreife, was das bedeutet.

Jonte zieht ein enttäuschtes Gesicht.

»Ich war ganz sicher, dass ich gewinne. Wie zum Henker konnte jemand schneller sein als ich? Was ist los, Lisa? Du siehst aus, als ob du gleich umkippst.«

»Hast du nicht gehört?«, flüstere ich. »Star und ich sind auf Platz fünf!«

»Echt? Wow, was sind wir doch für ein Paar! Zweiter und fünfter Platz«, lacht Jonte.

Sind wir ein Paar?, schießt es mir durch den Kopf. Meine Beine zittern und in meinem Kopf dreht sich alles. Mama kommt mit Star im Schlepptau angelaufen und ich klettere glücklich in den Sattel.

In der Reithalle erwartet Maggan uns. Sie soll die Preise

verteilen. Als sie Jonte seinen zweiten Preis gibt, sieht sie ihn mit ernster Miene an.

»Deine Vorstellung war eine der schlechtesten, die ich in meinem ganzen Leben gesehen habe. Hast du eigentlich nichts von all dem begriffen, was ich dir beizubringen versucht habe?«

»Daisy wollte schnell sein«, verteidigt Jonte sich und grinst so glücklich, dass Maggan ihr strenges Gesicht nicht länger beibehalten kann.

Ich bekomme als Preis einen roten Führstrick und eine Urkunde. Star erhält eine grüne Schleife, die am Stirnriemen befestigt wird.

»Meinen Glückwunsch, das ging ja wirklich ganz gut«, sagt Maggan. Sie grinst mich neckisch an. »Du glaubst doch wohl hoffentlich nicht, dass Star und du jetzt fertig ausgebildet seid. Euer Stil kann durchaus ein wenig Schliff vertragen. Ich schlage zum Beispiel vor, dass du beim nächsten Turnier zur Abwechslung mal die Steigbügel benutzt. Nach der Ehrenrunde treffen wir uns in meinem Büro. Anna wartet dort auf uns.«

Während die Zuschauer klatschen, galoppieren wir Preisträger eine Runde durch die Halle. Die Bänder an Stars Schleife flattern genau so, wie es sich gehört, und ich frage mich, ob man noch glücklicher sein kann als ich in diesem Moment.

Mama übernimmt Star und füttert ihn mit Mohrrüben, während ich in Maggans Büro gehe. Kristin besteht darauf, mitzukommen.

»Versuch doch, mich davon abzuhalten, wenn du kannst«, lacht sie. »Ich will Anna nur kurz sagen, was ich von ihr halte.«

Anna sitzt auf einem wackeligen Stuhl im Büro. Ihre Augen sind rot geweint und ihre Haare verwuschelt.

»Entschuldige, das wollte ich nicht«, sagt sie kleinlaut und sieht mich unter ihrem Pony hervor kläglich an.

»Du miese kleine Ratte, natürlich hast du das gewollt«, blafft Kristin sie an. »Wieso hättest du es sonst tun sollen? Das Einzige, was du nicht wolltest, war, dass man dir auf die Schliche kommt.«

»Lass nur, Kristin«, sagt Maggan. »Ich habe Anna schon gesagt, was ich von ihrem Vorgehen halte. Wenn du so etwas noch einmal machst, fliegst du aus der Reitschule. Hast du mich verstanden?«

Anna nickt. Ich sehe sie an. Sie hat versucht, mir zu schaden, und ich sollte wütend auf sie sein. Ich drehe meinen neuen roten Führstrick in den Händen. Im Moment ist in mir gar kein Platz für Wut.

»Lasst sie in Ruhe«, sage ich. »Es ist ja nichts passiert. Es hat sich am Ende doch alles geklärt.«

Insgeheim hoffe ich, dass Anna aufhört, meine Feindin zu sein. Aber Anna wirft mir nur einen gehässigen Blick zu, bevor sie aus dem Raum schleicht.

»Die läuft ja beinahe über vor Dankbarkeit«, lacht Kristin. »Du bist wirklich hoffnungslos, Lisa. Bei manchen Menschen lohnt es sich einfach nicht, nett zu ihnen zu sein, kapierst du das nicht? Sie wird sich was Neues ausdenken, da kannst du Gift drauf nehmen.«

Ich zucke die Schultern. Darüber mache ich mir jetzt keine Sorgen. Den Rest dieses wunderbaren Tages will ich einfach nur glücklich sein.

»Musst du nicht bald an den Start?«, frage ich, und da hat Kristin es auf einmal eilig.

Mama steht mit Star immer noch da, wo ich sie verlassen habe. Mit der einen Hand hält sie Stars Zügel, die andere hat sie um Lasses Taille gelegt. Papa nähert sich zögernd von der Seite. Er hat nicht mehr mit Mama geredet, seit er betrunken auf unserem Sofa lag und schnarchte.

»Ich muss mich wohl bei euch entschuldigen«, sagt Papa und scharrt verlegen mit dem Fuß.

Er sieht unglaublich bedeppert aus. Mama sieht ihn belustigt an.

»Keine Ursache«, entgegnet Lasse. »So was Ähnliches ist mir auch schon passiert. Besuch uns doch mal mit deiner Familie. Ruf vorher an, dann machen wir ein schönes Essen. Wird sicher nett.«

»Sicher«, sagt Papa, aber sehr überzeugt sieht er nicht aus.

Er räuspert sich und sein Blick irrt ziellos herum.

»Ich hoffe, ihr werdet glücklich alle miteinander«, bringt er schließlich heraus.

Da lässt Mama Lasses Hüfte los und schlingt beide Arme um Papas Hals. Er steht stocksteif da und scheint nicht zu wissen, wohin mit den Händen. Als Mama ihn freigibt, sieht sie ihn lange an und lächelt. Papa lächelt zurück.

Viele Jahre lang waren sie zerstritten, seit dem Tag der Scheidung. Kaum haben sie sich gesehen, haben sie sich gefetzt. Ich kann schon nicht mehr zählen, wie oft ich mich nach ihren Zankereien in den Schlaf geweint habe. Vielleicht ist es ja nun damit vorbei.

Auf einmal weiß ich, dass man noch glücklicher sein kann, als ich es bei der Ehrenrunde auf Stars Rücken war.

Nur Mut, Lisa!

1

Der Schweiß läuft mir den Rücken herunter, meine Hände schmerzen und meine Arme sind voller Schrammen. Die Stämme sind viel zu schwer und ich habe ein Gefühl, als ob mein Rücken gleich durchbricht. Ich will nur noch eins: aufhören und nach Hause gehen. Wütend stampfe ich auf die Erde, dass die trockenen Tannennadeln aufstieben.

»Das macht keinen Spaß«, maule ich. »Und du kannst mich nicht zwingen.«

»Hör auf zu jammern, Lisa«, weist Kristin mich zurecht. »Fass lieber mit an, damit wir irgendwann noch mal fertig werden.«

Ich seufze. Wenn Kristin sich etwas in den Kopf gesetzt hat, kann niemand sie davon abbringen. Heute Morgen hat sie eine kleine Anzeige in der Zeitung gesehen:

Wettkampf!
Geländespringen für Ponys,
Samstag, den 16. Oktober.
Jetzt anmelden!
Wertvolle Prämien.
Weitere Informationen bitte erfragen bei
Reitverein Högberga.

Mehr war nicht nötig. Sie flog förmlich ans Telefon.

»Hallo, ich heiße Kristin Siljeskog und möchte gern mehr über das Geländespringen für Ponys wissen. Ja, aha … hört sich gut an … kann ich mich gleich anmelden?«

Kristin zwinkerte mir zu und fuhr fort:

»Wir sind übrigens zwei, die mitmachen wollen ...«

Natürlich hätte ich sofort zu ihr hinlaufen und ihr den Telefonhörer aus der Hand reißen müssen. Aber ich war so geschockt, dass ich nur den Mund aufsperren konnte. Ich brachte kein Wort heraus, ich war nicht mal imstande, den Kopf zu schütteln, und so waren Star und ich plötzlich für ein Geländespringen angemeldet.

»Ist das nicht toll?«, sagte Kristin hinterher vergnügt.

»Spinnst du jetzt total?«, rief ich. »Du kannst mich doch nicht einfach anmelden, ohne mich wenigstens zu fragen, ob ich will!«

»Ach was, du sagst ja doch immer Nein«, entgegnete Kristin unbekümmert. »Jetzt mach nicht so ein Gesicht. Komm mit, wir bauen im Wald eine Hindernisstrecke. Wenn wir an einem Geländespringen teilnehmen wollen, müssen wir üben.«

»Da mache ich nicht mit«, protestierte ich.

Eine halbe Stunde später sind wir natürlich doch draußen im Wald und bauen Hindernisse auf. Kristin hat eine merkwürdige Fähigkeit, ihren Willen durchzusetzen.

Ich beobachte sie unbemerkt. Ihre langen, schwarzen Haare sind zu einem lockeren Zopf geflochten, der über die Schulter nach vorn fällt. Ihr Gesicht ist ganz rot vor Anstrengung. Der Baumstamm, den sie zu schleppen versucht, ist viel zu schwer für sie. Trotzdem gibt sie nicht auf. Sie zieht und zerrt mit aller Kraft, genauso stur wie immer. Ich seufze und helfe ihr. Mit vereinten Kräften schaffen wir es schließlich, den Stamm so hinzurollen, dass er quer über dem Weg liegt.

»Na bitte, sieht doch gut aus«, sagt Kristin zufrieden und streicht sich die Ponyfransen aus der Stirn. »Ich finde, jetzt haben wir eine Pause verdient.«

Ohne eine Antwort abzuwarten, packt sie Saft, Krapfen und Mandelkekse aus und stellt alles auf den Stamm. Es sieht lecker aus. Die Aussicht auf kalten Erdbeersaft muntert mich ein kleines bisschen auf. Kristin kann echt anstrengend sein, aber sie meint es nicht böse. Dass ich mich manchmal über sie ärgere, liegt wohl nur daran, dass ich es nicht gewohnt bin, eine große Schwester zu haben.

Kristin ist nicht wirklich meine große Schwester, aber beinahe. Ihr Vater Lasse und meine Mutter sind ein Paar und vor einigen Wochen sind sie zusammengezogen. Wir haben zwar auch vorher schon im selben Haus gewohnt, aber nun hat Lasse die Wand zwischen den beiden Wohnungen herausgenommen. Jetzt sind wir vier sozusagen eine Familie. Oder wir fünf, denn Kristins kleiner Bruder Torsten wohnt manchmal auch bei uns.

Kristin trinkt ihren Saft in großen Schlucken und seufzt zufrieden.

»Sei nicht mehr sauer, Lisa. Wenn du beim Geländespringen wirklich nicht mitmachen willst, kannst du ja immer noch anrufen und deine Anmeldung zurücknehmen. Zwingen kann dich keiner. Es tut mir leid, wenn ich dich geärgert habe, aber manchmal muss man dir wirklich einen kleinen Stoß geben. Freiwillig hättest du dich nie angemeldet, stimmt's?«

Damit hat sie im Grunde genommen recht. Ich bin eher vorsichtig, ich laufe nicht durch die Gegend und suche nach neuen Herausforderungen, so wie sie. Vielleicht ist es ein Glück, dass ich Kristin als Antreiberin habe. Sonst hätte ich mich weder zum Galopprennen im letzten Sommer noch zum Springturnier vor einem Monat angemeldet. Eigentlich sollte ich Kristins Unternehmungslust inzwischen kennen und ihr sogar dankbar sein. Aber das bin ich nicht, überhaupt nicht. Ich bin sauer.

»Ich mag nicht, wenn du versuchst, über mich zu bestimmen«, maule ich.

»Entschuldige, das wollte ich nicht. Es kam einfach so. Ich fand die Idee mit dem Geländespringen so toll und habe nicht nachgedacht«, sagt Kristin und sieht mich mit großen, unschuldigen Augen an.

Ich kann nicht anders, ich muss grinsen. Sie ist schrecklich. Sie lügt, dass sich die Balken biegen, das wissen wir alle beide. Ich habe nicht vergessen, was sie für einen spitzbübischen Gesichtsausdruck hatte, als sie mich angemeldet hat. Trotzdem merke ich, wie mein Ärger langsam verfliegt. Kristin rutscht ein wenig näher an mich heran.

»Es macht viel mehr Spaß, wenn du auch teilnimmst«, sagt sie einschmeichelnd. »Dann können wir zusammen üben. Überleg doch mal, eine Hindernisstrecke im Wald ist doch nicht schwieriger zu springen als ein Parcours in der Reithalle. Eher im Gegenteil. Ich bin sicher, wenn du bei dem Geländespringen mitmachst, gewinnst du eine Preisschleife, die du an Stars Boxentür hängen kannst.«

»Sei nicht albern. Wenn hier jemand Schleifen einsammelt, dann ja wohl du«, sage ich.

An Turnieren teilzunehmen ist wichtig für Kristin. Sie genießt die Spannung. Ihr Pony Olle ist ruhig und gelassen wie ein alter Ardenner, aber springen kann er. Als wir an dem Springturnier in der Reithalle teilnahmen, kamen die beiden bei der einen Prüfung auf den zweiten Platz und bei der anderen auf den dritten. Kristin sagte, sie sei damit zufrieden, aber ich glaube, sie ärgert sich bis heute, dass sie nicht gewonnen hat. Jedenfalls ist sie seitdem unheimlich scharf darauf, wieder an einem Turnier teilzunehmen.

Ich selbst bin damals mit Star im Anfängerspringen auf dem fünften Platz gelandet und von der Überraschung habe ich mich immer noch nicht ganz erholt. Es war das allererste Springturnier für Star und mich, und dass es so gut ausgehen würde, hätte ich nicht mal zu träumen gewagt. Mein Ziel war es vor allem, das Turnier heil zu überstehen. In zweiter Linie hatte ich gehofft, dass wir den Parcours schaffen, ohne dass Star verweigert.

»Ich hätte nicht gedacht, dass es so mühsam ist, eine Geländestrecke zu bauen. Jetzt haben wir fast zwei Stunden geackert und trotzdem erst drei kleine Hindernisse geschafft. Wenn wir mehrere wären, würde es schneller gehen«, sagt Kristin nachdenklich. »Ich hab's! Kannst du nicht Jonte anrufen und fragen, ob er herkommen und uns helfen will? Ich könnte wetten, dass er sich auch zum Geländespringen anmeldet, wenn er davon hört.«

Jonte habe ich im Sommer im Reitlager kennengelernt. Zuerst hatte ich ihn nicht sonderlich beachtet. Er war einfach irgendein Junge – mager, schlaksig und ein bisschen schüchtern. Sein Pony Plutten war eines der hässlichsten Ponys, das ich jemals gesehen habe, und ganz bestimmt das sturste.

Aber schon nach ein paar Tagen im Lager haben wir uns

angefreundet und Jonte war auch gar nicht so schüchtern, wie ich anfänglich gedacht hatte. Er ist der einzige Junge, den ich geküsst habe, und der einzige, der mich geküsst hat. Als das Reitlager zu Ende ging, dachte ich, wir würden uns nie wiedersehen. Aber es kam anders, denn als im Herbst das neue Schuljahr anfing, war er auf einmal in derselben Klasse wie ich.

»Bist du in Jonte verknallt?«, fragt Kristin plötzlich.

»Nein«, antworte ich kurz.

Ich weiß nicht genau, ob das eine Lüge ist oder nicht, und es ist eigentlich auch egal. Jonte ist mein Kumpel. Ich freue mich, wenn ich ihn sehe, und wenn wir uns treffen, kribbelt es jedes Mal ein bisschen im Bauch. Das reicht mir völlig.

Bei dem Gedanken, dass Jonte uns vielleicht beim Anlegen der Geländestrecke hilft, bekomme ich auf einmal bessere Laune. Auf leichten Füßen renne ich nach Hause und rufe ihn an. Er verspricht, so schnell wie möglich zu kommen.

Während Kristin und ich auf die Verstärkung warten, holen wir die Pferde von der Koppel. Olle kommt an den Zaun getrabt, sobald Kristin ihn ruft. Er ist groß und braun mit einer breiten Blesse. Der Stirnschopf ist nur ein kleiner schwarzer Pinsel zwischen den Ohren, deswegen sieht er immer ein bisschen erstaunt aus. Für Kristin ist er natürlich das schönste Pony der Welt. Ich finde, dass er etwas langweilig aussieht, ein ganz gewöhnliches braunes Pferd ohne besonderen Charme. Mit Star ist das ganz anders.

Andere sehen in ihm vielleicht nur ein kleines schwarzes Pony mit langer, zotteliger Mähne und einem viel zu dünnen Schweif. Aber für mich ist er etwas ganz Besonderes. Ganz egal, wo ich gerade bin, brauche ich nur die Augen zu schließen, um ihn vor mir zu sehen, und der Anblick lässt meine Augen feucht werden. Das schelmische Glitzern in seinen dunklen Augen, die unter dem langen Stirnschopf hervorlugen. Sein kleines graues Maul, haarig und weich wie Samt. Zusammen mit Star fühle ich mich sicher, und dass er mir gehört, gibt mir die Gewissheit, niemals einsam sein zu müssen. Ich habe ihn noch nicht mal ein ganzes Jahr, aber trotzdem kommt es mir vor, als würden wir schon eine Ewigkeit zusammengehören.

Star hebt den Kopf, als er mich kommen hört, aber er bewegt sich nicht von der Stelle. Wie eine Statue aus dunklem Stein steht er da und sieht mich an. Ich wünschte, er würde angestürmt kommen, überglücklich, mich zu sehen. Aber das macht er nie. Stattdessen steht er einfach da und wartet darauf, dass ich ihn hole. Er stupst mich mit dem Maul an. Das ist seine Art, um Leckerlis zu betteln. Er weiß nämlich, dass ich immer Hafer oder ein paar Karottenstückchen in den Taschen habe.

Als ich Star bekam, war er mager und klapprig und sein Fell war struppig. Die Tierärztin sagte, das sei deswegen, weil er Würmer habe. Star bekam eine Wurmkur und danach wurde es schnell besser. Jetzt ist er rund und gesund und sein Fell ist glatt. Ich brauche mich nicht mehr für ihn zu schämen.

Es dauert eine ganze Weile, bis Jonte da ist. Kristin und ich haben Zeit genug, den Stall auszumisten und die Pferde zu striegeln. Danach wissen wir nicht recht, was wir anfangen sollen.

»Ich laufe ins Haus und hole noch etwas Saft und ein paar Krapfen«, sagt Kristin. »Jonte ist bestimmt hungrig.«

Kaum ist sie verschwunden, hört man Hufgeklapper vor dem Stall. Ich laufe hinaus und da sitzt Jonte im Sattel und lacht, während sein neues Pony Daisy im Kreis tänzelt. Daisy ist ein heller Fuchs, Mähne und Schweif sind sahneweiß. Sie ist all das, was der sture Plutten nicht war: lebhaft, süß und unheimlich temperamentvoll.

»Ich habe einen starken Hindernisbauer mitgebracht«, sagt Jonte.

Erst da sehe ich, dass er nicht allein ist. Ein Stück entfernt sitzt Peter, Jontes großer Bruder, auf seinem Turnierpferd Lord.

»Hei«, sage ich und Peter antwortet mit einem knappen Nicken.

Auf mich verschwendet er keines seiner berühmten Charmeurlächeln. Peter war im Sommer auch mit im Reitlager. Da nannten wir ihn Tarzan, weil er so gerne in Badehosen herumlief und sich zeigte. Er sieht ja auch wirklich gut aus – groß und breitschultrig mit dicken, blonden Haaren und perfekten weißen Zähnen. Leider weiß er das und ich finde, er ist ein bisschen zu eingebildet und selbstbewusst. Das ist allerdings auch kein Wunder. Überall, wo er auftaucht, versammeln sich die Mädchen in Scharen und machen ihm schöne Augen, damit er sie auch ja beachtet. Gut reiten kann er auch noch. Es vergeht keine Woche, in der nicht in der Zeitung steht, dass Peter und Lord dieses oder jenes Springturnier gewonnen haben. Es erstaunt mich schon ein bisschen, dass Peter sich herablässt, an einem Samstag kleine Geländehindernisse mit uns zusammen aufzubauen.

»Toll, dass ihr gekommen seid«, sage ich. »Ihr könnt eure Pferde auf der Koppel lassen, während wir die Hindernisse bauen.«

Peter schüttelt abwehrend den Kopf.

»Lord muss im Stall stehen. Er ist in Turnierform.«

»Auf der Koppel ist kaum noch ein Grashalm übrig, also besteht wohl keine Gefahr, dass er sich den Bauch vollschlägt«, sage ich und lache.

Peter lacht nicht. Er wirft mir einen Blick zu, der mehr sagt als alle Worte. In seinen Augen bin ich bloß ein albernes kleines Mädchen, das keine Ahnung hat.

»Wenn ich ihn auf einer Koppel herumrennen lasse, zieht er sich vielleicht eine Zerrung zu. Ich habe nicht vor, das zu riskieren.«

Armer Lord. So war es im Reitlager auch. Während alle anderen Pferde auf der Koppel herumtollen durften, musste er ganz alleine im Stall stehen.

Eigentlich habe ich überhaupt keine Lust, Lord meine Box anzubieten und Star wieder auf die Koppel zu lassen. Nicht jetzt, wo ich ihn gerade gestriegelt habe. Aber Peter ist hier, um uns beim Hindernisbauen zu helfen, also muss ich wohl.

»Okay, meinetwegen«, sage ich widerwillig. »Nimm Stars Box, dann können Star und Daisy auf der Koppel stehen.«

Peter bedankt sich nicht mal. Er hält es für selbstverständlich. Er ist gewohnt, dass alle Pferdemädchen genau das machen, was er will, und auch noch dankbar dafür sind. Im Reitlager hat er nicht mal Lords Hufe selbst ausgekratzt.

Star ist kaum auf der Koppel, da knickt er auch schon mit den Vorderbeinen ein und wälzt sich im Matsch. Alles Striegeln und Bürsten war umsonst. Jetzt ist Star noch schmutziger als vor dem Putzen. Lord dagegen steht blank und fein in Stars Box.

Sobald Star fertig ist mit Wälzen, lässt Jonte Daisy frei. Die Pferde beschnuppern sich abwartend, dann wiehert Daisy auf und sie rasen gemeinsam über die Koppel. Star vorneweg und Daisy hinterher. Sie keilen nach hinten aus und machen Bocksprünge und sehen aus wie zwei glückliche Fohlen.

»Lebensgefährlich«, schimpft Peter.

»Hast du ihn gezwungen, mitzukommen?«, flüstere ich Jonte zu.

»Überhaupt nicht«, flüstert Jonte zurück. »Als er hörte, dass ich zu euch will, hat er sich freiwillig angeboten. Ich weiß auch nicht, wieso. Eigentlich ist er ja nicht gerade der Typ, der sich unnötig anstrengt.«

Plötzlich richtet Peter sich auf, wirft die Haare nach hinten und knipst sein Lächeln an. Ich drehe mich erstaunt um. Da kommt Kristin. Peter und Kristin kennen sich nicht direkt, haben sich aber schon einige Male gesehen. Wir nehmen ja alle vier am Springkurs in der Reitschule teil.

»Willst du auch Hindernisse mit aufbauen?«, fragt Peter.

Kristin lacht.

»Ich denke, das muss ich wohl, schließlich war es meine Idee.«

Jonte knufft mich leicht.

»Ich glaube, jetzt weiß ich, warum er unbedingt mitkommen wollte«, sagt er leise.

2

Mir gefällt der Gedanke nicht, dass Peter sich vielleicht für Kristin interessiert. Er hat doch schon mehr als reichlich Mädchen. Nicht dass Kristin leicht zu beeindrucken wäre, eher im Gegenteil. Aber wer weiß? Die Leute werden so komisch, wenn sie verknallt sind. Die coolsten Mädchen aus meiner Klasse benehmen sich total bescheuert, sobald irgendwelche Typen vom Gymnasium auf ihren Mopeds auftauchen. Was, wenn Kristin nun auch anfängt, Peter anzuhimmeln? Das will ich nicht.

Jonte, Kristin und ich ackern und schuften, während Peter auf einem Stein sitzt und uns Anweisungen gibt. Außerdem erzählt er uns von seinen neuesten Erfolgen bei diversen Springturnieren.

»Ich habe einen neuen Trainer. Er sagt, dass Lord und ich großes Potenzial haben. Bei den Springturnieren hier in der Gegend gibt es keine Konkurrenz für uns, deshalb werde ich wohl demnächst an internationalen Turnieren teilnehmen. Kurz vor Weihnachten findet ein Springturnier in Deutschland statt, bei dem ich gerne starten würde. Jetzt geht es nur darum, dass Lord bis dahin seine Form behält.«

Jonte seufzt und verdreht die Augen. Ich tue so, als würde ich nicht hinhören. Peter ist nun mal, wie er ist. Er ist der Mittelpunkt der Welt, das ist für ihn selbstverständlich. Kristin hat einen dicken Ast gefunden und plagt sich damit ab. Sie zieht und zerrt, um ihn freizubekommen. Der Schweiß läuft ihr übers Gesicht. Plötzlich richtet sie sich auf und sieht Peter mit funkelnden Augen an.

»Kannst du nicht endlich mal die Klappe halten?«, faucht sie. »Es reicht. Bei deiner Angeberei könnte ich echt kotzen. Reite bloß nach Hause, du Tausendsassa, und lass uns in Ruhe arbeiten.«

Peter klappt überrascht den Mund zu und starrt sie an. Erst wird er ganz weiß im Gesicht und dann knallrot.

Jonte kichert begeistert.

»Jetzt hat er einen Schock gekriegt, mein Bruderherz.«

Ohne ein Wort rutscht Peter vom Felsen herunter, geht zu Kristin und reißt den Ast los, mit dem sie kämpft.

»Pass bloß auf, dass deine Reithose keine Flecken bekommt«, sagt Kristin kalt.

Peter sagt nichts dazu. Stattdessen fängt er an zu arbeiten. Seine gewohnte Faulheit ist ganz plötzlich spurlos verschwunden. Er arbeitet mindestens ebenso hart wie wir anderen. Und man kann sagen, was man will, aber Hindernisse bauen kann er. Aus Ästen, Baumstümpfen und Zweigen baut er Geländehindernisse, die richtig professionell aussehen. Das einzige Problem ist nur, dass er sie zu hoch und zu breit machen möchte, weil er es gewohnt ist, mit Lord über große Hindernisse zu springen.

»Das hier ist doch lächerlich niedrig«, schnaubt er und zeigt auf ein Hindernis. Es ist so hoch, dass mir ganz flau im Magen wird bei dem Gedanken, dass Star und ich hinüberspringen sollen.

»Das ist genau richtig«, entscheidet Kristin.

»Na ja, vielleicht ist es das«, sagt Peter fügsam.

Ich behalte die beiden im Auge. Peter ist immer in Kristins Nähe und die ganze Zeit hat er sein charmantes Lächeln angeknipst. Er ist stark. Dicke Äste, die ich nicht mal einen Zentimeter bewegen könnte, schleppt er herbei, als wäre es gar nichts. Anschließend sieht er Kristin ganz stolz an, als erwartete er, gelobt zu werden. Aber Kristin bemerkt es anscheinend nicht mal. Sie schickt ihn hierhin und dorthin und kommandiert ihn genauso herum, wie sie es sonst mit mir macht. Jonte kringelt sich vor Lachen.

»Echt nicht schlecht, diese Kristin. Es ist wirklich unglaublich. Guck dir das bloß mal an, er gehorcht jedem Wink von ihr. Vielleicht sollte ich sie fragen, ob sie nicht mit zu uns nach Hause kommen und meinem Bruderherz Manieren beibringen will.«

Schon nach wenigen Stunden haben wir es geschafft, eine Springstrecke mit zehn Hindernissen zu errichten. Das schwierigste Hindernis ist das am Bach. Am Ufer haben wir drei dicke Äste übereinandergestapelt, damit die Pferde direkt in den Bach hineinspringen.

»Beim Geländespringen gibt es immer Wasserhindernisse, deshalb ist es wichtig, die Pferde daran zu gewöhnen«, erklärt Peter.

»Dann fangen wir am besten sofort damit an«, sagt Jonte. »Kommt, wir probieren unsere Springstrecke gleich mal aus.«

»Au ja«, sagt Kristin.

Ich bin nicht ganz so begeistert. Am liebsten würde ich nicht über die Hindernisse springen müssen, die wir gerade gebaut haben, aber ich weiß, dass jede Weigerung sinnlos wäre. Irgendwie würde Kristin mich sowieso wieder überreden. Könnte ich bloß ebenso unbekümmert sein wie Kristin und Jonte. Es muss schön sein, niemals einen Gedanken daran zu verschwenden, was alles Schlimmes passieren kann.

Auf Kristins und meiner kleinen Reitbahn reiten wir die Pferde warm. Am Anfang war es nur ein Stück Wiese, auf der wir mit vier Pfählen ein Rechteck abgesteckt hatten. Inzwischen sind wir so oft dort geritten, dass beinahe alles Gras verschwunden ist und es jetzt fast wie eine richtige Reitbahn aussieht. Lasse hat versprochen, ein paar Fuhren Sand dort abzuladen, aber bis jetzt ist noch nichts draus geworden. So ist das oft, wenn Lasse etwas verspricht.

Star ist ungewöhnlich lebhaft. Als ich angaloppiere, senkt er den Kopf zwischen die Beine und schlägt hinten aus, dass die Grassoden nur so fliegen. Es ist reines Glück, dass es mir gelingt, im Sattel zu bleiben.

»Hält er sich für ein Rodeopferd?«, ruft Jonte und lacht.

Vor einem halben Jahr hätte ich noch eine Todesangst gehabt, aber inzwischen weiß ich, dass Star mich gar nicht abwerfen will. Er ist nur übermütig, weil Lord und Daisy zu Besuch sind.

Peter reitet nicht einfach nur herum, so wie wir anderen. Er macht Hinterhandwendungen, galoppiert aus dem Stand an und schließt mit ein paar fliegenden Galoppwechseln. Ab und zu schielt er zu Kristin, um zu sehen, ob sie beeindruckt ist. Aber Kristin tut so, als würde sie nicht mal bemerken, dass Peter überhaupt da ist. Ich dagegen bin sprachlos vor Bewunderung. Lord bewegt sich so schön, dass ich eine Gänsehaut bekomme. Wenn ich doch auch nur so reiten könnte!

»Sollen wir die Strecke einzeln springen oder starten wir alle nacheinander mit etwas Abstand?«, will Jonte wissen.

»Ich mache nicht mit«, sagt Peter. »Lord und ich springen nur auf Turnierplätzen.«

»Traust du dich nicht?«, fragt Kristin sanft.

Mehr ist nicht nötig, um Peter umzustimmen.

»Okay, meinetwegen, dann fange ich an und ihr anderen folgt mir. Haltet mindestens zehn Meter Abstand zum Vordermann«, ruft er und lässt Lord angaloppieren.

Als Lord über das erste Hindernis springt, drückt Kristin ihre Schenkel in Olles Flanken und reitet an. Ich bin so nervös, dass ich zugleich friere und schwitze. Natürlich bin ich schon mehrere Male mit Star gesprungen, aber noch nie eine ganze Geländestrecke mit so großen Hindernissen.

»Es ist überhaupt nicht schlimm, Lisa«, sagt Jonte beruhigend. »Star schafft das mit Leichtigkeit, das verspreche ich dir.«

»Das weiß ich selbst«, fauche ich ärgerlich.

Es wurmt mich, dass er mitkriegt, wie ängstlich ich bin. Ich will nicht, dass Jonte mich für einen Feigling hält.

Star macht kleine Hüpfer vor lauter Eifer. Als auch Daisy gestartet ist und wir allein zurückbleiben, kann ich ihn fast nicht mehr halten. Krampfhaft halte ich die Zügel straff, während er sich hin und her wirft. Es ist, als würde er gleich explodieren. Kaum lasse ich die Zügel lockerer, rast er auch schon los. Wie ein Torpedo schießt er Daisy hinterher. Star ist sehr schnell für seine Größe und er hat einen enormen Siegeswillen. Letzter zu sein ist für ihn das Schlimmste.

Hier, wo der Weg breit und eben ist, galoppieren wir sonst immer. Aber Star ahnt nicht, dass sich jetzt Hindernisse auf der Strecke befinden. Eigentlich müsste er es langsam angehen und gut aufpassen. Stattdessen stürmt er vorwärts, nur ein Ziel im Kopf – Daisy einzuholen und sich vor ihre Nase zu setzen. Vor uns sehe ich Daisy über das erste Hindernis springen. Ich straffe die Zügel, damit Star das Tempo zurücknimmt, aber er wirft nur den Kopf hoch und rast weiter.

Erst als wir direkt davor sind, entdeckt Star das Hindernis. Mitten im Galoppsprung wird er ganz steif, aber da ist es zu spät zum Anhalten. Ich bin sicher, dass wir direkt in das Hindernis krachen werden, doch Star gelingt es, die Vorderbeine noch rechtzeitig hochzunehmen. Mit einem Satz springt er hinüber und ich klammere mich fest. Das nächste Hindernis besteht aus Buschwerk. Star prescht mitten hindurch, sodass die Reisigzweige in alle Richtungen auseinanderstieben.

Daisy ist inzwischen außer Sicht, ihre dumpfen Hufschläge werden immer leiser. Das feuert Star erst recht an, er wird noch schneller. Ein Tannenzweig schlägt mir direkt ins Gesicht und ich sehe plötzlich nichts mehr. Star kümmert sich nicht darum, er rast einfach weiter. Wir galoppieren in voller Fahrt um eine Kurve und ich wische mir die Tränen mit der Hand ab. Vor uns kommt das nächste Hindernis in Sicht, eine Wand aus Baumstämmen mit einem sperrigen Ast obendrauf.

»Ganz ruhig, mein Junge«, bettle ich und klopfe Stars Hals.

Ich beuge mich ganz dicht über ihn und wickle mir die Strähnen seiner langen Mähne fest um die Hände. Dieses Mal sieht Star das Hindernis rechtzeitig. Zum ersten Mal gehorcht er meinen Hilfen und wird ein bisschen langsamer. Einige Meter vor dem Hindernis treibe ich ihn an und er überspringt die Stämme mit reichlich Zwischenraum.

Jetzt ist Daisys Hufschlag gar nicht mehr zu hören. Es ist, als wären Star und ich ganz allein im Wald. Aber irgendwo vor uns sind die anderen und wir werden ihnen zeigen, dass auch wir die Springstrecke schaffen. Wir überspringen ein Hindernis nach dem anderen, ich habe jetzt keine Angst mehr. Es geht ja prima. Star und ich nehmen noch eine Kurve und da sehe ich, dass wir uns dem Bach mit dem Wasserhindernis nähern.

»Nur noch eine Hürde, mein Junge«, flüstere ich. »Das schaffen wir schon, was?«

Ganz plötzlich bleibt Star stocksteif stehen. Das kommt völlig überraschend, ich bin nicht vorbereitet und komme mit dem Po vor dem Sattel auf. Kopfüber rutsche ich Stars Hals hinunter und knalle auf die Erde. Das Ganze geht so schnell, dass mir gar keine Zeit bleibt, Angst zu haben. Ich tue mir auch nicht weh. Erstaunt sehe ich mich um und entdecke die anderen.

Sie stehen alle zusammen im Bach, direkt hinter dem Hindernis, und deshalb hat Star auch so abrupt angehalten.

»Hast du dir was getan, Lisa?«, ruft Jonte.

Ich schüttle den Kopf.

»Ein Glück, dass Star stehen geblieben ist«, fährt Jonte fort. »Sonst wäre er direkt auf uns draufgesprungen und du wärst auch nass geworden.«

Erst da sehe ich, dass Peter triefnass und voll Matsch ist. Das Wasser läuft ihm aus den Kleidern, während er neben Lord steht und ein total finsteres Gesicht macht.

»Was ist passiert?«, frage ich.

»Peter wollte mal austesten, ob man in dem Bach schwimmen kann«, grinst Kristin.

Peter sieht nicht so aus, als fände er Kristins Scherz besonders lustig.

»Weiß auch nicht, wie das passieren konnte«, brummt er.

»Wie man sieht, kann selbst der beste Reiter mal im Matsch landen«, sagt Kristin neckend.

Ich finde, sie ist ziemlich gemein.

»Ich will dieses Hindernis jetzt ausprobieren«, sagt Jonte. »Los, Alter, rauf auf deinen Gaul, wir versuchen es noch mal.«

Peter sitzt auf, ohne irgendwas zu sagen. Er macht ein ziemlich verbissenes Gesicht. Wir reiten ein Stück zurück und Lord nimmt erneut Anlauf. Peter treibt ihn an, als würde sein Leben davon abhängen, dass Lord den Sprung schafft. Lord macht einen Riesensatz und fliegt nicht nur über das Hindernis, sondern gleich über den ganzen Bach. Kristin setzt ihm auf Olle nach. Olle benimmt sich besonnen wie immer, er springt über das Hindernis, landet mit einem Platsch direkt im Bach und galoppiert dann gelassen Lord hinterher. Daisy bockt vor lauter Ungeduld, endlich an der Reihe zu sein. Star macht es ihr nach. Jonte lacht mir zu.

»Wir haben zwei richtige Mustangs, was?«

Er lenkt Daisy auf das Hindernis zu und sie springt ab, ohne zu zögern. Es scheint nicht gerade angenehm zu sein, im Bach zu landen. Ich überlege kurz, ob ich schummeln und am Hindernis vorbeireiten soll. Alle anderen sind weit voraus, es würde keiner merken.

Während ich noch überlege, hat Star genug von all dem Zögern. Er reißt mir die Zügel aus den Händen und jagt Daisy hinterher. Bevor ich reagieren kann, fliegen wir schon über das Hindernis. Es ist, als würden wir beide in der Luft schweben, denn der Bach liegt ungefähr einen Meter tiefer als der Weg. Aber schon landen wir und das Wasser spritzt mir voll ins Gesicht. Star schnaubt und nimmt die Verfolgung der anderen Pferde auf. Seine Ponybeine trommeln auf den Boden und jetzt habe ich keine Angst mehr. Wir haben alle Hindernisse auf der Strecke geschafft, und dass ich heruntergefallen bin, war weder meine Schuld noch die von Star.

Am langen Zügel reiten wir Schritt zurück zum Stall. Peter lässt immer noch den Kopf hängen wie eine verwelkte Tulpe. Der ganze Rücken seiner Wildlederjacke ist voller Erde. Von seiner gewohnten Überheblichkeit ist nichts mehr zu merken.

»Wir haben Saft und Kekse und eine Biskuitrolle, die Papa gebacken hat. Wollt ihr mal probieren?«, lockt Kristin.

»Klar«, sagt Jonte sofort.

Er hat ständig Hunger. Beim Mittagessen in der Schule ist er der Einzige, der mindestens zwei Portionen verdrückt, ganz egal, wie eklig das Essen ist. Trotzdem ist er so dünn, dass die meisten sagen, er sei mager. Ich finde ihn genau richtig.

»Ich muss nach Hause und mich umziehen«, sagt Peter.

»Du kannst ein T-Shirt von mir haben«, sagt Kristin und grinst. »Mein allerschönstes, mit einem großen Ausschnitt vorne und hinten. Ich bin sicher, dass du echt süß darin aussiehst.«

Peter wirft ihr einen finsteren Blick zu und trabt davon, ohne ein Wort zu sagen.

»Wieso ist er denn so sauer?«, fragt Kristin und macht ein verständnisloses Gesicht.

Wir lassen die Pferde auf die Koppel. Daisy fühlt sich pudelwohl in Stars und Olles Gesellschaft. Zuerst führen die beiden sich auf, als würden sie Daisy den Hof machen. Sie benehmen sich ziemlich albern, schnauben und tänzeln mit hochgetragenem Schweif immer im Kreis um Daisy herum. Aber nach einer Weile verlieren sie die Lust und fressen gemütlich von dem Heu, das ich ihnen hingeworfen habe.

Kristin stellt Saft und Kuchen auf die Bank vor dem Stall. Das meiste davon stopft Jonte in sich rein und wir lassen ihn machen. Schließlich hat er uns beim Bauen der Hindernisse geholfen.

»Du warst ja ganz schön gemein zu meinem Brüderchen«, sagt Jonte. Er sieht ziemlich zufrieden aus und in seiner Stimme liegt kein bisschen Vorwurf.

»Das muss er abkönnen«, antwortet Kristin. »So ein Selbstbewusstsein wie seins geht nicht so schnell kaputt. Ich kann Typen nicht leiden, die sich einbilden, dass alle Mädchen vor Begeisterung in Ohnmacht fallen, wenn sie sie nur ansehen.«

Die untergehende Sonne hängt wie eine riesige rotgelbe Krocketkugel direkt über den Tannenspitzen. Ich lehne den Kopf an die Stallwand und mache die Augen zu. Es ist ein schönes Gefühl, zu wissen, dass Kristin sich nicht Peters Fanclub angeschlossen hat.

3

Ich habe das hübscheste Zimmer, das ich kenne. Die Tapeten sind sonnengelb mit kleinen roten Blumen drauf, und durch die schrägen Wände hat man das Gefühl, in einer gemütlichen Höhle geborgen zu sein. Schon als ich das Zimmer zum ersten Mal sah, wusste ich, dass ich mich darin wohlfühlen würde. Es ist schön, dass hier alles so geblieben ist, wie es war, obwohl sich im restlichen Haus fast alles verändert hat, seit Mama und Lasse zusammengezogen sind.

Auch wenn das jetzt schon mehrere Wochen her ist, habe ich mich immer noch nicht richtig daran gewöhnt. Manchmal stürme ich ganz in Gedanken in unsere alte Küche, die jetzt Lasses Arbeitszimmer ist, und mehr als ein Mal war ich darüber erschrocken, dass Mama in Lasses Bett liegt. Außerdem ist es immer noch ein merkwürdiges Gefühl, mit Lasse und Kristin zusammen zu frühstücken und nicht nur mit Mama.

Ich vermisse die Abende, an denen Mama und ich allein auf dem Sofa gekuschelt, Lakritz gefuttert und uns unterhalten haben. Jetzt kommt es mir so vor, als ob sie mehr mit Lasse spricht als mit mir. Manchmal geht es mir ziemlich auf den Wecker, wenn ich sie schon wieder knutschen sehe. Dann gehe ich in mein Zimmer und mache die Tür zu. Ich warte dann immer darauf, dass Mama mich vermisst, aber anscheinend tut sie das nie.

»Essen! Alle Mann zu Tisch!«, ruft Lasse unten aus der Küche.

Fast immer ist er derjenige, der das Essen macht. Einerseits, weil er gerne kocht, andererseits aus reinem Selbstschutz. Mamas Essen schmeckt nämlich meistens angebrannt, und wenn Kristin und ich mal Essen machen, backen wir immer nur Pfannkuchen.

Heute hat Lasse groß aufgedeckt, mit Blumen, einer neuen Tischdecke und dem guten Porzellan. In den Töpfen auf dem Herd brutzelt etwas vor sich hin, das nach Koriander, Kokosmilch und Chilipaste riecht.

»Oh, wie schön!«, ruft Mama aus. »Mit Kerzen und allem! Du bist ein richtiger Traumprinz, Lasse.«

Kristin und ich sehen uns an und seufzen, denn nun geht die Küsserei wieder los.

»Essen wir jetzt oder nicht?«, frage ich brummig.

Als unsere Teller gefüllt sind und wir gerade anfangen wollen, klopft Lasse mit dem Messer an sein Glas.

»Darf ich kurz um Ruhe bitten? Ihr wisst es vielleicht nicht, aber heute ist ein ganz besonderer Tag. Ratet mal, was ich gemacht habe!«

»Was hast du dir jetzt wieder ausgedacht?«, fragt Mama erwartungsvoll.

»Ich habe einen Termin in der Kirche bestellt. Für Sonntag, den 3. Oktober.«

Wir starren ihn alle drei verständnislos an.

»Wovon redest du?«, fragt Mama.

»Von unserer Trauung natürlich. Wir wollen doch heiraten, hast du das vergessen?«

Ich halte die Luft an, denn ich weiß schon, was jetzt kommt. Etwas über Mamas Kopf hinweg zu bestimmen, ist die schnellste und einfachste Art, sich ein Problem zu schaffen. Und richtig, jetzt starrt sie Lasse an, als hätte sie ihn noch nie zuvor gesehen.

»Du hast einen Termin in der Kirche bestellt, ohne mich vorher zu fragen?«, sagt sie und betont dabei jedes Wort.

Es hört sich an, als ob sie mit jemandem redet, der unheimlich schwer von Begriff ist. Ihre Stimme ist laut und schneidend.

»Du hast doch selbst gesagt, dass du mich heiraten willst«, verteidigt Lasse sich.

Mama schnaubt.

»Schon möglich. Aber dann will ich gefälligst auch ein Wort mitreden dürfen, wann und wo das passiert.«

»Ja, aber das tust du ja nicht. Ich warte und warte und nichts passiert«, sagt Lasse.

Mama springt so heftig auf, dass ihr Stuhl nach hinten umkippt und auf den Boden kracht. Mit beiden Händen packt sie ihren Teller und einen Moment lang sieht es so aus, als wollte sie ihn auf den Fußboden schmettern. Aber stattdessen knallt sie ihn auf den Tisch, dass die Soße nur so auf die Tischdecke spritzt.

»Du wagst es, du …«, faucht sie.

Einen Augenblick lang starrt sie Lasse mit flammenden Augen an, dann dreht sie sich um und stürmt hinaus in die Diele. Die Haustür fällt krachend ins Schloss und durch das Küchenfenster sehen wir, wie sie sich ins Auto schwingt und mit durchdrehenden Reifen vom Hof rast.

»Oha!«, sagt Kristin. »Ganz schön temperamentvoll, deine Mutter.«

Lasse ist sprachlos. Er sieht völlig verstört aus, der Ärmste. Er tut mir echt leid.

»Und ich dachte, sie freut sich«, sagt er immer wieder. »Wie konnte ich nur so dumm sein?«

Es wird ein merkwürdiger Abend. Lasse sitzt stumm auf dem Sofa und starrt vor sich hin. Kristin und ich versuchen, ihn aufzumuntern, aber er merkt kaum, dass wir da sind. Stunde um Stunde verstreicht, ohne dass Mama zurückkommt.

»Sie ist doch wohl nicht abgehauen und lässt dich hier zurück?«, fragt Kristin.

»Quatsch«, sage ich.

Ich weiß ja, dass Mama wiederkommt. Aber das ist auch das Einzige, was ich weiß. Ich krieche in mein Bett und baue mir aus der Bettdecke eine warme, dunkle Höhle. Darin liege ich mit angezogenen Knien, um die ich meine Arme geschlungen habe, und mein Herz hinter den Rippen flattert wie ein erschrockener Vogel. Das ganze Leben kommt mir plötzlich so unsicher vor. Was, wenn Mama derart wütend auf Lasse ist, dass sie nicht länger mit ihm zusammenwohnen will? Vielleicht hat sie schon beschlossen, dass wir wegziehen von Hallondalen und dem großen roten Haus. Die Tränen drücken gegen meine Augen. Hallondalen ist mein Zuhause, das einzige Zuhause, das ich haben will. Der Gedanke, hier wieder wegzuziehen, tut so weh, dass ich ihn nicht zu Ende denken kann. Aber aus dem Kopf verjagen kann ich ihn trotzdem nicht.

Je mehr ich grüble, desto mehr Angst bekomme ich. Wenn wir hier wegziehen, kann wer weiß was passieren. Ich müsste wahrscheinlich die Schule wechseln. Kristin würde ich wohl nie wiedersehen und Jonte auch nicht. Wenn Mama beschließt, dass wir wieder in eine Stadtwohnung ziehen, kann ich Star nicht mitnehmen. Dort müssten wir für ihn eine Box in einem Reitstall mieten, aber das können wir uns nicht leisten. Mama hat ihn mir damals nur gekauft, weil wir hier schon einen Stall für ihn hatten, der nichts kostet.

Gerade als ich das Gefühl habe, dass die Gedanken mich zerreißen, höre ich die Haustür klappen. Das muss Mama sein, die nach Hause kommt. Mein erster Impuls ist, zu ihr nach unten zu rennen. Aber dann beschließe ich, es lieber nicht zu tun. Vielleicht gibt es doch noch eine Chance, dass Mama und Lasse sich wieder vertragen. Da sollte ich die beiden lieber in Ruhe lassen.

Ich liege gespannt wie ein Flitzbogen da und lausche. Keine lauten, zornigen Stimmen sind zu hören, sondern nur ein leises Murmeln. Wie sehr ich mich auch anstrenge, ich kann nicht verstehen, was die beiden sagen. Immerhin sprechen sie miteinander und ich versuche mir einzureden, dass das ein gutes Zeichen ist. Unheimlich lange liege ich so in der Dunkelheit und warte. An Schlaf ist jetzt natürlich nicht zu denken.

Endlich klopft es an meiner Tür und dann wird sie vorsichtig einen Spalt geöffnet.

»Schläfst du, Lisa?«, fragt Mama.

»Nein.«

»Darf ich reinkommen?«

»Ja, klar«, antworte ich.

Mama setzt sich nicht nur auf meine Bettkante. Sie kriecht unter meine Decke und ich kuschle mich in ihre Arme. Ihr Atem ist warm. Ich drücke mich noch fester an sie und verberge mein Gesicht an ihrem Hals.

»Müssen wir jetzt hier ausziehen?«, frage ich leise.

Meine Stimme ist ganz rau vor unterdrückten Tränen, ich kriege die Worte kaum raus.

»Ach, mein kleiner Spatz«, sagt Mama und umarmt mich so fest, dass es wehtut. »Ich schäme mich ja so. Ich wollte dir wirklich keine Angst einjagen. Ich war nur so wütend, dass ich nicht mehr klar denken konnte. Ich musste einfach eine Weile durch die Gegend fahren, um mich wieder zu beruhigen.«

»Müssen wir ausziehen?«, frage ich noch mal.

»Aber nein, warum denn? Ich war bloß wütend und das ist jetzt vorbei. Es ist nicht schlimm, wenn man wütend ist, weißt du.«

»Und was ist jetzt mit Lasse und dir?«

»Alles in Ordnung. Obwohl, eine kirchliche Trauung am 3. Oktober kommt natürlich nicht infrage. Ich war wirklich der Meinung, er hätte das begriffen, aber offenbar hatte er das nicht. Männer hören einfach nicht richtig zu. Ich habe schon einmal kirchlich geheiratet, das reicht mir. Wir haben jetzt einen Kompromiss geschlossen. Wir heiraten am 5. Oktober in aller Stille auf dem Standesamt und anschließend fahren wir für eine Woche nach Venedig. Das ist romantisch genug, um Lasse eine Freude zu machen.«

»Venedig?«, sage ich erwartungsvoll. »Italien?«

Mama gibt mir einen Kuss auf die Wange.

»Tut mir leid, mein großes Mädchen, aber du und Kristin kommt nicht mit. Flitterwochen sind nur für Paare, weißt du. Kristin wohnt in der Woche bei ihrer Mutter und du bei deinem Vater.«

»Das geht nicht«, sage ich. »Wer soll sich um Star und

Olle kümmern, wenn keiner hier ist? Und was ist mit der Schule? Sollen wir eine ganze Woche wegbleiben? Oder glaubst du, Papa fährt mich jeden Morgen hierher zur Schule? Das sind hundert Kilometer, Mama!«

»Verflixt, ja!«, knurrt Mama. »Daran habe ich nicht gedacht. Aber das kriegen wir schon hin. Irgendwie muss es gehen. Jetzt schläfst du erst mal, Spatz.«

Lange nachdem sie gegangen ist, liege ich noch wach und bin sauer. Eltern sind wirklich das Letzte. Sie entscheiden irgendwas, ohne an die Kinder zu denken. Große Egoisten sind sie, sonst nichts!

Am nächsten Morgen ist Kristin ebenso sauer wie ich. Schwer zu sagen, wer von uns bockiger mit Mama und Lasse ist. Nicht, dass es was helfen würde, echt nicht. Die beiden sind so miteinander beschäftigt, dass sie uns kaum bemerken. Kein Mensch würde denken, dass sie gestern einen Riesenzoff hatten.

»Flitterwochen in Venedig«, mault Kristin im Schulbus. »Toll für die beiden. Und was ist mit uns?«

An der Bushaltestelle vor der Schule steht Jonte und wartet. Das tut er normalerweise nicht. In der Hand hält er ein Paket, eingewickelt in Goldfolie und verschnürt mit langen, geringelten Schmuckbändern, die im Wind flattern. Oh, ein Paket für mich, denke ich und kriege gleich bessere Laune. Aber es ist Kristin, die das Paket überreicht bekommt.

»Soll ich dir von Peter geben«, sagt er verlegen.

Kristin betrachtet das Päckchen ohne besonderes Interesse. Einen Moment lang habe ich den Eindruck, dass sie es gleich in den übervollen Papierkorb an der Bushaltestelle stopft, aber dann reißt sie doch das Papier auf. In dem Päckchen ist ein dickes Buch mit schönen Farbfotos von allen Pferderassen der Welt.

»Er hat was reingeschrieben«, sagt Jonte.

Kristin schlägt die erste Seite auf und ich schaue ihr neugierig über die Schulter. »Kino heute Abend um acht«, steht da. Mit einem Knall schlägt Kristin das Buch wieder zu und gibt es Jonte zurück.

»Nicht mal ein Fragezeichen! Er hätte ja wenigstens fragen können, ob ich heute Abend mit ihm ins Kino gehen will, anstatt es wie einen Befehl reinzuschreiben! Bestell deinem lieben Bruder einen schönen Gruß, dass ich keine Befehle von ihm annehme, okay? Er findet bestimmt irgendein anderes Mädchen, das mit ihm ins Kino geht. Falls das nicht klappt, kann er sich ja immer noch ein Meerschweinchen kaufen, das ihm Gesellschaft leistet.«

Mit zornigen Schritten nimmt Kristin Kurs auf den Schulhof.

»Die Frau hat Mumm, alle Achtung«, sagt Jonte anerkennend. In dem Moment geht Anna an uns vorbei. Sie sagt nicht mal Hallo. Als ob Jonte und ich nicht da wären. Niemand würde glauben, dass Anna und ich noch vor wenigen Monaten dick befreundet waren. Seit dem Springturnier, bei dem Anna versucht hatte zu tricksen, damit Star und ich nicht starten können, gehen wir uns nach Möglichkeit aus dem Weg.

»Anna reitet jetzt nicht mehr in der Reitschule«, sagt Jonte. »Sie findet, dass Reiten nur was für Kleinkinder ist.«

»Woher willst du das denn wissen?«, frage ich.

Jonte lacht.

»Sie hat’s mir gesagt. Ich denke mal, sie wollte, dass ich es dir erzähle.«

Ich habe jetzt echt keine Lust, über Anna zu reden. Manchmal tut es mir noch leid, wenn ich daran denke, wie viel Spaß wir vor unserem Streit zusammen hatten. Ich wechsle schnell das Thema.

»Mama und Lasse wollen in ein paar Wochen heiraten. Anschließend fahren sie für eine Woche nach Venedig. Kristin und ich dürfen nicht mit.«

»Bleibt ihr etwa eine ganze Woche alleine?«, wundert sich Jonte.

Erst in dem Moment geht es mir auf. Das ist ja die einfachste Lösung! Natürlich bleiben Kristin und ich eine Woche alleine!

Es versteht sich von selbst, dass Mama Nein sagt.

»Wie bitte? Vergiss es, Lisa. Du begreifst doch wohl, dass ich dich nicht eine ganze Woche mit Kristin allein lassen kann.«

Lasse kommt uns zu Hilfe.

»Aber Nita. Kristin ist vierzehn und Lisa wird bald dreizehn. Die beiden werden doch wohl ein paar Tage allein zurechtkommen«, sagt er.

»Ein paar Tage? Wir reden hier von einer Woche!«, faucht Mama. »Ich würde mir die ganze Zeit Gedanken machen. Nein, ohne mich. Dann verbringen wir unsere Flitterwochen eben in Hallondalen. Schluss und aus.«

Jetzt kriegt Lasse ganz schwarze Augen. Mama explodiert andauernd, aber das hier ist das erste Mal, dass ich Lasse wütend erlebe. Er spricht mit leiser Stimme, aber unter der ruhigen Oberfläche brodelt es vor Zorn.

»Jetzt hörst du *mir* mal zu, meine liebe Nita. Wir fahren nach Venedig, und damit basta. Du hast es versprochen. Wenn du jetzt etwas anderes sagst, weiß ich nicht, was ich tue.«

»Okay, okay, du hast gewonnen«, sagt Mama schnell und lächelt ihn besänftigend an.

Ich kichere still in mich hinein. Mama gibt sich nie geschlagen, sie ist wie ein Terrier. Es ist total unmöglich, sie zu etwas zu zwingen. Lasse kann das nicht verstehen, aber ich schon. Mama will natürlich nichts lieber, als nach Venedig fahren, und sie hat nie wirklich vorgehabt, in Hallondalen zu bleiben. Aber erst musste sie uns und sich selbst davon überzeugen, dass sie keine verantwortungslose Mutter ist. Das hat sie hiermit getan und nun kann sie guten Gewissens nach Italien fahren.

4

Jonte hat sich ebenfalls für das Geländespringen angemeldet. Mehrmals pro Woche kommt er nach Hallondalen, um mit Kristin und mir zu reiten. Er sagt, es sei besser für Daisy, gemeinsam mit anderen Pferden zu trainieren. Obwohl ich ein kleines bisschen hoffe, dass er auch deshalb zu uns kommt, weil er gerne mit mir zusammen ist. Ich freue mich jedes Mal, wenn ich ihn sehe, und ich möchte, dass es ihm genauso geht.

In der Klasse glauben alle, dass Jonte und ich ein Paar sind. Anscheinend ist es unheimlich wichtig, mit jemandem zusammen zu sein. Alle in der Schule probieren ihre Chancen untereinander aus und ich kann mir nie merken, wer gerade mit wem geht. Wahrscheinlich können sie es selbst nicht. Aber Jonte und ich sind nicht zusammen. Ich habe ihn nicht gefragt, ob wir miteinander gehen, und er hat mich auch nicht gefragt. Im Reitlager haben wir uns manchmal geküsst, aber hinterher eigentlich nicht mehr. Es kommt nie dazu und es macht mir auch wirklich nichts aus. Die Hauptsache ist, dass wir Spaß zusammen haben, und den haben wir. Ich finde es besser, einfach nur gut befreundet zu sein. Dann kann keiner von uns Schluss machen.

Einmal pro Woche nehmen wir gemeinsam an dem Springkurs in der Reitschule teil. Das ist der schönste Tag der Woche, obwohl Star und ich die Schlechtesten in der Gruppe sind. Jedes Mal, wenn wir Springkurs haben, lerne ich etwas Neues. Maggan, unsere Reitlehrerin, ist meistens ziemlich zufrieden mit Star und mir.

»Es springt gerne, dein kleines Pony«, sagt sie oft.

Das stimmt, Star macht es wirklich Spaß zu springen. Er kann noch nicht viel und ich auch nicht. Aber springen will er trotzdem. Manchmal springt er zu kurz vor dem Hindernis ab und manchmal zu weit. Was ich machen muss, damit er auf dem richtigen Fuß galoppiert, habe ich noch nicht begriffen, obwohl Maggan es mir immer wieder sagt.

»Damit dein Pferd enge Wendungen machen kann, muss es im Außengalopp gehen. Versuch es noch mal, Lisa.«

Und wir versuchen es wieder und wieder und manchmal klappt es, aber meistens nicht.

Peter nimmt auch an dem Springkurs teil, obwohl er uns anderen haushoch überlegen ist. Er sagt, er macht mit, weil Lord sich daran gewöhnen soll, in der Halle zu springen, und vielleicht stimmt das ja auch. Aber ich glaube viel eher, Peter genießt es, dass immer ganze Scharen von Mädchen auf der Tribüne sitzen und ihn anschmachten. Früher hat er sich vor seinen Anhängerinnen meistens aufgeführt wie ein Pfau, aber das macht er jetzt nicht mehr. Er hat nur noch Augen für Kristin.

Sooft es geht, reitet er neben ihr auf und gibt ihr Tipps, wie sie Olle dazu bringen kann, noch besser zu springen. Die Mädchen auf der Tribüne würden garantiert im siebten Himmel schweben, wenn er das mit ihnen machen würde. Kristin schwebt überhaupt nicht.

»Hab ich dich vielleicht um deine Expertenratschläge gebeten?«, sagt sie bloß und schickt ihm einen eiskalten Blick.

Jeder normale Mensch merkt sofort, dass sie sich kein

bisschen für ihn interessiert. Nur Peter schnallt das nicht. Vielleicht denkt er, dass Kristin schüchtern ist und sich deshalb so kratzbürstig benimmt. Wahrscheinlich kann er sich einfach nicht vorstellen, dass es Mädchen gibt, die nicht auf seinen Charme hereinfallen.

»Er kann ja *wirklich* gut reiten. Lass es dir doch von ihm zeigen und anschließend bringst du es mir bei«, schlage ich vor. »Dann haben wir beide was davon.«

»Gute Idee, Lisa«, kichert Kristin. »Geht nur leider nicht. Ich halte sein eingebildetes Gehabe keine Sekunde länger aus, als ich unbedingt muss.«

Zu Hause wuseln Mama und Lasse durch die Wohnung und kennen kein anderes Thema als ihre Hochzeit. Lasse ist nervös, dass Mama es sich im letzten Moment doch noch anders überlegen könnte, und ich glaube, Mama geht es genauso.

»Mann, wie wird das schön sein, wenn sie endlich verheiratet sind«, seufzt Kristin. »Ich kann das Wort Hochzeit echt nicht mehr hören.«

Das geht mir genauso. Auf die Dauer ist es wirklich unheimlich nervig, dass die beiden sich vor lauter Verliebtheit um nichts anderes mehr kümmern als um sich selbst. Mama hat zum Beispiel keinen Pieps mehr dazu gesagt, dass Kristin und ich eine ganze Woche allein sein werden. Ich will zwar nicht, dass sie sich Sorgen macht, aber ein kleines bisschen beunruhigt könnte sie schon sein, finde ich. Das wäre irgendwie normaler.

Aber obwohl ich es kaum erwarten kann, dass sie die Hochzeit endlich hinter sich bringen, ist es schon ein wehmütiges Gefühl, als der Tag endlich gekommen ist. Kristin und ich dürfen nicht dabei sein, denn es ist Montag und wir müssen zur Schule. Ich sitze in meiner Bank und schiele auf die Uhr – gleich elf. Um elf soll die Trauung sein. Ist schon irgendwie seltsam, sich mit Prozentrechnung herumschlagen zu müssen, während die eigene Mutter heiratet.

Als Kristin und ich von der Schule nach Hause kommen, rechnen wir damit, dass Mama und Lasse draußen auf der Treppe stehen und uns erwarten. Lasse hat bestimmt das raffinierteste Essen der Welt gekocht und Mama wird tausend und abertausend uninteressante Details von der Trauung berichten.

Doch wir gehen die ganze Allee hinauf, ohne dass uns jemand entgegenkommt. Nirgendwo im Haus brennt Licht, und als wir die Haustür aufmachen wollen, ist sie abgeschlossen. Wir klopfen, aber niemand öffnet. Um ins Haus zu kommen, müssen wir hinunter zum Stall laufen und den Reserveschlüssel holen.

»Was da wohl passiert ist?«, wundert sich Kristin. »Sie hätten schon längst zu Hause sein müssen. Ob deine Mutter im letzten Moment doch noch abgehauen ist? Vielleicht ist Papa unterwegs und sucht sie.«

»Gut möglich«, sage ich.

Aber eigentlich glaube ich das nicht. Mama war heute Morgen so erwartungsvoll. Als wir zum Schulbus mussten, stand sie vor dem Spiegel in der Diele und bewunderte sich in ihrem neuen Kleid.

Das Haus ist still und leer. In der Vase auf dem Küchentisch steht der Brautstrauß und sieht schon ein bisschen angewelkt aus. An der Vase lehnt ein Briefumschlag, auf dem »Für Lisa und Kristin« steht. Wir reißen ihn auf. Ein paar Hundertkronenscheine und ein Zettel flattern heraus.

Hallo ihr zwei!

Jetzt sind wir verheiratet. Es gab irgendein Durcheinander mit den Flugtickets, deshalb mussten wir heute schon fliegen anstatt morgen. Wenn ihr das hier lest, sitzen wir in der Maschine nach Venedig! Macht euch eine schöne Zeit, solange wir weg sind. Im Gefrierschrank ist genug zu essen. Für den Fall, dass ihr doch irgendetwas braucht, haben wir euch Geld dagelassen. Versprecht uns, dass ihr keinen Blödsinn anstellt. So, jetzt müssen wir uns aber beeilen. Wir rufen an.

Seid ganz fest umarmt von
Mama Nita und Papa Lasse

Kristin und ich sehen uns erschrocken an.

»Die sind abgehauen«, sagt Kristin.

»Ohne sich zu verabschieden«, sage ich.

Es ist ein komisches Gefühl, so ohne Vorwarnung auf einmal ganz allein zu sein. Von den eigenen Eltern verlassen. Ohne dass sie einen vorher mit einer gehörigen Portion Ermahnungen versorgt haben.

»Was machen wir jetzt?«, fragt Kristin.

»Essen, reiten, Hausaufgaben machen und schlafen, denke ich. Genau wie immer.«

Wir öffnen den Kühlschrank und da steht eine große Torte mit einem kleinen Brautpaar aus Plastik obendrauf. Mama und Lasse haben nur ein winziges Stück probiert.

»Wir können die ganze Woche Torte essen«, sage ich.
»Ich will ihre blöde Torte nicht«, mault Kristin. »Einfach wegzufahren und uns im Stich zu lassen. Ich pack es einfach nicht.«
Wir setzen uns an den Küchentisch und sehen mutlos aus dem Fenster. Das Haus ist auf einmal unheimlich groß und verlassen. Die Stille ist überwältigend. Mama klappert nicht auf der Computertastatur in ihrem Arbeitszimmer und Lasse summt nicht vor sich hin, während er Essen kocht. Wir versuchen die große Stille auszufüllen, indem wir das Radio auf volle Lautstärke drehen, aber das Gefühl, im Stich gelassen worden zu sein, verschwindet trotzdem nicht.
»Okay, reißen wir uns zusammen«, sagt Kristin schließlich. »Wir können hier nicht eine Woche rumhängen und Trübsal blasen. Eigentlich ist es ja auch richtig schön, dass sie weg sind und wir endlich Ruhe haben. Also her mit der Torte!«
Wir haben gerade die Torte auf den Tisch gestellt, als draußen ein scharfer Pfiff zu hören ist. Auf dem Hof sitzen Jonte und Peter hoch zu Pferd.
»Oh nein, auch das noch«, stöhnt Kristin. »Diesen Wichtigtuer ertrage ich heute einfach nicht.«
»Er ist verliebt«, kichere ich. »Wenigstens ein kleines Stück Torte kannst du ihm doch gönnen.«
»Verliebt!«, schnaubt Kristin. »Peter ist bloß in sich selbst verliebt. Der einzige Grund, warum er mich überhaupt beachtet, ist der, dass ich ihn nicht beachte. Er weigert sich einfach zu glauben, dass jemand ihn nicht unwiderstehlich findet.«

Nachdem ich ihr gut zugeredet habe, ist Kristin immerhin einverstanden, dass Jonte und Peter eine Weile hereinkommen dürfen. Sie bringen ihre Pferde in den Stall und setzen sich an den Küchentisch.

»Mann, was für eine riesige Torte!«, sagt Jonte und seine Augen leuchten vor Gier.

»Ja, jetzt hast du die Gelegenheit, dich mal richtig satt zu essen«, lacht Kristin. »Also halte dich ran!«

Mit einem Mal wirkt das Haus nicht mehr ganz so verlassen. Wir lachen und reden und stopfen uns mit Torte voll, bis nur noch das kleine Brautpaar übrig ist.

»Weswegen seid ihr eigentlich gekommen?«, frage ich endlich. »Habt ihr etwa die Torte gerochen?«

»Ich will natürlich trainieren«, antwortet Jonte. »Beim Geländespringen geht es nach Zeit. Ich dachte, wir könnten auf unserer Springstrecke mal gegeneinander antreten. Peter hat versprochen, die Zeit zu stoppen.«

»Traust du dich nicht, mit uns um die Wette zu springen?«, fragt Lisa und lächelt Peter herausfordernd an. »Hast du Angst, Letzter zu werden?«

»Ich möchte nicht riskieren, dass Lord sich verletzt. Was, wenn …«

»Ja, was, wenn deine internationale Karriere den Bach runtergeht? Welche Katastrophe für dein Heimatland«, spottet Kristin.

Ihr langes, dunkles Haar hängt wie ein Vorhang vor ihrem Gesicht. Manchmal wirft sie es mit einer Kopfbewegung nach hinten, dass es nur so fliegt. Ihre Augen glitzern und ihre Zähne leuchten weiß. Sie ist nicht so wie sonst, ich finde, sie benimmt sich ziemlich zickig. Es ist fast, als ob sie es darauf anlegt, Peter zu ärgern. Ich mag Peter nicht und ich will auf keinen Fall, dass Kristin sich in ihn verknallt. Aber ein bisschen tut er mir doch leid. Kristin hat ihn in den letzten Wochen ziemlich zurechtgestutzt. Er ist überhaupt nicht mehr so angeberisch wie früher. Er traut sich kaum, den Mund aufzumachen, aus Angst, irgendetwas zu sagen, was Kristin ärgert.

»Ich möchte nicht auf Zeit springen«, sage ich. »Das ist sowieso witzlos. Star und ich sind noch nicht gut genug dafür. Ich will auch das Geländespringen nicht gewinnen. Es reicht, wenn wir alle Hindernisse schaffen.«

»Da hast du völlig recht, Lisa. Lass es ruhig angehen mit Star, da hast du auf lange Sicht mehr von«, sagt Peter.

Ich sperre den Mund auf. Normalerweise sieht Peter mich nicht mal, geschweige denn, dass er mit mir redet. Und jetzt auf einmal ist er richtig nett.

»Wir beide sind umgeben von Waschlappen, Kristin«, seufzt Jonte.

Wenig später reiten wir vier langsam hinunter zu unserer Geländestrecke. Kristin an der Spitze mit Peter auf den Fersen. Jonte und ich folgen direkt dahinter. Das Laub färbt sich schon langsam herbstlich. Die schmächtigen Ahornbäume stehen wie farbensprühende Ausrufezeichen zwischen den Tannen. Die Luft ist klar und kalt, obwohl die Sonne scheint. Man spürt, dass der Herbst vor der Tür steht. Weit entfernt hört man den Trecker des Nachbarn tuckern. Er pflügt seinen Acker. Bald werden keine Stoppelfelder mehr da sein, über die man galoppieren kann, sondern nur noch tiefer, schwarzer Ackerboden.

»Du, Lisa ...«, sagt Jonte.

»Mhm …«

»Du bist wirklich unheimlich süß.«

Ich merke, wie ich knallrot im Gesicht werde. Die Röte schießt von den Zehen herauf, sie lässt sich unmöglich verbergen.

»Quatsch«, brumme ich und beuge mich tief über Stars Hals, damit er meine roten Wangen nicht sieht.

Aber innerlich ist mir ganz heiß vor Freude. Ich wusste zwar schon, dass Jonte mich mag, aber das hier ist das erste Mal, dass er sagt, ich sei süß. Ich hätte nicht gedacht, dass es so schön ist, so etwas gesagt zu bekommen.

»Wer fängt an?«, fragt Peter und hält seine Stoppuhr hoch in die Luft.

»Ich!«, ruft Jonte. »Daisy und ich werden zurück sein, bevor ihr einmal gezwinkert habt.«

Als Peter »Los« ruft, drückt Jonte die Fersen in Daisys Flanken und prescht davon. Wir sehen ihn im Wald verschwinden, tief über Daisys Hals gebeugt. Die Hufschläge werden leiser, dann ist alles still. Aber nach wenigen Minuten schon nähern sie sich von der anderen Seite und stürmen auf uns zu.

»Daisy springt wie ein Tiger«, ruft Jonte und lacht laut. »Du hast keine Chance, Kristin.«

Seine Haare stehen in alle Richtungen unter der Reitkappe hervor und seine Augen strahlen. Jetzt ist Kristin an der Reihe. Sie macht ein verbissenes Gesicht. Obwohl wir nur zum Spaß wetteifern, denkt sie gar nicht daran, sich freiwillig von Jonte schlagen zu lassen. Auch Kristin verschwindet im Wald. Aber als sie genauso lange weg ist wie Jonte, ist noch immer nichts von ihr zu sehen.

»Gewonnen!«, johlt Jonte.

»Vielleicht ist ihr etwas passiert«, sagt Peter und sieht beunruhigt auf seine Stoppuhr. »Sie müsste schon wieder hier sein.«

In dem Moment taucht Kristin unten am Waldrand auf und wir können aufatmen.

»Olle hatte sich in den Kopf gesetzt, auf keinen Fall nasse Füße zu bekommen«, sagt Kristin und lacht. »Wir sind erst beim dritten Versuch über den Wassergraben gekommen. Ein Glück, dass es noch nicht der echte Wettkampf war. Jetzt bist du dran, Lisa.«

Star will unbedingt bei den anderen Pferden bleiben. Er geht rückwärts anstatt vorwärts. Um ihn anzutreiben, muss ich ihn mit der Gerte antippen. Erst da fällt er widerwillig in einen zögernden Galopp. Pferden hinterherzujagen und sie nach Möglichkeit zu überholen, das ist eine ganz andere Sache, als die anderen hinter sich zurückzulassen. Star wirft den Kopf hoch und wiehert.

»Nicht aufgeben, Lisa!«, ruft Kristin hinter mir.

5

Mit festem Schenkeldruck gelingt es mir, Star in den Galopp zu zwingen. Aber als er das erste Hindernis entdeckt, bleibt er wieder stehen. Ich drücke ihm mit aller Kraft meine Schenkel in die Flanken. Als das nicht hilft, versetze ich ihm noch einen Schlag mit der Gerte. Das ist ja wirklich albern. Was soll man mit einem Pferd, das nur springt, wenn es ein anderes Pferd als Lockvogel vor seiner Nase hat?

Wir kämpfen uns mit Mühe und Not über das erste Hindernis. Star springt ganz merkwürdig ab und ich habe das Gefühl, eine halbe Ewigkeit über dem Sattel zu schweben. Es ist wesentlich mehr Glück als Geschicklichkeit, dass ich wieder im Sattel lande und nicht auf der Erde.

Jetzt macht der Weg eine Kurve und es scheint, als hätte Star begriffen, dass er umso schneller zurück bei den anderen Pferden ist, je mehr er sich beeilt. Er wird von ganz allein schneller und springt ohne Zögern über das nächste Hindernis. Ich klopfe seinen Hals. Das klappt doch wunderbar.

In dem Moment passiert es. Plötzlich knackt es laut zwischen den Bäumen direkt vor uns. Star macht eine Vollbremsung, sodass ich beinahe über seinen Kopf hinwegschieße. Ein Elch stapft mit Riesenschritten aus dem Unterholz. Genau auf dem Weg bleibt er stehen und für eine ewig lange Sekunde glotzen Star und der Elch sich an. Star steht ganz still auf stocksteifen Beinen. Sein Körper ist gespannt und ich höre sein keuchendes, verängstigtes Atmen. Der Elch hat den Kopf hoch erhoben und steht genauso still.

Ein Zweig knackt und der Bann ist gebrochen. Der Elch setzt sich in Bewegung und verschwindet wieder zwischen den Bäumen. Star wirft sich entsetzt herum und rast denselben Weg zurück, den wir gekommen sind. Die Hufe donnern über den Waldboden und der Wind zerrt an meinen Haaren. Zweige schlagen mir ins Gesicht, verzweifelt kralle ich mich an der Mähne fest. Wie sehr ich auch an den Zügeln ziehe, Star reagiert nicht. Er rennt um sein Leben und spürt das Gebiss in seinem Maul nicht mehr. Ich habe noch nie auf einem durchgehenden Pferd gesessen und die Angst treibt mir die Tränen in die Augen. Ganz egal, was ich anstelle, ich bekomme keinen Kontakt zu Star. Er hört weder meine Stimme noch spürt er mein Gewicht. Das Einzige, was ihn jetzt kümmert, ist, der Gefahr zu entkommen, die ihn seiner Meinung nach verfolgt.

Da taucht eines der Hindernisse vor uns auf. Ich weiß nicht, was ich machen soll. Ich habe solche Angst, dass ich nicht denken kann. Zwei Meter vor dem Hindernis wirft Star sich zur Seite. Ich gerate halb aus dem Sattel und verliere einen Steigbügel. Als Nächstes wirft Star sich zur anderen Seite, um einem Baum auszuweichen. Das kostet mich endgültig das Gleichgewicht und ich rutsche seitlich aus dem Sattel.

Mit einem Sprung lässt Star das Hindernis hinter sich und erhöht wieder das Tempo. Ich hänge immer noch in der Luft, ohne den Boden zu berühren. Plötzlich durchzuckt ein solcher Schmerz mein linkes Bein, dass es mir die Luft abschnürt. Dumpf schlägt mein Kopf auf der Erde auf, aber der Rest des Körpers folgt nicht nach. Ein paar verwirrende Sekunden lang verstehe ich überhaupt nichts mehr.

Dann fühle ich den Schmerz wieder und merke, dass Star mich hinter sich herschleift. Mit einem Fuß hänge ich noch im Steigbügel. Ich zapple verzweifelt, um mich zu befreien, aber der Stiefel sitzt wie festgeklebt am Fuß und der Steigbügelgurt löst sich nicht vom Sattel. Mein Kopf schlägt immer wieder auf dem Boden auf. Der Mund füllt sich mit Tannennadeln und nassem Laub und aus den Augenwinkeln sehe ich Stars Hinterhufe bedrohlich nahe.

Die zappelnde Last, die er hinter sich her über den Waldboden schleift, erschreckt Star noch mehr. Vielleicht glaubt er, dass es der Elch ist, der ihn gleich eingeholt haben wird. Er steigert sein Tempo weiter und es gibt nichts, was ich tun könnte, um ihn zum Stehen zu bringen. Der Waldweg verschwimmt zu einem Wirbel um mich herum und das Letzte, was ich sehe, sind tanzende Hufe direkt vor meinem Gesicht.

Es ist, als würde ich schweben. Der Körper ist schwerelos und hat keinen Anfang und kein Ende. Ich bin eingehüllt in einen hellblauen Nebel, der vor Feuchtigkeit tropft. Jetzt bin ich tot, denke ich und der Gedanke macht mich weder ängstlich noch traurig. So wie das hier ist es also, wenn man tot ist. Hell und leicht und einfach.

Aber ich hätte nicht gedacht, dass es so kalt ist. Darüber bin ich ein bisschen enttäuscht. Der Nebel liegt kühl auf meinem Körper und ich merke, dass ich eine Gänsehaut bekomme. Das dürfte eigentlich nicht sein. Ich möchte etwas Warmes haben, in das ich mich einhüllen kann.

Durch die Wimpern kann ich Bewegungen um mich herum ahnen. Die Lider sind schwer wie Asphalt. Als es mir gelingt, die Augen aufzuschlagen, sehe ich große, verschwommene Gesichter mit schwarzen Höhlen anstelle von Augen. Sie hängen über mir, verzerrt und unheimlich. Nein, ich will ganz und gar nicht, dass Totsein so ist wie das hier. Ich kneife die Augen fest zusammen, um nichts mehr sehen zu müssen.

»Sie hat geblinzelt!«, höre ich eine Stimme.

Sie ist scharf und laut und schneidet mir direkt ins Ohr. Plötzlich umspült der Nebel mich wieder, triefnass diesmal. Ich huste und schnappe nach Luft.

»Sie bewegt sich!«

Dieselbe scharfe Stimme. Jetzt dreht sich alles im Kopf und es ist, als würde ich fallen. Ich stürze auf die Erde und lande mit einem Plumps. Erschrocken mache ich die Augen auf.

Da sind Kristin und Jonte und Peter. Alle drei beugen sich über mich. Kristin weint, die Tränen laufen ihr das Gesicht herunter. Peter bedeckt mein Gesicht mit einem eiskalten, triefnassen Taschentuch.

»Hallo«, sage ich.

»Weißt du, wie du heißt?«, fragt Peter.

»Klar weiß ich das«, murmle ich. »Nimm das eklige Taschentuch da weg.«

»Tut dir was weh?«, schnieft Kristin.

»Ich weiß nicht.«

»Nicht bewegen«, sagt Peter. »Der Krankenwagen kommt gleich.«

Im selben Moment sind schnelle Laufschritte zu hören, die näher kommen, und ein paar Sekunden später heben mich starke Arme auf eine Trage. Ich werde mit einem Gurt festgeschnallt und liege da wie eine Kohlroulade. Erst als wir beinahe am Krankenwagen sind, fällt es mir wieder ein. Star ist durchgegangen und mein Fuß hing im Steigbügel fest. Der Geschmack von feuchten Blättern und Blut im Mund. In meinem Kopf dreht sich alles und mir ist, als müsste ich gleich wieder in Ohnmacht fallen.

»Was ist mit Star?«, flüstere ich.

»Dem geht's gut. Ihm fehlt überhaupt nichts«, sagt Jonte. »Ich kümmere mich um ihn, ich verspreche es.«

Er nimmt meine Hand und drückt sie einen Moment lang fest. Wir sehen uns an. Jontes Augen sind blank. Es sieht aus, als hätte er geweint.

»Du musst wieder gesund werden, Lisa«, sagt er leise.

Ich versuche zu lächeln, aber es wird wohl nur eine Grimasse. Dann wird meine Trage in den Krankenwagen geschoben. Kristin steigt auch ein und die Türen gehen zu.

Es ist ziemlich unangenehm, Krankenwagen zu fahren. Das Auto schaukelt und ich kann mich nicht bewegen. Ich werde richtig seekrank und habe Angst, dass ich brechen muss. Kristin sitzt neben mir und streichelt hilflos meinen Arm. Ihr gegenüber sitzt ein Sanitäter. Er hat rote Stoppelhaare und eine merkwürdige Höckernase. Aus dem einen Nasenloch wächst ein langes schwarzes Haar, von dem ich gar nicht den Blick abwenden kann. Ich finde, er sollte mich lieber ein bisschen aufmuntern, anstatt mich nur mit seinen ernsten grauen Augen anzusehen.

»Hast du keine Schmerzen?«, fragt er mehrere Male.

»Kein bisschen«, antworte ich.

Ich hätte gedacht, das würde ihn ein wenig beruhigen,

aber das tut es nicht. Als wir das Krankenhaus erreicht haben, wird meine Trage herausgehoben. Um mich herum sind eine Menge Leute in weißen Kitteln, und dann werde ich durch lange Korridore gerollt. Kristin muss richtig laufen, um den Anschluss nicht zu verlieren. Plötzlich brülle ich auf. Es tut so weh im linken Fuß, dass ich keine Luft mehr kriege.

»Was ist mit ihr?«, schreit Kristin. »Stirbt sie jetzt?«

»Nein, nein«, sagt eine Krankenschwester und tätschelt meine Hand. »Keine Gefahr. Es besteht überhaupt keine Gefahr.«

Ich werde in ein Zimmer gerollt und bekomme eine Spritze. Bald darauf hört der Schmerz in meinem Bein auf. Kristin und ich müssen eine Weile warten, bevor ich von Kopf bis Fuß geröntgt werde. Meiner Meinung nach hätte es gereicht, das Bein zu röntgen, aber nein. Der ganze Körper muss untersucht werden. Als das überstanden ist, kommt eine Ärztin im weißen Kittel herein und drückt an mir herum.

»Dich kenne ich doch«, sagt sie, als sie fertig ist mit Drücken. »Warst du nicht schon mal hier?«

»Doch, da hatte ich eine Gehirnerschütterung und einen verstauchten Arm«, sage ich.

»Wenn ich mich recht erinnere, warst du damals auch vom Pferd gestürzt, stimmt's?«

Ich nicke schwach.

»Reiten scheint ein gefährlicher Sport zu sein«, sagt die Ärztin und lächelt. »Aber ich nehme an, es spielt keine Rolle, was ich sage. In ein paar Tagen sitzt du bestimmt wieder auf einem Pferderücken.«

»Ihr ist nichts passiert?«, fragt Kristin erstaunt.

»Nur ein paar Schürfwunden und eine Zerrung in der Wade. Eventuell eine leichte Gehirnerschütterung. Du musst einen tüchtigen Schutzengel gehabt haben, Lisa. Wie ich hörte, hat dein Pferd dich mehrere hundert Meter mitgeschleift. Es ist das reinste Wunder, dass du keinen Tritt abbekommen hast und dass der Knöchel nicht gebrochen ist. Jetzt, wo ich weiß, dass alles in Ordnung ist, kann ich es dir ja sagen. Der Notarzt des Krankenwagens hatte uns vorgewarnt. Er befürchtete, du könntest dir die Wirbelsäule gebrochen haben und gelähmt sein. Er sagte, du hättest kein Gefühl im Bein ...«

»Ach deswegen ...«, sage ich. »Deswegen hat der Mann im Krankenwagen sich nicht gefreut, als ich sagte, dass mein Bein nicht wehtut.«

Die Ärztin lächelt.

»Genau. Vermutlich hast du durch den Schock zuerst nichts gespürt. Aber du kannst dir ja denken, wie unruhig wir waren, bis wir die Röntgenbilder hatten. Jetzt sollten wir aber dringend deine Eltern anrufen, sie wissen ja sicher noch gar nicht, was passiert ist.«

»Das geht nicht«, sage ich. »Meine Mutter ist in Venedig. Sie und Lasse machen gerade ihre Hochzeitsreise.«

»Und dein Vater?«

»Er wohnt nicht bei uns.«

Die Ärztin sieht Kristin und mich bekümmert an. Man kann ihr ansehen, wie merkwürdig sie es findet, dass kein Erwachsener zu Hause ist.

»Wir kommen sehr gut allein zurecht«, versichert Kristin eifrig. »Und sie sind ja auch nur eine Woche weg.«

»Kommt gut allein zurecht …?«, sagt die Ärztin und sieht mich an, wie ich da liege, mit blauen Flecken und einem Verband ums Bein. »Nein, du musst deinen Vater schon anrufen, Lisa. Er soll dich abholen.«

Sie verschwindet durch die Tür nach draußen. Kristin und ich sehen uns an.

»Das gibt Ärger«, seufze ich. »Papa rastet aus, wenn er mitkriegt, dass Mama uns allein zu Hause gelassen hat. Wahrscheinlich ruft er in Italien an und macht ihr die Hölle heiß.«

»Ein bisschen Schimpfe haben sie und Lasse aber auch verdient, einfach abzuhauen und sich nicht mal zu verabschieden«, sagt Kristin. »Obwohl es natürlich schade wäre, wenn ihnen der ganze Urlaub deswegen verdorben ist. Deine Mutter macht sich vielleicht solche Vorwürfe, dass sie sich in das erstbeste Flugzeug setzt und zurückkommt. Oder dein Vater zwingt dich, den Rest der Woche bei ihm zu wohnen, aber ich möchte nicht ganz alleine in dem großen Haus bleiben. Nein, wir müssen uns was einfallen lassen. Überlass das mal mir.«

Eine halbe Stunde später sitzen Kristin und ich in einem Taxi nach Hallondalen. Die Ärztin glaubt, dass Papa uns abgeholt hat, denn das hat Kristin ihr eingeredet. Kristin kann hervorragend lügen, wenn es sein muss.

»Können wir uns das Taxi denn leisten?«, flüstere ich nervös.

»Wir nehmen das Geld, das Lasse und deine Mutter uns für Notfälle dagelassen haben. Es ist bestimmt genug zu essen im Gefrierschrank.«

Es ist schön, wieder nach Hause zu kommen. Mühsam

schleppe ich mich auf den beiden Krücken, die mir das Krankenhaus mitgegeben hat, zum Stall hinunter. Kristin geht neben mir und stützt mich. Star und Olle stehen in ihren Boxen und mümmeln ihr Heu. Ich gehe zu Star in die Box und sehe mir seine Beine ganz genau an.

»Du musst dir keine Sorgen machen. Er hat nicht die kleinste Schramme«, höre ich eine Stimme hinter mir. »Ich habe ihn schon sorgfältig untersucht.«

Es ist Peter. Hinter ihm taucht Jonte auf.

»Seid ihr immer noch hier?«, frage ich verwundert.

»Wir sind nach Hause geritten und haben unsere Pferde versorgt. Dann sind wir mit Peters Moped hierher zurückgefahren. Wir mussten doch wissen, was mit dir ist, das versteht sich ja wohl von selbst. Ist das Bein gebrochen?«

»Es ist nur eine Zerrung in der Wade.«

Jonte sieht so erleichtert aus, dass ich richtig gerührt bin. Es ist ein schönes Gefühl, dass er sich solche Gedanken um mich macht.

»Kommt ihr denn jetzt allein zurecht?«, fragt Peter.

»Natürlich!«, faucht Kristin.

Nachdem Jonte und Peter wieder zu sich nach Hause gefahren sind, hinke ich zurück zum Haus. Kristin packt mich aufs Sofa und macht mir was zu essen.

»Papa ist echt der Größte«, sagt sie zufrieden, nachdem sie den Gefrierschrank kontrolliert hat. »Es ist mehr als genug zu essen da. Hast du Lust auf Makkaroni mit Frikadellen?«

Als wir gegessen haben, telefoniere ich sicherheitshalber mit Papa. Falls das Krankenhaus ihn anruft, muss er wenigstens informiert sein, dass ich einen Unfall hatte. Allerdings braucht er nicht zu wissen, dass Mama und Lasse verreist sind.

»Hast du Schmerzen?«, fragt Papa.

»Geht so«, sage ich.

Da fängt er einfach an, von seinem Anbau am Haus zu reden, und hat mein verletztes Bein anscheinend schon vergessen. Das macht mich ein kleines bisschen sauer. Okay, ich habe ihm zwar nur erzählt, dass ich vom Pferd gefallen bin und mir die Wade gezerrt habe. Kein Wort darüber, dass Star durchgegangen ist und mich mitgeschleift hat oder dass der Krankenwagen kommen musste und sie erst dachten, ich wäre gelähmt. Aber trotzdem. Ein wenig mehr Anteilnahme möchte ich schon gerne haben. Eine Mutter, die verreist ist, und ein Vater, der sich mehr um seinen Anbau als um seine Tochter sorgt, das ist nicht unbedingt so, wie es sein soll.

Den Rest des Abends liegen Kristin und ich faul auf dem Sofa vor dem Fernseher. In der Speisekammer hat Kristin eine vergessene Schachtel Pralinen gefunden. Die futtern wir leer. Das Recht haben wir ja wohl, so im Stich gelassen von den Eltern, wie wir sind.

6

Die Welt wirbelt im Kreis. Manchmal ist der Himmel über mir, manchmal unter mir. Überall tretende Hufe und nirgendwo ein Ausweg für mich. Ich schmecke Blut im Mund. Mein Bein wird zerrissen und ich schreie, schreie, schreie und trotzdem ist keiner da, der mich hört.

Mit einem Ruck setze ich mich im Bett auf. Das Nachthemd ist nass geschwitzt und ich atme immer noch heftig. Das ist bereits das dritte Mal, dass ich vom selben Albtraum aufwache, aber draußen ist es immer noch stockdunkel. Als Star mich mitgeschleift hat, hatte ich gar keine Zeit, richtig Angst zu haben. Alles ging so schnell. Aber jetzt hat mich die Angst eingeholt. Ich bohre den Kopf tief ins Kissen und versuche mich zu zwingen, an etwas anderes zu denken. Nach einer Weile klappt das tatsächlich.

Als ich am nächsten Morgen aufwache, bin ich allein. Kristin ist schon zur Schule gefahren und im Haus ist es vollkommen still. Die Bandage ums Bein drückt und in der Wade spüre ich einen dumpfen, ziehenden Schmerz. Ich liege eine Weile da, starre an die Decke und bemitleide mich selbst.

Jonte und Kristin sind in der Schule, vor mir liegen eine Menge einsamer Stunden. Mama und Lasse haben sich noch nicht die Mühe gemacht, aus Venedig anzurufen. Die haben natürlich genug damit zu tun, Händchen haltend spazieren zu gehen und in romantischen Cafés zu sitzen. Vielleicht fahren sie gerade jetzt mit einer Gondel herum und haben eine Menge Spaß, während ich hier liege und leide.

Keine Schokolade weit und breit und kein gutes Buch. Nichts als öde Langeweile. Ich krabble aus dem Bett und hinke auf Krücken die Treppe hinunter. Auf dem Küchentisch liegt ein Zettel von Kristin.

Ich hoffe, deinem Bein geht es heute besser. Ich hab es leider nicht mehr geschafft, die Pferde zu füttern, das musst du bitte tun.

Wütend knülle ich den Zettel zusammen und pfeffere ihn in den Mülleimer. Kristin, das faule Stück. Bestimmt hat sie die Pferde bloß deshalb nicht versorgt, weil sie weiß, dass ich den ganzen Tag zu Hause bin.

Es ist mühsam, sich mit den Krücken fortzubewegen. Sie verhaken sich dauernd ineinander und es dauert ewig, bis ich unten am Stall bin. Wenn ich auf die Krücken verzichte und auf einem Bein hüpfe, geht es viel schneller. Aber die Ärztin hat gesagt, dass ich den Fuß die ersten Tage so ruhig wie möglich halten soll, also muss ich die Krücken doch nehmen.

Star und Olle wiehern, als ich die Stalltür öffne. Das ist kein kurzes, heiseres Begrüßungswiehern, sondern ein schriller, hungriger Protest. Ich finde, sie sehen mich ziemlich vorwurfsvoll an.

»Ist nicht meine Schuld, dass ihr kein Frühstück gekriegt habt«, verteidige ich mich. »Beschwert euch bei Kristin, nicht bei mir.«

Die beiden kümmern sich natürlich nicht darum, was ich sage. Sie treten ungeduldig gegen die Boxenwände und wiehern erneut. Sie wollen Futter haben, keine Erklärungen. Schnell gebe ich jedem einen Scheffel Hafer, das bringt sie zum Schweigen. Während sie fressen, schleppe ich einen halben Ballen Heu auf die Koppel. Es ist völlig unmöglich, mit den Krücken unter den Achseln das Heu zu tragen, also muss ich auf einem Bein hüpfen. Bei jedem Hüpfer brennt das Bein vor Schmerz.

Die Pferde nach draußen zu bringen ist noch schwieriger. Olle schlendert ganz gelassen hinaus, aber trotzdem fällt es mir schwer, auf einem Bein Schritt zu halten. Star tänzelt und steigt. Er will nach draußen zu Olle, er will sein Heu haben, und beides gefälligst ein bisschen flott.

»Brav, Junge, ganz ruhig«, bettle ich.

Das bringt überhaupt nichts. Star zerrt an seinem Führstrick und ich versuche immer verzweifelter, das Gleichgewicht zu halten. Als wir durch die Stalltür kommen, reißt Star mit einem Ruck an seinem Strick und ich falle der Länge nach in den Dreck. Normalerweise hätte ich den Führstrick festgehalten, aber jetzt lasse ich blitzschnell los. Diesmal habe ich nicht vor, mich von Star mitschleifen zu lassen. Dann soll er lieber weglaufen.

Aber ich habe Glück. Star trabt sofort auf die Koppel zum Heuballen. Er ist offenbar so hungrig, dass ihn die Freiheit nicht lockt. Mühsam rapple ich mich wieder auf, hole Stars Führstrick und mache das Gatter zu. Die ganze Zeit murmle ich die bittersten Verwünschungen, die mir einfallen. Ich habe Dreck an den Knien, den Händen und im Gesicht. Alles ist bloß Kristins Schuld. Sie hätte wissen müssen, wie schwer es für mich sein würde, die Pferde nach draußen zu bringen.

Der kleine Ausflug zum Stall und zurück hat mich völlig erschöpft. Mit einem Plumps lasse ich mich aufs Sofa fallen. Genau in dem Moment klingelt das Telefon.

»Hallo!«, belle ich in den Hörer.

Keine Antwort. Nur Knistern in der Leitung.

»Hallo, wer ist da bitte?«, rufe ich.

Da höre ich Mamas Stimme, leise und weit weg.

»Hei, Lisa, hier ist Mama. Das Telefon im Hotel funktioniert nicht, deshalb konnten wir gestern Abend nicht anrufen. Wie geht es euch? Alles in Ordnung?«

Ich fange an zu heulen, so sehr vermisse ich Mama, jetzt, wo ich ihre Stimme höre. Die Tränen rollen mir unkontrolliert über die Wangen.

»Klar, alles bestens«, schwindle ich und schlucke schnell, um das Weinen aus der Stimme zu kriegen.

Dabei würde ich ihr am liebsten alles erzählen, was passiert ist, denn ich fühle mich so allein und trostbedürftig. Aber da, wo sie jetzt ist, kann sie mir doch nicht helfen. Außerdem will ich nicht, dass sie sich da unten in Italien Sorgen um mich macht.

»Du hörst dich so komisch an. Und warum bist du nicht in der Schule?«, fragt sie.

»Ich bin nur ein bisschen erkältet. Kein Grund zur Sorge. Warum rufst du überhaupt an, wenn du weißt, dass wir in der Schule sind? Ist doch reiner Zufall, dass ich zu Hause bin. *Willst* du vielleicht nicht mit mir reden?«

»Jetzt sei nicht albern. Ich wollte eigentlich nur auf den Anrufbeantworter sprechen, damit ihr wisst, dass wir gut angekommen sind. Wir rufen heute Abend noch mal an.«

»Geht es euch gut?«, frage ich.

»Wunderbar. Hier ist immer noch Sommer. Du, mein Geld ist gleich alle. Also bis nachher, Spatz!«

Noch lange, nachdem Mama aufgelegt hat, sitze ich mit

dem Hörer in der Hand da. Sie sollte jetzt hier bei mir sein. Sie fehlt mir so und ich brauche sie. Sie sollte neben mir sitzen und mit der Hand über mein Haar streicheln. Mir ein Eis holen und mich verwöhnen, so wie sie es immer tut, wenn ich krank bin. Ich decke mich mit einer Wolldecke zu, rolle mich auf dem Sofa zusammen und tue mir selber leid. Nach einer Weile schlafe ich wie ein Stein und wache erst auf, als Kristin aus der Schule heimkommt.

Zwei Tage später ist mein Bein fast wieder gesund. Der Wadenmuskel tut immer noch ein bisschen weh, aber ich brauche keine Krücken und keine Bandage mehr.

»Ein Glück«, sagt Kristin. »Es ist todlangweilig, ganz allein zu reiten. Komm, wir gehen runter zum Stall.«

Wir striegeln die Pferde, satteln sie und führen sie nach draußen. Star ist voller Energie, nachdem er mehrere Tage nicht geritten wurde. Er weigert sich, still zu stehen, damit ich aufsitzen kann. Ich halte die Zügel und er tänzelt um mich herum. Wie hypnotisiert sehe ich nur seine tanzenden Hufe und plötzlich hat der Albtraum mich wieder gepackt. Die Welt um mich herum dreht sich immer schneller, mir wird schwindelig und ich bin kurz davor umzukippen. Und ich weiß, wenn ich falle, werden mich diese Hufe treten. Irgendwo aus weiter Ferne höre ich Kristins besorgte Stimme.

»Was ist los, Lisa? Wollten wir nicht ausreiten?«

»Mir ist, als würde ich gleich in Ohnmacht fallen«, sage ich.

»Unsinn«, entgegnet Kristin. »Wieso solltest du in Ohnmacht fallen?«

»Woher soll ich das wissen?«, fauche ich sie an. »Ist eben so ein Gefühl. Ich glaube, ich warte noch einen Tag mit dem Ausreiten.«

Obwohl Kristin protestiert, bringe ich Star wieder in den Stall.

Am nächsten Tag passiert wieder genau dasselbe. In dem Moment, in dem ich den Fuß in den Steigbügel setzen will, wird mir schwindelig. Meine Hände zittern und ich schaffe es einfach nicht, aufzusteigen. Kristin sieht mich an und schüttelt den Kopf.

»Nun mach kein Drama daraus«, sagt sie. »Los, sitz auf.«

»Ich kann nicht«, flüstere ich und merke, wie mir die Tränen in die Augen steigen.

»Klar kannst du. Hoch mit dir.«

»Nein«, schniefe ich.

»Hast du Angst zu reiten?«, fragt Kristin. »Wäre ja kein Wunder, nach allem, was du durchgemacht hast. Ich kann dich führen, wenn du willst, bis du wieder weißt, dass es nicht gefährlich ist.«

Sie sieht mich mitleidig an und das ärgert mich. Ich will nicht, dass sie Mitleid mit mir hat. Ich will nur, dass sie mich in Ruhe lässt.

»Ich hab kein bisschen Angst«, schreie ich sie an. »Ich habe ein Gefühl, als würde ich jeden Moment umkippen, kapierst du das nicht?«

Meine Stimme ist hoch und schrill und hört sich überhaupt nicht an wie sonst. Ohne ein weiteres Wort bringe ich Star zurück in den Stall und sattle ihn ab. Soll Kristin doch sauer sein, wenn sie will. Ich denke jedenfalls nicht daran, auszureiten. Und ich denke schon gar nicht daran, mich von Kristin im Kreis herumführen zu lassen wie eine schreckgelähmte Anfängerin. Nie im Leben!

Star schreit sehnsüchtig nach Olle. Er mag es überhaupt nicht, allein zurückgelassen zu werden, und ich gebe ihm zum Trost ein paar Handvoll Hafer. Während er frisst, streiche ich mit der Hand über seinen Hals. Das Fell ist weich und seidig. Noch hat er kein Winterfell angesetzt. Star reibt seinen Kopf an meiner Schulter und ich kraule ihm die Stirn. Plötzlich schlinge ich die Arme um seinen Hals und presse mich an ihn. Die Tränen strömen mir übers Gesicht und ich weiß nicht mal, wieso.

Es ist eine Trauer in mir, für die ich keine Worte habe. Irgendetwas ist verschwunden und hinterlässt ein leeres und kummervolles und unheimliches Gefühl. Stars Fell kriegt nasse Flecken von meinen Tränen. Er sieht mich mit sanften, dunklen Augen an und drückt sein weiches Maul an meine Wange. Es ist, als würde er verstehen, dass ich traurig bin, und mich fragen, was mit mir los ist.

Ich will nicht an Kristins Worte denken, aber sie haben sich in meinen Kopf gebohrt und ich werde sie nicht wieder los. *»Hast du Angst, Lisa? Hast du Angst, Lisa?«* Sie hallen in meinem Kopf wie ein Echo, lauter und immer lauter. Mir ist, als ob ich in eine Falle gegangen wäre, aus der es keinen Ausweg gibt.

»Ja, ja, ja!«, schreie ich schließlich.

Der Schrei hallt von den Stallwänden wider und Star wirft sich erschrocken nach hinten. Ich sinke langsam ins Stroh, den Rücken an die Boxenwand gepresst. Ich habe es schon seit Tagen gewusst, aber ich wollte es nicht mal mir selbst eingestehen. Ich habe Angst. Bei dem Gedanken, mich wieder auf Stars Rücken setzen zu müssen, bricht mir der kalte Schweiß aus. Jede Nacht wache ich von demselben furchtbaren Albtraum auf. Wieder und wieder läuft der Unfall in mir ab und jedes Mal habe ich mehr Angst. Was mir einmal passiert ist, kann mir immer wieder passieren.

Ich habe darauf gewartet, dass die Angst von alleine vorbeigeht, aber das hat sie nicht getan. Stattdessen ist sie immer stärker geworden und jetzt weiß ich nicht mehr, was ich noch tun soll. Ich kann nicht für alle Ewigkeit so tun, als wäre es die Verletzung nach dem Unfall, die mich am Reiten hindert. Kristin hat die Wahrheit ja schon herausgefunden. Die Einzige, die ich täuschen konnte, war ich selbst.

Eigentlich müsste ich mit Kristin reden, das weiß ich. Sie würde mir bestimmt helfen. Aber das ist so peinlich. Wer ein eigenes Pferd hat, muss sich auch trauen, es zu reiten, so ist das nun mal. Das einzig Richtige wäre, Star zu satteln und einen kleinen Ausflug in den Wald zu machen. Aber ich kann mich einfach nicht dazu überwinden. Was, wenn wieder ein Elch auftaucht? Oder wenn Star von irgendetwas anderem so erschreckt wird, dass ich wieder herunterfalle? Allein schon bei dem Gedanken, was alles passieren kann, wird mir schlecht.

Star kommt zu mir und stupst mich sachte an. Die Tränen steigen gleich wieder in mir hoch. Wir hatten so viel Spaß zusammen, wir zwei. Jetzt traue ich mich nicht mal, auf seinem Rücken über die Koppel zu reiten. Alles ist zerstört.

Als Kristin von ihrem Ausritt zurückkommt, sitze ich immer noch im Stall. Sie mustert mich und meine rot geweinten Augen voller Sorge.

»Lisa, bitte lass mich dir helfen, ja?«, sagt sie.

»Ich brauche keine Hilfe«, schnauze ich sie an.

Ich weiß ja, dass sie es nur gut meint, aber es nützt nichts. Es ärgert mich trotzdem, dass sie sich einmischt. Das hier ist mein Problem, nicht ihres. Wütend knalle ich die Stalltür hinter mir zu.

Zum Abendessen tauen wir eine Lasagne auf, die Lasse gekocht hat. Normalerweise finde ich sie immer total lecker, aber diesmal schmeckt sie wie Pappe. Ich kaue und kaue und kann nicht schlucken. Es ist, als würde der Bissen in meinem Mund immer größer werden. Wir essen schweigend. Kristin schaut mich verstohlen an, und jedes Mal, wenn ich es merke, ärgert es mich noch mehr. Kann sie mich denn nicht *endlich* in Ruhe lassen?

»Ich finde wirklich, dass Nita und Papa sich jetzt bald mal wieder melden könnten«, sagt Kristin schließlich. »Zwei kurze Anrufe in vier Tagen. Sie könnten jedenfalls so tun, als würden sie uns vermissen.«

Ich nicke eifrig, dankbar dafür, dass sie endlich an etwas anderes denkt als an mich und meine Probleme.

»Offenbar haben sie genug damit zu tun, frisch verheiratet zu sein«, sage ich.

»Als wäre das ein Grund, seine Kinder zu vergessen.«

»Morgen habe ich Geburtstag«, sage ich leise. »Wenn ich Glück habe, hat Mama daran gedacht, mir eine Ansichtskarte zu schicken.«

Wir sitzen noch eine Weile zusammen und sind sauer, dass Mama und Lasse uns anscheinend vergessen haben. Dann gehe ich ins Bett. Es gibt ganz einfach keinen Grund, noch länger auf zu sein, wenn das Leben so sinnlos ist.

7

Ich erwache schlagartig und setze mich im Bett auf. Um mich herum ist alles totenstill, es ist immer noch Nacht. Diesmal hat mich kein Albtraum aus dem Schlaf gerissen, sondern etwas anderes. Aber ich weiß nicht, was. Ich versuche vergeblich, wieder einzuschlafen. Mit weit geöffneten Augen starre ich an die Decke. Nachdem ich das eine Weile getan habe, bekomme ich Durst. Als ich nach unten gehe, um ein Glas Wasser zu trinken, bleibe ich plötzlich abrupt stehen.

Durch das Fenster sehe ich einen schwachen Lichtschein im Stall. Haben wir etwa vergessen, das Licht auszumachen? Nein, je mehr ich darüber nachdenke, desto sicherer bin ich mir, dass ich den Lichtschalter ausgeknipst habe. Ich drücke die Nase gegen die Scheibe, um besser zu sehen. Das Licht flackert und bewegt sich. Das kann nicht die Deckenlampe im Stall sein. Plötzlich wird mir eiskalt, ich kriege eine Gänsehaut. Da ist jemand mit einer Taschenlampe im Stall. Jemand, der herumschleicht und nicht gesehen werden will. Auf die Frage, wer das sein könnte, gibt es nur eine Antwort: Jemand, der Star und Olle entführen will!

Zuerst stehe ich wie angenagelt da und weiß nicht, was ich machen soll. Dann reiße ich mich zusammen und stürze in Kristins Zimmer. Ich rüttle und schüttle sie, damit sie aufwacht.

»Kristin, wach auf! Kristin!«

Verwirrt sieht sie mich aus schmalen, verschlafenen Augen an.

»Was ist denn? Haben wir verpennt?«

»Irgendjemand klaut unsere Pferde!«, rufe ich.

»Ach, du träumst. Leg dich wieder hin«, murmelt Kristin und zieht sich die Bettdecke über den Kopf.

Ich packe ihre Decke und reiße sie herunter.

»Ich träume überhaupt nicht«, schreie ich aufgebracht. »Komm und guck es dir an. Da sind welche mit Taschenlampen unten im Stall!«

»Manchmal kannst du einem echt auf den Wecker gehen«, seufzt Kristin.

Widerstrebend steigt sie aus dem Bett und geht zum Fenster.

»Was hab ich gesagt? Du siehst Gespenster, Lisa.«

Drüben im Stall ist alles dunkel und auf einmal werde ich unsicher. Habe ich mir alles nur eingebildet? Das kann nicht sein. In dem Moment flackert wieder ein schwacher Lichtschein auf und geistert hinter dem Stallfenster herum. Kristin erstarrt.

»Verdammt, du hast recht, Lisa«, sagt sie heiser. »Da ist jemand im Stall.«

»Das sag ich doch die ganze Zeit. Soll ich die Polizei anrufen?«

»Das bringt nichts. Bis die hier ist, sind die Diebe mit den Pferden über alle Berge. Typisch, das so was passiert, wenn Nita und Papa nicht hier sind.«

»Und was machen wir jetzt?«, drängle ich.

»Wir müssen die Diebe verscheuchen, bevor sie unsere Pferde wegbringen können«, sagt Kristin.

Sie sagt das so, als wäre es eine Selbstverständlichkeit. Ich finde es gar nicht selbstverständlich, dass wir in die Nacht hinausgehen sollen, um irgendwelche Verbrecher zu vertreiben. Meine Fantasie geht sofort mit mir durch. Ich sehe uns schon gefesselt und blutend in der Haferkiste liegen. Oder vielleicht kidnappen die Verbrecher uns und versuchen, Lösegeld von Mama und Lasse zu erpressen.

»Und was ist, wenn die Diebe keine Angst vor uns haben?«, frage ich flüsternd.

»Das Risiko müssen wir eingehen«, sagt Kristin kurz. »Oder willst du, dass Star geklaut wird?«

Das will ich natürlich nicht. Um Star zu retten, muss ich etwas riskieren. Wir ziehen uns schnell an und schnappen uns jeder eine Taschenlampe.

»Wir müssen von draußen über die Leiter auf den Heuboden klettern. Da oben machen wir dann so viel Lärm, wie wir nur können. Wenn wir Glück haben, kriegen sie es dann mit der Angst zu tun«, sagt Kristin.

Vorsichtig öffnen wir die Haustür und schleichen nach draußen. Das schwache Mondlicht spiegelt sich in einem dunklen Auto, das auf halbem Weg die Allee hinunter parkt. Die Diebe haben nicht gewagt, bis vor das Haus zu fahren. Dieses Auto überzeugt uns erst recht, dass wirklich richtige Verbrecher im Stall sind.

Um nicht zufällig mit den Pferdedieben zusammenzustoßen, machen wir einen Umweg und schleichen uns von hinten an den Stall heran. Die Leiter, die an der Stallwand lehnt, ist ziemlich wackelig. Ich zittere vor Angst. Große Höhen sind für mich das Allerschlimmste und freiwillig würde ich diese Leiter nie hinaufklettern. Aber jetzt muss ich es tun, Star zuliebe.

»Los, du zuerst«, flüstert Kristin.

Die ersten Sprossen sind noch einfach, aber dann sehe ich zufällig nach unten. Der Boden unter mir ist ein schwarzer Abgrund.

»Weiter!«, zischt Kristin.

Ich mache die Augen zu, hole tief Luft und klettere die restlichen Sprossen hoch, so schnell ich kann. Ich bin wahnsinnig erleichtert, als ich endlich oben bin. Kristin ist direkt hinter mir. Ein paar Sekunden lang liegen wir dicht nebeneinander und verschnaufen. Wir können hören, wie jemand mit schweren Schritten durch den Stall unter uns geht.

»Still, ich höre Stimmen«, sagt Kristin.

Vorsichtig kriechen wir zu der Bodenluke und öffnen sie einen Spalt.

»Braver Star, alles in Ordnung«, hören wir eine Stimme sagen.

Kristin und ich starren uns verblüfft an. Der Dieb weiß, wie Star heißt! Es muss also jemand sein, den wir kennen. Einen Moment lang glaube ich, dass es Anna ist. Seit ich Star habe, ist sie krank vor Neid. Bei dem Springturnier vor gut einem Monat hat sie versucht, meinen Start zu verhindern. Sie hat einem der Betreuer eingeredet, Star ginge lahm und könne nicht teilnehmen. Vielleicht hat sie sich jetzt einen neuen schlauen Plan ausgedacht. Zum Beispiel Star freizulassen, sodass er wegläuft, oder ihm Gift zu geben, damit er krank wird.

»Ob das Anna ist?«, flüstere ich.

Kristin schüttelt den Kopf.

»Das ist ein Mann, der da redet, hörst du das nicht? Außerdem kann Anna nicht Auto fahren.«

»Hör auf, so ein böses Gesicht zu machen«, sagt die Stimme da unten jetzt. »Wenn du mich beißt, verzeihe ich dir das nie.«

Die Stimme kenne ich doch! Ich mache die Luke weiter auf und schaue hinunter.

»Papa! Was machst *du* denn hier?«

Papa zuckt zusammen und sieht sich verwirrt um.

»Wir sind hier oben«, rufe ich.

Er starrt zu uns hinauf und wir starren zu ihm hinunter. Jetzt verstehe ich überhaupt nichts mehr. Was macht Papa hier mitten in der Nacht? Wo er doch solche Angst vor Pferden hat. Ganz zu schweigen davon, dass er fast nie Zeit findet, mich zu besuchen.

»Wie spät ist es?«, fragt Papa.

Ich blicke ihn verständnislos an.

»Was spielt das für eine Rolle?«, fragt Kristin.

»Das spielt eine große Rolle«, sagt Papa ernst.

»Es ist zwanzig nach zwölf in der Nacht und was zum Teufel machst du hier?«, frage ich.

Papa lacht und breitet die Arme aus.

»Dann ist jetzt dein Geburtstag, meine Große. Und ich bin hier, um dich zu überraschen.«

»Die Überraschung ist dir gelungen«, schimpft Kristin. »Wir haben uns zu Tode erschreckt, als wir Licht im Stall gesehen haben. Du hast Glück, dass die Polizei nicht draußen steht. Wir dachten, du wärst ein Pferdedieb.«

Papa lacht laut und dröhnend. Star ist so erschrocken über das ungewohnte Geräusch, dass er einen nervösen Satz nach hinten macht und die Ohren anlegt. Papa weicht schnell zurück. Star hat ihn einmal gebissen und Papa hat eine Mordsangst, dass er es wieder tun könnte.

»So ein gefährliches Tier stehlen? Ich bin doch nicht lebensmüde. Kommt runter!«

Wir klettern die Leiter in den Stall hinunter und sehen uns um. Jetzt begreife ich, was Papa hier zu tun hatte. An der Decke hängen glänzende Goldgirlanden und bunte Luftballons und an der Wand ist ein großes Plakat befestigt. *»Herzlichen Glückwunsch zum 13. Geburtstag, Lisa«*, steht da. Auf der Haferkiste liegen zwei Päckchen, eingewickelt in Geschenkpapier.

»Tut mir leid, dass ich euch erschreckt habe«, sagt Papa entschuldigend. »Das war wirklich nicht meine Absicht. Aber das hier war die einzige Möglichkeit, dir zu gratulieren, Lisa. Ich habe heute Abend bis elf Uhr gearbeitet und morgen muss ich ganz früh nach Stockholm fliegen. Aber ein Gutes hat es doch, dass ich euch erschreckt habe, denn nun kann ich dich wenigstens umarmen.«

Papa breitet die Arme aus und ich fliege an seine Brust. Mir ist, als wäre es eine Ewigkeit her, dass ich ihn gesehen habe, und das stimmt auch fast. Eigentlich soll ich jedes zweite Wochenende bei ihm und Elisabeth verbringen, aber meistens wird nichts daraus. Seit sie Nils bekommen haben, meinen kleinen Halbbruder, hat Papa fast überhaupt keine Zeit mehr für mich. Am Anfang war ich unheimlich traurig darüber, aber inzwischen habe ich mich daran gewöhnt. Obwohl ich ihn natürlich sehr vermisse, wenn ich an ihn denke.

Aber jetzt ist er hier und er hat sogar an meinen Geburtstag gedacht, ohne dass Mama ihn daran erinnern musste. Das muss sie sonst immer. Ich drücke meine Wange fest an Papas und schlinge die Arme um seinen Hals. Kristin steht daneben und sieht zu, immer noch ein bisschen sauer darüber, dass sie ganz unnötig geweckt worden ist.

»Mein kleines Mädchen«, flüstert Papa in mein Ohr. »Jetzt bist du schon ein richtiger Teenager, es ist kaum zu fassen. Mir kommt es so vor, als wäre es gestern gewesen, dass du so klein warst wie Nils und mir immer in die Nase gebissen hast, wenn du irgendwie konntest. Obwohl ich natürlich froh bin, dass du damit aufgehört hast. Jetzt pack deine Geschenke aus.«

Das erste Paket ist groß und flach und weich. Das Papier knistert zwischen meinen eifrigen Fingern. Drinnen liegt etwas aus Stoff. Erst denke ich, es ist ein Zelt, aber als ich es auseinanderfalte, bleibt mir die Luft weg. Es ist eine dunkelblaue Pferdedecke, die Kanten eingefasst mit einem roten Band. Auf beiden Seiten ist mit geschwungenen Buchstaben Star eingestickt. Das ist die schönste Pferdedecke, die ich je im Leben gesehen habe. Papa mustert zufrieden mein begeistertes Gesicht.

»Elisabeth hat sie genäht. Sie hat mehrere Wochen daran gearbeitet, um sie rechtzeitig fertig zu bekommen, und ich hoffe wirklich, dass sie passt.«

Ich streiche mit der Hand über den weichen Stoff. So viel Arbeit hat Elisabeth da hineingesteckt, um mir eine Freude zu machen. Vielleicht war ich ungerecht ihr gegenüber. Manchmal glaube ich nämlich, es stört sie, dass es mich gibt. Nicht so, dass sie sich wünscht, ich wäre tot, aber ganz bestimmt wäre es ihr tausendmal lieber, wenn Papa sich nur noch um sie und Nils kümmern würde. Dass Papa vorher mit Mama verheiratet war und schon eine Tochter hat, ärgert sie sicher mächtig. Ach, wer weiß, vielleicht denkt sie gar nicht so und ich bilde mir das nur ein.

Obwohl Star überhaupt keine Lust hat, mitten in der Nacht Mannequin zu spielen, probiere ich die Decke sofort an ihm aus. Sie sitzt perfekt. Sogar Kristin ist beeindruckt.

»So eine wünsche ich mir für Olle auch«, sagt sie neidisch.

»Mach mal das andere Paket auf«, sagt Papa ungeduldig. »Das ist von mir.«

Die Schachtel ist riesengroß und schwer. Ich bin so gespannt, dass ich es kaum schaffe, das Papier aufzureißen. Von Papa darf man immer wahnsinnig teure Geschenke erwarten. Meistens bekomme ich etwas von ihm, wenn er ein schlechtes Gewissen hat. Als Elisabeth im Sommer nicht wollte, dass ich bei ihrem Urlaub in England dabei bin, hat Papa zwei Wochen Reitlager für mich gebucht. Und nachdem Mama ihm erzählt hat, dass sie und Lasse zusammenziehen wollen, war Papa so eifersüchtig, dass er kurz darauf sturzbetrunken bei uns aufkreuzte. Hinterher hat er sich ganz schrecklich geschämt und ich bekam eine Reithose und Reitstiefel von ihm. Mama sagt immer, dass es ihm leichter fällt, Geschenke zu kaufen, als zu reden, und das ist sicher wahr.

Aber diesmal gibt es nichts, weswegen er ein schlechtes Gewissen haben müsste. Er macht mir ein Geschenk, weil ich Geburtstag habe, und daran ist nichts Außergewöhnliches. Als ich endlich das Paket aufbekommen habe, wage ich kaum, meinen Augen zu trauen.

»Gefällt er dir?«, fragt Papa nervös. »Sie hatten eine riesige Auswahl in dem Geschäft und ich habe doch keine Ahnung von diesen Sachen. Aber ich habe der Verkäuferin erklärt, dass du sowohl Springen als auch Dressur reitest. Sie sagte, dann sei das hier einer der Besten, die es gibt. Aber du kannst ihn natürlich umtauschen, wenn du möchtest.«

Ich bekomme kein Wort heraus. Nicht mal ein klitzekleines »Danke« kriege ich zustande. In der Schachtel liegt ein neuer Sattel. Atemlos hebe ich ihn heraus. Das Leder ist weich und samtig und duftet so herrlich, wie nur neues Leder duften kann. Der Sattel ist dunkelbraun mit noch dunklerem Wildleder dort, wo die Knie liegen sollen.

»Vielleicht brauchst du gar keinen neuen?«, fragt Papa. »Aber mir war so, als hättest du irgendwann mal gesagt, dass Stars Sattel alt und unbequem ist.«

Ich drehe mich zu ihm um, den Sattel im Arm.

»Er ist wunderbar! Danke!«

Sofort beginnt Papa zu strahlen.

»Da habe ich ja Glück gehabt. Obwohl ich es schon ein bisschen seltsam finde, Geschenke für den Gaul zu kaufen, wo du doch diejenige bist, die Geburtstag hat. Eigentlich wollte ich dir ein Fahrrad schenken. Aber Elisabeth meinte, dass du dich über einen Sattel bestimmt mehr freuen würdest.«

»Damit hatte sie absolut recht«, sage ich lachend und umarme Papa ganz fest.

»Ein schönes Gefühl, einmal nicht der treulose Erzeuger zu sein«, sagt er.

Ich kann nicht anders, ich muss über seine selbstzufriedene Miene kichern.

»So, ihr zwei, jetzt muss ich aber nach Hause, wenn ich vor dem Flug morgen früh noch ein paar Stunden Schlaf kriegen will. Und ich bin auch nicht scharf darauf, dass Nita womöglich aufwacht und mir den Kopf abreißt, weil ich euch die halbe Nacht vom Schlafen abhalte.«

Weder Kristin noch ich lassen uns anmerken, dass diese Gefahr nun wirklich nicht besteht. Ich frage mich, wie Papa wohl reagieren würde, wenn er wüsste, dass sie gar nicht zu Hause ist, sondern auf Hochzeitsreise in Italien. Wo er doch nicht einmal weiß, dass sie geheiratet hat.

Als Papa abgefahren ist und ich wieder in mein Bett krieche, bin ich so glücklich, dass ich nicht einschlafen kann. Klar, ich freue mich natürlich unheimlich über den neuen Sattel und die schöne Decke für Star. Aber am allermeisten freue ich mich, dass Papa an meinen Geburtstag gedacht hat und sich solche Mühe gegeben hat, mich zu überraschen.

8

Natürlich muss ich den neuen Sattel gleich ausprobieren, als ich am nächsten Tag von der Schule heimkomme. Er sitzt genau so, wie er soll. Aber als ich über das weiche Leder streiche, ist mir auf einmal, als müsste ich mich übergeben.

Hätte ich den Sattel vor nur einer Woche bekommen, wäre es ganz selbstverständlich gewesen, dass Star und ich einen Proberitt damit machen. Aber jetzt ist nichts mehr selbstverständlich. Schon bei dem Gedanken, auf Stars Rücken zu sitzen, wird mir übel. Ein Glück, dass Kristin heute später aus der Schule kommt und nicht sieht, wie schlecht es mir geht.

Star knufft mich auffordernd mit seinem Maul an. Jetzt, wo er gesattelt ist, glaubt er natürlich, dass wir ausreiten. Ich strecke die Hand aus und lasse sie auf seinem Hals liegen. Star ist mein allerbester Freund. Ohne ihn könnte ich nicht leben. Aber wenn ich mich nicht traue, ihn zu reiten, kann ich ihn nicht behalten. Er kann nicht einfach jahrein, jahraus auf der Koppel faulenzen. Star ist jung und gesund und stark. Er muss geritten werden.

Plötzlich habe ich eine Idee. Was mich am meisten schreckt, ist die Vorstellung, von Star mitgeschleift zu werden. Aber hier drinnen in der Box kann er nicht weg. Auch wenn ich nicht wage, ihn zu reiten, kann ich doch wenigstens versuchen, mich in den Sattel zu setzen. Dann muss ich nicht lügen, wenn Kristin fragt, ob ich den Sattel ausprobiert habe. Sie braucht ja nicht zu wissen, dass ich in Wirklichkeit gar nicht ausgeritten bin.

Schnell zäume ich Star auf und ziehe den Sattelgurt fest. Damit er sich nicht darum kümmert, was ich mache, gebe ich ihm ein paar Hände voll Hafer in die Krippe. Während er frisst, schiebe ich den Fuß in den Steigbügel und steige auf. Zum ersten Mal nach dem Unfall sitze ich wieder auf Stars Rücken. Es fühlt sich genauso an wie immer, nur viel bequemer. In dem neuen Sattel sitzt es sich wirklich toll, er ist nicht so hart und knubbelig wie mein alter.

Star dreht den Kopf, um nachzusehen, was ich mache. Vielleicht denkt er, dass ich nicht mehr ganz richtig im Kopf bin, weil ich offenbar vergessen habe, ihn vorm Aufsitzen nach draußen zu bringen. Ich klopfe seinen Hals und atme tief durch. Es ist überhaupt nicht so schlimm, auf seinem Rücken zu sitzen, wie ich es mir in den letzten Tagen vorgestellt habe. Bevor ich es mir anders überlegen kann, steige ich ab, öffne die Boxentür und führe Star nach draußen. Rasch sitze ich wieder auf und lasse ihn im Schritt zur Reitbahn gehen.

In mir jubelt es. Ich habe es gewagt! Jetzt reite ich wieder und alles ist, wie es sein soll. Meine alte Sicherheit ist noch da, sie war nur unter der Angst versteckt. Star ist munter und voller Energie, nachdem er mehrere Tage nicht geritten wurde, aber nicht einmal das erschreckt mich.

Ich bin so mit dem Reiten beschäftigt, dass ich Kristin erst bemerke, als sie mich anspricht.

»Reitest du wieder?«

»Hast du Tomaten auf den Augen?«, entgegne ich und lache. »Logisch reite ich. Wieso sollte ich es nicht tun?«

Kristin erwidert nichts darauf. Stattdessen geht sie in den Stall und kommt gleich darauf mit Olle wieder heraus.

»Toll, dass wir endlich wieder zusammen ausreiten können«, sagt sie. »Es war total langweilig, all die Tage allein reiten zu müssen.«

Eine ganze Weile reiten wir schweigend. Ich versuche, Star dazu zu bringen, eine Volte zu gehen, ohne andauernd die Nase nach oben zu recken. Es klappt ganz gut. Kristin übt Hinterhandwendungen.

»Genug mit Dressur!«, ruft sie nach einer Viertelstunde. »Was hältst du davon, wenn wir eine Runde auf der Geländestrecke springen?«

Allein schon bei dem Wort »springen« wird mir eiskalt. Reiten gerne, aber springen will ich nie wieder im Leben.

»Ohne mich«, sage ich.

»Aber wir müssen für das Geländespringen üben«, beharrt Kristin. »Es ist nur noch etwas mehr als eine Woche bis dahin.«

»Du kannst ja trainieren. Ich mache bei dem Wettkampf nicht mit.«

»Du machst nicht mit? Wieso denn nicht?«

»Weil ich nicht will«, antworte ich kurz.

Kristin starrt mich an und ich kann direkt sehen, wie sie Anlauf nimmt, um mich zu überreden.

»Versuch gar nicht erst, mich zu bequatschen, es hat sowieso keinen Zweck«, füge ich schnell hinzu. »Ich habe mich entschieden und du kannst nichts daran ändern.«

»Aber du bist doch nicht runtergefallen, weil du gesprungen bist«, versucht Kristin es trotzdem. »Daran war doch bloß dieser Elch schuld. Willst du etwa nie wieder springen, nur weil Star Angst vor einem Elch hatte?«

»Du hast es erraten«, nicke ich.

»Merkst du nicht, wie bescheuert sich das anhört?«

»Es ist mir schnurzpiepegal, wie sich das anhört. So ist es und so bleibt es, kapiert?«, fauche ich sie an. »Außerdem hab ich jetzt keine Lust mehr, mit dir auszureiten.«

Ich bin dermaßen wütend, dass ich platzen könnte. Dass Kristin mich nie in Ruhe lassen kann! Immer muss sie alles kaputt machen. Sie lässt mich nicht mal richtig genießen, dass ich mich jetzt endlich wieder traue zu reiten. Schon steht sie mit neuen Forderungen auf der Matte, was ich mir alles zutrauen soll. Gerade so, als ob sie das was anginge.

Meine Wut hält den ganzen Abend an. Ich will Kristin nicht sehen, also bleibe ich in meinem Zimmer und lese. Nicht mal das hilft. Es ärgert mich schon, dass ich sie im Haus herumlaufen höre. Ich liege auf dem Bett und sehne mich nach Mama. Ich verlange ja gar nicht, dass sie jetzt direkt aus Italien zurückkommt. Viel lieber würde ich die Zeit zurückdrehen. Ich will nicht länger mit Kristin unter einem Dach wohnen. Es war viel schöner, als Mama und ich noch allein waren.

Am nächsten Tag warte ich mit dem Reiten, bis Kristin ausgeritten ist. Ich habe einfach keine Lust, mir ihre Vorhaltungen anzuhören. Obwohl es auch nicht besonders Spaß macht, allein zu reiten. Nach einer halben Stunde habe ich genug. Ich mache mir ein paar belegte Brote und schließe mich wieder in meinem Zimmer ein. Jetzt kann ich wenigstens mal meine Hausaufgaben ordentlich erledigen. Dafür habe ich sonst nie richtig Zeit.

»Willst du was essen, Lisa?«, ruft Kristin herauf, als sie vom Reiten kommt.

»Nee«, rufe ich zurück.

Gedämpft höre ich sie unten in der Küche mit Tellern und Besteck klappern. Nach einer Weile rieche ich den Duft von Bratwurst. Da klingelt es an der Tür. Ich höre, wie Kristin sich mit jemandem unterhält. Aber obwohl ich angestrengt lausche, finde ich nicht heraus, wer gekommen ist. Ein paar Minuten später klopft es an meiner Tür.

»Du hast Besuch, Lisa«, sagt Kristin.

Ich mache die Tür auf und bin so erstaunt wie noch nie in meinem Leben. Vor der Tür steht – Peter!

»Darf ich reinkommen?«, fragt er.

»Ja, klar«, antworte ich.

Ich schlage Kristin die Tür vor der Nase zu. Soll sie doch draußen stehen bleiben und neugierig sein, wenn sie will.

Peter wirkt in meinem Zimmer voller Pferdeposter und geblümter Gardinen völlig fehl am Platz. Er setzt sich an meinen Schreibtisch und sieht mich an, während ich mich auf mein Bett hocke und die Arme um die Knie schlinge. Ich kann mir beim besten Willen nicht vorstellen, was er von mir will. Dass er sich gerne mit Kristin unterhält, das weiß ich. Aber zu mir hat er noch kein Wort gesagt, wenn es nicht nötig war.

»Du hast also Angst vor dem Springen, nach deinem schrecklichen Unfall neulich«, sagt Peter.

Da wird mir einiges klar und mich packt eine solche Wut, dass ich das Gefühl habe zu ersticken. Jetzt reicht es mir aber mit dieser blöden Kuh! Sie hat Peter meine Angst gepetzt und ihn gefragt, ob er herkommt und mich überredet, an diesem blöden Geländespringen teilzunehmen. Ich pack es ja wohl nicht! Kristin mischt sich dauernd in alles ein, aber diesmal ist sie echt zu weit gegangen. Sie kann von

Glück sagen, dass sie nicht in der Nähe ist, ich habe nämlich gerade eine wahnsinnige Lust, ihr an die Kehle zu springen. Wie kann sie nur? Begreift sie nicht, was das für ein Gefühl ist, dass plötzlich alle mitkriegen, wie feige ich bin?

»Lass mich in Ruhe«, zische ich und werfe ihm den schwärzesten Blick zu, den ich auf Lager habe.

Er lehnt sich zurück und mustert mich gelassen von oben bis unten.

»Hörst du schlecht? Hau ab!«, schreie ich ihn an.

»Wieso bist du denn so sauer?«, fragt Peter unbeeindruckt.

»Glaubst du, ich finde es toll, dass Kristin sich bei dir über mich lustig macht? Wenn ich nicht mehr springen will, ist das mein Problem, nicht ihrs.«

»Wovon redest du?«, fragt Peter.

»Für wie blöd hältst du mich? Du bist doch nur gekommen, um mich zur Teilnahme an dem Geländespringen zu überreden, weil Kristin dich darum gebeten hat. Du musst dir schon was anderes einfallen lassen, um dich bei Kristin einzuschleimen.«

Peter sieht mich erstaunt an.

»Kristin hat mir überhaupt nichts gesagt und sie hat mich auch nicht gebeten zu kommen. Sie wollte mich ja kaum reinlassen. Jonte war es, der es schade findet, dass du nicht mitmachen willst. Er hat auch nichts davon gesagt, dass du Angst hast zu springen. Das habe ich mir selbst zusammengereimt.«

»Und was machst du dann hier?«, frage ich verdutzt.

Ich glaube ihm nicht. Kristin muss irgendwas mit der Sache zu tun haben.

»Ich dachte, ich versuche dir zu helfen. Vor ein paar Jahren hatte ich selbst einen Unfall, ich weiß also, wie das ist. Mein damaliges Pferd ist bei einem Turnier voll ins Hindernis gekracht. Ich landete unter ihm und bekam ein paar schlimme Tritte ab. Danach war ich fest überzeugt, ich könnte nie wieder über ein Hindernis springen. Es war ganz schrecklich.«

Ich starre ihn an. Der coole, selbstbewusste Peter, der so von sich überzeugt ist. Peter, der jedes Springturnier gewinnt und bald international an den Start gehen wird. Der sitzt jetzt hier und spricht über Angst – seine Angst. An seiner Stimme höre ich, dass er die Wahrheit sagt, er hat wirklich das gleiche Entsetzen gespürt wie ich.

»Und was hast du dann gemacht?«, frage ich leise.

»Mein Trainer hat mich gezwungen, wieder zu springen«, sagt Peter. »Damals habe ich ihn dafür gehasst. Aber inzwischen bin ich ihm umso dankbarer.«

»Ich mach das nicht.«

»Ich weiß, dass du jetzt überzeugt bist, dass du es nicht tust. Aber ich werde dich zwingen, so wie mein Trainer es damals mit mir gemacht hat. Wir bauen ein klitzekleines Hindernis, so niedrig, dass Star hinübersteigen kann. Beim ersten Versuch, es zu überspringen, hast du vielleicht wahnsinnig Angst. Aber ich garantiere dir, dass du es nicht bereuen wirst. Denn im Grunde willst du doch mit Star springen, oder nicht? Ich habe gesehen, wie du mit ihm auf der Springstrecke gekämpft hast. Ganz tief in deinem Innern willst du nicht alles wegwerfen, was ihr beide gelernt habt.«

»Ich traue mich nicht«, sage ich kleinlaut.

Peter lächelt.

»Ich hab doch gesagt, dass ich dir helfe. Vertrau mir, Lisa. Wir kriegen das hin, ich verspreche es dir. Du willst doch nicht, dass diese Angst dich dein Leben lang beherrscht, oder?«

Ich schüttle den Kopf und Peter steht auf.

»Na also. Ich komme morgen Nachmittag gegen fünf Uhr hierher. Sieh zu, dass Star dann fertig gesattelt ist.«

Die Haustür ist kaum ins Schloss gefallen, als Kristin auch schon in mein Zimmer gestürmt kommt. Ihre Augen glitzern vor Neugier.

»Sag schon, was wollte er?«

Ich sehe sie misstrauisch an. Tut sie nur so? Ich weiß immer noch nicht, was ich glauben soll. Ich finde es einfach unwahrscheinlich, dass Peter von allein auf die Idee gekommen ist, mir zu helfen.

»Das weißt du doch besser als ich«, sage ich.

»Wie meinst du das?«, fragt Kristin.

Sie macht ein verständnisloses Gesicht. Falls sie sich verstellt, macht sie das wirklich gut.

»Du hast ihn doch gebeten, hierherzukommen.«

»Ich? Hast du sie noch alle? Mit dem rede ich kein Wort zu viel, ich dachte, das hättest du mittlerweile geschnallt.«

»Peter ist hergekommen, weil er mir helfen will, meine Angst vor dem Springen loszuwerden.«

»Wie bitte?!«, ruft Kristin.

Sie sieht so überrascht aus, dass ich ihr einfach glauben muss. So perfekt kann man sich einfach nicht verstellen.

»Ist das wahr?«, fragt Kristin.

»Natürlich ist das wahr. Ich dachte, du hättest ihn dazu gezwungen.«

Kristin kichert.

»Keine schlechte Idee, echt. Aber ich habe damit nichts zu tun, ich schwör's.«

»Dein Glück«, brumme ich.

Kristin streckt sich lang auf meinem Bett aus und schaut an die Decke.

»Schau mal einer an, Peter kommt ganz allein auf die Idee, dir zu helfen. Wer hätte das von ihm gedacht?«

9

Als Peter am nächsten Tag kommt, hat er eine Schachtel dabei, die er mir gibt.

»Was ist da drin?«, frage ich.

»Am besten, du machst auf und guckst nach«, sagt er und lächelt. »Ich habe sie zu Hause im Stall gefunden. Sie sind schon älter, aber sie helfen immer noch.«

In der Schachtel sind zwei Steigbügel, aber keine von der gewöhnlichen Sorte. Statt einer Metallstrebe haben sie an der Außenseite einen dicken Gummiriemen.

»Das sind Sicherheitssteigbügel«, erklärt Peter. »Damit brauchst du wenigstens keine Angst mehr zu haben, dass Star dich mitschleift. Falls dein Fuß im Steigbügel hängen bleiben sollte, dehnt oder löst sich das Gummiband und dein Fuß kommt frei.«

Ich sehe erst die Steigbügel an und dann Peter. Es ist unglaublich einfühlsam von ihm, mir diese Steigbügel mitzubringen.

»Danke«, sage ich.

»Ach, nicht der Rede wert. Sie liegen sowieso nur rum und verstauben«, entgegnet Peter und sieht sich um. »Kristin ist wohl nicht da?«

Er bemüht sich, uninteressiert auszusehen, aber das klappt nicht so ganz. Auf einmal kapiere ich. Da alles andere nicht funktioniert hat, versucht er jetzt, Kristin damit zu imponieren, dass er mir hilft. Das erklärt auch seine plötzliche Nettigkeit.

»Hilfst du mir nur, wenn sie zu Hause ist?«, frage ich.

Peter grinst und ich finde, er sieht ein bisschen verlegen aus.

»Quatsch. Wenn ich sage, ich helfe dir, dann mache ich das auch.«

»Kristin *ist* zu Hause«, sage ich. »Aber ich habe ihr verboten zuzuschauen.«

»Ohne Publikum fühlt man sich sicherer, was?«, sagt Peter. »Also los, wir wollen ja irgendwann noch mal fertig werden. Ich hab keine Lust, den ganzen Tag hier rumzustehen.«

Das Hindernis, das Peter aufbaut, ist so niedrig, dass es direkt albern aussieht. Ich bin mit Star schon über viel höhere Hindernisse gesprungen. Trotzdem kitzelt es ängstlich in meinem Bauch. In meinem Kopf ringen »Ich kann« und »Ich kneife« miteinander. »Ich kann« will es wagen zu springen, »Ich kneife« will weglaufen und nie mehr zurückkommen.

»Bist du bereit?«, fragt Peter.

Ich schüttle den Kopf und merke, wie mir die Tränen in die Augen steigen. Das kleine jämmerliche Hindernis wächst vor meinen Augen empor und sieht plötzlich entsetzlich hoch aus.

»Ich trau mich nicht.«

»Das ist wie mit dem Zahnarzt. Vorher ganz schrecklich und hinterher die große Erleichterung. Na los, probier es einfach. Ich verspreche dir auch, dass ich dich danach nicht mehr vollquatsche«, sagt Peter und lächelt.

Ich misstraue ihm nicht mehr. Er versucht wirklich, mir zu helfen. Wohl vor allem wegen Kristin, aber das ist jetzt auch egal. Ich *will* keine Angst mehr haben und Peter ist meine einzige Chance. Meine neuen Steigbügel sorgen dafür, dass mir leichter zumute ist. Ich schiele zum Haus hinüber. Bestimmt sitzt Kristin am Fenster und beobachtet mich, obwohl sie hoch und heilig versprochen hat, es nicht zu tun. Ich weiß doch, wie neugierig sie ist.

»Wir machen es so«, sagt Peter. »Ich führe Star über das Hindernis. Dann weißt du, dass er nicht wegrennen kann, und du brauchst nichts anderes zu tun, als dich festzuhalten.«

Ohne meine Antwort abzuwarten, greift er sich Stars Zügel und schnalzt. Ich klammere mich an der Mähne fest und fühle mich total albern. Peter läuft neben Star her, das Hindernis kommt viel zu schnell näher. Ich kneife die Augen zusammen und warte auf die Katastrophe.

»Na siehst du! War das so schlimm?«, fragt Peter.

Ich mache die Augen wieder auf und sehe mich verwirrt um. Wir sind auf der anderen Seite des Hindernisses und es ist nichts Schreckliches passiert.

»Sind wir wirklich gesprungen?«, frage ich voller Zweifel.

»Hast du es nicht gemerkt?«, fragt Peter und lacht. »Dann mach die Augen das nächste Mal auf.«

Er wendet Star und läuft wieder auf das Hindernis zu. Jetzt traue ich mich, die Augen offen zu lassen, und Star hüpft ganz leicht über die Stangen. Meine Erleichterung ist so groß, dass ich anfange zu heulen. Die Tränen laufen mir übers Gesicht. Schnell trockne ich sie mit dem Ärmel meines Pullovers und bin dankbar, dass Peter so tut, als hätte er es nicht bemerkt.

»Jetzt du alleine. Ich stehe neben dem Hindernis und ich

verspreche dir, dass ich Star sofort einfangen werde, falls etwas passiert«, sagt Peter.

Ich nicke und gehorche. Bevor ich es mir anders überlegen kann, lenke ich Star wieder auf das Hindernis zu. Er springt und es fühlt sich überhaupt nicht gefährlich an. Eine halbe Stunde später springen Star und ich über Hindernisse, die mindestens so hoch sind wie die, über die wir vor dem Unfall gesprungen sind.

Kristin sitzt auf dem Zaun und klatscht Beifall. Sie ist gleich zu uns heruntergekommen, als Star und ich wieder wie üblich gesprungen sind. Natürlich hat sie uns beobachtet, genau wie ich es mir gedacht hatte. Aber das ist jetzt auch egal. Ich bin so glücklich, dass ich glaube, nie wieder richtig wütend sein zu können.

»Morgen komme ich und helfe dir, dich wieder an die Hindernisstrecke zu wagen«, sagt Peter. »Wenn das geklappt hat, bin ich sicher, dass du auch bei dem Wettkampf mitmachen willst.«

Er wirft einen Blick in Kristins Richtung, als wollte er sichergehen, dass sie auch wirklich mitkriegt, wie nett er zu mir ist.

»Okay«, nicke ich.

Nicht einmal der Gedanke an die Hindernisstrecke schreckt mich noch länger. Ich vertraue Peter. Er mag sein, wie er will, aber vom Reiten versteht er echt was. Wenn er sagt, dass es klappt, dann klappt es auch.

»Super von dir, dass du Lisa geholfen hast«, sagt Kristin.

»War doch klar«, winkt Peter ab.

»Und du bist ganz sicher, dass du nicht krank bist?«, fragt

Kristin und sieht ihn mit neckischen Augen an. »Du hast dir nicht vielleicht einen Nett-Virus eingefangen?«

»Glaub meinetwegen, was du willst«, sagt Peter und zuckt mit den Schultern. »Wenn du es merkwürdig findest, dass ich der Freundin meines Bruders ein bisschen helfe, dann kannst du das meinetwegen tun.«

Kristin sieht ihn erstaunt an. Ich merke, wie ich rot werde. »Freundin meines Bruders«, damit bin ich gemeint. Ob Jonte mich auch als seine »Freundin« betrachtet? Bei diesem Gedanken kribbelt es ein bisschen in meinem Bauch.

Mehr Zeit bleibt mir nicht, darüber nachzudenken, denn plötzlich sind fröhliche Rufe oben am Haus zu hören. Hand in Hand kommen zwei Leute angelaufen. Es dauert ein paar Sekunden, bis ich begreife, wer das ist. Mama und Lasse! Dabei dachte ich, sie kommen erst morgen zurück.

»Kein Wort über Lisas Unfall«, zischt Kristin zu Peter hinüber. »Papa und Nita haben keine Ahnung und das soll auch so bleiben. Besorgte Eltern sind total anstrengend.«

Peter muss Star halten, während Kristin und ich Lasse und Mama umarmen. Mama hat ein neues rotes Kleid an, das für meinen Geschmack viel zu eng sitzt. Außerdem ist es so tief ausgeschnitten, dass man Angst haben muss, der Busen fällt jeden Moment heraus. Aber sie sieht fröhlich und glücklich aus und das ist die Hauptsache.

Auch wenn ich ein bisschen sauer bin, dass sie nur so selten angerufen hat, ist es schön, sie wiederzusehen. Sie umarmt mich ganz fest und küsst mir das ganze Gesicht ab. Ich stecke meine Nase tief in ihr Haar. Sie riecht nicht wie sonst. Das muss ein neues italienisches Parfüm sein, das den gewohnten Mamaduft vertrieben hat.

»Ach, du hast mir ja so gefehlt«, flüstert sie in mein Ohr.

»Dann hättest du ruhig öfter anrufen können«, sage ich vorwurfsvoll. »Ich dachte schon, du hättest mich vergessen. Wir wussten ja nicht mal, dass ihr heute nach Hause kommt. Deswegen haben wir auch nicht sauber gemacht, aber das ist eure eigene Schuld.«

»Es war nicht so einfach, funktionierende Telefone zu finden, weißt du. Aber ich habe ganz oft an dich und Kristin gedacht, und Lasse auch. Wir haben kaum etwas anderes gemacht, als nach Geschenken für euch zu suchen.«

Das kann ich zwar nicht ganz glauben, aber es ist trotzdem schön, es zu hören.

»Du bekommst extra viele Geschenke, weil du ja Geburtstag hattest, während wir weg waren. Hast du denn trotzdem ein bisschen gefeiert? Hat Rolf an deinen Geburtstag gedacht, oder hat er ihn wie üblich vergessen?«

»Nein, Papa hat tatsächlich dran gedacht. Ich habe einen neuen, supertollen Sattel von ihm bekommen und Elisabeth hat eine wunderschöne Decke für Star genäht.«

»Es geschehen tatsächlich noch Wunder«, sagt Mama lachend. »Wer hätte gedacht, dass ihm das Kunststück gelingt, an einen anderen Geburtstag als seinen eigenen zu denken? Zeigst du mir den Sattel?«

»Star trägt ihn gerade«, sage ich.

Als Mama in Stars Richtung sieht, bemerkt sie Peter plötzlich und lässt mich los. Sie geht auf ihn zu und Peters Blick flackert unsicher umher. Er gibt sich große Mühe, nicht auf ihren Ausschnitt zu starren.

»Und wer bist du?«, fragt Mama. »Kristins Freund vielleicht?«

Es ist witzig, die Reaktionen zu beobachten. Lasse erstarrt und mustert Peter von oben bis unten. Kristin prustet los und der arme Peter wird ganz rot.

»Wohl kaum«, sagt er verlegen und wirft Kristin einen Blick zu.

Kristin macht ein Gesicht, als wüsste sie nicht so recht, was sie sagen soll.

»Das ist Peter, Jontes großer Bruder«, sage ich.

»Er ist ein guter Freund«, fügt Kristin hinzu.

Peter und ich sehen sie überrascht an. Das sind ja ganz neue Töne, wo sie ihn doch so blöd findet!

»Er kann supergut reiten und hilft Lisa ein bisschen beim Springtraining«, ergänzt Kristin.

»Ich muss jetzt los«, sagt Peter. »Bis morgen dann.«

Er sieht richtig glücklich aus.

Es ist beinahe etwas Magisches an Peter. Wenn er dabei ist, habe ich überhaupt keine Angst zu springen. Es ist ein komisches Gefühl, wieder zur Hindernisstrecke zu reiten, besonders als wir an die Stelle kommen, wo Star und ich die Begegnung mit dem Elch hatten. Aber mit Peter an meiner Seite geht es ganz gut.

Zuerst muss ich die Strecke einmal hinter Peter und Lord springen. Verglichen mit Lord ist Star klein wie ein Schaukelpferd, aber er hält das Tempo trotzdem tapfer mit.

»Das klappt ja schon mal prima«, sagt Peter, nachdem wir die gesamte Springstrecke heil hinter uns gebracht haben. »Und jetzt warte ich hier, während du das Ganze noch mal alleine springst.«

Ich rechne damit, dass der Schreck mir wieder die Kehle

abschnürt, aber das tut er nicht. Star ist richtig gut gelaunt und gehorcht der kleinsten Hilfe von mir. Hinterher ist mein Körper beinahe schwerelos vor Erleichterung.

»So gut bist du vorher noch nie gesprungen«, lobt Peter. »Was meinst du, traust du dich jetzt, an dem Wettkampf teilzunehmen?«

Ich horche in mich hinein. Bei dem Gedanken an das Geländespringen werde ich zwar nervös, aber nicht mehr, als ich vor dem Unfall geworden wäre. So ein Wettkampf ist immer aufregend.

»Kommst du mit?«, frage ich. »Ich würde mich sicherer fühlen, wenn du in der Nähe wärst.«

Peter lacht.

»Klar komme ich mit, ich muss dich doch anfeuern. Außerdem möchte ich gerne sehen, wie Kristin und Jonte abschneiden. Wie wollt ihr übrigens zu dem Turnier hinkommen, du und Kristin? Habt ihr euch um einen Pferdetransporter gekümmert?«

»Nein«, sage ich. »Daran haben wir noch gar nicht gedacht. Vielleicht bekommen wir einen Platz im Pferdetransporter der Reitschule.«

»Ich habe eine bessere Idee. Ich kenne jemanden, der Lord und mich sonst immer fährt. Ich wollte ihn sowieso fragen, ob er Jonte und Daisy hinbringt. Wenn ihr wollt, können Olle und Star gerne mitfahren.«

Als ich Kristin und Jonte erzähle, dass Peter sich um den Transport von Star und Olle kümmert, wollen sie mir kaum glauben.

»Jetzt versteh ich überhaupt nichts mehr. Der hat in seinem Leben noch nie an jemand anderen als an sich selbst gedacht«, sagt Jonte. »Mein liebes Brüderchen muss ernsthaft krank sein.«

»Liebeskrank vielleicht«, sage ich und werfe Kristin einen Seitenblick zu.

»Blödsinn!«, prustet Kristin.

Dann fügt sie nachdenklich hinzu:

»Obwohl … *falls* er das alles anstellt, um Punkte bei mir zu sammeln, dann gelingt ihm das ganz gut. Ich finde ihn nämlich nicht mehr ganz so blöd.«

»Armer Peter«, lacht Jonte. »Er reißt sich ein Bein aus, um deine Liebe zu wecken, und alles, was er erreicht, ist, dass du ihn nicht mehr ganz so widerlich findest wie vorher!«

»Man kann nicht alles haben«, grinst Kristin.

Nachdem ich mich nun entschieden habe, bei dem Wettkampf mitzumachen, wird alles besser. Der Unfall rückt weiter und weiter in die Ferne. Ich erinnere mich nicht mehr an all die schrecklichen Einzelheiten und werde nachts nicht mehr von Albträumen geweckt. Ich denke schon fast nicht mehr an das, was passiert ist. Stattdessen bereite ich mich mit Kristin zusammen auf das Geländespringen vor.

Wir putzen Sättel und Zaumzeug, bis das Leder weich und glänzend ist. Die Pferde spülen wir mit Wasser aus dem Gartenschlauch ab und schäumen sie mit Mamas Lavendelshampoo ein. Auf dem Etikett steht, dass das Shampoo dem Haar einen ganz besonderen Glanz verleiht, und genau das wollen wir für unsere Pferde. Wenn es bei Menschenhaar funktioniert, wird es das ja wohl auch bei Pferdefell tun. Tatsächlich werden Star und Olle schön sauber und blank, aber dafür duften sie komisch. Pferde sollen schließlich nach Pferd riechen und nicht nach Parfüm.

»Sie stinken, als wären sie aus einem Friseursalon getürmt«, sagt Kristin missmutig.

»Bis morgen ist das bestimmt verflogen«, sage ich.

Wir fetten die Hufe der Pferde und Kristin flicht Olles Mähne ein. Das macht sie immer, wenn ein Turnier bevorsteht. Ich begnüge mich damit, Stars Mähne und Schweif extra sorgfältig zu bürsten. Es macht Spaß, die Pferde herauszuputzen. Weniger spaßig ist es, Reitjacke und Reithose zu bügeln. Je mehr Mühe ich mir gebe, desto mehr Falten bügle ich hinein. Mama kann mir auch nicht helfen. Sie benutzt das Bügeleisen nur als Bücherstütze.

Nachdem die Pferde so sauber sind, dass sie glänzen, und die Reitkleider fertig gebügelt über einem Stuhl hängen, bleibt uns nur noch, auf den morgigen Wettkampftag zu warten.

10

Punkt acht Uhr am nächsten Morgen stehen wir mit Star und Olle auf dem Hof vor dem Haus. Wir haben ihre Beine sorgfältig bandagiert, damit sie sich auf dem Transport nicht verletzen. Ich lege meine Wange an Stars Hals und muss kichern. Der Geruch ist nicht mehr ganz so stark wie gestern, aber trotzdem riecht er immer noch kräftig nach Lavendel.

Mama und Lasse schlafen noch. Normalerweise steht Mama an solchen Tagen immer zusammen mit mir auf und flattert wie ein aufgescheuchtes Huhn um mich herum. Aber frühes Aufstehen gehört jetzt anscheinend nicht mehr zu ihrer Vorstellung davon, wie eine gute Mutter sich aufführen sollte. Ein bisschen fauler ist sie schon geworden, seit sie mit Lasse verheiratet ist. Nicht, dass ich ihre aufgeregte Fürsorge direkt vermisse, aber ein komisches Gefühl ist es doch.

»Jetzt könnten sie langsam kommen«, sagt Kristin und sieht auf ihre Uhr.

Im selben Moment biegt der Transporter unten in die Allee ein. Es ist kein normaler Anhänger mit Platz für zwei Pferde, sondern ein richtig großer Transporter. Star schnaubt empört und zerrt am Führstrick, als er ihn entdeckt. Sogar Olle tänzelt unruhig. Die Türen gehen auf und heraus springen Peter, Jonte und ein Typ mit großen Händen und einer verkehrt herum aufgesetzten Baseballkappe. Das muss Peters Fahrer sein.

»Hallo, Mädels! Ich bin Ingvar«, ruft er uns zu. »Fertig? Dann wollen wir mal!«

»Fang du mit Olle an«, bitte ich Kristin.

Star mag es nicht, im Transporter gefahren zu werden, und normalerweise ist es schwierig, ihn zu verladen. In so einem großen Pferdetransporter ist er noch nie gefahren und ich habe Angst, dass er sich weigert einzusteigen. Wenn Olle schon im Wagen ist, geht es hoffentlich etwas leichter. Olle betrachtet den Transporter auch voller Misstrauen, aber als Kristin ihm einen leichten Klaps gibt, geht er bereitwillig hinein. Manchmal ist er wirklich so folgsam, dass es nervt.

Als Olle verschwunden ist, wird Star noch aufgeregter. Er trippelt mit kleinen nervösen Schritten um mich herum und wiehert herzzerreißend. Obwohl Olle sofort aus dem Transporter heraus antwortet, wagt Star sich nicht einmal in die Nähe der Rampe.

»Er ist ziemlich schwierig zu verladen«, sage ich entschuldigend.

»So, meinst du«, sagt Ingvar.

Er krempelt die Ärmel seines karierten Flanellhemdes hoch und blickt Star dabei fest in die Augen. Es sieht aus, als bereite er sich auf einen Kampf vor. Star guckt ebenso fest zurück und ich rechne schon damit, dass es ordentlich Ärger gibt. Aber Ingvar ist es offenbar gewohnt, noch bockigere Pferde als Star zu verladen. Er packt den Führstrick und geht mit Star einfach in den Wagen hinein. Star kommt überhaupt nicht dazu, sich zu sträuben.

»Mit Pferden darf man nicht zimperlich sein«, sagt Ingvar. »Man muss ihnen von Anfang an zeigen, wer der Boss ist. Das solltest du dir merken. Wonach riecht er übrigens so komisch? Nach Pferd jedenfalls nicht.«

»Lavendel«, antworte ich leise und komme mir ziemlich albern vor.

Er muss ja glauben, ich ticke nicht ganz sauber. Nicht nur, dass ich unfähig bin, mein eigenes Pferd zu verladen, ich überschütte es vor einem Turnier auch noch mit Parfüm.

Es gibt wohl nichts Spannenderes, als unterwegs zu einem Wettkampf zu sein. Schließlich kann alles Mögliche passieren und in ein paar Stunden werden wir wissen, was. Wir sitzen alle zusammen dicht gedrängt auf der Vorderbank, Ingvar, Kristin, Jonte, Peter und ich. Ingvar legt eine Kassette mit Countrymusic ein und trommelt die ganze Fahrt über den Takt auf dem Lenkrad mit.

Wie zufällig legt Peter den Arm um Kristins Schulter. Sie tut so, als würde sie es nicht bemerken. Jonte und ich knuffen uns in die Seite. Peters Versuch, sich an Kristin heranzumachen, hat funktioniert. Vor ein paar Wochen noch hätte Kristin ihm garantiert ein blaues Auge verpasst, wenn er etwas Ähnliches versucht hätte.

Es ist ein tolles Gefühl, in einem schicken Pferdetransporter auf dem Turniergelände anzukommen. Die Leute machen Platz, als wären wir etwas Besonderes. Was für ein Unterschied zu damals, als wir mit dem schrottreifen Pferdehänger vom alten Karlsson zu unserem ersten Wettkampf fuhren!

Dem Reitverein Högberga scheint es nicht an Geld zu fehlen. Der Stall ist frisch gestrichen und die Koppeln rundherum sind mit weißen Lattenzäunen eingefriedet. Die Reithalle sieht ganz neu aus. Obwohl wir ziemlich früh dran sind, wimmelt es schon von Menschen und Pferden und vor dem Getränkekiosk steht eine lange Schlange.

»Seht mal nach den Pferden im Transporter und gebt ihnen ein bisschen Heu. Sie können dadrinnen bleiben, bis es Zeit zum Warmreiten ist. Inzwischen gehe ich schon mal ins Büro und bezahle eure Startgebühren«, sagt Peter diensteifrig und verschwindet im Gewimmel.

Jonte schüttelt den Kopf.

»Mein Bruder ist nicht wiederzuerkennen. Früher war ich immer derjenige, der bei Turnieren für ihn rennen musste. Aber mir soll's recht sein. Hoffentlich bleibt das so.«

Als Peter zurückkommt, hat er unsere Startnummern dabei. Wir sollen sie über den Kopf ziehen und um den Bauch festbinden. Ich habe Startnummer acht, Jonte sechzehn und Kristin einundzwanzig.

»Wie fühlst du dich?«, fragt Peter.

»Gut«, antworte ich.

Das stimmt sogar, merkwürdigerweise. Natürlich bin ich ganz kribbelig vor Nervosität, aber nicht so schlimm, dass ich es nicht aushalten könnte. Die große Angst hat sich noch nicht wieder gemeldet und ich hoffe auch nicht, dass sie es noch tut.

Es knackt in den Lautsprechern.

»Wir bitten alle Teilnehmer am Geländespringen, sich am großen Reitplatz zu versammeln, um die Hindernisstrecke abzuschreiten. In einer Stunde erfolgt der erste Start.«

»Es geht los«, sagt Jonte leichthin.

Wir schlendern hinunter zum großen Reitplatz. Aus allen Richtungen strömen die Reiter zusammen. Die meisten stehen in kleinen Gruppen und haben einen Führer dabei.

Kristin seufzt.

»Guck mal, fast alle haben anscheinend einen Trainer,

der ihnen sagt, wie sie die Strecke am besten reiten. Was sollen wir machen? Keiner von uns hat bisher an einem Geländespringen teilgenommen.«

Peter knipst sein charmantestes Lächeln an.

»Ich habe an einigen Geländewettkämpfen teilgenommen, bevor ich Lord bekam und zum Turnierspringen überwechselte. Wenn ihr wollt, kann ich versuchen, euch zu helfen. Mehr als ihr kann ich garantiert.«

Kristin kichert und hakt sich bei ihm unter.

»Wenn du mir hilfst, diesen Wettkampf zu gewinnen, verspreche ich dir, dass du zwei Wochen lang nach Herzenslust prahlen darfst, ohne dass ich sauer werde.«

»Wie großzügig«, lacht Peter.

Jonte und ich sehen uns vielsagend an. Hat Peter es nun doch geschafft, Kristin zu erobern?

Die Strecke schlängelt sich auf breiten Wegen durch den Wald. Sie ist gar nicht zu verfehlen, denn überall sind rote Plastikbänder um die Bäume gebunden und weisen den Weg. Die Hindernisse sind stabil gebaut, aber nicht so schrecklich hoch. Unsere selbst gebauten Hindernisse zu Hause sehen ungefähr genauso aus.

»Was für popelige Hürden. Die schaffen wir auf jeden Fall«, sagt Jonte verächtlich.

»Denk dran, dass sie noch etwas erhöht werden, bevor du an die Reihe kommst«, sagt Peter. »Nur Lisa wird diese Höhe springen. Aus dem Grund starten ja die kleinsten Ponys zuerst. Außerdem sind einige der Hindernisse schwieriger, als es aussieht. Das hier liegt zum Beispiel mitten in einer Kurve. Wenn ihr hier zu schnell reitet, sehen die Pferde es nicht rechtzeitig.«

Genau wie zu Hause befindet sich das schwerste Hindernis an einem Bach. Erst muss man eine steile Böschung hinunter zum Wasser und dann am anderen Ufer über einen Stapel Baumstämme.

»Hier müsst ihr auch aufpassen«, ermahnt Peter uns. »Lasst die Pferde langsam die Böschung hinab in den Bach gehen. Wenn ihr sie zu sehr antreibt, glauben sie, dass sie mit einem einzigen Satz über Bach und Holzstapel springen sollen – und das schaffen sie nicht. Im besten Fall verweigern sie, im schlimmsten Fall stürzen sie.«

Die Strecke abzuschreiten dauert über eine halbe Stunde. Ich frage mich, wie lange es wohl dauert, sie zu reiten.

»Sei froh, dass du so früh startest, Lisa«, sagt Peter. »Der Boden ist jetzt schon ziemlich aufgeweicht und es wird noch schlimmer werden.«

»Beruhigend zu hören«, sagt Kristin, die als Letzte von uns startet.

»Ach, keine Sorge. Olle macht das schon«, sagt Peter. »Er ist so ruhig und besonnen.«

Kristin macht ein gekränktes Gesicht.

»Wie du das sagst, hört es sich an, als wäre er ein alter, fetter Ardenner«, sagt sie eingeschnappt.

»Na, ein feuriges Vollblut ist er ja wirklich nicht gerade«, entgegnet Peter und grinst breit.

Wir haben immer noch ein bisschen Zeit, bis der Wettkampf beginnt. Jonte läuft los und kauft Würstchen mit Brot für uns alle. Er ist ständig hungrig. Mir dagegen fällt es schwer, überhaupt etwas hinunterzukriegen. Die Bissen scheinen in meinem Mund zu wachsen.

»Geht's dir immer noch gut?«, fragt Peter.

»Klar«, antworte ich verbissen.

Das stimmt jetzt deutlich weniger als noch vor einer halben Stunde. Die Wurst fährt Achterbahn in meinem Hals. Aber ich versuche mir einzureden, dass es nur die normale Aufregung vor einem Wettkampf ist.

»Höchste Zeit, Star aus dem Wagen zu holen«, sagt Peter, als er seine Wurst verputzt hat.

Ich werfe erleichtert den Rest von meiner Portion in den nächsten Abfalleimer und gehe zu Star in den Transporter. Er steht ganz ruhig da, frisst Heu und ist anscheinend kein bisschen nervös. Ein Glück, dass wenigstens einer von uns starke Nerven hat.

»Na komm, mein Junge«, sage ich und binde den Führstrick los. »Gleich sind wir an der Reihe.«

Oben an der Rampe bleibt Star mit hocherhobenem Kopf stehen. Neugierig mustert er den Stallvorplatz und all die Pferde, die dort herumlaufen. Er wiehert laut und wirft sich in die Brust. Ich finde, er ist atemberaubend schön, und offensichtlich findet er das auch.

Schnell nehme ich ihm die Bandagen ab und sattle ihn. Auf dem großen Reitplatz haben ein paar Teilnehmer schon damit begonnen, ihre Pferde warm zu reiten. Es sind alles Ponys in derselben Größenklasse wie Star, die zuerst an den Start gehen. Ich sehe sie mir neugierig an. Die meisten sind Gotlandponys und bekommen schon langsam ein zottiges Winterfell. Rundlich wie sie sind, traben sie auf stämmigen Beinen im Kreis. Aber es ist auch ein heller Fuchs mit langen Beinen und einem kleinen, edlen Kopf dabei. Er ist fast so süß wie Star. Das Mädchen, das ihn reitet, hat ein rundes Gesicht, braune Haare und sieht nett aus.

Ich will gerade aufsitzen, als plötzlich ein Spektakel losbricht, galoppierende Hufe, Schreie und Schreckensrufe. Ich drehe mich um und da sehe ich den hellen Fuchs mit hängenden Zügeln an mir vorbeirasen. Er schleift das Mädchen hinter sich her über den Boden, sie hängt mit dem Fuß im Steigbügel fest, genau wie ich neulich.

Es dauert nur wenige Sekunden, bis sie das Pony wieder eingefangen haben. Das Mädchen befreit den Fuß aus dem Steigbügel, sie hat sich zum Glück nichts getan. Gleich darauf sitzt sie wieder im Sattel und sieht aus, als wäre überhaupt nichts passiert. Aber ich zittere, als hätte ich Schüttelfrost. Meine Zähne schlagen aufeinander, in meinem Kopf dreht sich alles, mir ist, als müsste ich mich gleich übergeben.

Der Albtraum ist zurückgekommen. Wenn ich die Augen zumache, sehe ich dieselben Schreckensbilder wie nach meinem Unfall. Ich kann unmöglich weiterhin so tun, als sei alles in Ordnung, und ich kann mich nicht überwinden, den Fuß in den Steigbügel zu stecken und aufzusitzen. Ich will einfach nur weg von hier, so schnell wie möglich. Star stupst mich zärtlich an, aber ich schaffe es nicht mal, die Hand zu heben und seinen Hals zu streicheln.

»Beeil dich, Lisa«, ruft Kristin. »Die anderen in deiner Gruppe reiten sich schon warm!«

»Ich will nicht«, sage ich leise.

»Was willst du nicht?«

»Ich will nicht hierbleiben und ich will nicht an dem Springen teilnehmen.«

Kristin verdreht die Augen.

»Du kannst einem echt den letzten Nerv rauben, Lisa.

Immer musst du alles so kompliziert machen. Jetzt komm endlich und hör auf, dich so anzustellen.«

Ich sehe sie mit leerem Blick an. Es hat keinen Sinn, auch nur zu versuchen, ihr meine Gefühle erklären zu wollen. Sie würde es doch nicht verstehen. Ich schlinge die Arme um Stars Hals und lasse meinen Tränen freien Lauf. Dass jede Menge Leute um mich herumstehen und alles mitkriegen, ist mir egal. Spielt sowieso alles keine Rolle mehr.

Plötzlich fühle ich einen Arm um meine Schultern. Ich schaue hoch. Es ist Peter.

»Was ist los, Lisa?«

Es ist seltsam. Vor ein paar Wochen fand ich noch, dass Peter einer der unerträglichsten Menschen ist, mit denen ich je zu tun hatte. Jetzt ist er der Einzige, der mir das Gefühl von Vertrauen und Sicherheit gibt. Und dabei weiß ich doch, dass er das nur wegen Kristin macht und nicht wegen mir.

»Hast du das Mädchen gesehen, das von dem Fuchs mitgeschleift wurde?«, schluchze ich.

Ich rechne damit, dass Peter die Augen verdreht wie Kristin und mich unheimlich anstrengend findet. Aber das tut er nicht, er sieht mich nur ganz lieb an.

»Hat dich das daran erinnert, wie es bei dir war?«, fragt er.

Ich nicke eifrig.

»Unfälle können überall passieren«, sagt Peter ernst. »Nichts im Leben ist ohne Risiko. Das ist einfach so. Aber meistens geht es gut. Das Mädchen mit dem Fuchs hat es doch unbeschadet überstanden. Ich finde, du solltest dich jetzt auf Star setzen und ein bisschen im Schritt herumreiten. Wenn du nicht an dem Springen teilnehmen willst, brauchst du das auch nicht. Niemand kann dich dazu zwingen.«

Ich weiß gar nicht richtig, wie es kommt, aber auf einmal sitze ich auf Stars Rücken.

»Es geht nur um dich und Star«, sagt Peter. »Da draußen auf der Geländestrecke gibt es nur euch beide. Wenn ihr euch gegenseitig helft, wird alles gut gehen.«

11

Ich fühle mich ein bisschen besser, als ich im Sattel sitze und Stars vertraute Bewegungen unter mir spüre. Vielleicht hat Peter recht, dass nichts im Leben völlig ungefährlich ist und dass es deshalb überhaupt keinen Sinn hat, sich Sorgen zu machen. Genauso, wie ich vom Pferd fallen kann, könnte der Schulbus gegen einen Baum fahren oder ich eine Treppe hinunterstürzen.

»Dein Pony ist ja unheimlich süß«, höre ich eine Stimme neben mir.

Es ist das Mädchen, das gerade eben abgeworfen wurde. Sie sitzt auf ihrem Fuchs und lacht mich freundlich an.

»Deins aber auch«, entgegne ich.

»Das hier ist mein erstes Geländespringen«, fügt sie hinzu.

»Geht mir genauso«, sage ich. »Hast du gar keine Angst? Ich hab gesehen, wie du runtergefallen bist und mitgeschleift wurdest.«

Das Mädchen sieht mich an und lacht.

»Ja, das war nicht gerade angenehm. Aber ich habe nicht mal eine Schramme abgekriegt.«

Wenn sie sich nichts daraus macht, was ihr passiert ist, brauche ich es wohl auch nicht zu tun. Kristin sagt andauernd, dass ich mir viel zu viel Sorgen mache, und vielleicht hat sie recht. Jetzt bin ich hier, um mit Star an einem Wettkampf teilzunehmen, und genau das werde ich tun.

»Alles in Ordnung?«, ruft Peter mir zu.

»Ja! Ich habe mich entschlossen, doch mitzumachen.«

Das erste Pony, das an den Start geht, ist ein kleiner brauner Gotländer, der so dick ist, dass der Sattelgurt kaum um seinen runden Bauch passt. Das Mädchen, das ihn reitet, ist mindestens genauso dick. Sie sieht aus wie ein kleiner fröhlicher Gummiball im Sattel.

»Drückt mir bloß alle die Daumen! Tjabo springt nur, wenn er will, und das passiert nicht oft«, ruft sie uns anderen zu.

»Manche Leute dürften einfach nicht teilnehmen«, stichelt ein Mädchen mit schwarz getuschten Wimpern. »Kleinkinder, die nicht reiten können, haben hier nichts zu suchen.«

Sie sitzt auf ihrem kräftigen braunen Pony und sieht Tjabo verächtlich hinterher, wie er Richtung Start verschwindet.

Zunächst einmal geht es darum, die Geländestrecke zu schaffen, ohne zu verweigern, zu stürzen oder abgeworfen zu werden. Die Hindernisse sind befestigt und können nicht umgerissen werden. Von denen, die fehlerfrei geritten sind, gewinnt dann der Teilnehmer mit der schnellsten Zeit. Das dürfte Tjabo wohl kaum gelingen, denke ich.

Ein paar Minuten später verkündet der Lautsprecher, dass Malin Olsson auf Tjabo leider wegen Verweigerung disqualifiziert ist und der nächste Teilnehmer sich bereit machen soll. Ich hoffe, dass die arme Malin es geschafft hat, mit ihrem Tjabo wenigstens über ein paar Hindernisse zu springen. Als Nächstes geht das eingebildete Mädchen mit den schwarzen Wimpern an den Start. Ihr drücke ich nicht die Daumen. Soll sie doch selbst wegen Verweigerung rausfliegen – gerne schon am ersten Hindernis.

Plötzlich entdecke ich Jonte, der am Zaun steht und mir zuwinkt.

»Ich habe was vergessen«, sagt er. »Hier ist ein Geschenk für dich. Ich habe erst gestern mitgekriegt, dass du Geburtstag hattest. Du musst es gleich aufmachen.«

Er beobachtet mich, während ich das Geschenkpapier aufreiße. Darin steckt eine kleine Schachtel. Mit ungeschickten Fingern mache ich den Deckel ab. Da liegt auf rosa Watte eine Halskette mit einem rauchgrauen Stein.

»Ohhh, ist die schön!«, sage ich.

»Die Kette ist aus Silber, leider hab ich vergessen, wie der Stein heißt«, sagt Jonte. »Aber er soll dir auf jeden Fall Mut und Kraft geben. Es ist ein Glücksstein. Wenn du ihn um den Hals trägst, wirst du den Ritt gut überstehen, du wirst schon sehen.«

Ich bin so gerührt, dass mir die Tränen in die Augen steigen. Mit einem Freund wie Jonte brauche ich mich vor nichts zu fürchten.

»Du packst das, Lisa!«, sagt Jonte.

»Hannes Hansson auf Matilda hat die Strecke fehlerfrei geschafft«, ertönt es aus dem Lautsprecher. »Als Nächstes geht Kajsa Lind auf Lotus an den Start, und während sie unterwegs ist, kann sich Lisa Andersson auf Star schon mal bereit machen.«

Ich spüre ein Ziehen im Bauch. In ein paar Minuten sind Star und ich an der Reihe. Ich umfasse den Stein, der an meinem Hals hängt, und hoffe, dass er mir Mut gibt und Glück bringt. Ich kann beides gut gebrauchen.

Kajsa, die vor mir startet, ist das Mädchen auf dem Fuchs.

»Viel Glück!«, rufe ich ihr zu.

»Wünsche ich dir auch!«, ruft sie zurück.

Der Fuchs legt gleich volles Tempo vor und nach wenigen Sekunden sind die beiden im Wald verschwunden. Star tänzelt aufgeregt und ist kaum zu beruhigen. Ich habe vor Angst einen ganz trockenen Hals. Jetzt ist es zu spät, um es sich anders zu überlegen.

Im selben Moment, als der Starter seine Flagge senkt, schießt Star vorwärts. Ich beuge mich über seinen Hals und dränge alle Gedanken beiseite. Jetzt ist kein Platz mehr für irgendwelche Ängste. Star und ich sind jetzt hier und das ist das Einzige, was zählt, genau wie Peter gesagt hat. Zusammen werden wir es schon schaffen.

Das erste Hindernis ist nur ein kräftiger Baumstamm quer über dem Weg. Star spitzt die Ohren, als er ihn entdeckt, und wird von ganz allein schneller. Er zögert keine Sekunde und wir fliegen ohne Probleme hinüber. Ein Kreuz aus schlanken Birkenstämmen überspringen wir ebenfalls mühelos. Dann nähern wir uns dem Hindernis in der Kurve, vor dem Peter uns gewarnt hat.

Ich versuche, Star etwas zu zügeln, aber er schüttelt nur ärgerlich den Kopf. Als ich trotzdem nicht nachgebe, senkt er den Kopf und keilt nach hinten aus. Ich muss mich an der Mähne festklammern, um nicht abgeworfen zu werden, und Star nutzt die Gelegenheit, um das Tempo noch mehr zu erhöhen. In der Kurve kommen wir ins Rutschen und das Hindernis türmt sich vor uns auf. Wir reiten schräg und viel zu schnell darauf zu. Das kann einfach nicht gut gehen. Star wird stürzen, da bin ich mir ganz sicher. Ich kralle mich in der Mähne fest und schließe die Augen.

Star springt ab und mir ist, als schwebten wir eine Ewigkeit in der Luft, bevor wir wieder auf dem Boden aufsetzen. Ich mache die Augen auf und kann ausatmen. Wir sind auf der anderen Seite und Star ist immer noch auf den Beinen.

»Li-sa, Li-sa«, höre ich plötzlich anfeuernde Rufe und verwirrt sehe ich mich um.

Etwas weiter vorne stehen Mama und Lasse am Wegesrand. Sie winken und klatschen. Ich winke zurück und schon sind wir vorbei. Das nächste Hindernis überqueren wir mit gutem Spielraum und das freut mich besonders, weil Mama und Lasse doch zuschauen.

Die Strecke scheint kein Ende zu nehmen. Mir ist, als wären Star und ich seit einer Ewigkeit unterwegs. Meine Beine zittern schon vor Anstrengung und Star beginnt zu keuchen. Vor uns sehe ich eine große Menschenmenge. Ich begreife, dass jetzt das schwere Hindernis am Bach kommt. Am Wassergraben passieren die meisten Unfälle, deshalb stehen dort immer besonders viele Neugierige.

Peters Ermahnungen fallen mir ein. Jetzt muss ich das Tempo zurücknehmen, sonst meint Star, er müsste mit einem Satz über Bach und Hindernis zugleich springen. Wieder versuche ich ihn durchzuparieren, aber es ist zwecklos. Wir sind bereits oben auf der Böschung, als Star den Bach endlich entdeckt. Mitten in einem Galoppsprung erstarrt er und bremst jäh ab. Ich lande vor dem Sattel und wäre um ein Haar über seinen Kopf hinausgeschossen. Die Zuschauer halten erwartungsvoll den Atem an, aber ich habe keine Lust, ihnen einen Bauchklatscher im Bach zu bieten.

Schnell rutsche ich wieder in den Sattel zurück und treibe Star vorwärts. Jetzt haben wir wenigstens nicht mehr zu viel Tempo drauf und es besteht keine Gefahr, dass er einen mehrere Meter weiten Tigersprung hinlegt. Vorsichtig rutscht Star die Böschung hinunter und stapft an das Bachufer.

»Braver Junge, und jetzt rein da!«, feure ich ihn an.

Wenn wir eine Chance haben wollen, über das Hindernis zu kommen, brauchen wir ein bisschen Tempo. Es ist zwar nicht besonders hoch, aber unmöglich aus dem Stand heraus zu überspringen. Star gefällt es gar nicht, sich nasse Füße zu holen. Zum ersten Mal seit dem Startsignal ist er widerwillig und unentschlossen.

»Na los, komm, hopp! Da müssen wir durch«, rufe ich und meine Schenkel pressen sich in seine Flanken.

Star macht einen Galoppsprung in den Bach und hievt sich dann mühsam über das Hindernis. Seine Hinterhufe schlagen so kräftig gegen die Stämme, dass ich einen Moment lang Angst habe, er könnte stürzen. Aber ebenso schnell findet er sein Gleichgewicht wieder und nimmt Tempo auf. Ich weiß nicht, ob Stars Zögern am Bach als Verweigerung gilt, aber ich habe keine Zeit, darüber nachzudenken. Jetzt sind nur noch zwei Hindernisse übrig und das erste überquert Star mit einem Riesensatz.

Das letzte Hindernis liegt mitten auf einer Wiese. Auch da sind eine Menge Leute. Ich glaube, ich sehe Kristin und Jonte im Gewühl. Jetzt werde ich ihnen zeigen, dass ich nicht so ein Angsthase bin, wie sie bestimmt glauben. Star ist inzwischen ganz schön außer Atem, aber als ich ihn bitte, noch schneller zu werden, tut er es. Das Hindernis scheint immer höher zu wachsen, je näher wir kommen, aber mir bleibt nichts anderes übrig, als auf Risiko zu setzen und mit vollem Tempo durchs Ziel zu gehen.

Star springt etwas zu früh ab und muss sich mächtig strecken, um über das Hindernis zu kommen. Ich klammere mich fest und hoffe das Beste. Als wir landen, weiß ich, dass wir es geschafft haben. Nur noch ein paar Meter, dann haben wir die Ziellinie überquert. Die Zuschauer klatschen richtig begeistert und ich springe ab und werfe mich an Stars Hals. Er ist schweißnass und total verdreckt von Schaum, Matsch und Tannenadeln. Von meiner fürsorglichen Shampoowäsche ist nur noch ein schwacher Duft nach Lavendel übrig.

»Lisa Andersson auf Star hat soeben nach einem fehlerfreien Ritt die Ziellinie überquert«, tönt es aus dem Lautsprecher.

Also haben sie das Stehenbleiben vor dem Bach nicht als Verweigerung gewertet. Was für ein Glück!

Peter kommt mit großen Schritten angelaufen und bevor ich weiß, wie mir geschieht, hat er mich ganz fest umarmt. Das kommt so überraschend, dass ich ihn nur stumm anstarren kann. Er selbst sieht auch ganz verblüfft aus.

»Wahnsinn, wie toll du das hingekriegt hast, Lisa!«, sagt er dann und strahlt übers ganze Gesicht. »Du packst es, ich hab's doch gewusst!«

»Ohne dich hätte ich das nie geschafft«, sage ich wahrheitsgetreu. »Das ist ganz allein dein Verdienst.«

Peter winkt ab.

»Unsinn. Du und Star, ihr beide allein habt das geschafft und sonst keiner. Obwohl ihr euch ja ganz schön Zeit gelassen habt. Bei dem Tempo, mit dem ihr durchs Ziel gegangen seid, hättet ihr eigentlich eine bessere Zeit machen müssen.«

»Wir hatten ein paar Probleme am Bach«, erkläre ich. »Kannst du Star mal eben halten? Ich muss Jonte noch schnell was sagen, bevor er startet.«

Jonte ist auf dem großen Reitplatz, zusammen mit den anderen, die ebenfalls auf ihren Aufruf warten. Daisy fegt am Zaun entlang wie ein Wirbelsturm.

»Jonte!«, rufe ich und er kommt sofort auf mich zu.

»Wie ist es gelaufen?«, fragt er atemlos. »Hast du sie alle ausgestochen?«

»Nicht ganz«, lache ich. »Aber wir haben keine Fehlerpunkte. Sieht ganz so aus, als würde der Glücksstein funktionieren, den du mir gegeben hast. Soll ich ihn dir leihen?«

»Der gehört dir, nur dir allein«, antwortet Jonte. »Ich komme schon klar. Daisy ist heute ein richtiger Tiger und ich auch. Entweder wir gewinnen oder wir legen einen erstklassigen Sturz hin.«

»Sei bloß vorsichtig«, sage ich.

Jonte grinst verschmitzt.

»Vergiss es. Daisy und ich werden alles geben. Diesmal werde ich Peter beweisen, dass ich nicht so eine Trantüte bin, wie er meint.«

Obwohl ich merke, dass er mich nur aufziehen will, bin ich nervös. Ich habe ihn und Daisy viele Male springen sehen und immer hatten sie von Anfang bis Ende ein wahnsinniges Tempo drauf. Vorsicht ist ein Fremdwort für Jonte. Ich weiß auch, wie sehr es ihn nervt, dass Peter immer jede Menge Turniere gewinnt und er nicht.

Während ich mich mit Jonte unterhalten habe, hat Peter Star wieder zum Transporter gebracht. Ich gebe Star ein paar Handvoll Hafer und reibe ihn mit Stroh trocken. Zum

Schluss lege ich ihm die schöne neue Decke auf, die Elisabeth genäht hat. Erst da holen mich die Ereignisse ein. Ich lehne die Stirn gegen Stars Hals und atme in langen, tiefen Zügen durch. Der Wettkampf ist für mich vorbei. Ich habe mich getraut zu starten und ich habe es geschafft. Star und ich haben es gemeinsam geschafft.

Aber ich habe gar keine Zeit, noch länger darüber nachzudenken. Erst muss ich sehen, wie Jonte und Kristin abschneiden. Sie haben noch alles vor sich. Als ich wieder zum Reitplatz komme, macht sich gerade die Startnummer dreizehn fertig. Wenn ich mich beeile, kann ich noch vor Jonte am Wassergraben sein.

Ich renne durch den Wald. Überall entlang der Hindernisstrecke stehen Zuschauer. Davon habe ich gar nichts mitgekriegt, als ich hier entlanggeritten bin. Am Wassergraben stehen die Leute so dicht, dass ich nichts sehen kann. Ich schaue mich um und entdecke einen kletterfreundlichen Baum. Ich hangle mich daran hoch und habe plötzlich die allerbeste Aussicht.

Ein plumpes braunes Pony galoppiert auf das Hindernis zu. Es bleibt abrupt auf dem Kamm der Böschung stehen, genau wie Star. Aber dieser Reiter hat nicht so viel Glück wie ich. Er schießt über den Kopf seines Pferdes hinweg und platscht bäuchlings ins Wasser. Das Pferd bleibt ganz ruhig stehen, während sein Reiter sich hustend und spuckend aufrappelt. Das Wasser trieft aus seinen Kleidern, als er wieder aufsitzt. Er gibt seinem Pony die Gerte, trabt durch den Bach und überspringt glücklich das Hindernis auf der anderen Seite.

Nachdem sie im Wald verschwunden sind, passiert eine

ganze Zeit lang gar nichts. Der Wind bläst ziemlich kalt oben im Baum und ich wünschte, ich hätte die dünne Reitjacke gegen einen dicken Pullover getauscht.

»Da kommt der Nächste!«, ruft jemand.

Ganz richtig, aus der Entfernung ist Hufschlag zu hören, der schnell näher kommt. Zwischen den Bäumen ist etwas Hellbraunes zu erkennen. Das müssen Jonte und Daisy sein.

12

Jonte und Daisy kommen in voller Fahrt um die Kurve. Es geht rasend schnell, viel zu schnell. Die Zuschauer weichen erschrocken zurück und ich drücke meine Daumen so fest, dass sie ganz weiß werden. Erdklumpen fliegen unter Daisys Hufen auf und ihr sahneweißer Schweif flattert waagerecht im Wind. Jonte hat Schlammspritzer im Gesicht und sieht konzentriert nach vorn. Niemand kann daran zweifeln, dass er gewinnen will.

Aber dazu muss er erst mal über den Wassergraben, und bei dem Tempo hat er keine Chance, es zu schaffen. Er muss Daisy die Möglichkeit geben, das Hindernis vorher zu sehen, sonst stürzt sie.

»Der ist verrückt! Das schafft er nie«, sagt eine Stimme aus dem Publikum.

Mir läuft ein kalter Schauer über den Rücken. Jetzt würde ich am liebsten nicht hier im Baum sitzen, mit der besten Aussicht von allen. Wenn Jonte etwas passiert, will ich das nicht mit ansehen müssen.

Daisy stürmt weiter auf den Bach zu und die Zuschauer sind auf einmal ganz still. Alle sehen, dass sie viel zu schnell ist, und sind gespannt darauf, was passiert. Ich möchte am liebsten die Augen zumachen, aber es geht nicht. Die Lider weigern sich, mir zu gehorchen. Ich sehe, wie die beiden Sanitäter auf ihrem Posten sich bereit machen, und meine Finger krallen sich in die rissige Baumrinde. Jonte darf nichts passieren, das würde ich nicht ertragen.

Die Zuschauer halten den Atem an, als Daisy den Kamm

der Böschung erreicht und ihr Blick auf das schlammige Wasser des Baches fällt. Für den Bruchteil einer Sekunde zögert sie und das genügt. Jonte kann die Zügel ein wenig annehmen und sich im Sattel aufrichten. Daisy macht einen Galoppsprung die Böschung hinunter, einen weiteren in den Bach und setzt dann über das Hindernis. Sie sind drüben, sie haben es geschafft und die Zuschauer fangen begeistert an zu klatschen.

Meine Beine sind weich wie Lakritzschnüre und ich klammere mich am Baum fest, um nicht herunterzufallen. Innerlich juble ich. Jonte hat es geschafft, mein Jonte hat es hingekriegt!

Am liebsten würde ich sofort zum Ziel laufen und nachsehen, ob Jonte den Rest der Strecke ebenfalls gut überstanden hat, aber erst muss ich noch Kristin springen sehen. Es dauert eine Weile, bis sie an der Reihe ist. Inzwischen kommt ein Reiter nach dem anderen vorbei. Manche lassen sich viel Zeit und manche reiten schnell, aber keiner kommt in so einem Tempo wie Jonte und Daisy angestürmt.

Am witzigsten ist ein unglaublich dickes Fjordpferd mit wippender Mähne und einem winzigen Jungen auf dem Rücken. Das Pferd ist so fett, dass die Beine des Jungen waagerecht abstehen. Dass es bei all seinen schwabbelnden Fettmassen überhaupt laufen kann, ist das reinste Wunder. Aber das kann es und springen kann es auch. Die beiden kommen sogar ziemlich elegant über den Wassergraben.

Dann ist Kristin endlich an der Reihe. Sie und Olle kommen fast ebenso schnell um die Kurve wie Jonte und Daisy. Noch nie habe ich Kristin so wagemutig gesehen und noch nie hat der ruhige Olle ein so scharfes Tempo vorgelegt. Er galoppiert mit raumgreifenden, kraftvollen Sprüngen und Kristins lange Zöpfe hüpfen auf ihrem Rücken.

Um Kristin mache ich mir nicht solche Sorgen wie um Jonte. Jonte und Daisy sind zwei wilde Verrückte. Das sind Kristin und Olle nicht. Kristin hat immer alles unter Kontrolle, auch jetzt. Absolut perfekt überwinden sie den Wassergraben und stürmen weiter. Sie sind immer noch unglaublich schnell und ich begreife, dass auch Kristin unbedingt gewinnen will.

Nachdem Jonte und Kristin ihren Ritt hinter sich haben, gibt es keinen Grund, noch länger zu warten. Schnell klettere ich vom Baum hinunter und laufe zurück. Als ich auf den Platz komme, stehen die beiden vor dem Transporter und warten auf die Resultate. Olle und Daisy sind angebunden und mit Decken zugedeckt, aber keiner von ihnen ist abgesattelt. Ich kann mir denken, warum. Sowohl Jonte als auch Kristin hoffen und glauben, dass sie unter den Preisträgern sind, die gleich eine Ehrenrunde reiten werden. Sie reden aufgeregt durcheinander und ihre Stimmen sind weit zu hören.

»Wenn ich nicht gewonnen habe, fresse ich Daisys Führstrick, so wahr ich hier stehe«, brüstet sich Jonte.

Seine blonden Haare sind verschwitzt und stehen in alle Richtungen ab, nachdem er die Reitkappe abgenommen hat. Sein Gesicht ist immer noch voller Schlammspritzer.

»Na, dann guten Hunger«, grinst Kristin. »Wenn du mich diesmal geschlagen hast, weiß ich nicht, was ich tue.«

Ihre Zöpfe haben sich aufgelöst und ihr Haar fällt wellig

den Rücken hinunter. Ihre Wangen sind gerötet und ihre Augen glänzen. Sie ist wahnsinnig hübsch.

»Also mich und Star habt ihr auf jeden Fall geschlagen«, sage ich. »So, wie ihr geritten seid, alle beide! Ich hatte eine Mordsangst.«

»Die hast du doch immer«, neckt Kristin.

»Stimmt ja gar nicht«, sage ich gekränkt.

Kristin legt den Arm um meine Schultern und lächelt mich liebevoll an.

»Meine kleine Beinaheschwester«, sagt sie weich und lehnt ihren Kopf gegen meinen. »Ein Glück, dass wir dich haben, wer sollte sich wohl sonst um uns ängstigen, wenn wir das schon nicht selber tun.«

Einer nach dem anderen reiten die Teilnehmer durchs Ziel. Wir haken sie auf der Startliste ab und warten ungeduldig darauf, dass der Wettkampf zu Ende geht. Die Zeiten werden nicht bekannt gegeben und deshalb hat keiner eine Ahnung, wer führt. Jonte und Kristin tigern ruhelos auf und ab und können die Ergebnisse kaum noch abwarten. Alle beide sind vollkommen überzeugt, dass sie unter den Preisgewinnern sind. Ich frage mich, was es wohl für ein Gefühl ist, ein solches Selbstvertrauen zu haben.

»Bleib ganz ruhig, Kleiner«, sagt Peter. »Es ist überhaupt nicht sicher, dass du gewonnen hast.«

»Du hast ja bloß Angst, dass ich auch mal Sieger sein könnte«, erwidert Jonte bissig. »Gib's zu!«

»Blödsinn. Sei nicht kindisch.«

Nachdem endlich das letzte Pferd durchs Ziel gegangen ist, muss die Ergebnisliste erst noch ausgewertet werden.

Das dauert auch noch mal eine ganze Weile. In der Zwischenzeit gibt es eine Fahrvorführung auf dem Reitplatz. Ein Mädchen fährt einen Zweispänner mit pechschwarzen Gotländern. Die beiden Ponys gehorchen dem kleinsten Wink von ihr und fahren in vollem Galopp Slalom um eine Reihe von Tonnen. Das sieht toll aus.

»Es würde bestimmt eine Menge Spaß machen, wenn ich mit Star fahren könnte«, sage ich.

»Dann bring es ihm doch bei«, sagt Kristin. »So schwer kann das ja nicht sein.«

Für Kristin ist alles so leicht. Wenn sie etwas will, dann macht sie es einfach. Mein Blick klebt an den schwarzen Gotlandponys. Ob ich jemanden finde, der mir hilft, Star an einen Wagen zu gewöhnen? Es ist zumindest einen Versuch wert.

Kristin und Jonte sehen inzwischen aus, als würden sie am liebsten die Wände hochgehen vor Ungeduld. Peter und ich müssen darüber lachen, wie die beiden umeinander herumschleichen und sich schubsen.

Plötzlich verstummt die Musik aus den Lautsprechern und man hört ein Knacken. Alle auf dem großen Stallvorplatz bleiben stehen und spitzen die Ohren.

»So, nun liegen die Ergebnisse vor«, sagt der Sprecher. »Es war ein sehr ausgewogener Wettkampf mit vielen guten Resultaten. Nicht weniger als sechzehn Teilnehmer haben die Bahn fehlerfrei bewältigt«, sagt er und legt eine Kunstpause ein.

»Nun mach doch endlich!«, ruft Jonte so laut, dass alle Umstehenden über seine Ungeduld lachen.

»Sieger des Geländespringens ist ...«, sagt der Sprecher

und man hört Papier rascheln. »Der Sieger ist Jonte Ewerts auf Daisy!«

Jontes Siegesgebrüll ist über den ganzen Platz zu hören. Er stürzt auf mich zu und tanzt mit mir im Kreis herum.

»Gewonnen, gewonnen, gewonnen!«, johlt er.

Alle glotzen und es ist wahnsinnig peinlich. Aber Jonte ist so überglücklich, dass es schon wieder niedlich ist. Obwohl Peter das natürlich nicht findet.

»Reiß dich zusammen«, zischt er und sieht verlegen zur Seite.

»Du bist ja bloß eifersüchtig«, sagt Jonte und lacht übers ganze Gesicht.

»Kommen wir nun zu den weiteren Plätzen«, fährt der Sprecher fort. »Den zweiten Platz belegt Lina Dahl auf Magaluf, Platz drei Kristin Siljeskog auf Olle, Platz vier …«

Kristin freut sich kein bisschen über ihren dritten Platz. Mit finsterem Blick starrt sie in die Ferne. Jonte ist drauf und dran, etwas Triumphierendes zu ihr zu sagen, aber als er ihren Gesichtsausdruck sieht, macht er den Mund wieder zu. Das ist wohl auch sein Glück.

»Wir bitten die Platzierten, zur Preisverleihung in die Reitbahn zu kommen«, sagt der Sprecher.

Jonte springt auf glücklichen Füßen zu Daisy hinüber. Kristin lässt sich bedeutend mehr Zeit.

»Sei nicht traurig, Kristin«, sagt Peter. »Jonte hat gewonnen, weil er wie ein Verrückter durch den Wald gerast ist. Du hast einen viel überlegteren und professionelleren Ritt gezeigt. Olle und du, ihr habt alle Voraussetzungen, um in schwereren Prüfungen als dieser hier mitzureiten, denn dazu ist es notwendig, mehr zu können als nur schnell zu sein. Bei einem schwereren Wettkampf hätte Jonte keine Chance gegen dich.«

Ich rechne damit, dass Kristin ihn jetzt anfaucht, aber das tut sie nicht.

»Danke«, sagt sie nur und es hört sich an, als ob sie es wirklich meint.

»Sie findet mich nicht mehr ganz so blöd oder was meinst du?«, fragt Peter mich, als Kristin weg ist.

»Sieht so aus«, antworte ich. »Du brauchst also nicht mehr länger so nett zu tun.«

Peter grinst.

»Ich hab schon angefangen, mich daran zu gewöhnen.«

Er lacht lauthals und ich bin mir nicht sicher, ob das Spaß war oder nicht. Wir stehen an dem weißen Zaun des Reitplatzes und sehen zu, wie Jonte und Kristin ihre Preise in Empfang nehmen. Die blau-gelbe Siegerschleife flattert an Daisys Stirnriemen, und wenn es möglich ist, von einem Ohr zum anderen zu lachen, dann tut Jonte genau das. Kristin sieht nicht mehr ganz so enttäuscht aus und Olle steht die gelbe Schleife wirklich gut.

Nachdem die Gewinner eine Ehrenrunde galoppiert sind, ist die Veranstaltung beendet. Jetzt müssen wir nur noch die Pferde in den Transporter laden und heimfahren.

»Du bist doch nicht sauer auf mich, weil ich gewonnen habe?«, fragt Jonte und knufft Kristin freundschaftlich in die Seite.

Sie schüttelt den Kopf und ihre langen Haare fliegen.

»Nicht direkt sauer, nur enttäuscht. Ich wollte ja genauso gewinnen wie du. Aber warte nur, mein Lieber. Nächstes Mal revanchiere ich mich. Ich werde nicht eher aufgeben, bis du Daisys Führstrick gefressen hast, das ist dir ja wohl klar.«

Der Sprecher räuspert sich plötzlich ins Mikrofon, dass es in den Lautsprechern nur so kracht.

»Hier noch eine Information. Die Listen mit den Ergebnissen aller Teilnehmer hängen jetzt am Stalltor aus.«

Ich muss natürlich nachsehen, auf welchem Platz Star und ich gelandet sind. Kristin kommt mit und gemeinsam kämpfen wir uns durch die Menschenmenge zum Stalltor vor. Mein Blick sucht die Liste von oben angefangen ab. Die ersten sieben haben Preise bekommen und auf dem achten Platz steht »Lisa Andersson auf Star«. Nur drei winzige Sekunden schneller und wir wären unter den Preisgewinnern gewesen.

»Drei Sekunden, Lisa«, stöhnt Kristin neben mir. »Du Ärmste.«

»Ach was, das macht gar nichts«, sage ich. »Star und ich werden noch jede Menge Chancen haben, einen Preis zu gewinnen. Viel, viel wichtiger war es diesmal für mich, dass ich es gewagt habe, an dem Springen teilzunehmen.«

Kristin sieht mich an, als hätte ich nicht alle Tassen im Schrank.

Was nun, Lisa?

1

Star legt ärgerlich die Ohren zurück, als ich den Sattelgurt festziehe. Es ist zwar lange her, dass er mich gebissen hat, aber ich behalte ihn doch lieber im Auge. Als wir ihn gerade gekauft hatten, schnappte er gerne mal zu und die blauen Flecken auf meinen Armen hielten sich ewig. Ich bin wirklich nicht scharf auf eine Wiederholung.

»Ich warne dich, Freundchen«, zische ich ihn an.

Sofort spitzt Star die Ohren und macht ein total unschuldiges Gesicht. Aber ich sehe trotzdem den Schalk in seinen Augen.

»Du bist mir schon ein Schlingel, du«, sage ich zärtlich und kraule seine Stirn.

»Redest du mit mir?«, fragt Mama in Olles Box.

Es passiert nicht sehr oft, dass Mama sich Olle von Kristin ausborgt. Ich glaube, Mama ist es unangenehm, danach zu fragen. Aber diese Woche sind Herbstferien und Kristin ist zu Hause bei ihrer Mutter. Da ist sie froh, wenn jemand ihr Pferd bewegt.

Es macht viel mehr Spaß, Gesellschaft im Stall zu haben, als das Striegeln und Ausmisten ganz allein zu erledigen. Nicht, dass Mama eine große Hilfe wäre; sie redet mehr, als dass sie mit anpackt. Seit sie und Lasse von ihrer Hochzeitsreise nach Italien zurück sind, hat sie kaum über etwas anderes gesprochen als darüber, wie fantastisch es dort war. Langsam habe ich das ganz schön satt und auch, dass es seitdem jeden Tag Nudeln zu Mittag gibt.

Lasse ist Kristins Vater. Alles fing damit an, dass Mama

und ich eine Wohnung in seinem Haus mieteten. Dann verliebten Mama und Lasse sich ineinander und jetzt wohnen wir alle vier in diesem großen, roten Haus in Hallondalen. Kristin und ich versuchen uns daran zu gewöhnen, dass wir auf einmal so etwas wie Schwestern sind. Eigentlich habe ich mir immer eine große Schwester gewünscht, aber irgendwie ist es komisch, eine zu bekommen, wenn man dreizehn ist.

»Ob Kristin wohl etwas dagegen hätte, wenn ich eine Runde auf der Geländestrecke reite?«, überlegt Mama. »Ich würde so gerne ein bisschen springen.«

»Sie ist ja nicht hier, also kann sie dich nicht davon abhalten«, sage ich.

»Da hast du recht«, sagt Mama und lacht. »Und du wirst mich doch nicht verpetzen, oder?«

Bevor wir springen, wärmen wir die Pferde auf der Koppel auf. Ich wünschte, wir hätten einen richtigen Reitplatz und nicht nur diese vier Pfähle, mit denen wir uns eine Reitbahn abgesteckt haben. Lasse hat versprochen, einen ordentlichen Zaun zu setzen, aber es dauert meistens sehr lange, bis etwas aus seinen Versprechungen wird. Deshalb müssen wir uns wohl noch gedulden, bis wir einen richtigen Reitplatz bekommen.

Star ist genauso munter wie immer. Kaum schließe ich meine Schenkel, will er losgaloppieren. Volten und Hinterhandwendungen hingegen findet er schrecklich langweilig. Dann wirft er immer nur den Kopf hoch und ist störrisch.

»Nicht aufgeben, Lisa!«, ruft Mama. »Setz dich tief in den Sattel und lass es ihm nicht durchgehen.«

Meistens ist es richtig prima, eine Mutter zu haben, die

reiten kann. Das haben nicht viele. Aber manchmal habe ich ihre guten Ratschläge auch satt und wünsche mir, sie hätte keine Ahnung von Pferden. Papa hält mich schon für eine tolle Reiterin, nur weil ich mich traue zu galoppieren. Mama ist nicht so leicht zu beeindrucken.

Es sieht gut aus, wie sie auf Olle sitzt. Er ist so kräftig, dass sie nicht zu groß für ihn wirkt, obwohl er ein Pony ist. Konzentriert und mit elegant gebogenem Hals geht er perfekt am Zügel, aber trotzdem finde ich ihn nicht mal halb so schön wie Star. Olle ist ein so gewöhnliches Pferd. Braun und lieb und ziemlich langweilig. Star dagegen ist von den Nüstern bis zum Schweif etwas ganz Besonderes.

Er ist schwarz und hat einen kleinen, edlen Kopf und schöne Beine. Seine Mähne ist wellig und so lang, dass sie ihm bis auf die Brust fällt. Der Schweif glänzt wie schwarze Seide, wenn er frisch gewaschen ist. Star ist so süß, dass mir jedes Mal vor Glück die Tränen in die Augen steigen, wenn ich daran denke, dass er wirklich mir gehört.

»Wollen wir jetzt auf der Geländestrecke eine Runde springen?«, fragt Mama.

»Ja, gut«, antworte ich und nicke.

Wir reiten im Schritt hinunter zum Wald und das trockene Laub raschelt unter den Hufen der Pferde. Die Bäume werden jeden Tag kahler. Jetzt ist es wirklich Herbst, der erste Schnee kann jederzeit fallen. Ich schaue über die Schulter zurück.

Unser großes, rotes Haus liegt auf einem Hügel und überblickt mit seinen vielen weißen Sprossenfenstern ganz Hallondalen. An der einen Giebelwand steht der alte Kastanienbaum und streckt seine dicken Äste aus, als wollte er das

Haus umarmen. Im Garten stehen ein paar Kirschbäume und Unmengen von Himbeersträuchern. In der Mitte der Wiese ist Mamas Gemüsegarten, in dem Kartoffeln und Unkraut um die Wette wachsen. Gleich daneben ist der Pferdestall. Es kommt mir so vor, als würde ich schon mein ganzes Leben lang hier wohnen. Unglaublich, dass wir erst vor knapp einem Jahr hergezogen sind. An unsere Wohnung in der Stadt kann ich mich kaum noch erinnern, dabei habe ich mir die Augen ausgeheult, als wir dort ausziehen mussten.

Die Geländestrecke haben Kristin und ich vor ein paar Wochen gebaut. Jonte aus meiner Klasse und sein älterer Bruder Peter haben auch mitgeholfen. Als ich die Strecke das erste Mal ausprobierte, fand ich die Hindernisse wahnsinnig hoch. Aber inzwischen habe ich mich daran gewöhnt.

»Bleib hinter mir und reite nicht zu dicht auf«, ermahnt Mama mich. »Falls ich herunterfalle, will ich nicht von Star platt getreten werden.«

Dann gibt sie Olle die Schenkel und nimmt Kurs auf das erste Hindernis. Star hat ganz und gar keine Lust zu warten. Voller Ungeduld wirft er den Kopf hoch und tänzelt auf der Stelle.

»Immer mit der Ruhe, du kleiner Wildfang«, lache ich und lasse endlich die Zügel durch die Finger gleiten.

Mehr ist nicht nötig, um ihm Beine zu machen. Mit einem Riesensatz rast er los und versucht Olle einzuholen. Das Herbstlaub stiebt unter seinen Hufen auf, und kaum dass wir das erste Hindernis überquert haben, keilt er nach hinten aus. Das macht er nur aus lauter Freude, deshalb habe ich auch keine Angst.

Vor mir sehe ich Mama ein Hindernis nach dem anderen überspringen. Ihre langen, blonden Haare flattern unter dem Reithelm hervor. Olle springt ruhig und besonnen, genau wie immer. Ich dagegen muss Star furchtbar zügeln, weil er die ganze Zeit versucht, schneller zu werden. Er hasst es, Letzter zu sein, und gibt nie auf, egal wie müde er ist.

Wir galoppieren um eine Kurve und ich weiß, dass jetzt gleich das Wasserhindernis kommt. Das Hindernis ist nicht sehr hoch, aber es ist trotzdem knifflig, weil man bei der Landung mitten in einem Bach aufsetzt. Star schüttelt den Kopf, damit ich ihm mehr Zügel gebe. Aber er ist ohnehin zu schnell und der Abstand zu Olle wird immer geringer.

Olle setzt über das Hindernis und landet mit einem Riesenplatscher im Bach. Da bleibt er stehen und es dauert ein paar Sekunden, bis Mama ihn wieder in Bewegung setzen kann. Diese paar Sekunden reichen Star, um aufzuholen. Das alles geht so schnell, dass ich keine Chance habe, ihn zu stoppen. Auf einmal sind Mama und Olle direkt vor uns, und als Star über das Hindernis springt, weiß ich, dass wir im nächsten Moment auf den beiden landen werden. Ich kralle mich mit den Händen in der Mähne fest, kneife die Augen zusammen und warte auf die Katastrophe.

Hufschläge donnern, Mama schreit etwas und ich merke, wie mir Schlamm ins Gesicht spritzt. Aber Star galoppiert einfach weiter und ich riskiere es, durch die Wimpern zu blinzeln. Irgendwie ist es Star offenbar gelungen, in der Luft die Richtung zu ändern und neben Olle zu landen anstatt auf ihm. Jetzt galoppieren die beiden Seite an Seite und Star weigert sich, Olle vorbeizulassen, obwohl ich die Zügel annehme.

Mama wirft mir einen Blick zu und nimmt Olle zurück, damit Star vorbeikann. Olle strengt sich nicht unnötig an, und dass Star ihn überholt, kümmert ihn nicht. Kaum hat Star die Nase vorn, beruhigt er sich auch endlich. Er bildet sich ein, dass er gewonnen hat, und mehr wollte er nicht.

»Star ist schon ein richtiger Kämpfer, obwohl er noch so jung ist«, sagt Mama, als wir zum Trab durchparieren.

»Er ist das beste Pferd der Welt«, entgegne ich und klopfe seinen schweißnassen Hals.

»Ein richtig guter Kauf«, sagt Mama zufrieden. »Wer hätte das geahnt.«

Eigentlich hatte sie überhaupt nicht vorgehabt, mir ein Pony zu kaufen. Das konnten wir uns nämlich nicht leisten. Aber als Lasse Olle für Kristin kaufte, entdeckten wir Star auf demselben Hof. Er war in einem so schlechten Zustand, dass Mama ihn für ganz wenig Geld bekommen konnte, und da griff sie zu. Seit damals ist viel passiert und jetzt kann niemand mehr behaupten, Star wäre klapprig und ungepflegt.

Wir reiten am langen Zügel im Schritt den Weg entlang. Die kühle Herbstsonne blinzelt hinter dicken Wolkenbergen hervor und bringt das feuchte Moos zwischen den Bäumen zum Glitzern. Die Luft ist so klar, wie sie es auf diese besondere Art nur im Herbst ist, und es duftet wunderbar nach nassen Blättern.

»Aaah!«, ruft Mama plötzlich aus. »Wie herrlich ist es doch, zu reiten. Ich wünschte, ich könnte es viel öfter tun.«

»Kristin leiht dir Olle bestimmt, du brauchst sie nur zu fragen«, sage ich. »Sie hat sowieso keine Zeit, jeden Tag nach der Schule auszureiten.«

»Kann sein«, erwidert Mama. »Aber ich hätte so gern ein eigenes Pferd. Eines, das ich reiten kann, wann immer ich möchte, und das ich nach Herzenslust umsorgen kann.«

»Du hast doch Lasse«, sage ich. »Der lässt sich bestimmt auch gerne umsorgen.«

Mama kichert.

»Ganz sicher. Aber es ist nicht ganz dasselbe, einen Mann zu umsorgen. Was glaubst du wohl, was er für ein Gesicht macht, wenn ich den Hufkratzer nehmen und damit die Sockenfusseln zwischen seinen Zehen auskratzen würde?«

Bei dem Gedanken müssen wir eine ganze Weile unheimlich lachen. Aber dann wird Mama wieder ernst.

»Du weißt ja, Lisa, dass du mir das Liebste auf dieser Welt bist, und Lasse liebe ich natürlich auch. Sonst hätte ich ihn ja nicht geheiratet. Aber ein Pferd ist etwas ganz anderes und das möchte ich auch gern haben. Weißt du, manchmal vermisse ich jetzt noch das Pony, das ich hatte, als ich so alt war wie du. Es war mein allerbester Freund, genauso wie Star dein bester Freund ist. Und dieses Gefühl, ein Pferd zum Freund zu haben, das nur mir gehört, das möchte ich so gern wieder erleben.«

Ihre Stimme ist voller Sehnsucht. Sie hört sich genauso an wie ich damals, bevor ich Star bekam. Ich wusste ja, dass Mama das Reiten liebt und dass sie auch ein eigenes Pferd hatte, als sie ein Mädchen war. Aber es ist trotzdem irgendwie komisch, dass sie genauso fühlt wie ich. Erwachsene wünschen sich ja normalerweise eher ein neues Auto oder eine Geschirrspülmaschine oder etwas ähnlich Langweiliges.

»Kauf dir eins«, schlage ich vor.

»Und von welchem Geld?«, fragt Mama und seufzt. »Da müsste ich wohl erst mal ordentlich im Lotto gewinnen und das dürfte nicht ganz einfach sein, wo ich doch nie Lotto spiele. Ich werde mich damit abfinden müssen. Bisher ist es ja auch so gegangen, warum sollte es nicht weiterhin so gehen.«

Schweigend reiten wir weiter. Wie gerne würde ich Mama ein Pferd schenken, genau wie sie es für mich getan hat. Das wäre vielleicht eine Überraschung! Aber die Chance, dass ich ein Pferd für die siebenhundert Kronen bekomme, die ich auf dem Sparkonto habe, ist nicht sehr groß.

Auf einmal sitzt Mama ab und wirft mir Olles Zügel zu.

»Halt ihn mal!«, sagt sie und verschwindet unter einem Busch.

Ein paar Minuten später kriecht sie wieder hervor, den Reithelm bis zum Rand gefüllt mit Pfifferlingen.

»Und ich dachte, die Saison für Pfifferlinge wäre schon lange vorbei«, sagt sie fröhlich. »Da wird sich Lasse aber freuen. Bestimmt zaubert er daraus was richtig Leckeres zum Abendessen.«

Meistens ist Lasse derjenige, der bei uns kocht. Dass mir Mamas angebrannte Fischstäbchen und eklige Mehlsoßen erspart bleiben, ist fast das Beste daran, dass sie zusammengezogen sind. Lasse kann sehr gut kochen. Ich bin sicher, dass er sofort überall einen Job als Koch bekäme.

Als wir wieder am Stall ankommen, steht Lasse davor und erwartet uns. Das heißt, eigentlich wartet er wohl eher auf Mama. Ich muss die beiden Pferde ganz allein absatteln, putzen und auf die Koppel lassen. Mama und Lasse sind voll damit beschäftigt, sich abzuknutschen. Manchmal können sie einem damit echt auf den Keks gehen. Ist vielleicht ganz gut, dass Mama kein eigenes Pferd hat. Wahrscheinlich müsste ich das auch noch füttern und putzen.

»Übrigens hat Jonte angerufen«, sagt Lasse, als er und Mama zufällig mal eine Pause bei der Küsserei einlegen.

»Was wollte er denn?«, frage ich gespannt.

»Keine Ahnung. Mit dir reden, nehme ich an.«

Ich freue mich schon, wenn ich nur Jontes Namen höre. Wir haben uns diesen Sommer im Reitlager kennengelernt und er ist der erste Junge, den ich geküsst habe. Oder der mich geküsst hat, ich weiß nicht mehr genau, wer von uns damit anfing. Als die Zeit im Reitlager um war, dachte ich schon, wir würden uns nie wiedersehen. Aber als jetzt im Herbst das neue Schuljahr anfing, war er plötzlich in meiner Klasse. Ich weiß nicht, ob man sagen kann, dass wir miteinander gehen. Er hat mich nicht gefragt und ich habe ihn nicht gefragt. Aber ich mag ihn sehr, das auf jeden Fall.

Außer in der Schule sehen wir uns einmal die Woche beim Springkurs in der Reithalle. Manchmal reiten wir auch zusammen aus. Trotzdem habe ich nicht zu hoffen gewagt, dass wir uns während der Herbstferien treffen. Aber jetzt hat er tatsächlich angerufen.

2

Was hat Jonte jetzt wieder vor? Obwohl ich gebettelt habe, was das Zeug hält, wollte er nicht damit rausrücken, um was es geht. Und dabei bin ich echt gut im Betteln.

»Es ist eine Überraschung. Komm morgen her, dann wirst du schon sehen. Ich reite dir auf halbem Weg entgegen, damit du dich nicht verirrst.« Das war alles, was er am Telefon sagte.

Den ganzen Abend habe ich mir den Kopf zerbrochen, was für eine Überraschung er sich ausgedacht haben könnte. Um ein Geschenk geht es sicher nicht. Mein Geburtstagsgeschenk hat er mir längst gegeben. Vielleicht hat er ein neues Pferd bekommen. Oder er weiß etwas von einem Reitturnier, an dem wir seiner Meinung nach teilnehmen sollten. Aber wie sehr ich auch überlege, ich werde es doch erst erfahren, wenn Jonte und ich uns treffen. Also gehe ich extra früh ins Bett, damit es so schnell wie möglich morgen wird. Vielleicht hat Mama recht, wenn sie sagt, dass ich schrecklich neugierig bin.

Jonte war schon oft bei uns zu Hause, aber ich war noch nie bei ihm. Keine Ahnung, warum nicht. Ich bin ziemlich gespannt darauf, wie es bei ihm zu Hause ist.

Star findet es überhaupt nicht gut, dass Olle auf der Koppel bleiben und fressen darf, während er allein mit mir ausreiten muss. Er wiehert herzzerreißend, als wir den Stall hinter uns lassen, und es macht die Sache nicht besser, dass Olle zurückwiehert und am Zaun entlangtrabt. Ich muss ordentlich treiben, um Star zum Weitergehen zu bringen.

Den ganzen Weg bis zum Wald bleibt er alle zwei Meter stehen und schaut sehnsüchtig zurück.

Als wir endlich im Wald sind, wird es besser. Nachdem wir ein Stück getrabt sind, ist Star genauso munter und freudig wie immer und scheint vergessen zu haben, dass Olle zu Hause geblieben ist.

»Wo wir heute hinreiten, waren wir vorher noch nie«, sage ich und streichle seinen Hals.

Wenn ich mit Star allein bin, rede ich immer mit ihm, so als wäre er ein Mensch und kein Pferd. Er antwortet natürlich nicht, aber ich habe das Gefühl, dass er alles versteht, was ich sage. Vor ihm muss ich keine Geheimnisse haben und ich weiß, dass er mich nie enttäuschen wird. Wenn ich traurig bin, tröstet er mich allein schon dadurch, dass er da ist und mich mit seinem weichen Maul anstupst. Es klingt vielleicht albern, ein Pferd als seinen besten Freund zu bezeichnen, aber Star ist ganz einfach der beste Kamerad, den ich mir vorstellen kann.

»Jetzt wirst du sehen, wo Daisy wohnt«, sage ich. »Ist das nicht toll?«

Daisy ist Jontes Pony. Sie ist eine helle Fuchsstute mit sahneweißer Mähne und ebensolchem Schweif und sie ist ziemlich wild. Jonte und sie passen gut zusammen. Sie lieben es alle beide, wie die Verrückten zu rasen. Jedes Mal, wenn ich sie springen sehe, wird mir angst und bange, aber bisher haben sie immer alles gut überstanden.

Wenn Jonte und ich zusammen ausreiten, treffen wir uns immer auf halbem Weg an der alten Steinbrücke. Nach all dem Herbstregen fließt der Bach ganz schön schnell und schäumt und wirbelt über dem steinigen Grund. Das Rauschen des Wassers macht Star offenbar Angst, er weigert sich, über die Brücke zu gehen.

»Jetzt hör auf, dich so anzustellen. Du bist unzählige Male über diese Brücke gegangen«, sage ich und treibe ihn energisch vorwärts.

Das kümmert Star überhaupt nicht. Er weicht zur Seite aus und schnaubt empört. Er denkt ja gar nicht daran, über so eine unheimliche Brücke und einen noch unheimlicheren Bach zu gehen, da kann ich so viel betteln, wie ich will. Manchmal wünschte ich wirklich, er wäre ebenso gehorsam wie Olle.

Plötzlich wirft Star den Kopf hoch und wiehert laut. Vom Waldrand auf der anderen Seite der Brücke ertönt ein Antwortwiehern. Ich kneife die Augen zusammen, um besser sehen zu können. Drei Pferde kommen im Gänsemarsch aus dem Wald. An der Spitze ein heller Fuchs und da weiß ich ganz sicher, dass es Jonte ist. Ich hebe den Arm und winke.

Auf einmal hat Star es eilig. Noch bevor ich ihn antreiben kann, trabt er über die Brücke. Jetzt ist sie anscheinend überhaupt nicht mehr gefährlich.

Die drei Reiter kommen schnell näher. Hinter Jonte reitet sein Bruder Peter auf Lord, seinem dunkelbraunen Turnierpferd. Aber wer ist das am Schluss, auf dem großen, pechschwarzen Pony? Jedenfalls niemand, den ich kenne.

»Hallo, Lisa!«, ruft Jonte.

Seine blonden Strubbelhaare stehen unter dem Reithelm hervor und seine blauen Augen strahlen. Jetzt, wo ich ihn mehrere Tage nicht gesehen habe, fühle ich mich plötzlich ein bisschen verlegen. Es macht die Sache nicht besser, dass Peter dabei ist und dann noch jemand völlig Fremdes.

»Hallo«, antworte ich leise.

»Ist Kristin nicht mitgekommen?«, fragt Peter.

Dabei suchen seine Augen die Gegend hinter mir ab, gerade so, als könnte Kristin sich in einem Graben oder hinter einem Busch versteckt haben.

»Sie besucht ihre Mutter jetzt in den Ferien«, antworte ich.

Peter zuckt die Schultern und gibt sich große Mühe, nicht enttäuscht auszusehen. Das gelingt ihm nicht besonders gut. Den ganzen Herbst über hat er versucht, sich an Kristin heranzumachen. Am Anfang fand sie ihn einfach nur ätzend, aber inzwischen redet sie immerhin schon mit ihm. Obwohl Peter bestimmt viel mehr erwartet als bloß das. Er ist es gewohnt, dass alle Mädchen sich in ihn verknallen.

Neugierig schiele ich nach dem dritten Reiter. Seine dunkelbraunen Haare sind so lang, dass ich erst dachte, er ist ein Mädchen. Fast alle Jungs an der Schule haben superkurze Haare. Einen knappen Zentimeter lang oder höchstens zwei. Ich finde das schade, denn lange Haare sind viel schöner.

»Das ist Sandro«, sagt Jonte und zeigt auf den langhaarigen Jungen. »Wir sind Halbcousins oder so was Ähnliches. Jedenfalls verwandt. Er ist die Überraschung, von der ich dir erzählt habe.«

»Aha«, erwidere ich enttäuscht.

Da freue ich mich auf etwas richtig Spannendes, und Jonte will mir nur seinen Halbcousin vorstellen! Und das soll eine Überraschung sein?

Jonte sieht mein enttäuschtes Gesicht und lacht.

»Sandro ist gerade hierhergezogen«, ergänzt er. »Er kommt

in unsere Klasse. Und ich dachte, du solltest ihn kennenlernen, bevor die Schule wieder anfängt.«

Das ist natürlich was anderes. Sofort sehe ich mir Sandro genauer an und er guckt ganz offen zurück. Er hat braune Augen mit unglaublich langen, schwarzen Wimpern. Man könnte direkt neidisch werden. Obwohl er lächelt, sieht er traurig aus.

»Hei, Lisa«, sagt er. »Jonte hat schon unheimlich viel von dir erzählt.«

»Hei«, antworte ich schüchtern.

Gleichzeitig überlege ich, was Jonte wohl von mir erzählt haben könnte. Er hat eine Menge Fantasie und dichtet gerne was dazu, um seine Geschichten interessanter zu machen.

»Reden können wir nachher noch. Jetzt will ich galoppieren«, sagt Jonte. »Daisy wird zickig, wenn sie nicht bald wieder rennen darf.«

»Schieb Daisy nicht vor. Das bist wohl eher du, der es kaum abwarten kann, wieder mal durch die Gegend zu rasen«, sagt Peter. »Denk dran, dass ich vorausreite. Wenn du noch mal versuchen solltest, mich zu überholen, weiß ich nicht, was ich tue. Es ist pures Glück, dass ihr beide euch noch nicht die Knochen gebrochen habt.«

Jonte seufzt und macht eine Grimasse in meine Richtung. Ich weiß, wie sehr es ihn nervt, dass Peter immer alles bestimmt, nur weil er drei Jahre älter ist.

Wir traben in einer Reihe hintereinander durch den Wald. Ich reite am Schluss und Star muss sich ganz schön anstrengen, um den Anschluss an die größeren Pferde nicht zu verlieren. Nach einer Weile kommen wir an eine grasbewachsene Lichtung.

»Wer als Erster auf der anderen Seite ist, hat gewonnen!«, ruft Jonte und gibt die Zügel nach.

Daisy schießt wie eine Rakete ab und zieht an Lord vorbei.

»Los, Alter, jetzt zeig mal, was du kannst!«, ruft Jonte.

Lord würde am liebsten sofort die Verfolgung aufnehmen, aber Peter hält ihn mit eisernem Griff zurück und Lord ist es gewohnt, zu gehorchen. Aber so artig ist Star nicht. Als er Daisy davongaloppieren sieht, reißt er mir die Zügel aus den Händen. Wenn ein Wettrennen angesagt ist, denkt er gar nicht daran, freiwillig zurückzubleiben. In Sekundenschnelle sind wir an Sandro und Peter vorbei, und wie sehr ich auch die Zügel annehme, es gelingt mir nicht, Star durchzuparieren.

Grasklumpen wirbeln unter den Hufen auf, es geht viel zu schnell. Der Wind peitscht mir ins Gesicht und nimmt mir den Atem. Ich wage gar nicht, daran zu denken, was passieren kann, falls Star stolpert oder in ein Erdloch tritt.

Aber bei diesem Tempo dauert es nur wenige Sekunden, die Lichtung zu überqueren, und sobald Daisy abbremst, tut Star es auch. Beide keuchen und tänzeln aufgeregt herum.

»Du bist so ein verdammter Idiot«, schreit Peter, als er uns erreicht hat.

Er ist ganz rot im Gesicht und schimpft, dass einem glatt die Ohren abfallen könnten. So wütend habe ich ihn noch nie gesehen. Aber Jonte lacht bloß.

»Krieg dich wieder ein, Bruderherz. Ist doch nichts passiert.«

»Was ganz sicher nicht dein Verdienst ist!«, schreit Peter.

Ausnahmsweise finde ich, dass Peter recht hat. Es hätte alles Mögliche passieren können und Jonte hätte mich wenigstens warnen müssen, bevor er in einem solchen Affenzahn losgaloppiert. Er weiß, dass ich nicht besonders mutig bin, und außerdem ist es noch nicht lange her, dass ich gestürzt bin und mit dem Rettungswagen ins Krankenhaus gebracht werden musste.

»Bist du auch sauer auf mich?«, fragt Jonte und sieht mich von der Seite an.

»Nein«, entgegne ich.

Aber das stimmt nicht ganz. Ein *bisschen* sauer bin ich schon. Deshalb reite ich den Rest des Weges auch nicht neben Jonte, sondern neben Sandro. Sein schwarzes Pony ist wirklich bildschön. Langbeinig und graziös und ohne ein einziges weißes Abzeichen. Es sieht ein bisschen aus wie Sigge, das Pony in der Reitschule, dessen Pferdemädchen ich war, bevor ich Star bekam.

»Du hast wirklich ein wunderschönes Pferd«, sage ich und lächle einschmeichelnd.

»Ja, finde ich auch«, sagt Sandro stolz. »Er ist ein reinrassiger Connemara, aus England importiert. Er heißt Lucifers Scary Dream.«

»Wow!«, kichere ich.

»Ja, ich weiß. Das kann man nicht rufen. Deshalb nenne ich ihn Troll. Sieht er nicht aus wie ein Lakritztroll? Deiner ist übrigens auch sehr süß. Jonte sagt, dass er unheimlich gut springt.«

»Ach, na ja«, sage ich verlegen.

Irgendwie finde ich es nicht gut, dass Jonte so viel von mir erzählt.

»Du bist also gerade hierhergezogen. Wohnst du in der Nähe?«, frage ich, um das Thema zu wechseln.

»Ich wohne bei Jonte und Peter«, antwortet Sandro kurz.

Offenbar will er nicht weiter darüber reden. Aber das macht mich natürlich nur noch neugieriger.

»Wieso das?«, bohre ich weiter. »Wohnt deine Familie nicht hier?«

Aber Sandro tut so, als hätte er es nicht gehört. Statt zu antworten, kontrolliert er den Sattelgurt. Das ist eigentlich überflüssig, denn unser Ausritt ist fast zu Ende.

»Hier wohnen wir!«, ruft Jonte über die Schulter nach hinten.

Mit großen Augen sehe ich mich um. Das Haus ist klein und hellgelb. Jedenfalls dort, wo noch Farbe dran ist, denn die ist größtenteils abgeblättert. In der Verandabrüstung fehlen ein paar Bretter und im Obergeschoss ist eine Fensterscheibe kaputt und durch eine Plastikplane ersetzt. Auf dem Hof steht eine Menge Schrott herum. Ein braun-oranger Kühlschrank, zwei alte Kochherde und ein paar rostige Bettgestelle, ein Haufen Bretter mit Nägeln drin und unter einer grünen Plane ragen ein paar Waschmaschinen und eine alte Duschkabine hervor. Auf einen Blick sehe ich sieben Autowracks und mindestens drei ausgeschlachtete Trecker.

Peter fährt mit Lord in luxuriösen Pferdetransportern zu den Turnieren. Er hat sogar einen Fahrer. Deshalb hatte ich eher einen Gutshof erwartet oder wenigstens ein Wohnhaus mit heilen Fenstern. Aber bestimmt keine Bruchbude auf einem Schrottplatz.

»Wir sind gerade am Renovieren, deshalb ist alles ein bisschen unordentlich«, sagt Peter entschuldigend.

»Quatsch, so sieht es hier immer aus«, wirft Jonte ein. »Unser Vater sammelt Schrott. Er sagt, dass er die Autos wieder flottmachen will, aber es wird nie was draus.«

Wir reiten in einem großen Bogen um das Haus herum. Vermutlich damit die Pferde nicht über alte Stoßstangen stolpern oder in rostige Nägel treten. Auf der Rückseite sieht es ganz anders aus. Die roten Wände des Pferdestalles sind frisch gestrichen und einen Reitplatz mit einem schönen Holzzaun drumherum gibt es auch.

Weil Star und Troll sich nicht kennen, wage ich es nicht, Star auf die Koppel zu lassen. Es besteht die Gefahr, dass sie wie die Verrückten herumtoben und sich beim Auskeilen vielleicht gegenseitig treten. Deshalb muss Star sicherheitshalber Lord im Stall Gesellschaft leisten. Peter hat eine Riesenangst, dass Lord sich seine kostbaren Turnierbeine verletzen könnte, deshalb lässt er ihn fast nie auf die Koppel. Es muss schlimm für ein Pferd sein, sich niemals frei bewegen zu können.

»Jetzt muss ich erst mal was essen, sonst steeerbe ich«, sagt Jonte und sieht neidisch zu Daisy, die an einem dicken Grasbüschel rupft.

Wir anderen lachen. Jonte ist berühmt für seinen Appetit. Er hat andauernd Hunger. Für ihn ist es kein Problem, drei doppelstöckige Hamburger hintereinander zu verdrücken. Als wir uns dem Haus nähern, kommt uns ein heftig bellender Dackel entgegen. Es ist der kleinste Dackel, den ich je gesehen habe. Er hat ein hellbraunes, langes Fell und eine schwarze Knopfnase.

»Oooh, ist der süß!«, rufe ich. »Komm doch mal her, du süßer, kleiner Kerl!«

»Süß? Vergiss es. Einen dümmeren Hund gibt es nicht. Versuch bloß nicht, ihn zu streicheln!«

Aber natürlich kann ich es nicht lassen und im Nu begreife ich, was Jonte meint. Blitzschnell schlägt der Dackel seine nagelspitzen Zähne in meine Hand. Er beißt fest zu und weigert sich, wieder loszulassen. Es tut mordsmäßig weh, aber Jonte lacht nur.

»Ich habe dich ja gewarnt.«

Erst als vom Haus her ein scharfer Ruf ertönt, lässt der Hund meine Hand los. Wie ein wild gewordenes Wollknäuel rennt er über den verwilderten Rasen zurück. Auf der Veranda steht eine Frau, sie muss Jontes Mutter sein. Ihre Haare sind hellbraun mit grauen Strähnen drin und im Nacken zu einem nachlässigen Knoten zusammengefasst. Sie hat ausgebeulte Jogginghosen an und ein T-Shirt mit Hundewelpen drauf. Der Dackel springt ihr in die Arme und sie drückt ihn fest an sich.

»Hallo, Mama, wir wollten nur kurz was essen. Das hier ist Lisa. Ich hab dir ja schon von ihr erzählt.«

Ich lächle artig, aber Jontes Mutter wirft mir nur einen gleichgültigen Blick zu. Ihre Augen sind grau und merkwürdig ausdruckslos.

»Aha«, sagt sie nur und streichelt weiterhin den Dackel.

Enttäuscht gehe ich hinter den anderen her ins Haus.

3

Im Spülbecken türmen sich Teller und auf der schmutzigen Wachstuchdecke des Küchentisches liegt ein fettiges Päckchen Butter neben einem Korb mit angetrockneten Brotschreiben.

»Setz dich«, sagt Jonte und verschwindet in der Speisekammer.

Ich schiebe einen Stapel alter Zeitungen zur Seite und setze mich auf die Bank. Peter spült die Teller unter fließendem Wasser und stellt sie in die Geschirrspülmaschine. Sandro räumt den Tisch ab und wischt die Krümel weg. Ich selbst weiß nicht, was ich machen soll. Nichts hier zu Hause bei Peter und Jonte ist so, wie ich es mir vorgestellt hatte.

Jonte hat ja auch nicht gerade viel erzählt. Nur dass seine Eltern sich viel mehr um Peter kümmern als um ihn. Aber mir kommt es eher so vor, als ob ihre Mutter sich vor allem um ihren Dackel kümmert.

Nach ein paar Minuten ist es in der Küche schon viel gemütlicher, mit einer neuen Decke auf dem Tisch und einer leer geräumten Spüle. Aus der Speisekammer kommt Jonte mit einem großen Hefekranz und Getränken zurück.

»Willst du auch mitessen, Mama?«, ruft er.

Keine Antwort.

»Vergiss es. Sie hat wieder Depressionen«, sagt Peter. »Papa fährt ja morgen.«

Ich begreife überhaupt nichts, finde es aber peinlich, zu fragen. Warum ihre Mutter traurig ist, geht mich schließlich nichts an. Aber Peter scheint meine Gedanken gelesen zu haben.

»Unser Vater arbeitet auf einer Bohrinsel in Norwegen. Er ist einen Monat zu Hause und danach zwei Monate auf Arbeit. Mama kommt nicht damit zurecht, dass er so lange weg ist.«

»Er verdient sehr viel Geld«, wirft Jonte ein. »Wofür auch immer das gut sein soll. Seit Jahren redet er davon, ein neues Haus zu kaufen, aber er kommt nie dazu, weil er im entscheidenden Moment immer wieder wegmuss. Na, immerhin habe ich Daisy gekriegt.«

»Sprecht ihr von mir?«, ertönt eine brummige Stimme hinter uns.

Das kommt so unerwartet, dass ich erschrocken zusammenzucke. Wegen der tiefen Stimme bin ich darauf gefasst, einen Bär von einem Mann zu sehen. Aber der Vater von Jonte und Peter ist mager wie ein Strichmännchen und kaum größer als Peter. Seine dünnen Haare sind über die kahle Stelle auf dem Kopf gekämmt. Als er mich entdeckt, hellt sich sein Gesicht auf.

»Wen haben wir denn da? Damenbesuch, was für eine nette Überraschung!«

Er schüttelt mir die Hand und ich merke, dass er nicht so schmächtig ist, wie er aussieht. Meine Hand fühlt sich an, als steckte sie in einer Wäschemangel. Auf seinem Unterarm windet sich ein tätowierter Drache. Ich habe noch nie eine Tätowierung aus der Nähe gesehen und kann meinen Blick gar nicht davon abwenden.

»Und mit welchem von diesen Bengeln bist du zusammen?«, fragt Jontes Vater und deutet auf Jonte und Peter.

Ich weiß nicht, was ich sagen soll. Meine Wangen werden ganz heiß und ich starre verlegen auf den Tisch.

»Lass gut sein, Papa«, sagt Peter. »Lisa ist Jontes Klassenkameradin.«

»Na, wenn das so ist«, entgegnet sein Vater und grinst.

Er durchsucht den Kühlschrank und verschwindet dann mit einer Dose Bier in der einen Hand und einer Wurst in der anderen.

»Ist sein Drache nicht toll?«, fragt Jonte. »Ich lasse mir auch ein Tattoo machen. Aber Mama sagt, ich darf das erst, wenn ich achtzehn bin.«

Ich betrachte seine blassen, dünnen Arme und hoffe, dass er sich das bis dahin anders überlegt.

Plötzlich streckt sein Vater wieder den Kopf zur Tür rein.

»Ihr müsst euch heute ums Mittagessen kümmern, Jungs. Sonst fällt es aus. Ich muss packen. Und dann helft ihr mir, eine Ladung Holz zu holen.«

»Klar, Papa«, antworten Peter und Jonte wie aus einem Mund, ohne im Geringsten zu protestieren.

»Findest du allein nach Hause?«, fragt Jonte mich.

»Ich weiß nicht«, antworte ich zögernd.

Die Vorstellung, den ganzen Weg allein zurückreiten zu müssen, ist überhaupt nicht verlockend.

»Ich kann dich bringen«, sagt Sandro. »Bis zur Steinbrücke jedenfalls. Von da finde ich schon wieder zurück.«

»Gute Idee«, sagt Jonte.

Er sieht so erleichtert aus, dass ich richtig ärgerlich werde. Ich habe ihn nicht gebeten, mich hierherzubringen. Das war seine Idee. Aber auf einmal ist es anscheinend nur eine lästige Pflicht, mich dabeizuhaben.

»Bis dann«, sagt Jonte leichthin, als ich vom Tisch aufstehe.

Ich antworte nicht. Je mehr ich es mir überlege, desto ärgerlicher werde ich. Erst hat Jonte dafür gesorgt, dass Star fast durchgegangen wäre, dann hat er gelacht, als der blöde Dackel mich gebissen hat, und jetzt scheint er froh zu sein, mich loszuwerden.

Zusammen mit Sandro gehe ich zum Stall zurück. Star lässt den Kopf über die Boxentür hängen und wartet auf mich. Er sieht genauso unglücklich aus, wie ich mich fühle. Lord legt die Ohren an, sobald Star sich bewegt.

»Um dich kümmert sich auch keiner, was, alter Junge?«, flüstere ich und kraule Lord die Stirn. »Die sind alle blöd, stimmt's?«

Star stupst mich mit seinem Maul an. Das macht er nur, weil er Leckerli haben will, aber ich bin trotzdem sicher, dass er mit mir einer Meinung ist.

»Du brauchst nicht mitzukommen«, sage ich zu Sandro, als er Troll von der Koppel holen will. »Ich komme schon allein zurecht.«

Eigentlich glaube ich nicht, dass ich ohne Hilfe nach Hause finde. Es gibt eine Menge Wege im Wald und es ist so gut wie unmöglich, den richtigen zu erraten. Aber im Moment bin ich so wütend und enttäuscht, dass ich mich lieber verirren will, als jemanden um Hilfe zu bitten.

Sandro bleibt stehen und sieht mich unter seinen langen Haaren hervor an.

»Wenn es dir nichts ausmacht, würde ich trotzdem gerne mitkommen. Ich fänd's gut, mal eine Weile von hier weg zu sein.«

Ich werfe ihm einen misstrauischen Blick zu. Vielleicht sagt er das nur, weil er meint, es gehört sich so.

»Ehrlich«, fügt er hinzu.

Ich beschließe, ihm zu glauben. Das ist am einfachsten, denn ich bin nicht besonders scharf darauf, mich zu verirren.

»Na gut«, sage ich.

Sandros Gesicht leuchtet auf. Er hat genauso ein Lächeln wie Jonte. Es fängt ganz tief drinnen an und breitet sich langsam bis zu den Ohren aus. Erst jetzt fällt mir auf, wie ähnlich Jonte und Sandro sich sind. Genauso mager und mit dem gleichen schlaksigen Gang. Nur dass Jonte blond ist und Sandro dunkelhaarig. Ich lächle zurück und bin auf einmal nicht mehr ganz so sauer. Irgendwie ist es spannend, mit Sandro allein zu sein und ihn ein bisschen besser kennenzulernen. Schließlich kommt er ja in meine Klasse.

Wir reiten im Schritt nebeneinanderher. Keiner von uns macht den Vorschlag, zu traben, obwohl der Boden weich ist und der Weg dazu einlädt. Wir reden auch nicht. Sandro sagt nichts und mir fällt so schnell nichts Vernünftiges ein. Als wir im Wald an die Lichtung kommen, bleiben die Pferde plötzlich ganz steif stehen und spitzen die Ohren. Obwohl wir sie antreiben, wollen sie nicht weitergehen.

»Du dummes Tier, was hast du denn jetzt wieder?«, schimpfe ich.

»Schhh …«, macht Sandro. »Sieh mal!«

Ich blicke auf. Am Waldrand stehen drei Rehe mit hocherhobenen Köpfen. Sie beobachten uns abwartend mit ihren großen, dunklen Augen, aber sie scheinen keine Angst zu haben.

»Wie schön sie sind«, flüstert Sandro.

Er starrt die Rehe an, als wären sie so was wie verzauberte Märchenwesen. Ja, natürlich sind sie süß, aber sooo außergewöhnlich sind sie nun auch wieder nicht. Sie sehen aus, wie Rehe nun mal aussehen, und die Gegend hier wimmelt nur so davon. Ich sehe fast jeden Tag welche.

»Können wir nicht eine Weile hierbleiben?«, fragt Sandro leise.

Ohne eine Antwort abzuwarten, steigt er ab und setzt sich auf einen umgestürzten Baumstamm. Mir bleibt keine große Wahl. Wenn Sandro mir nicht den Weg zeigt, finde ich nicht nach Hause, und wenn er nun mal gerne Rehe anstarren will, kann er es meinetwegen tun. Also steige ich auch langsam ab und setze mich neben Sandro auf den Stamm.

Nach einer Weile haben die Rehe gemerkt, dass wir ungefährlich sind, und fangen wieder an zu fressen. Auch die Pferde verlieren das Interesse und knabbern gelangweilt an den welken Gräsern, die sie um unsere Füße herum finden. Nur Sandro kann den Blick immer noch nicht von den hellbraunen Tieren lassen.

»Ich habe noch nie lebendige Rehe gesehen«, flüstert er. »Ich wusste nicht, dass sie so schön sind.«

»Du spinnst. Rehe hat doch jeder schon mal gesehen.«

»Ich nicht. Mitten in Stockholm sind sie eher selten und dort habe ich mein Leben lang gewohnt.«

Ohne Vorwarnung drehen sich die Rehe plötzlich um und verschwinden mit anmutigen Sprüngen im Wald. Trotzdem bleiben Sandro und ich sitzen.

»Wie still es hier ist«, sagt er.

Im Gebüsch neben uns zwitschern ein paar Vögel und

die Tannen rauschen hoch über unseren Köpfen. Aber ansonsten hört man nichts. Wir sind zu weit von der großen Straße entfernt, um den Autoverkehr zu hören.

»Warum bist du hierhergezogen?«, frage ich.

Sandro antwortet nicht. Er starrt mit leerem Blick vor sich hin und gräbt mit der Stiefelspitze im Moos.

»Du musst es natürlich nicht erzählen, wenn du nicht willst«, füge ich hinzu.

Da wendet Sandro mir das Gesicht zu und grinst.

»Du wirst mich also nicht an einen Baum binden und mich auspeitschen, bis ich dir alle Geheimnisse verrate?«

»Nicht direkt«, kichere ich.

Er sieht mir geradewegs in die Augen, so lange, bis mein Blick unsicher wird. Aber ich mag seine Augen. Sie sind sogar dann ernst, wenn er lacht. Der dicke, dunkle Pony fällt ihm tief in die Stirn. Schließlich zuckt er mit den Schultern.

»Ich kann es dir genauso gut erzählen, denn eigentlich ist es kein Geheimnis. Es tut nur so weh, darüber zu reden, dass ich es am liebsten sein lasse. Und ich hasse es, wenn Leute mich bemitleiden.«

»Dann behalt es für dich«, sage ich und schäme mich für meine Neugier.

»Nee, ist schon okay«, sagt Sandro und lächelt sein trauriges Lächeln. »Du musst es ja nicht gleich der ganzen Klasse erzählen.«

»Ich verspreche es«, sage ich ernst.

Sandro atmet ein paar Mal tief durch, so als wollte er Kraft sammeln.

»Meine Mutter ist gestorben, als ich noch klein war, und seit ein paar Wochen ist jetzt auch mein Vater tot. Er hatte beim Autofahren einen Herzinfarkt und ist frontal gegen einen Baum gekracht. Ich weiß bis heute nicht, ob er an dem Unfall oder an dem Herzinfarkt gestorben ist.«

Plötzlich sehe ich meinen eigenen Vater vor mir. Es ist bestimmt schon eine Woche her, dass ich zuletzt von ihm gehört habe. Immer hat er so viel zu tun. Entweder muss er arbeiten oder er unternimmt etwas mit Elisabeth und Nils. Elisabeth ist seine neue Frau und Nils ist mein kleiner Halbbruder, der bald ein Jahr alt wird. Ich vermisse Papa oft, aber wenigstens habe ich ihn noch. Wenn ich ihn wirklich brauche, kann ich ihn erreichen. Aber Sandro hat weder eine Mutter noch einen Vater. Er hat niemanden. Das ist so traurig, dass ich es mir gar nicht vorstellen mag.

»Du Ärmster«, flüstere ich.

»Du sollst mich nicht bedauern!«, zischt er. »Ich hab dir doch gesagt, dass ich das hasse.«

»Entschuldige«, sage ich kleinlaut.

»Jedenfalls«, fährt Sandro fort, »hatte mein Vater vor ein paar Jahren wieder geheiratet. Aber Vera ist nicht gerade scharf drauf, sich um mich zu kümmern. Wir beide mögen uns nicht. Wir mochten uns noch nie, aber solange Papa lebte, ging es trotzdem irgendwie. Jetzt nicht mehr. Man könnte also sagen, dass ich hierhergekommen bin, weil mich niemand sonst haben wollte. Wobei ich nicht glaube, dass Jontes Mutter mich haben will. Manchmal frage ich mich, ob sie überhaupt gemerkt hat, dass ich eingezogen bin. Es war Jontes Vater, der gesagt hat, dass ich zu ihnen kann. Er und mein Vater sind Halbbrüder. Oder waren es, besser gesagt.«

Ich sitze stumm da und weiß nicht, was ich sagen soll. Was

wäre, wenn es Mama nicht gäbe und Papa sterben würde? Dann würde Elisabeth sich auch nicht um mich kümmern. Und ich würde auch gar nicht bei ihr wohnen wollen. Dabei verstehen wir uns eigentlich ganz gut.

»So ungefähr sieht's aus«, sagt Sandro.

Wir schweigen eine lange Zeit. Es ist nicht leicht, jetzt etwas zu sagen, nachdem Sandro das von sich erzählt hat. Mir ist kalt und ich möchte nach Hause. Aber ich will nicht als Erste aufstehen.

»Du und Jonte, geht ihr zusammen?«, fragt Sandro plötzlich.

Ich sehe ihn überrascht an.

»Wieso?«

»Ich dachte nur.«

»Nein, tun wir nicht.«

Ich überlege, ob ich hinzufügen soll, dass ich es jedenfalls nicht glaube. Aber dazu komme ich gar nicht, denn plötzlich beugt sich Sandro vor und küsst mich mitten auf den Mund. Das kommt so unerwartet, dass ich es erst richtig mitkriege, als es schon passiert ist.

»Ich mag dich, Lisa«, sagt Sandro.

Ich merke, wie ich rot anlaufe, und weiß überhaupt nicht, wo ich hinsehen soll. Sandro lächelt.

»Wollen wir weiter?«, fragt er.

Ich nicke.

4

An diesem Abend fällt es mir schwer, einzuschlafen. Wenn ich die Augen zumache, kann ich immer noch Sandros Lippen auf meinem Mund spüren. Der Kuss war nicht unangenehm. Eher im Gegenteil. Und das verwirrt mich. Ich bin doch in Jonte verliebt. Wenn ich überhaupt in jemanden verliebt bin. Da sollte es mir ja wohl nicht gefallen, wenn mich ein anderer küsst, oder? Falls Jonte das rauskriegt, ist er bestimmt sauer. Obwohl, sicher bin ich mir nicht. Vielleicht interessiert es ihn kein Stück, ob sein Halbcousin mich küsst. Er selbst hat es ja seit einer Ewigkeit nicht mehr getan.

Schließlich schlafe ich offenbar doch ein, denn am nächsten Morgen werde ich erst wach, als es draußen schon hell ist. Ich blinzle verschlafen zum Wecker. Halb neun! Die Pferde sind bestimmt schon halb verhungert. Dabei hatte ich Kristin fest versprochen, mich gut um Olle zu kümmern, während sie weg ist. Gerade als ich aus dem Bett springen will, um zum Stall hinunterzurennen, öffnet Mama meine Zimmertür und steckt den Kopf herein.

»Morgen, Schlafmütze!«, sagt sie fröhlich. »Wie wär's mit einem Frühstück im Bett?«

Vor sich trägt sie ein Tablett mit belegten Broten und Saft. Ein Croissant ist auch dabei und in einer Vase stehen ein paar Ringelblumen, die schon reichlich angewelkt aussehen.

»Habe ich Geburtstag?«, frage ich verwirrt.

»Nicht, dass ich wüsste«, antwortet Mama und lacht.

»Aber es schadet wohl nichts, sich einfach mal ein bisschen verwöhnen zu lassen, oder? Und wegen der Pferde brauchst du dir keine Sorgen zu machen. Die stehen schon auf der Koppel und fressen Heu.«

Ich kann mich nicht erinnern, dass Mama mir jemals das Frühstück ans Bett gebracht hätte, außer an meinem Geburtstag natürlich. Wenn sie freihat, schläft sie sonst viel länger als ich. Lasse sagt immer, dass man einen Kran bräuchte, um sie aus dem Bett zu kriegen, und das stimmt beinahe. Aber jetzt ist sie auf einmal unheimlich morgenfrisch und hat sogar schon die Pferde versorgt.

»Was ist passiert?«, frage ich.

»Das rätst du nie«, sagt Mama und strahlt übers ganze Gesicht. »Jetzt iss, damit wir gleich losfahren können.«

»Losfahren? Wohin?«, wundere ich mich.

»Das wirst du schon sehen«, erwidert Mama geheimnisvoll.

Eine halbe Stunde später sitzen wir im Auto. Mama weigert sich immer noch zu erzählen, was los ist. Je mehr ich sie anbettle, desto fester presst sie die Lippen zusammen. Da versuche ich es mit einer anderen Taktik. Stumm wie ein Fisch sehe ich aus dem Seitenfenster. Ist mir doch egal, was Mama vorhat.

Das funktioniert viel besser. Es dauert nur ein paar Minuten, da ist sie es, die mich anbettelt.

»Jetzt sag was, Lisa. Sei nicht eingeschnappt. Wenn ich es dir verrate, ist es doch keine Überraschung mehr.«

»Ich kann Überraschungen nicht leiden«, maule ich.

»Erkennst du das hier nicht wieder?«, fragt Mama.

Ich sehe mich um. Hier sieht's genauso aus wie überall:

Wälder, frisch gepflügte Äcker mit schnurgeraden Furchen in der schwarzen Erde, Gräben voll von vertrocknetem Gras. Einzelne Bauernhöfe und abgeweidete Koppeln. Über allem liegt ein feuchter, grauer Nebel.

»Nein«, antworte ich.

»Sommer«, sagt Mama. »Schürfwunden, Muskelkater …«

»Wir sind unterwegs zum Reitlager!«, rufe ich.

Mama nickt.

»Was wollen wir da?«, wundere ich mich.

»Ich bekomme vielleicht ein Pferd«, sagt Mama.

Zuerst glaube ich, dass sie mich auf den Arm nehmen will. Sie hat doch vor ein paar Tagen noch darüber gejammert, dass sie sich kein Pferd leisten kann.

»Lisbeth hat heute Morgen aus Tallbacken angerufen«, fährt Mama fort. »Es ist ja nicht nur ein Reiterhof, sondern auch ein Gestüt. Als wir im Sommer dort waren, habe ich ihr anscheinend gesagt, dass ich gerne ein eigenes Pferd hätte, wenn ich es mir nur leisten könnte.«

»Aber ihre Pferde sind bestimmt nicht billig«, sage ich. »Sie züchten doch Araber.«

Ich kann mich noch gut an die große Koppel erinnern, auf der die Stuten mit ihren Fohlen grasten. So atemberaubend schöne Pferde, dass man den Blick gar nicht mehr abwenden konnte. Ganz sicher keine Pferde, die zu Mamas leerem Portemonnaie passen.

»Sie haben dort eine Stute, die sie loswerden wollen«, sagt Mama. »Sie hat schon mehrfach verfohlt.«

»Verfohlt? Was heißt das?«, frage ich.

»Sie hat Fehlgeburten«, erklärt Mama. »Die Fohlen sterben, bevor sie geboren werden.«

Mehr Zeit für Erklärungen hat sie nicht, denn auf einmal sind wir da. Ich erkenne das Schild mit der Aufschrift »Arabergestüt Tallbacken« wieder. Diesmal biegen wir nicht zu den Ställen ab, in denen die Reitlagerpferde stehen, sondern fahren hinauf zum Herrenhaus. Die Eichen, die in geraden Reihen die Allee säumen, haben fast alle Blätter verloren. Das Herrenhaus sieht jetzt noch größer aus, wo kein Laub die Sicht versperrt. Die Freitreppe zum Eingang hinauf wird immer noch von den beiden großen Steinlöwen bewacht.

Nachdem Mama auf dem sorgsam geharkten Vorplatz geparkt hat, steigen wir aus dem Auto. Es ist ganz still. Mama öffnet den Kofferraum und holt Reithelm und Stiefel heraus. Dann geht sie die breite Treppe hinauf und klopft an die Tür. Als nichts passiert, klopft sie noch mal. Da wird ein Fenster im zweiten Stock geöffnet.

»Der Stall ist dort drüben«, ruft eine Stimme. »Und es wäre mir lieber, wenn Sie woanders parken.«

Mit einem zornigen Knall wird das Fenster wieder geschlossen. Mama und ich sehen uns an und kichern.

»Auf zum Stall«, sagt Mama.

»Und das Auto?«, frage ich. »Willst du das nicht wegfahren?«

»Ich denke ja gar nicht daran«, sagt Mama. »Der schlecht gelaunte Besen da oben soll sich meine Rostlaube ruhig noch eine Weile angucken. Es kann nicht gesund sein, den ganzen Tag lang auf geharkten Kies zu starren.«

Als wir uns dem stattlichen, weißen Stall des Gestütes nähern, sehen wir eine bekannte Gestalt davor stehen und warten. Lisbeth war unsere Reitlehrerin während des Reitlagers im Sommer. Sie und Mama könnten Schwestern sein, so ähnlich sehen sie sich. Beide haben lange, blonde Haare mit grauen Strähnen im Pony und laufen am liebsten in abgewetzten Jeans herum. Im Reitlager haben sie sich sofort angefreundet.

»Hallo, Nita!«, ruft Lisbeth. »Schön, dich zu sehen. Hallo, Lisa, dich natürlich auch.«

»Wie lieb von dir, dass du an mich gedacht hast«, sagt Mama. »Nach dem Reitlager habe ich mir erst recht ein eigenes Pferd gewünscht.«

»Ich hoffe, sie gefällt dir«, sagt Lisbeth. »Die anderen Pferde sind auf der Koppel, aber sie steht hier drinnen. Komm, wir sehen sie uns an.«

Der Stall ist unglaublich gepflegt. Kein einziger Halm liegt in der Stallgasse und stört das perfekte Bild. Die Mauern sind weiß gekalkt und die Holzwände der Boxen dunkelbraun gebeizt. Alles sieht neu und teuer aus und ist es sicher auch.

»Mira«, ruft Lisbeth. »Miiira!«

Sofort taucht ein Pferdekopf über einer der Boxentüren auf und antwortet mit einem heiseren Wiehern.

»Sie fühlt sich einsam«, sagt Lisbeth und öffnet die Boxentür.

»Ohhh«, flüstert Mama neben mir.

Die Stute ist klein und hat einen ziemlich runden Bauch. Sie ist ein Braunschimmel, aber sehr hell, beinahe weiß. Das Maul ist klein und grau wie das von Star, aber mittendrauf sitzt ein kleiner, rosa Fleck. Sie hat die Ohren gespitzt und sieht uns neugierig an. Ihre sanften Augen sind groß und schwarz.

»Ja, so sieht sie aus«, sagt Lisbeth. »Sie ist recht lebhaft, aber sehr, sehr lieb. Sie springt gerne und stellt sich auch bei der Dressur nicht ungeschickt an. Obwohl es natürlich lange her ist, dass sie intensiv geritten wurde. So gesehen hat sie keine Fehler. Aber wie ich schon am Telefon sagte, haben wir leider keinen Platz mehr für sie. Was sollen wir mit einer Zuchtstute, die ihre Fohlen nicht austrägt. Sie wird auch langsam alt.«

»Wie alt ist sie?«, fragt Mama.

»In diesem Frühjahr ist sie vierzehn geworden. Sie hat zwei Fohlen bekommen, die sich gut entwickelt haben, sehr gut sogar. Aber in den letzten drei Jahren hatte sie nur noch Fehlgeburten und wir können nicht länger abwarten. Der Stall platzt aus allen Nähten, deshalb müssen wir uns jetzt einfach von einigen Pferden trennen.«

»Kann ich sie Probe reiten?«, fragt Mama.

»Natürlich«, erwidert Lisbeth. »Aber vorsichtig, bitte. Es besteht noch eine winzige Chance, dass sie diesmal ihr Fohlen behält.«

Lisbeth holt Sattel und Zaumzeug. Sehr behutsam zieht sie den Sattelgurt fest. Trotzdem legt Mira die Ohren an und stampft nervös auf.

»Muss man so vorsichtig sein?«, wundert sich Mama.

»Das ist nicht wegen des Fohlens«, sagt Lisbeth. »Mira lässt sich einfach nicht gerne aufsatteln.«

Der Reitplatz liegt gleich neben dem Stall und dorthin führt Mama das Pferd, das vielleicht bald ihr gehören wird. Dann sitzt sie auf. Mira tänzelt mit hocherhobenem Kopf los und sieht sich die ganze Zeit um. Manchmal macht sie ohne jeden Grund einen Satz zur Seite. Als Mama antraben will, schießt Mira im Galopp davon. Mama muss die Zügel kräftig annehmen, um sie zum Stehen zu bringen.

»Sie scheint nicht viel von der Reiterei zu halten«, sagt Mama mit einem verlegenen Lachen.

»Ihr werdet euch schnell aneinander gewöhnen«, antwortet Lisbeth gelassen.

Nach einer Weile beginnt Mira sich zu entspannen und beugt den Hals. Sie ist wirklich schön. Natürlich nicht so schön wie Star, aber fast. Mamas angestrengte Miene verwandelt sich rasch in ein glückliches Lachen.

»Gefällt sie dir?«, fragt Lisbeth.

Mama gleitet aus dem Sattel und gibt Mira ein Leckerli. Sanft streicht sie ihr mit der Hand übers Maul.

»Gefallen?«, sagt Mama. »Ich liebe sie jetzt schon.«

»Gut«, sagt Lisbeth. »Dann komme ich am Wochenende und bringe sie dir. Und vorher lasse ich sie noch vom Tierarzt untersuchen.«

Den ganzen Weg nach Hause redet Mama nur von Mira. Ich glaube, ich habe sie noch nie so glücklich gesehen. Nicht einmal, als sie sich mit Lasse verlobt hat.

»Stell dir vor, jetzt sind wir alle beide Pferdebesitzerinnen, Lisa«, sagt sie und drückt meine Hand. »Erinnerst du dich noch, dass wir davon geträumt haben, als du in die Reitschule gingst und wir zum ersten Mal gemeinsam ausgeritten sind?«

Und ob ich mich daran erinnere. Bevor ich mit dem Reitunterricht anfing, hatte ich erwartet, dass das Reitenlernen unheimlich leicht wäre. Aber dann begriff ich schnell, wie sehr ich mich geirrt hatte. Reitstunde um Reitstunde rutschte ich im Sattel herum und dachte, ich würde es nie lernen. Schließlich war ich drauf und dran aufzugeben. Das war der Zeitpunkt, an dem Mama zwei Schulpferde für uns mietete. Sie wollte mir zeigen, wie viel Spaß das Reiten machen kann, und das ist ihr auch gelungen. Es war einer meiner allerschönsten Ausritte.

»Ein Pferd, das nur mir gehört«, sagt Mama. »Unglaublich. Und was für eins.«

Als wir nach Hause kommen, fliegt die Haustür auf und Lasse stürmt heraus. Er rennt auf uns zu und reißt die Autotür auf.

»Wo seid ihr bloß gewesen?«, ruft er.

»Ich habe ein Pferd gekauft«, antwortet Mama triumphierend.

Lasse starrt sie an.

»Bist du noch ganz gescheit?«

»Das ist das Gescheiteste, was ich seit Ewigkeiten gemacht habe«, sagt Mama und lacht.

»Wir können uns kein Pferd leisten«, schimpft Lasse.

»Ich kann«, sagt Mama.

»Du kannst? Erst gestern hast du gesagt, dass wir nicht genug Geld für einen neuen Staubsauger haben.«

»Es ist ja wohl ein Riesenunterschied zwischen einem Staubsauger und einem Pferd, oder?«, sagt Mama, die jetzt langsam ärgerlich wird.

»Ja, ein Pferd ist viel teurer«, entgegnet Lasse aufgebracht. »Und außerdem haben wir gar keinen Stellplatz für ein weiteres Pferd. Du musst anrufen und sagen, dass du es dir anders überlegt hast.«

Es gibt nichts, was Mama mehr in Rage bringt, als wenn jemand ihr vorschreiben will, was sie zu tun und zu lassen hat. Jetzt werden ihre Augen ganz schwarz und ich ducke mich tief in den Sitz. Ich hasse es, wenn sie streiten. Ich hasse laute, wütende Stimmen. Bevor Mama und Papa sich scheiden ließen, habe ich mehr als genug Streit und Krach erlebt. Wochenlang schrien und brüllten sie sich an und zum Schluss war es beinahe eine Erleichterung, dass Papa zu Elisabeth zog.

»Hört doch auf!«, bitte ich.

Aber weder Mama noch Lasse kümmern sich um mich. Sie schreien sich an und haben anscheinend völlig vergessen, dass ich auch noch da bin.

»Du denkst nur an dich«, tobt Lasse. »Sollen wir anderen in einem Schweinestall hausen, nur weil du lieber ein Pferd als einen Staubsauger haben willst?«

Da steigt Mama langsam aus dem Auto. Drohend geht sie auf Lasse zu und einen Augenblick lang habe ich Angst, dass sie ihn anspuckt. Wenn Mama erst mal wütend ist, kann alles passieren.

»Du kapierst nichts«, faucht sie. »Absolut überhaupt nichts. Dich zu heiraten war das Dümmste, was ich je in meinem Leben getan habe.«

Dann springt sie wieder ins Auto und startet den Motor.

»Raus!«, brüllt sie mich an.

Ich bin kaum ausgestiegen, da rast sie schon die Allee hinunter, dass der Kies nur so unter den Rädern wegspritzt. Zurück auf dem Hof bleiben Lasse und ich.

5

Es wird ein schrecklicher Tag. Mama kommt nicht zurück und um Lasse mache ich lieber einen großen Bogen. Er hackt Holz, dass ihm die Scheite nur so um die Ohren sausen. Wut liegt wie dicker Nebel über ganz Hallondalen.

Ich sitze auf meinem Bett und weiß nicht, was ich anfangen soll. Obwohl Lasses Axthiebe das Einzige sind, was man wirklich hört, dröhnen den ganzen Tag wütende Stimmen in meinen Ohren. Sie lassen sich nicht zum Schweigen bringen und graben sich tief in mich hinein. Noch vor einer Stunde war Mama überglücklich und jetzt ist sie so aufgebracht, dass sie von zu Hause abgehauen ist. Ich glaube zwar, dass sie zurückkommt, aber ganz sicher bin ich mir nicht. Papa ist damals nicht zurückgekommen.

Nach einer Stunde halte ich es einfach nicht mehr aus. Die Unruhe kriecht in mir hoch und lässt sich nicht beiseiteschieben. Wenn Kristin wenigstens hier wäre. Jetzt bräuchte ich jemanden zum Reden, einen Menschen, der mir sagt, dass alles nicht so schlimm ist und bald wieder gut sein wird. Am liebsten hätte ich jemanden hier bei mir, aber schon eine Stimme ist besser als nichts.

Ich suche die Nummer von Kristins Mutter heraus und rufe an. Aber ein Klingelsignal nach dem anderen verstreicht, ohne dass jemand abnimmt. Dann versuche ich es bei Papa. Tatsächlich, er geht ran.

»Hallo, mein großes Mädchen! Ich weiß, ich hätte mich schon lange melden sollen, aber in der letzten Zeit hatte ich noch mehr Stress als sonst.«

Die Tränen steigen mir in die Augen, als ich seine Stimme höre. Plötzlich sehne ich mich so sehr nach ihm, dass es wehtut. Am Anfang hielt ich es fast nicht aus, Papa nur einmal pro Woche oder vielleicht nur alle zwei Wochen zu sehen. Mit der Zeit habe ich mich daran gewöhnt. Es ist, wie es ist, und ich habe ja keine andere Wahl. Aber jetzt schießt die Sehnsucht wieder in mir hoch, stärker als jemals zuvor.

»Hei, Papa«, sage ich und höre selbst, wie kläglich meine Stimme klingt.

»Was ist denn los, Kleines?«, fragt Papa. »Hast du Kummer?«

Ich möchte es ihm so gerne erzählen, aber ich traue mich nicht. Es könnte sein, dass er sich freut, von Mamas und Lasses Streit zu hören. Denn obwohl Papa es war, der Mama und mich vor ein paar Jahren verlassen hat, passt es ihm gar nicht, dass Mama und Lasse zusammen sind. Oder vielleicht regt er sich auch darüber auf, dass Mama verschwunden ist. Und wenn er anfinge, auf Mama zu schimpfen, würde er alles nur noch schlimmer machen.

»Ich wollte nur ein bisschen mit dir reden«, sage ich leise. »Du fehlst mir so, Papa.«

»Du fehlst mir auch, Lisa«, antwortet Papa. »Das weißt du doch, oder? Aber wir sind gerade auf dem Sprung, wollen einkaufen fahren. Ich war schon fast aus der Tür, Elisabeth und Nils warten im Auto. Ist es okay, wenn ich dich heute Abend anrufe?«

»Ja, klar«, sage ich.

Aber eigentlich ist es überhaupt nicht okay. Eigentlich möchte ich losschreien, dass ich ihn jetzt brauche, genau jetzt, und dass es ihm wirklich wichtiger sein sollte, mich zu trösten, als einkaufen zu fahren.

Eine Möglichkeit bleibt mir noch. Jonte. Ein Rufzeichen nach dem anderen verklingt, ohne dass jemand abnimmt. Ob ich mich verwählt habe? Ich versuche es noch mal und plötzlich ist Jonte dran.

»Wer ist da?«, fragt er.

»Ich bin's, Lisa«, antworte ich.

»Du, ich ruf dich ein andermal wieder an.«

Es dauert eine Weile, bis ich begreife, dass Jonte aufgelegt hat. Nicht mal Tschüss hat er gesagt. Da schaffe ich es nicht mehr, die Tränen zurückzuhalten. Sie laufen mir einfach übers Gesicht. Ich bin ganz allein, niemand macht sich was aus mir. Meine Mutter ist abgehauen, mein Vater hat keine Zeit für mich und Jonte will nicht mit mir reden. Verzweifelt werfe ich mich auf mein Bett und schluchze. Aber niemand hört mich und niemand bemitleidet mich. Ich bin ganz allein auf der großen, weiten Welt.

Als ich mich auf den Rücken drehe, fällt mein Blick auf das große Foto von Star, das an der Wand neben meinem Bett hängt. Es ist eine Nahaufnahme, seine Augen glitzern vor Übermut unter dem langen Stirnschopf. Obwohl ich so traurig bin, muss ich lachen. Mit einem Ruck setze ich mich auf. Wie konnte ich Star nur vergessen?

Normalerweise ist er immer am hintersten Ende der Koppel. Aber jetzt steht er schon vorne am Zaun, als ich komme. Fast so, als hätte er auf mich gewartet. Ich krieche unter dem Elektrozaun durch und schlinge die Arme um seinen Hals. Auch wenn alle anderen mich im Stich lassen, ist Star immer noch da.

»Du bist wirklich mein allerbester Freund«, flüstere ich.

Star antwortet, indem er mich mit dem Maul anstupst. Ich gehorche und hole den ganzen Vorrat an Leckerlis aus meinen Jeanstaschen. Während Star kaut, kommt Lasse vom Stall herübergeschlendert. Er lässt die Arme hängen und sieht wirklich sehr niedergeschlagen aus.

»Glaubst du, sie kommt zurück?«, fragt er.

»Ganz bestimmt«, antworte ich. »Aber du musst schon damit rechnen, dass sie immer noch wütend ist.«

»Ich weiß«, sagt Lasse düster. »Ob es wohl hilft, wenn ich ein richtig leckeres Essen koche?«

»Ich glaube nicht«, entgegne ich. »Warum hast du bloß gesagt, dass sie lieber einen Staubsauger kaufen soll als ein Pferd? Du wusstest doch, dass sie sich darüber ärgert. Du hättest es jedenfalls wissen müssen.«

Lasse seufzt und sieht mich unglücklich an.

»Ich habe mir solche Sorgen gemacht, als ich aufwachte und ihr weg wart«, sagt Lasse.

»Deswegen muss man sich doch keine Sorgen machen.«

»Nein, eigentlich nicht. Aber ich bin mitten aus einem Albtraum aufgewacht und in dem Traum war Nita verschwunden. Ich suchte alles ab, konnte sie aber nicht finden. Und als ich merkte, dass sie nicht da war, bekam ich Angst, dass der Traum Wirklichkeit sein könnte. Albern, was?«

Ich nicke.

»Und als ich euch dann kommen sah, war ich zuerst unheimlich erleichtert und dann stinksauer, einfach weil ich mir so albern vorkam. Was kann ich nur tun, damit Nita sich wieder abregt? Bist du sicher, dass ein gutes Essen nichts bringt?«

»Ganz sicher«, sage ich. »Du musst dir was anderes ausdenken.«

»Aber was? Essen kochen ist doch das Einzige, was ich kann.«

»Das weiß ich auch nicht«, sage ich. »Aber es muss was richtig Gutes sein.«

Lasse seufzt tief und sieht noch trauriger aus.

Star knufft mich wieder an. Seine Leckerlis sind alle und jetzt will er mehr.

»Schluss, mein Lieber«, sage ich. »Du hast alles verputzt, was ich habe.«

Ich kraule seine Stirn, während sein Kopf auf meiner Schulter liegt. Sein Atem wärmt mein Ohr und bei dem Gedanken, wie lieb ich ihn habe, fange ich beinahe wieder an zu heulen. Auf einmal habe ich eine Idee, was Mama wieder in bessere Laune versetzen könnte.

»Ich weiß, was du tun musst, Lasse«, sage ich. »Wenn du das hinkriegst, kümmere ich mich ums Essen.«

Als ich mit der Hackfleischsoße fast fertig bin, kommt Mamas Auto die Allee hochgeschaukelt. Ich beobachte sie durch einen Spalt in der Küchengardine. Sie steigt aus und blickt kurz zum Haus hoch. Fröhlich sieht sie nicht gerade aus. Aber auch nicht mehr ganz so sauer wie vorhin.

»Ich koche uns was«, rufe ich, als sie die Haustür aufmacht.

»Lieb von dir«, sagt Mama. »Tut mir leid, dass ich so davongerast bin, aber ich musste einfach weg. Wohin hat sich der blöde Kerl verkrochen?«

»Meinst du Lasse?«, frage ich.

»Genau den«, sagt Mama missmutig. »Den Kerl, der einen Staubsauger mehr liebt als seine Frau.«

»Er ist vor einer ganzen Weile runter zum Stall gegangen«, sage ich. »Da war wohl irgendein Brett los, das festgenagelt werden musste.«

»Bin gleich wieder da«, sagt Mama und ist schon wieder draußen.

Ihre Schritte hören sich entschlossen an und ich hoffe, dass mein Plan funktioniert, denn sonst hat Lasse schlechte Karten. Am liebsten würde ich hinterhergehen und sehen, was passiert, aber ich beschließe, es nicht zu tun. Es ist bestimmt besser, wenn ich die beiden allein lasse.

Eine ganze Zeit später kommen Mama und Lasse Händchen haltend zurück. Alle zwei Meter bleiben sie stehen und küssen sich. Niemand würde glauben, dass sie sich noch vor wenigen Stunden angebrüllt und gefetzt haben. Zufrieden schütte ich die Makkaroni in das sprudelnde Wasser.

Nach dem Essen arbeitet Lasse weiter am Stall. Neben Olles Box war eine Kammer, in der immer die Säcke mit Hafer und Pellets standen. Aber jetzt wird daraus fast im Handumdrehen eine Box für Mira. Während Lasse die Bretter nagelt, steht Mama daneben und gibt ihm gute Ratschläge, die er nicht braucht.

»Du bist der beste Mann der Welt«, säuselt sie.

»Die Idee, eine Box zu bauen, kommt eigentlich von Lisa«, gesteht Lasse. »Ich hatte keine bessere Idee, als ein leckeres Essen zu kochen.«

»Du bist die beste Tochter der Welt«, sagt Mama. »Was für ein Glück, dass ich euch zwei habe.«

»Und bald hast du auch noch ein Pferd«, erinnere ich sie.

»Genau. Und dann fällt mir bestimmt nichts mehr ein, was ich mir noch wünschen könnte. Höchstens ein Baby.«

»Tja, wenn die Bretter reichen, könnte ich wohl auch noch eine Wiege zimmern. Das wär doch was, oder?«, sagt Lasse und lacht.

Ich kann gar nicht darüber lachen. Das geht mir alles viel zu schnell. Ich habe mich noch kaum daran gewöhnt, Mama mit Lasse zu teilen. Und jetzt überlegen die beiden schon, sich noch mehr Kinder anzuschaffen.

»Keine Sorge, Lisa, ich habe nur Spaß gemacht«, sagt Mama.

Nicht, dass mich das sonderlich beruhigt. Mama hat schon oft gesagt, dass sie gerne mehr Kinder hätte, und sie war furchtbar eifersüchtig, als Papa und Elisabeth den kleinen Nils bekamen. Aber ich schiebe den Gedanken an ein Geschwisterchen schnell beiseite. Daran will ich jetzt nun wirklich nicht denken. Mama und Lasse haben sich wieder vertragen. Ich muss heute keinen Streit mehr hören. Das ist erst mal das Wichtigste.

Erst am nächsten Abend, als ich faul auf dem Sofa vor dem Fernseher liege, fällt mir Jonte wieder ein und wie er einfach aufgelegt hat, als ich anrief. Normalerweise hört er sich immer erfreut an, wenn ich ihn am Telefon habe, und meistens ist es viel schwerer, ihn zum Schweigen als zum Reden zu bringen. Er muss irgendwie sauer auf mich sein. Aber warum? Ich habe ihm doch nichts getan. Jedenfalls nicht, dass ich wüsste.

Ich grüble weiter. Ob Sandro ihm von dem Kuss erzählt hat und Jonte deswegen beleidigt ist? Könnte durchaus sein.

Je mehr ich darüber nachdenke, desto wahrscheinlicher kommt es mir vor. Von den Kartoffelchips, die ich gerade in mich hineingestopft habe, wird mir auf einmal schlecht. Sie fahren Achterbahn in meinem Magen. Schließlich halte ich es nicht länger aus. Ich muss mir einfach Gewissheit verschaffen.

Es ist halb elf abends. Da kann man gerade noch anrufen und Jonte ist bestimmt noch auf. Ich schließe mich in Mamas Arbeitszimmer ein und wähle seine Nummer. Schon nach dem ersten Klingelzeichen ist Jonte dran.

»Hallihallo«, sage ich. »Lisa hier.«

»Was willst du jetzt schon wieder?«, blafft er.

Ich brauche ihn nicht zu fragen, ob er sauer ist. Man hört es ganz deutlich.

»Nichts«, flüstere ich.

»Warum rufst du dann an?«

»Ich wollte mit dir reden«, sage ich.

»Ich habe jetzt überhaupt keine Zeit«, höre ich Jontes unwirsch klingende Stimme durch den Hörer.

Und wieder legt er auf und wieder tut es so weh, als hätte er mich geschlagen. Ich verstehe das überhaupt nicht. Ich mag Jonte doch und ich dachte, er mag mich auch. Ich war mir sogar ziemlich sicher. Anscheinend ist er wirklich sauer, weil Sandro mich geküsst hat. Aber warum sagt er mir das nicht? Tief drinnen in meinem Schmerz bin ich auch wütend. Jonte hätte mir wenigstens eine Chance lassen müssen, es ihm zu erklären. Ein kleiner Kuss kann doch nicht so ein Drama sein? Außerdem war es ja Sandro, der mich geküsst hat, und nicht umgekehrt. Wenn Jonte schon auf jemanden sauer sein will, dann gefälligst auf Sandro und nicht auf mich. Voller Wut schmeiße ich das Telefonbuch durchs Zimmer. Es segelt wie ein angeschossener Vogel mit flatternden Seiten durch die Luft und landet mit einem dumpfen Knall an der Wand. Dieser blöde Idiot.

6

Es dauert nur zwei Tage, bis Lasse die Box für Mamas Pferd fertig hat. Kaum kommt er vom Büro nach Hause, zieht er sich auch schon die Arbeitsklamotten an und macht sich ans Werk. So energisch ist er sonst nicht. Aber Mama füttert ihn mit Hackfleischbällchen, küsst ihn und umschmeichelt ihn, damit er bloß nicht die Lust verliert. Lasse ist ein guter Heimwerker, aber es fällt ihm schwer, angefangene Sachen auch zu Ende zu bringen.

Freitagabend ist Miras Box fertig gezimmert und frisch angestrichen, in derselben dunkelbraunen Farbe wie die Boxen von Star und Olle. Alle Holzreste und alle Werkzeuge sind weggeräumt und der Fußboden ist gesäubert von Sägespänen und anderem Zeug. Jetzt fehlt nur noch Mira.

Es stinkt nach Farbe im Stall, deshalb müssen Star und Olle draußen auf der Koppel übernachten, bis die Farbe trocken ist. Zum Glück ist nachts noch kein Frost, aber mir tun sie trotzdem leid. Zum Trost gebe ich ihnen ein paar Handvoll Hafer extra.

»Stell dir vor, ich habe ein Pferd gekauft. Ich wage kaum zu glauben, dass es wahr ist«, sagt Mama wieder und wieder.

»Falls der Gaul nicht kommt, kaufe ich dir zum Trost einen Staubsauger. Versprochen!«, witzelt Lasse. »Einen ganz modernen mit einer Menge Schnickschnack. Darüber würdest du dich doch freuen, oder?«

Sie sitzen nebeneinander auf dem Sofa. Lasse hat seinen Arm um Mamas Schultern gelegt und sie lehnt sich zärtlich an ihn. Ich versuche konzentriert auf den Fernseher zu starren, damit ich nicht ständig zu den beiden hinüberblicken muss, aber es hilft nicht viel. Sicher, es ist viel angenehmer, wenn sie sich gut verstehen, als wenn sie Krach haben. Aber dass sie sich andauernd abknutschen müssen, ist auch ziemlich nervig.

Bevor Mama Lasse kennenlernte, saß ich immer neben ihr auf dem Sofa. Am Wochenende redeten wir bis in die Nacht und futterten dabei tütenweise Süßigkeiten. Das war unheimlich gemütlich und manchmal vermisse ich die Zeit, als wir nur zu zweit waren.

»Ich gehe ins Bett«, sage ich.

Ich möchte, dass Mama mich überredet, noch ein kleines bisschen aufzubleiben, oder dass sie mich wenigstens ordentlich umarmt. Aber nein.

»Nacht, Spatz«, sagt sie nur.

Enttäuscht rausche ich ab in mein Zimmer und schlage die Tür mit einem angemessen lauten Knall hinter mir zu. Ein bisschen traurig finde ich es schon, dass mein einziger Freund ein Pferd ist. Nicht irgendein Pferd natürlich. Um mich zu trösten, liege ich in meinem Bett und fantasiere, wie Star und ich Springturniere gewinnen, Leute aus brennenden Häusern retten und gefährliche Verbrecher fangen. Denn zusammen schaffen wir einfach alles.

Drei Sekunden nach dem Aufwachen am nächsten Morgen frage ich mich, wie ich je auf den Gedanken kommen konnte, Kristin zu vermissen. Mit einem Ruck zieht sie mir die Bettdecke weg und kringelt sich vor Lachen, als ich aufschreie.

»Möchtest du deine Bettdecke gerne wiederhaben?«, säuselt sie und schwenkt die Decke genüsslich vor meiner Nase.

»Gib sie sofort her, sonst würg ich dich«, fauche ich.

»Versuch's doch. Ich bin sowieso stärker«, sagt Kristin.

Aber dann gibt sie mir die Bettdecke freiwillig zurück und kriecht zu mir ins Bett.

»Sei nicht sauer, ich wollte dich doch nur überraschen«, sagt sie.

»Das ist dir gelungen«, brumme ich. »Wolltest du nicht eigentlich erst morgen zurückkommen?«

Kristin seufzt und kuschelt sich noch enger an mich. Ihre langen Haare liegen wie ein aufgeschlagener Fächer auf dem Kopfkissen. Sie sind so dunkel, wie meine hell sind.

»Mama und ich haben uns die ganze Zeit nur gestritten, da bin ich lieber früher weggefahren. Keine von uns hätte es noch einen Tag länger ausgehalten.«

»Aber vermisst du sie denn nicht? Ihr seht euch doch nur so selten.«

»Klar vermisse ich sie«, erwidert Kristin. »Aber wenn wir uns sehen, ist es nie so, wie ich es mir vorgestellt habe. Es ist, als könnten wir nicht zusammen in einem Raum sein, ohne uns zu streiten. Genauso war es auch, bevor sie und Papa sich scheiden ließen. Ich rege mich über sie auf und sie ärgert sich über alles, was ich tue. Wir vertragen uns einfach nicht länger als ein paar Tage hintereinander. Aber ich habe echt keine Lust, noch weiter darüber zu reden. Ist hier was passiert, während ich weg war?«

»Lasse hat den Stall umgebaut«, sage ich. »Er hat noch eine Box gezimmert, weil Mama ein Pferd gekauft hat. Einen Vollblutaraber.«

»Du machst Witze«, sagt Kristin.

»Mach ich überhaupt nicht. Eine Stute, sie heißt Mira, und in genau drei Stunden kommt der Transporter.«

»Hätte ich mir ja auch denken können«, mault Kristin. »Die ganze Zeit passiert überhaupt nichts, und kaum bin ich nicht da, geht's hier drunter und drüber. Und was macht die Liebe? Jonte war in den Ferien bestimmt jeden Tag hier, oder?«

Sie knufft mich neckisch in die Seite, aber ich bin wirklich nicht in der Stimmung für ihre Scherze. Schon gar nicht, wenn es um Jonte geht. Kristin merkt sofort, dass etwas nicht stimmt.

»Was ist? Hat er sich dir gegenüber blöd benommen? Soll ich ihn anrufen und fertigmachen?«

»Lieber nicht«, sage ich.

»Nun erzähl schon«, drängelt Kristin.

Es ist schön, endlich jemanden zu haben, der zuhört. Obwohl Kristin mich immer neckt und manchmal ganz schön anstrengend sein kann, weiß ich doch, dass sie mich mag. Aber die Sache mit Sandros Kuss und dass Jonte darüber so sauer ist und einfach den Telefonhörer aufgeknallt hat, will ich ihr lieber nicht erzählen.

»Da ist nichts, ehrlich. Hör auf zu nerven«, sage ich.

Und komischerweise hört Kristin tatsächlich auf. Sonst hat sie nie lockergelassen, bevor sie nicht gekriegt hat, was sie will. Jetzt rekelt sie sich stattdessen wie eine Katze.

»Ach, ist das schön, wieder zu Hause zu sein«, sagt sie zufrieden. »Ich muss jetzt runter und Olle Guten Tag sagen und mir den Stall ansehen. Und Papa fest umarmen, natürlich.«

Als der Transporter mit Mira endlich kommt, ist alles fertig. In allen drei Boxen liegt eine dicke Lage Einstreu und der Stallboden ist sauber gefegt. Lasse hat noch einen Sattelhalter angebracht und Kristin hat ein Namensschild gemalt. Sie hat die schönste Schrift von uns allen.

Würdevoll wie eine Königin schreitet Mira aus dem Transporthänger. Mit hocherhobenem Kopf schaut sie sich um, während Mama ihren Hals tätschelt.

»Willkommen in Hallondalen!«, ruft Lasse.

Verglichen mit Tallbackens stattlichem Herrenhaus und den riesigen Pferdekoppeln hat Hallondalen nichts Besonderes zu bieten. Aber dafür ist es hier viel gemütlicher und wir haben auch keinen geharkten Kies, den man nicht betreten darf.

Als Star und Olle Mira entdecken, sind sie ganz aus dem Häuschen. Sie führen sich auf, als hätten sie noch nie ein anderes Pferd gesehen. Die Schweife aufgestellt wie Federbüsche, galoppieren sie auf der Koppel herum und machen Bocksprünge. Mira sieht nur mäßig beeindruckt aus. Sie beobachtet die beiden gelassen und scheint sie für ungemein kindisch zu halten.

»Wegen des Fohlens solltet ihr sie erst dann auf die Koppel lassen, wenn sich die Pferde aneinander gewöhnt haben«, sagt Lisbeth.

»Was für ein Fohlen?«, fragt Kristin und sieht sich verwundert um.

»Es ist noch nicht geboren«, erklärt Lisbeth und deutet auf Miras runden Bauch. »Es kommt erst im April. Das heißt, wenn alles so läuft, wie es soll.«

Während ich Kristin erkläre, dass das Fohlen aller Wahrscheinlichkeit nach nicht überleben wird, führt Mama Mira in den Stall.

»Wie schrecklich«, sagt Kristin. »Wir werden also eines Tages ein totes Fohlen im Stall vorfinden? Kein Wunder, dass deine Mutter sie billig bekommen hat.«

»Aber Mira hat auch schon lebende Fohlen geboren«, sage ich. »Wer weiß, vielleicht klappt es diesmal auch.«

»Das glaube ich nicht«, sagt Kristin. »Eine Zuchtstute verkauft man nicht einfach so für billiges Geld. In Tallbacken züchten sie Pferde, sie wissen also, was sie tun.«

»Ja, aber vielleicht doch«, beharre ich.

Der Gedanke an ein kleines, totes Fohlen ist so schrecklich. Ich weiß genau, dass ich jeden Morgen Angst haben werde, wenn ich die Stalltür öffne.

»So genau kann man das natürlich nie wissen«, lenkt Kristin ein.

Wahrscheinlich sagt sie das nur, um mich zu beruhigen, aber trotzdem fühle ich mich ein bisschen erleichtert.

Solange das Fohlen noch in Miras Bauch ist, besteht Hoffnung, dass es überlebt. Manchmal geschehen ja Wunder. Und warum nicht eines bei uns zu Hause?

Mama und Lisbeth quatschen und quatschen. Zuerst ist es noch ganz interessant, ihnen zuzuhören, aber dann wird es Kristin und mir doch langweilig.

»Willst du sie nicht Probe reiten?«, fragt Kristin ungeduldig.

»Ich warte lieber noch ein paar Tage«, sagt Mama. »Erst soll Mira sich hier richtig zu Hause fühlen.«

»Also ich reite jetzt«, sagt Kristin zu mir. »Stell dir vor, ich habe eine ganze Woche Ferien ausgehalten, ohne ein einziges Mal zu reiten. Komm, wir machen einen richtig langen Ausritt. Was hältst du davon, wenn wir versuchen, das Haus von Peter und Jonte zu finden? Sie waren schon so oft hier und wir waren noch kein einziges Mal bei ihnen.«

»Doch, ich war neulich dort«, sage ich, ohne zu überlegen.

Im nächsten Moment beiße ich mir auf die Zunge, aber da ist es zu spät.

»Gut. Dann kennst du ja den Weg«, sagt Kristin munter.

»Aber warum ausgerechnet dahin?«, will ich wissen. »Du magst Peter doch gar nicht.«

»Ich weiß«, sagt Kristin und lacht. »Aber stell dir vor, irgendwie vermisse ich ihn. Keiner kann mich so herrlich wütend machen wie er. Und es macht mir Spaß, ihn ein bisschen zu ärgern. Na los, komm.«

»Können wir nicht woandershin reiten?«, frage ich bittend.

Wie soll ich es fertigbringen, über Jontes schrottigen Hof zu reiten und so zu tun, als wäre nichts los? Das kann ich einfach nicht. Ich habe nicht die leiseste Ahnung, was ich ihm sagen soll. Und ich will Kristin auch nicht erzählen, warum Jonte sauer auf mich ist. Das ist zu peinlich.

»Bitte, bitte«, quengle ich.

Aber wie sehr ich mich auch winde, Kristin schüttelt nur den Kopf, dass ihre langen Haare fliegen.

»Ich finde wirklich, dass ich jetzt mal bestimmen darf, wohin wir reiten«, sagt sie. »Vergiss nicht, dass ich eine ganze Woche nicht zu Hause war.«

Als wenn das was damit zu tun hätte. Kristin bestimmt sowieso immer alles, egal ob sie verreist war oder nicht.

»Na gut, meinetwegen«, seufze ich resigniert.

Es ist sowieso zwecklos, sie umstimmen zu wollen. Niemand kann dickköpfiger sein als Kristin. Ich kann schon nicht mehr zählen, wie oft sie mich zu Dingen gezwungen hat, die ich eigentlich gar nicht tun wollte.

Als wir endlich unterwegs sind, macht es richtig Spaß, wieder mit Kristin zusammen auszureiten. Erst jetzt, wo sie wieder zu Hause ist, merke ich, wie sehr sie mir gefehlt hat. Wir traben nebeneinander den breiten Weg entlang. Die Pferde schnauben und Star versucht die ganze Zeit, schneller zu werden. Wären wir nur nicht auf dem Weg zu Jonte!

»Welche Richtung jetzt?«, fragt Kristin, als wir an der Steinbrücke ankommen.

»Geradeaus und dann über die Wiese dort«, antworte ich.

»Was für ein Glück, dass du den Weg weißt«, sagt Kristin. »Sonst hätten wir ihn nie gefunden.«

Da habe ich eine Idee. Ich bin erst ein einziges Mal zu Jonte nach Hause geritten. Keiner kann erwarten, dass ich den Weg noch weiß. Nicht mal Kristin. Deshalb biege ich nach links ab, obwohl ich weiß, dass wir nach rechts müssten.

Wir gelangen auf einen alten Forstweg mit einem Streifen von verdorrtem Gras zwischen einer Traktorspur. Es geht leicht bergauf und wir lassen die Pferde ausgreifen. Der Boden ist weich nach dem vielen Herbstregen und perfekt zum Galoppieren. Kristin steht in den Steigbügeln und treibt Olle an. Star brauche ich nicht anzutreiben. Er liebt es, schnell zu laufen. Gerne zu schnell.

»Das Leben ist herrlich!«, ruft Kristin und lacht aus vollem Herzen. »Genau so müsste es immer sein.«

Ein paar Minuten später ist sie nicht mehr ganz so ausgelassen. Der Forstweg führt zu einem Holzschlagplatz. Wir zügeln die Pferde und sehen uns um. Die Erde ist aufgewühlt von schweren Forstmaschinen und in den tiefen Radspuren steht schlammiges Wasser. Äste und kleinere Zweige sind zu Haufen gestapelt, nur ein paar einzelne Fichten stehen noch. Sie ragen mitten in dem riesigen Kahlschlag wie Ausrufezeichen auf.

»Und in welche Richtung müssen wir jetzt?«, will Kristin wissen. »Der Weg ist hier zu Ende.«

»Komisch«, sage ich. »Neulich war hier noch kein Holzschlagplatz.«

»Erzähl mir nichts«, sagt Kristin ärgerlich. »Das sieht man doch, dass sie die Bäume schon vor langer Zeit gefällt haben. Wir sind falsch abgebogen, stimmt's?«

Wir müssen den ganzen Forstweg zurückreiten. Ich bleibe hinter Kristin, damit ich ihr Gemecker nicht hören muss. Der nächste Weg, den ich aussuche, endet an einem Moor. Es schmatzt unter den Hufen der Pferde und Olle sinkt bis weit über die Fesseln ein. Er strampelt, um wieder festen Boden unter die Hufe zu bekommen, und das braune Moorwasser schwappt hoch auf. Als Kristin ihm einen Schlag mit der Gerte gibt, macht er einen großen Satz vorwärts. Aber der Sprung ging in die falsche Richtung und er landet nur noch tiefer im Sumpf. Jetzt steht ihm das Wasser schon fast bis zum Bauch.

»Hilf mir! Er sinkt ein!«, schreit Kristin.

Ich sehe mich um und habe keine Ahnung, was ich tun soll. Ich weiß doch auch nicht, wie man eingesunkene Pferde aus dem Moor holt.

»Jetzt mach endlich was!«, schluchzt Kristin.

Dass sie, die sich sonst nie vor etwas fürchtet, auf einmal Angst hat, erschreckt mich fast noch mehr, als dass Olle im Sumpf festsitzt. Ich bin einfach gezwungen, etwas zu tun. Rasch steige ich ab und binde Star an einer verkrüppelten Birke an. Nach ein paar großen Schritten bin ich bei Olle und packe ihn am Zaum. Ich versuche das Gleichgewicht auf den Grasbulten zu halten, aber als Olle zurückzuckt, rutsche ich ab. Meine Stiefel füllen sich mit Wasser und ich habe das Gefühl, dass ich langsam versinke.

Olles große Hufe treten gefährlich nahe neben meinen Füßen auf und ich weiß, wenn ich jetzt falle, komme ich vielleicht nicht wieder hoch. Ich klammere mich an Kristins Bein fest und schaffe es, das Gleichgewicht zu halten. Aber inzwischen stehe ich selbst bis zu den Oberschenkeln im Moor.

Ich nehme alle Kraft zusammen und schaffe es, einen Fuß auf einen festen Grasbult zu setzen. Mich an Kristins Bein festhaltend, ziehe ich auch den anderen Fuß herauf. Es macht ein schlürfendes Geräusch und beinahe wäre der Stiefel im Sumpf stecken geblieben. Nur dadurch, dass ich die Zehen krümme und den Fuß mit aller Kraft anspanne, gelingt es mir, den Stiefel mit hochzuziehen.

Kristin ist kreidebleich im Gesicht und aus ihrer Nase tropft es. Ich weiß nicht, ob es Tränen, Wasser oder Rotz ist.

»Was machen wir jetzt?«, wimmert sie.

Normalerweise ist sie die Mutige und ich bin der Angsthase. Endlich ist es einmal andersherum. Ihre Hilflosigkeit macht mich plötzlich stark.

»Ich zähle bis drei, dann springe ich. Gib Olle genau in dem Moment einen Schlag mit der Gerte«, weise ich sie an.

»Glaubst du, das geht?«, fragt sie jammernd.

»Das weiß ich auch nicht«, fauche ich sie an. »Aber wir müssen es wenigstens versuchen. Los jetzt. Eins, zwei und … *drei*!«

Bei drei mache ich einen Riesensatz auf das feste Grasland zu. Meine Hand hält krampfhaft Olles Zaum fest. Kristin hebt die Gerte und versetzt Olle einen kräftigen Hieb, gleichzeitig drückt sie ihm die Schenkel in die Flanken. Es macht einen Riesenplatsch, als Olle sich nach vorn wirft, und ich verliere den Boden unter den Füßen. Für einen Moment habe ich das Gefühl, in der Luft zu schweben.

Dann falle ich hilflos nach vorn. Mein Gesicht landet im Schlamm und mir bleibt der Atem weg. Als ich Luft hole, füllt mein Mund sich mit Moorwasser. Spuckend und keuchend hebe ich den Kopf und sehe mich verwirrt um. Das Erste, was ich sehe, sind Olles Hufe, nur wenige Zentimeter von meiner Hand entfernt. Ich ziehe sie schnell zurück und setze mich mühsam auf.

Im nächsten Augenblick hockt Kristin auf Knien neben mir. Sie umarmt mich so fest, dass mir schon wieder die Luft wegbleibt.

»Du hast es geschafft, Lisa!«, jubelt sie. »Ich liebe dich!«

Ich lehne den Kopf an ihre Schulter und mache die Augen zu. Es ist egal, dass ich triefnass bin und mir jeder Knochen wehtut. Olle ist gerettet und ich habe das geschafft!

»Ich werde nie wieder sagen, dass du ein Angsthase bist«, sagt Kristin. »Das verspreche ich.«

Ich glaube zwar keine Sekunde, dass sie ihr Versprechen halten wird, aber ihre Worte machen mich trotzdem glücklich. Außerdem kann ich sie daran erinnern, wenn sie mich das nächste Mal einen Feigling nennt.

Jetzt, wo alles vorbei ist, merke ich, dass ich vor Kälte mit den Zähnen klappere. Meine Beine sind steif wie tiefgekühlte Fischstäbchen. Kristin hilft mir auf Star hinauf, der während des ganzen Abenteuers gehorsam an seiner Birke gewartet hat. Wir legen fast den ganzen Weg im Trab zurück, um so schnell wie möglich nach Hause zu kommen.

»Du hast bestimmt den schlechtesten Orientierungssinn der Welt, Lisa«, sagt Kristin, als wir uns Hallondalen nähern. »Aber ich mag dich trotzdem sehr.«

Zum Glück wird sie nie herausfinden, dass ich uns absichtlich in die falschen Richtungen geführt habe und dass wir ganz unnötig durch den Wald geirrt sind. Und obwohl es meine Schuld war, dass Olle im Moor eingesunken ist, bin ich doch ziemlich stolz darauf, ihn dort wieder herausgeholt zu haben.

7

Der Bissen Brot in meinem Mund wird immer größer, je länger ich darauf herumkaue. Kristin steht neben mir und tritt ungeduldig von einem Bein aufs andere.

»Nun mach endlich, sonst verpassen wir noch den Schulbus«, drängelt sie alle zwei Sekunden.

Ich bin mir nicht ganz sicher, ob ich den Bus überhaupt erreichen will. Der Gedanke, Jonte zu treffen, macht mich nervös. Was, wenn er immer noch genauso sauer auf mich ist? Gleichzeitig sehne ich mich danach, ihn wiederzusehen.

Kristin schafft es, mich gerade noch rechtzeitig zur Bushaltestelle zu schleifen. Als der Bus auf den Schulvorplatz einbiegt, halte ich Ausschau nach Jonte. Aber wie oft ich den Blick auch über den Schulhof streifen lasse, ich entdecke ihn nirgends. Kaum bin ich aus dem Bus gestolpert, haben mich Gabriella, Linnéa und Katrin schon umringt.

»Wir haben einen Neuen in der Klasse«, sagt Linnéa aufgeregt.

»Er ist wahnsinnig süß«, fügt Katrin hinzu.

»Meint ihr Sandro?«, frage ich.

Ich kann mir ein Grinsen nicht verkneifen, als ich ihre verblüfften Gesichter sehe.

»*Kennst* du ihn etwa?«, fragt Gabriella neidisch.

Ich weiß, dass die anderen Mädchen in der Klasse mich für eine alte Trantüte halten. Ich gehe nicht in die Disco wie sie und schließe mich in den Pausen nicht auf dem Schulklo ein, um Lidschatten und kreischroten Lippenstift auszuprobieren. Genau deswegen wäre es bestimmt ein Riesenspaß, zu sagen: »Tja, Sandro und ich haben uns neulich erst geküsst.« Was sie dann wohl für Gesichter machen würden! Aber das sage ich natürlich nicht.

»Ich habe ihn in den Ferien kennengelernt«, antworte ich nur. »Er ist ein Verwandter von Jonte.«

Die anderen plappern weiter, was für ein süßer und cooler Typ Sandro ist. Ich halte währenddessen weiter Ausschau nach Jonte. Ich will mit ihm reden, bevor die Stunde anfängt. Falls wir uns streiten müssen, möchte ich es lieber nicht im Klassenzimmer tun, wo alle anderen es mitkriegen. Aber er ist immer noch nirgends zu sehen.

Als es zum Unterricht klingelt, trödle ich vor der Tür zum Klassenzimmer herum. Noch nie hatte ich Angst davor, Jonte zu begegnen, aber jetzt fühle ich mich ganz elend. Ich weiß gar nicht genau, warum ich so nervös bin. Ich bin es einfach.

»Hättest du gern eine Extraeinladung, Lisa?«, fragt Bengtsson, unser Klassenlehrer.

Ich schlüpfe rasch in die Klasse, bleibe aber jäh auf der Türschwelle stehen. Nicht Jonte sitzt auf dem Platz neben mir – sondern Sandro! Er grinst, als er mich sieht.

»Hallo, Lisa!«, ruft er. »Schön, dich wiederzusehen.«

Alle drehen sich um und glotzen zu uns herüber. Die Augen von Katrin und Gabriella glühen vor Neid. Ich merke, wie ich rot werde, und setze mich schnell auf meinen Stuhl.

»Wo ist Jonte?«, frage ich.

Sandro antwortet nicht.

»Ist er krank?«, bohre ich.

Sandro schüttelt den Kopf.

»Nee«, sagt er und zögert. »Er … er hatte nur keine Lust heute.«

Das ist natürlich gelogen, das hört man ja drei Meilen gegen den Wind. Irgendetwas stimmt nicht, da bin ich ganz sicher. Aber Jonte kann doch nicht so wütend auf mich sein, dass er deswegen nicht zur Schule kommt? Das glaube ich einfach nicht.

Ich versuche, mehr aus Sandro herauszukriegen, aber er zuckt nur mit den Schultern und fängt an, über was ganz anderes zu sprechen. Es ist offensichtlich, dass er absolut nicht über Jonte reden will.

»Ein Glück, dass ich dich kennengelernt habe«, sagt er. »Es ist ziemlich blöd, als Neuer in eine Klasse zu kommen. Ich kenne hier ja sonst niemanden.«

»Die Mädchen finden dich alle total süß«, sage ich.

Sandro grinst und wirft seine langen Haare zurück.

»Klingt nicht schlecht.«

Dann gibt er mir einen leichten Knuff und flüstert mir ins Ohr:

»Ich finde ja, dass *du* unheimlich süß bist.«

Ich laufe rot an und mir wird ganz heiß. Es kribbelt in den Achselhöhlen und ich weiß gar nicht, wo ich hingucken soll. In der Bank hinter mir kann ich Gabriella und Katrin kichern hören und ich wüsste zu gern, ob sie über mich lachen.

Die Stunde zieht sich ewig hin. Wie sehr ich mich auch anstrenge, ich begreife nicht, was ich lese. Die Worte fließen ineinander und scheinen nicht zusammenzugehören. Sobald ich zur Seite blicke, lacht Sandro mich an, und jedes Mal werde ich wieder verlegen. Ich komme mir total albern vor und verstehe überhaupt nicht, wieso ich mich nicht ganz normal benehmen kann, wenn er in der Nähe ist.

Gleichzeitig mache ich mir Sorgen um Jonte. Wieso ist er nicht in der Schule? Irgendwas stimmt da nicht, darauf wette ich. Sonst hätte Sandro mich nicht so komisch angesehen, als ich gefragt habe. Liegt es wirklich an mir, dass Jonte nicht in die Schule kommt? Ich muss es ganz einfach herauskriegen. Und ich will es jetzt sofort wissen.

Ich schleiche nach vorne zu Bengtsson, der an seinem Pult sitzt und Aufsätze korrigiert.

»Darf ich bitte das Telefon im Lehrerzimmer benutzen?«, frage ich. »Ich muss zu Hause anrufen.«

»Hat das nicht Zeit bis zur Pause?«, fragt er.

»Es muss *jetzt* sein«, antworte ich. »Es ist eilig.«

Das stimmt. Ich halte es keine Minute länger aus. Bengtsson seufzt und nickt.

»Aber beeil dich.«

Der Flur ist lang und wie ausgestorben. Die Wände sind in einem kränklichen Blassgrün gestrichen. Jemand muss sich Mühe gegeben haben, den absolut hässlichsten Farbton zu finden. Ich laufe vorbei an den verbeulten Blechschränken, wo wir unsere Schulbücher aufbewahren, an den Schülertoiletten und an der Tür des Hausmeisters. Das Lehrerzimmer ist leer, ein Glück.

Das Herz klopft mir bis zum Hals, als ich Jontes Nummer wähle. Während ein Klingelton nach dem anderen durch die Leitung eilt, trete ich nervös von einem Bein aufs andere. »Antworte«, rufe ich laut und genau in dem Moment antwortet er wirklich.

»Ja?«

Die Stimme ist heiser und kaum zu verstehen.

»Ist Jonte da?«, frage ich.

»Am Apparat.«

Aber es hört sich überhaupt nicht wie Jontes normale Stimme an.

»Hei, hier ist Lisa«, sage ich. »Warum bist du nicht in der Schule?«

»Ich bin krank«, antwortet Jonte und zieht vernehmlich die Nase hoch.

Krank? Er hört sich zwar ziemlich erkältet an, aber warum hat Sandro dann nicht gesagt, dass Jonte krank ist? Warum sollte er lügen? Da stimmt doch was nicht.

Diese Schnupfnase und diese komische Stimme. So klinge ich selbst immer, wenn ich geheult habe, bis keine Tränen mehr da sind. Könnte es sein, dass Jonte nicht krank ist, sondern traurig, und dass er es nur nicht zugeben will?

»Bist du *wirklich* krank?«, forsche ich nach.

»Hast du was mit den Ohren?«, schreit Jonte. »Wenn ich sage, dass ich krank bin, dann bin ich krank! Ich hab jetzt keine Zeit, mit dir zu reden. Und noch was – ruf nicht dauernd hier an, okay? Das nervt echt.«

Ich schwanke aus dem Lehrerzimmer. Es pocht in meinem Körper und die Beine wollen mich kaum tragen. Ich kann jetzt nicht zurück ins Klassenzimmer gehen. Stattdessen sinke ich auf die nächste Bank und sitze einfach nur da. Die ganze Zeit höre ich Jontes ärgerliche Stimme im Kopf. Er will wirklich nicht mit mir reden. Vielleicht nie mehr, und das liegt bestimmt an dem Kuss, den Sandro mir gegeben hat. Eine andere Erklärung gibt es nicht.

Es klingelt zur Pause und innerhalb von Sekunden ist der

Flur nicht länger ausgestorben. Türen werden aufgeschlagen und im Nu ist um mich herum ein Gedränge und Geschubse. Jacken werden von den Haken gerissen, die Türen der Schrankfächer klappern, Schreie und Rufe gellen durch den Flur. Trotzdem bleibe ich sitzen und starre mit leerem Blick auf den Fußboden vor mir. Ich merke nicht einmal, dass sich jemand neben mich setzt. Bis ich Sandros Stimme in meinen Ohren höre.

»Was ist los, Lisa? Was hast du?«

»Nichts«, sage ich und wende mich ab.

»Aber ich sehe doch, das was nicht stimmt.«

»Lass mich in Ruhe!«

Doch Sandro rutscht noch ein bisschen näher, ich kann seine Beine an meinen spüren. Wie zufällig legt er seinen Arm um meine Schultern und das bringt mich nur noch mehr durcheinander. Die eine Hälfte von mir würde am liebsten weglaufen, die andere möchte bleiben.

»Ich habe mir Sorgen gemacht, das kannst du dir ja wohl denken. Jetzt erzähl«, beharrt er.

Seine Augen sind hellbraun mit kleinen, gelben Punkten. Aus der Nähe gesehen sind seine Wimpern noch viel länger. Plötzlich kann ich die Tränen nicht mehr zurückhalten. Sie laufen mir die Wangen herunter und lassen sich einfach nicht stoppen. Ich verberge mein Gesicht an Sandros Schulter.

Jonte will nicht mehr mit mir reden. Er findet meine Anrufe lästig. Vielleicht werden wir nie wieder gute Freunde sein. Je mehr ich darüber nachdenke, desto trauriger macht es mich. Die Tränen laufen immer weiter, obwohl ich mir absolut bescheuert vorkomme.

»Willst du mir nicht sagen, warum du so traurig bist?«, fragt Sandro leise.

»Lieber nicht«, schluchze ich.

Und Sandro bohrt nicht weiter. Er hält mich nur in seinem Arm und lässt mich heulen. Ich wünschte, es wäre Jonte, der mich so hält, aber es ist trotzdem schön, nicht völlig verlassen zu sein. Es ist, als wären Sandro und ich ganz allein auf der Welt.

Aber nachdem ich eine Weile geheult habe, höre ich den Lärm um uns herum. Schwatzen und Lachen und das Scharren von Füßen auf dem Boden. Was mache ich hier eigentlich? Ich sitze herum und heule mir in aller Öffentlichkeit die Augen aus. Kann man sich eigentlich noch peinlicher aufführen? Ich komme mir total albern vor und traue mich kaum, Sandro anzusehen.

»Fühlst du dich jetzt besser?«, fragt Sandro.

»Ein bisschen«, sage ich und versuche ein Lächeln.

»Die Pause ist gleich um. Wir müssen wieder rein«, sagt Sandro. »Ich kann nicht gleich am ersten Tag schwänzen.«

Es ist schon ein tolles Gefühl, mit Sandro zusammen in die Klasse zurückzugehen. Ich sehe die Blicke der anderen Mädchen und kann ihren Neid direkt riechen. Alle wären gerne bei Sandro, aber er will mit *mir* zusammen sein. Das ist ein gutes Gefühl. Sogar ein sehr gutes. Ich vergesse fast, wie niedergeschlagen ich bin.

In dieser Stunde haben wir Mathe. Wir müssen Gleichungen lösen und wie üblich begreife ich überhaupt nichts. Aber Sandro rechnet, dass der Stift nur so übers Papier fliegt. Bengtsson sieht ihm über die Schulter und murmelt anerkennend etwas vor sich hin.

»Soll ich dir zeigen, wie's geht?«, fragt Sandro und dann tut er es.

Er ist wirklich unheimlich lieb. Fast so wie Jonte.

8

Jonte kommt auch den nächsten und den übernächsten Tag nicht in die Schule. Ich begreife einfach nicht, was er hat. Will er überhaupt nicht mehr zum Unterricht kommen, bloß weil er böse mit mir ist? Vielleicht sogar die Schule wechseln oder seine Eltern dazu bringen, woanders hinzuziehen? Das ist doch völlig verrückt.

Zuerst bin ich nur traurig und besorgt, aber dann werde ich immer ärgerlicher. Wieso versucht er nicht mal, mit mir zu reden? Kann ja sein, dass er sauer auf mich ist, aber warum gibt er mir nicht mal die kleinste Chance, ihm alles zu erklären?

Jeden Morgen steht Sandro an der Bushaltestelle vor der Schule und wartet auf mich. Das wird langsam schon peinlich, denn natürlich macht Kristin ihre Bemerkungen.

»Na, schon wieder ein neuer Freund? Schau an, schau an! Scheinst ja echt Schlag bei den Typen zu haben, Lisa.«

»Hau bloß ab!«, fauche ich sie an.

Aber es gefällt mir auch. Obwohl ich glaube, dass Sandro nur auf mich wartet, weil er bisher noch nicht richtig Anschluss gefunden hat. Doch die anderen Mädchen aus meiner Klasse glauben das offenbar nicht und es tut mir irgendwie schon gut, dass sie so neidisch sind.

»Geht ihr zusammen, oder was?«, löchern sie mich in der Pause.

Ich lache nur und schüttle den Kopf. Aber ich weiß, dass sie mir das nicht abnehmen, und ich habe auch nichts dagegen. Sonst war ich immer nur Luft für sie, aber nun wollen sie mich die ganze Zeit dabeihaben. Gerade so, als wäre ich jetzt eine andere, nur weil Sandro mich mag. Schon komisch, aber es ist auch ein schönes Gefühl, ausnahmsweise mal begehrt zu sein.

Sandro erzählt nichts von Jonte und ich frage auch nicht. Es ist fast so, als ob es Jonte nicht mehr gäbe und Sandro seinen Platz eingenommen hätte.

»Heute haben wir früher Schluss«, sagt Sandro. »Wollen wir zusammen ausreiten?«

Ich muss nicht lange überlegen.

»Ja«, sage ich. »Warum nicht.«

Es macht bestimmt Spaß, mal mit jemand anderem auszureiten als mit Kristin und Mama.

Am liebsten würde ich Kristin nichts davon sagen, aber das ist unmöglich. Schließlich reite ich jeden Tag mit ihr zusammen aus, und wenn ich heute ohne sie unterwegs sein will, muss ich ihr erklären, warum.

»Soso, du hast also Jonte gegen Sandro ausgetauscht«, sagt Kristin.

»Quatsch«, fauche ich sie an. »Jonte und ich sind nur Freunde und das sind Sandro und ich auch.«

»*Die Liiiiebe ist so wunnnderbaaar …*«, singt Kristin mit schmachtender Stimme und da muss ich dann doch lachen.

Ich bürste Star rasch ab und sattle ihn. Es wird jetzt abends schon früh dunkel, also heißt es, keine Zeit zu verlieren. Aber obwohl ich mich unheimlich beeile, ist Sandro als Erster an der Steinbrücke. Es ist ein komisches Gefühl, ihn und Troll dort zu sehen anstatt Jonte und Daisy. Überall, wo Jonte sonst war, ist jetzt Sandro. Es ist wirklich so, als wäre Jonte plötzlich gegen ihn ausgetauscht worden.

Sobald Sandro mich entdeckt, treibt er Troll an, dass dessen Hufe nur so über die Brücke donnern. Wenn er ohne Helm und Sattel reiten würde, sähe er mit seinen langen, dunklen Haaren wie ein Indianer aus.

»Hei, Lisa!«, ruft er.

»Hei«, antworte ich.

Damit ist der Vorrat an Worten erschöpft und wir sehen uns unsicher an. Irgendwie peinlich. Troll und Star reiben neugierig die Nasen aneinander, aber das können Sandro und ich ja wohl kaum tun.

»Wollen wir zu mir nach Hause reiten?«, frage ich.

Das ist das Einzige, was mir auf die Schnelle einfällt.

»Gerne«, sagt Sandro und sein Gesicht leuchtet auf.

Ich wende Star und dann reiten wir im Schritt nach Hause. Irgendwie habe ich ein Gefühl, als würde Jonte neben mir reiten, obwohl ich natürlich ganz genau weiß, dass er es nicht ist. Wirklich komisch.

»Kommst du zur Springstunde am Samstag?«, fragt Sandro. »Peter hat davon erzählt und ich möchte mit Troll gerne teilnehmen.«

Fast jeden Samstag findet ein Springkurs in der Reitschule statt. Dann haben die Schulpferde ihren Ruhetag, deshalb ist der Kurs nur für Teilnehmer mit eigenem Pferd. Kristin und ich sind fast immer dabei, Jonte und Peter auch.

»Ich denke schon«, sage ich.

»Ein Glück. Ich gehe nicht gern irgendwohin, wo ich niemanden kenne.«

»Kommen denn Jonte und Peter nicht mit?«, frage ich.

»Wohl eher nicht«, erwidert Sandro.

Ich werfe ihm einen Seitenblick zu, aber mehr sagt er

nicht. Und ich will nicht fragen, obwohl ich unheimlich neugierig bin. Die ganze Sache wird immer seltsamer. Erst kommt Jonte nicht mehr zur Schule und jetzt hat er es anscheinend auch noch aufgegeben, beim Springkurs mitzumachen. Alles nur, damit er mir nicht über den Weg läuft. Er muss wirklich unheimlich wütend sein.

»Du bist das süßeste Mädchen, das ich jemals getroffen habe«, sagt Sandro plötzlich.

Seine braunen Augen glitzern mich unter dem Schirm seiner Reitkappe an. Ich werde ganz nervös, wenn er mich auf diese Art ansieht. Als hätten wir zwei ein Geheimnis, von dem niemand sonst etwas weiß.

»Ach was«, sage ich verlegen und weiß nicht, wohin ich gucken soll.

»Doch, das stimmt«, beharrt Sandro. »Und außerdem bist du echt in Ordnung.«

»Unsere Geländestrecke fängt da drüben an«, unterbreche ich ihn. »Willst du sie ausprobieren?«

Natürlich freue ich mich darüber, wenn er so etwas sagt. Aber gleichzeitig ist es mir irgendwie unangenehm. Sandro lächelt und nickt. Er scheint begriffen zu haben.

»Klar will ich.«

Star ist die Strecke so oft gesprungen, dass er sie wahrscheinlich schon im Schlaf kann. Aber für Troll ist sie ganz neu und ich sehe, dass Sandro unruhig wird, als wir uns dem ersten Hindernis nähern.

»Sind die Hindernisse sehr hoch?«, fragt er vorsichtig.

»Nee, überhaupt nicht. Aber das am Wassergraben ist nicht ganz einfach«, erwidere ich und fühle mich ausnahmsweise mal überlegen.

Star ist genauso aufgekratzt wie immer, aber weil er vor Troll starten darf, rennt er nicht wie ein Verrückter los. Wir überspringen ein Hindernis nach dem anderen. Ab und zu sehe ich über die Schulter zurück. Sandro macht ein verbissenes Gesicht. Dabei braucht er überhaupt nicht besorgt zu sein. Troll macht weite, hohe Sprünge, ohne auch nur einmal zu zögern.

»Jetzt kommt das Wasserhindernis«, rufe ich. »Mach dich bereit!«

Was dann passiert, weiß ich nicht. Es gibt einen Riesenplatsch und plötzlich sitze ich mitten im kalten Wasser. Star steht neben mir und sieht verwundert aus. Sandro gelingt es mit Mühe und Not, Troll rechtzeitig anzuhalten. Er springt aus dem Sattel und kommt angerannt, um mir aufzuhelfen.

»Alles in Ordnung?«, fragt er besorgt.

»Bestens«, knurre ich.

Ich komme mir total bescheuert vor. Da warne ich ihn vor dem Hindernis und falle dann selbst in den Bach. Als ich aufstehe, rinnt mir das Wasser aus den Klamotten. Die Jeans ist verdreckt und die Reitstiefel sind voll eiskaltem Wasser. Dabei hatte ich sie gerade wieder trocken gekriegt nach Kristins und meinem Abenteuer im Moor.

»Du hörst dich an wie eine Klapperschlange«, sagt Sandro lachend, als mir vor Kälte die Zähne klappern.

Ich finde das ganz und gar nicht lustig. Schnell krabble ich wieder auf Stars Rücken, nehme erneut Anlauf und diesmal kommen wir ohne Probleme über das Hindernis. Den Rest der Strecke bringen wir in einem Affenzahn hinter uns.

Ich versuche so zu tun, als wäre nichts passiert, aber das ist nicht so einfach, wenn die Hose triefnass ist. Beim Leichttraben gibt es jedes Mal ein klatschendes Geräusch, wenn mein Po auf den Sattel trifft. Weiterreiten ist unmöglich.

»Wollen wir ins Haus gehen?«, frage ich. »Du kannst Troll solange im Stall unterstellen.«

Sandro nickt.

Mira wiehert heiser, als wir die Stalltür öffnen. Sie freut sich offenbar, Gesellschaft zu bekommen. Bisher hat Mama noch nicht gewagt, sie mit Olle und Star zusammen auf die Koppel zu lassen.

Die Jeans kleben an meinen Beinen, als ich mit Sandro im Schlepptau zum Haus hinaufgehe. Mama steckt den Kopf neugierig aus ihrem Arbeitszimmer, als wir in die Diele kommen. Ich sehe ihr an, wie erstaunt sie ist, dass ich nicht Jonte mitgebracht habe, sondern einen unbekannten Jungen. Aber zum Glück sagt sie nichts dazu.

»Hast du Tauchen geübt, Lisa?«, fragt sie stattdessen.

Das ist auch nicht viel besser.

»Der blöde Wassergraben«, murmle ich.

»Du hast dir doch nicht wehgetan?«

»Nein, nein.«

»Ein Glück«, sagt Mama. »Ich habe nämlich keine Zeit, dich ins Krankenhaus zu fahren, ich muss den Artikel hier unbedingt fertig schreiben. In der Küche ist frischer Streuselkuchen. Lasse hat ihn gebacken. Vergiss nicht, dir eine andere Hose anzuziehen.«

Als ob ich vergessen könnte, dass ich triefnasse Jeans anhabe. Aber so ist Mama, wenn sie arbeitet. Sie redet, ohne nachzudenken, und will am liebsten möglichst schnell wieder die Tür hinter sich zumachen. Im Moment bin ich wirklich froh darüber, dass sie ihre Ruhe haben will, denn das will ich auch.

Nachdem ich die Jeans aus- und eine rote Jogginghose angezogen habe, decke ich den Küchentisch mit Saft und Streuselkuchen. Schokoladenkekse habe ich auch noch gefunden. Sandro stopft den Kuchen voller Appetit in sich hinein. Er schlingt fast so gierig wie Jonte. Das liegt wohl in der Familie. Als alles aufgegessen ist, lehnt er sich auf dem Stuhl zurück und seufzt zufrieden.

»Hier könnte ich bleiben.«

»War der Streuselkuchen *so* gut?«

»Das auch, aber das habe ich nicht gemeint«, sagt Sandro. »Hier ist es so ruhig und gemütlich.«

»Ist es bei euch Zuhause ungemütlich, weil Jonte krank ist?«, wundere ich mich. »Oder sind die anderen vielleicht auch krank?«

»Tja, könnte man so sagen«, meint Sandro und lacht. »Bisschen krank sind die alle.«

Ich weiß nicht, was ich davon halten soll. Jonte hat gesagt, dass er krank ist. Sandro hat gesagt, dass er es nicht ist. Aber jetzt sagt er doch, dass Jonte krank ist. Das wird immer merkwürdiger.

»Hast du nicht gesagt, dass Jonte bloß keine Lust hat, in die Schule zu gehen?«, frage ich.

»Kann schon sein, dass ich das gesagt habe«, erwidert Sandro und zuckt die Schultern. »Hast du noch mehr Kekse? Die waren superlecker.«

Wir futtern die restlichen Kekse aus der Tüte auf, bevor wir wieder zum Stall hinuntergehen.

»Es wird bald dunkel. Ich mache mich wohl besser auf den Heimweg«, sagt Sandro.

Während er Troll sattelt, stehe ich neben ihm in der Box. Nachdem er den Sattelgurt festgezogen hat, dreht er sich zu mir um und plötzlich stehen wir uns ganz dicht gegenüber. Zu dicht. Ich sehe direkt in seine Augen. Sie sind sehr ernst.

»Willst du mit mir gehen?«, fragt er leise.

Ich sollte vielleicht nicht so überrascht sein. Denn ich habe natürlich gemerkt, dass Sandro mich mag, schon seit dem ersten Mal, als er mich auf dem Heimweg von Jontes Haus begleitet hat. Aber trotzdem ist es ein unwirkliches Gefühl.

»Ich mag dich wirklich, Lisa«, sagt Sandro. »Sehr.«

Ich kriege immer noch kein Wort heraus. Ich stehe einfach mit herunterhängenden Armen da und weiß nicht, was ich machen soll. Da beugt Sandro sich vor und küsst mich auf den Mund. Ein sanfter, flüchtiger Kuss. Kaum dass seine Lippen meine berühren. Und doch ist es, als hätte ich einen elektrischen Schlag bekommen. Tausend Millionen Gedanken rasen durch meinen Kopf. Ich bin glücklich und ängstlich und verwirrt zugleich.

»Du willst doch bestimmt auch gern mit mir zusammen sein?«, flüstert Sandro mir ins Ohr.

»Ich weiß nicht«, antworte ich und mache einen Schritt rückwärts.

»Magst du mich denn nicht?«, fragt Sandro und sieht mich verwundert an. »Ich dachte, das tust du. Sonst hätte ich mich nie getraut, dich zu fragen.«

»Doch«, sage ich hastig. »Natürlich mag ich dich, aber ich weiß trotzdem nicht. Lass mich ein bisschen darüber nachdenken, ja?«

»Na klar, mach das«, sagt Sandro.

Er dreht mir den Rücken zu und führt Troll rasch aus dem Stall. Seine Schultern hängen und man kann sehen, dass er enttäuscht ist. Mit einem Ruck zieht er die Steigbügel herab und sitzt auf.

»Bis dann, Lisa«, sagt er und blickt mich mit seinen traurigen, braunen Augen an.

Er sieht so niedergeschlagen aus, dass sich alles in mir zusammenkrampft. Armer Sandro. Seine Mutter und sein Vater sind tot und seine Stiefmutter will ihn los sein. Er hat niemanden. Und jetzt glaubt er, dass ich ihn auch nicht will.

9

Nachdem Sandro losgeritten ist, gehe ich auf die Koppel. Als Star mich entdeckt, kommt er angetrabt und wiehert erwartungsvoll. Er ist eine richtige Naschkatze und er weiß, dass ich meistens Leckerli in den Taschen habe.

»Du bist das beste Pferd der Welt«, schmeichle ich und kraule ihn unter dem Stirnschopf.

Das gefällt ihm. Als er die Leckerli weggeknuspert hat, legt er den Kopf auf meine Schulter. Dann steht er mit halb geschlossenen Augen da und genießt. Ich drücke mein Gesicht in sein warmes Fell. Ihm so nahe zu sein, beruhigt mich normalerweise immer. Aber jetzt hilft nicht einmal das.

Die anderen Mädchen in meiner Klasse waren alle schon mit mindestens zwanzig Jungen zusammen. Wenigstens sagen sie das. Sie reden kaum über etwas anderes als Jungs. Ich dagegen war noch nie mit einem zusammen. Keiner hat mich gefragt und ich habe auch keinen gefragt. Aber jetzt hätte ich die Gelegenheit. Die Mädchen in der Klasse würden vor Neid sterben, wenn ich mit Sandro gehe. Der Gedanke gefällt mir.

Und warum auch nicht? Sandro sieht gut aus und ist ein netter Kerl. Ich werde sofort rot, wenn er mich ansieht, und das ist doch wohl ein Zeichen dafür, dass ich in ihn verliebt bin. Oder? Ich bin mir nicht sicher. Und dann ist da noch Jonte. Seit den Ferien im Reitlager dachte ich immer, wenn ich in jemanden verliebt bin, dann in ihn. Aber keiner von uns beiden hat den anderen je gefragt, ob wir miteinander gehen wollen, und jetzt will Jonte nicht mal mehr mit mir reden.

Warum muss immer alles so schwierig sein?

»Redest du mit Star oder redest du mit dir selbst?«, fragt eine Stimme hinter mir.

Ich zucke zusammen und drehe mich um. Da steht Kristin und grinst.

»Willst du den ganzen Abend auf der Koppel bleiben oder hilfst du mir beim Ausmisten?«, fragt sie. »Ich habe keine Lust, alles alleine zu machen.«

»Ich komme«, sage ich.

Gemeinsam misten wir die drei Boxen aus und streuen eine dicke Schicht Stroh auf den Boden. Die Eimer werden mit Wasser gefüllt und jedes Pferd bekommt einen großen Armvoll Heu und einen Scheffel Hafer.

Als die Pferde in den Boxen stehen und anfangen zu fressen, wird es ruhig im Stall. Kristin und ich setzen uns auf einen Strohballen und atmen auf. Es gibt kein friedlicheres Geräusch als das Mahlen von Pferdezähnen. Ab und zu unterbricht Star seine Mahlzeit und schaut über die Boxentür zu uns herüber.

Ich versuche daran zu denken, wie glücklich ich bin, dass ich ihn habe. Aber die Gedanken an Sandro drängen sich in den Vordergrund. Morgen will er bestimmt wissen, ob ich mit ihm gehen will oder nicht. Aber ich habe keine Ahnung, was ich will.

»Was ist los mit dir?«, fragt Kristin.

»Nichts. Was soll mit mir sein?«, erwidere ich.

Kristin prustet.

»Hältst du mich für blöd? Wenn ich mit dir rede, antwortest du nicht. Du seufzt nur andauernd und siehst bekümmert aus. Du hast doch was.«

»Hör schon auf«, sage ich unwillig. »Es ist jedenfalls nichts, was dich etwas angeht.«

Aber Kristin lacht nur und rutscht dicht an mich heran.

»Jetzt erzähl's deiner großen Schwester schon. Vergiss nicht, dass ich ein ganzes Jahr älter bin und *viel* klüger als du.«

Da muss ich doch kichern und auf einmal erscheint es mir möglich, sie einzuweihen. Also erzähle ich ihr die ganze Geschichte von Anfang bis Ende, von dem Moment an, als ich Sandro zum ersten Mal sah. Wie Jonte mich nicht nach Hause bringen wollte und Sandro für ihn einsprang. Von dem Kuss im Wald und von Jonte, der so sauer ist, dass er sich weigert, mit mir zu reden, und nicht mal in die Schule kommt. Und von Sandro, der so einsam und traurig ist und der möchte, dass ich mit ihm gehe.

»Ich weiß nicht, was ich machen soll«, sage ich zum Schluss. »Alles ist so wahnsinnig kompliziert geworden. Ich will nicht, dass Jonte sauer auf mich ist, aber auch nicht, dass Sandro es ist.«

»Du hast sie nicht mehr alle, Lisa«, sagt Kristin und schüttelt den Kopf.

»Ich wollte das doch gar nicht«, protestiere ich. »Sandro hat mich plötzlich einfach geküsst, ich konnte überhaupt nichts dagegen machen. Und der Rest ist einfach so gekommen.«

»Dummerchen, das habe ich doch gar nicht gemeint. Begreifst du denn gar nichts? Merkst du nicht, wie du dich anhörst? ›Was meint Jonte?‹ und ›Was denkt Sandro?‹. Und du selbst?«

»Was meinst du damit?«

»Du bist echt eine Trantüte, Lisa. Ich fasse es nicht, wieso du ein schlechtes Gewissen hast. Du kannst doch küssen, wen du willst. Was hat Jonte damit zu tun? Ihr seid ja nicht mal zusammen. Wenn Jonte so wütend über diesen Kuss ist, dass er nicht mehr mit dir redet, dann ist er ein Blödmann. Punkt und aus. Pfeif auf ihn.«

»Aber …«

»Kein Aber«, unterbricht Kristin mich. »Was willst du selbst? Das ist doch wohl das Wichtigste. Wenn du in Jonte verliebt bist, dann solltest du es ihm sagen. Oder wenn du lieber mit Sandro gehen willst, dann tu das. Aber tue nichts, nur weil du Mitleid mit Sandro hast oder weil du nicht willst, dass Jonte sauer ist.«

Kristin redet noch eine ganze Weile auf mich ein, aber ich habe keine Lust mehr, zuzuhören. Stumm sitze ich da und lasse den Kopf hängen. Ich hätte wissen müssen, dass es keine gute Idee war, Kristin von der Sache zu erzählen. Jetzt kommt mir alles noch viel schlimmer vor. Als wäre es nicht schon genug, dass Jonte schmollt und Sandro enttäuscht ist. Jetzt findet Kristin auch noch, dass ich dumm bin. Offenbar mache ich alles falsch.

Für Kristin ist alles so einfach. Sie scheint nie daran zu zweifeln, dass sie recht hat. Vielleicht hat sie es ja auch diesmal, aber woher soll ich das wissen? Ich weiß lediglich, dass sie mich nur noch mehr verwirrt hat.

»Ist ja gut«, fauche ich sie an. »Hör auf.«

Kristin sieht mich verwundert an.

»Ich versuche doch nur, dir zu helfen«, sagt sie.

»Das hilft mir alles nicht. Du sagst, ich soll auf Jonte und

Sandro pfeifen und tun, was ich will. Aber ich weiß ja gar nicht, was ich will, verstehst du? Ich habe keinen blassen Schimmer, also hör auf, mich vollzuquatschen.«

Kristin lacht und knufft mich in die Seite.

»So ist es gut, Lisa«, sagt sie. »Lass dir von niemandem was vorschreiben. Nicht mal von mir. Wollen wir reingehen und Abendbrot essen?«

Sie nimmt meine Hand und dann laufen wir zum Haus hinauf. Plötzlich finde ich es doch nicht mehr so dumm, dass ich ihr alles erzählt habe.

Aber als ich zu Bett gehe, kommen die Gedanken zurück. Was soll ich tun? Wenn ich Sandro das nächste Mal sehe, muss ich mich entschieden haben, ob ich mit ihm gehen will oder nicht.

Es ist verlockend, Ja zu sagen. Die Vorstellung, wie neidisch die anderen Mädchen sein werden, reizt mich sehr. Dann würden sie mich nie wieder damit aufziehen können, dass ich noch ein kleines Mädchen bin, nur weil ich mir mehr aus Pferden als aus Jungs mache.

Aber wie sehr ich auch hin und her überlege, ich bin mir einfach nicht sicher, ob ich in Sandro verliebt bin oder ob ich ihn einfach nur mag. Eigentlich glaube ich nicht, dass die anderen Mädchen sich so viele Gedanken darüber machen, ob sie verknallt in die Jungs sind, mit denen sie gehen. Sonst würden sie ihre Freunde wohl kaum so oft wechseln. Ich jedenfalls will in meinen Freund verliebt sein.

Ja oder nein. Je mehr ich darüber nachdenke, desto schwerer fällt mir die Wahl. Eine Weile überlege ich sogar, ob ich es auslosen soll. Als ich schließlich einschlafe, habe ich mich immer noch nicht entschieden.

Am nächsten Morgen fühle ich mich unentschlossener als je zuvor. In die Schule gehen und Sandro treffen und vielleicht auch Jonte, das schaffe ich einfach nicht. Ich will nur noch eins, mich verstecken und alle drängenden Gedanken vergessen.

»Lisa! Kristin! Zeit zum Aufstehen!«, ruft Mama von unten.

Sofort beginnt Kristin sich in ihrem Zimmer auf der anderen Seite der Wand zu rühren. Ich dagegen rolle mich wie eine Katze zusammen und ziehe mir die Bettdecke über den Kopf. Das nützt natürlich nichts. Schon nach wenigen Minuten steht Mama neben meinem Bett und rüttelt mich.

»Du musst aufstehen, Liebes«, sagt sie.

»Ich will nicht«, murre ich.

»Bist du krank?«, fragt Mama.

Was für eine ausgezeichnete Idee! Klar bin ich krank. Dass ich da nicht selbst draufgekommen bin.

»Der Kopf tut mir weh und der Bauch auch ein bisschen«, sage ich und versuche, so jämmerlich wie möglich zu klingen.

»Armes Kind«, sagt Mama und streicht mir übers Haar. »Dann ist es wohl besser, du gehst heute nicht zur Schule. Versprich mir, dass du den ganzen Tag im Bett bleibst. Um die Pferde brauchst du dir keine Sorgen zu machen. Ich habe sie schon auf die Koppel gelassen. Ich muss jetzt los und einen alten Mann interviewen, der allein in einem Wohnwagen mitten im Wald wohnt. Spannende Sache.«

Und weg ist sie. Eine Weile später höre ich die Haustür hinter ihr, Kristin und Lasse ins Schloss fallen. Ich recke und strecke mich behaglich. So leicht geht das also mit dem Schwänzen. Es wird bestimmt schön, einmal ganz allein zu sein. Ich denke natürlich nicht daran, im Bett zu bleiben. Die Sonne scheint und das Wetter ist perfekt zum Reiten.

Aber ganz so, wie ich es mir vorgestellt habe, wird es dann doch nicht. Zwar mache ich einen langen Ausritt und daran gibt es auch nichts auszusetzen. Außerdem habe ich endlich einmal Zeit, Star ordentlich zu striegeln. Nicht, dass es etwas nützt. Kaum lasse ich ihn wieder auf die Koppel, sucht er sich die matschigste Ecke aus und wälzt sich hingebungsvoll. Als er damit fertig ist, könnte man schwören, dass er das letzte halbe Jahr kein Putzzeug mehr gesehen hat.

Aber das ist nicht das Problem.

Ich will bei Star sein und nur an ihn denken. Doch das geht nicht. Die Gedanken an Sandro und Jonte und wie ich mich entscheiden soll, drängen sich von allen Seiten auf. Das ist unheimlich nervig. Das Leben war viel einfacher, als es nur Star und mich gab.

Kristin findet mich am Stall, als sie aus der Schule kommt.

»Ich dachte, du bist krank?«

»Es geht mir schon besser«, entgegne ich.

»Ah ja«, sagt sie. »Wie man sieht. Sehr viel besser anscheinend.«

Manchmal ist es echt anstrengend, eine Schwester zu haben.

»Kopfschmerzen können schließlich auch wieder aufhören«, sage ich eingeschnappt.

»Was für ein Glück, dass sie weg sind«, sagt Kristin. »Denn morgen ist endlich wieder Springstunde.«

Ich lasse mich auf einen Strohballen plumpsen. Oh nein, wie konnte ich die Springstunde nur vergessen? Sandro hat ja gesagt, dass er auch teilnehmen will.

»Ich mache nicht mit«, sage ich.

»Du machst nicht mit?«, fragt Kristin erstaunt. »Letzte Woche ist sie doch ausgefallen, wegen der Herbstferien. Diesmal müssen wir hin.«

»Geh alleine«, sage ich. »Es spielt ja wohl keine Rolle, ob ich mitkomme, oder?«

»Klar spielt das eine Rolle«, sagt Kristin ärgerlich. »Es macht viel mehr Spaß, wenn wir zu zweit sind.«

»Aber ich will nicht. Im Grunde fühle ich mich immer noch ein bisschen krank.«

»Ach nee«, sagt Kristin.

Sie weiß, dass ich lüge. Hätte ich doch bloß an die Springstunde gedacht, dann hätte ich dafür gesorgt, dass ich im Bett liege, wenn sie nach Hause kommt. Nun ist es zu spät.

»Du kannst mich nicht zwingen«, sage ich bockig.

Ich rechne damit, dass sie wieder auf mich einredet. Aber Kristin zuckt nur mit den Schultern.

»Das habe ich auch nicht vor«, sagt sie nur.

Das sieht Kristin gar nicht ähnlich. Wenn sie sich etwas vorgenommen hat, setzt sie ihren Willen immer durch.

»Gut«, sage ich.

»Sehr gut«, sagt Kristin. »Weißt du was? Du bist der größte Feigling, den ich kenne.«

»Ich bin überhaupt nicht feige«, fauche ich. »Du weißt,

dass ich mich traue, mit Star zu springen. Ich habe nur keine Lust.«

Aber Kristin hört nicht zu. Sie geht einfach weg. Nichts macht mich so wütend, wie wenn sie mich feige nennt, und das weiß sie genau. Als ich Olle aus dem Moor gerettet habe, hat sie versprochen, das nie mehr zu sagen. Da sieht man mal wieder, was ihre Versprechen wert sind. Ich laufe ihr hinterher und ziehe an ihren langen Zöpfen.

Kristin dreht sich um und stößt mich zurück. Zwei Sekunden später wälzen wir uns auf der Erde. Ich trete und kratze, aber Kristin ist viel stärker. Nach wenigen Minuten liege ich auf dem Rücken im Matsch, während sie auf meinem Bauch sitzt und triumphierend lacht.

»Ich bin überhaupt nicht feige!«, schreie ich. »Warum sollte ich mich auf einmal nicht mehr trauen zu springen?«

»Wer hat denn was von Springen gesagt?«, fragt Kristin. »Für wie blöd hältst du mich eigentlich? Du hast ja bloß Angst, Sandro und Jonte zu treffen. Wahrscheinlich war das auch der Grund, warum du nicht in die Schule gegangen bist. Feigling, Feigling!«

Dass sie recht hat, macht mich nur noch wütender. Was geht sie mein Leben an? Wieso kann sie mich nicht einfach in Ruhe lassen?

»Es ist überhaupt nicht deswegen«, schwindle ich.

Kristin schnaubt nur verächtlich.

»Wirklich«, versichere ich. »Ich habe einfach nur keine Lust auf die Springstunde. Aber wenn es für dich so wichtig ist, dass ich mitkomme, dann komme ich eben mit.«

»Gut«, sagt Kristin und lässt mich endlich aufstehen.

10

Missmutig putze ich Star unter dem Bauch. Es ist Samstagmorgen und in der Box nebenan summt Kristin vor sich hin, während sie Olle striegelt. Sie ist natürlich zufrieden mit sich. Wieder einmal hat sie mich überlistet und dazu gebracht, das zu tun, was sie will.

Ich versuche mich damit zu trösten, dass gar nicht sicher ist, ob Sandro und Jonte überhaupt zum Springtraining kommen. Sandro sagte ja, dass Jonte und Peter wahrscheinlich nicht teilnehmen, und er selbst wollte auch nur mitmachen, wenn ich dabei bin. Wenn ich richtig Glück habe, bleiben sie alle drei zu Hause.

»In den Weihnachtsferien finden immer Springturniere in der Reitschule statt«, sagt Kristin. »Dann müssen wir in Topform sein.«

»Mhmm …«, antworte ich.

Kristin lehnt sich über die Boxenwand und sieht mich an.

»Was ist bloß mit dir los? Erst wolltest du nichts lieber als richtig gut reiten lernen und jetzt scheint es beinahe so, als ob es dich überhaupt nicht mehr interessiert.«

»Wie kommst du darauf? Natürlich interessiert es mich«, antworte ich.

»Sieht aber nicht so aus«, beharrt Kristin. »Hast du jetzt stattdessen nur noch Jungs im Kopf, oder was?«

»Nein, habe ich nicht«, fauche ich und schlage wütend mit der Kardätsche an die Wand.

Kristin grinst und striegelt Olle weiter. Ich lehne die

Stirn an Stars Flanke und seufze. Alles ist so seltsam geworden. Kristin hat recht. In den letzten beiden Wochen habe ich viel öfter an Jonte und Sandro gedacht als an Star. Ich will nicht, dass das so weitergeht.

»Du bist das Wichtigste für mich«, flüstere ich und liebkose Stars Hals. »Du bist viel wichtiger als alle Jungs auf der ganzen Welt.«

Star wendet den Kopf und bläst mir warme Luft ins Gesicht. Ich kann mein Spiegelbild in seinen schwarzen Augen sehen. Vielleicht sieht er sich selbst in meinen blauen. Was, wenn er glaubt, ich würde mir nichts mehr aus ihm machen? Der Gedanke treibt mir Tränen in die Augen. Ich kann es ertragen, wenn Jonte und Sandro und Kristin enttäuscht von mir sind. Aber nicht, wenn Star es ist.

Plötzlich knufft Star mir mit dem Maul in den Bauch. Es ist kein harter Stoß, aber er kommt so unerwartet, dass ich das Gleichgewicht verliere und hintenüberfalle. Ich lande direkt auf dem Po. Als ich hochschaue, sieht Star mich mit neckischem Blick an. Er ist nicht sauer. Auch nicht enttäuscht. Er will mich nur auf seine ganz spezielle Art aufmuntern.

»Du bist ein richtiger kleiner Flegel«, sage ich zärtlich.

Entschlossen wische ich mir die Tränen aus den Augen. Es gibt keinen Grund, traurig zu sein. Solange ich Star habe, werde ich mit allem fertig. Jetzt machen wir uns auf zur Reitschule und trainieren Springen. Basta.

Wir brauchen fast eine Stunde bis zur Reitschule, weil wir beinahe den ganzen Weg Schritt reiten. Der Sandweg ist weich nach all dem Herbstregen und eigentlich perfekt zum Galoppieren. Aber wir wollen, dass die Pferde ihre

Kräfte für das Springen aufsparen, deshalb lassen wir es bleiben.

Jedes Mal, wenn ich den roten Stall der Reitschule und die hässliche, graue Reithalle sehe, muss ich daran denken, wie ich das allererste Mal hierherkam. Mit angehaltenem Atem ging ich die Stallgasse entlang und schaute die Pferde an, die gelassen dastanden und ihr Heu kauten. Endlich sollte ich reiten lernen dürfen, davon hatte ich schon unheimlich lange geträumt. Heute kommt es mir vor, als wäre dieser Tag schon eine Ewigkeit her.

Auf dem Hof vor der Reithalle steht Maggan, unsere Reitlehrerin. Sie winkt fröhlich, als sie uns entdeckt.

»Schön, euch wiederzusehen, Mädels«, ruft sie. »Ich habe vor, euch heute richtig hart ranzunehmen, ich hoffe, ihr seid bereit.«

»Ich auf jeden Fall«, sagt Kristin. »Wie es mit Lisa aussieht, weiß ich nicht. Sie hat im Moment nur noch Jungs im Sinn.«

Ich merke, wie ich von Kopf bis Fuß rot anlaufe. Wenn Blicke töten könnten, würden nur noch kleine verkohlte Stückchen von Kristin übrig bleiben. Wie kann sie so was sagen – und dann ausgerechnet zu Maggan! Aber die lacht bloß.

»So schlimm wird es schon nicht sein«, sagt sie lächelnd.

Dann dreht sie sich um und redet mit Berit, die auch in unserer Stunde mitreitet. Berit jammert die meiste Zeit und besonders gern beschwert sie sich über mich. »Ist es wirklich nötig, dass Anfänger in unserer Gruppe sind?«, fragt sie in jeder Springstunde mindestens einmal und nickt dabei in meine Richtung. Aber ich finde wirklich nicht, dass ich so viel schlechter reite als sie. Jetzt beklagt Berit sich, dass die Sägespäne in der Reithalle zu trocken aussehen.

»Ihr könntet die Bahn ruhig vor der Springstunde mal befeuchten. So staubt es viel zu sehr und mein Hector hustet leicht.«

Maggan macht ein ziemlich genervtes Gesicht. Ich frage mich, ob Hector Berits Pferd oder ihr Mann ist, der während der Springstunde immer ganz geduldig auf der Tribüne steht.

»Sieh doch mal, wer da kommt«, ruft Kristin munter.

Ich drehe den Kopf und mein Magen zieht sich zusammen. Drei Pferde kommen den Hügel heraufgetrabt. Ein großes, dunkelbraunes Pferd, ein schwarzes Pony und ein heller Fuchs mit sahneweißer Mähne. Peter, Sandro und Jonte.

Mein erster Gedanke ist, abzuhauen. Star die Schenkel zu geben und einfach davonzugaloppieren. Aber stattdessen bleibe ich im Sattel sitzen, ohne mich zu rühren.

»Hallo!«, ruft Peter und schenkt Kristin sein charmantestes Herzensbrecherlächeln. »Lange nicht gesehen.«

»Was du nicht sagst«, entgegnet Kristin kühl.

Peter sieht gut aus und das weiß er auch. Ein hervorragender Reiter ist er außerdem. Er und Lord gewinnen fast alle Turniere. In der Reitschule und auf Turnieren hat er immer eine Schar Mädchen um sich herum, die alle darauf hoffen, dass er gerade sie bemerkt. Aber seit ein paar Monaten hat Peter nur noch Augen für Kristin.

Kristin konnte ihn zuerst nicht ausstehen. Jetzt weiß ich nicht mehr so genau, was ich davon halten soll. Sie hat ja selbst gesagt, dass sie ihn vermisst hat, als sie bei ihrer Mutter war. Trotzdem beachtet sie ihn kaum.

Um Sandro und Jonte nicht begrüßen zu müssen, tue ich so, als wären die Steigbügelriemen zu lang. Ich fummle und zerre mit zittrigen Fingern daran herum.

»Hast du Probleme? Brauchst du Hilfe?«

Auf einmal steht Sandro direkt neben Star. Er ist von Troll abgesprungen und sieht zu mir hoch. Mein Blick irrt verzweifelt hierhin und dorthin und Sandro lacht.

»Ich wollte dir nur mit den Steigbügeln helfen. Nicht deine Finger abbeißen.«

Da muss ich auch kichern. Und als ich erst mal angefangen habe zu lachen, kann ich fast nicht mehr aufhören. Sandro stimmt ein und zusammen lachen wir so laut, dass Star nervös zu tänzeln beginnt. Schließlich wage ich es, Sandro anzusehen. Jedenfalls scheint er nicht sauer auf mich zu sein.

»Warst du gestern krank?«, fragt er. »Ich habe dich in der Schule vermisst.«

Ich zögere. Das Einfachste wäre, Ja zu sagen. Aber ich will ihn nicht anlügen.

»Ich hatte keine Lust«, sage ich.

»War das, weil ich dich gefragt habe?«, sagt er leise.

Ich nicke.

»Ich mag dich, ganz egal, welche Antwort du mir gibst«, sagt Sandro. »Vergiss das nicht.«

Ich nicke wieder und lächle ihn vorsichtig an. Er ist wirklich lieb und süß ist er auch. Wenn er mich mit seinen braunen Augen ansieht, kriege ich ganz weiche Knie. Vielleicht ist es genau so, wie sich Verliebtsein anfühlt. Eigentlich gibt es keinen Grund, sich nicht für Sandro zu entscheiden.

›Ich will sehr gerne mit dir zusammen sein.‹ Ich lasse mir die Worte auf der Zunge zergehen. Es wäre so leicht, sie zu sagen. Sandro wäre glücklich, die Mädchen in der Schule würden grün vor Neid werden, und ich selbst …

Hastig schiele ich in Jontes Richtung. Mir fällt wieder ein, wie blau seine Augen sind und wie sie mich angestrahlt haben, als wir im Sommer oben in den Kirschbäumen des Reitlagers saßen. Da oben haben Jonte und ich uns zum allerersten Mal geküsst. Aber jetzt leuchten seine Augen nicht mehr, wenn er mich sieht. Er schaut mich nicht einmal an.

Stattdessen ist er voll damit beschäftigt, mit Jeanette zu reden, das ist ein anderes Mädchen aus unserer Gruppe. Soweit ich mich erinnern kann, hat Jeanette noch nie etwas Witziges gesagt. Aber jetzt lacht Jonte wie ein Irrer über jedes Wort, das sie von sich gibt. Für mich hat er keinen einzigen Blick übrig.

Wenn Jonte sich nichts mehr aus mir macht, dann mache ich mir auch nichts aus ihm. Es gibt keinen Grund, noch länger zu zögern. Überhaupt keinen. Ich sehe Sandro an. Die Worte liegen fertig auf meiner Zunge. In einer Sekunde können wir ein Liebespaar sein.

»Wenn dann alle da sind, können wir wohl anfangen«, sagt Maggan. »Also rein mit euch in die Reithalle.«

Ich mache den Mund wieder zu. Es muss bis nach der Reitstunde Zeit haben. Jetzt ist erst mal Springen angesagt.

Die ersten Male hatte Star Angst, in die Halle zu gehen. Er schnaubte und brach zur Seite aus, um nicht hineinzumüssen. Aber jetzt hat er sich daran gewöhnt und geht ganz gelassen hinter den anderen Pferden her. Die Hufe sinken in den weichen Sägespänen ein und es ist kaum zu hören, wenn die Pferde sich bewegen. Auf der Tribüne sitzt eine Schar kichernder Pferdemädchen. Nur wenn Peter vorbeireitet, verstummen sie und schauen ihn andächtig an. So wie sie sich aufführen, ist es kein Wunder, dass er sich wie der Traumprinz aller Mädchenherzen vorkommt.

Während Maggan Stangen und Hindernisständer anschleppt, reiten wir im Schritt herum. Sandro reitet an meine Seite.

»Ich bin ganz schön nervös«, gesteht er. »Das hier kommt mir schlimmer vor als ein Turnier. Müssen die Mädchen da auf der Tribüne sitzen und zugucken?«

»Daran gewöhnst du dich schnell«, antworte ich. »Außerdem haben sie nur Augen für Peter. Uns andere sehen sie nicht mal.«

»Wenn ich runterfalle, sehen sie das sehr wohl«, sagt Sandro düster.

»Warum solltest du runterfallen?«, sage ich verwundert. »Du reitest doch sehr gut.«

»Du hast Troll noch nie in einem Springparcours erlebt«, sagt Sandro und seufzt.

»Wieso, was macht er denn?«, frage ich neugierig.

»Das wirst du schon sehen. Wenn ich großes Glück habe, reißt er sich vielleicht ausnahmsweise mal zusammen.«

Als Maggan fertig ist, fährt sie sich mit den Händen durch ihre krausen, strohblonden Haare und mustert uns kritisch. Ich setze mich schnell aufrecht hin und senke die Fersen. Eigentlich ist Maggan nicht besonders streng, aber aus irgendeinem Grund gebe ich mir in ihrer Nähe immer ganz besondere Mühe. Ich will, dass sie Star und mich für tüchtig hält. Um nur ein einziges Lob von ihr zu bekommen, würde ich wer weiß was anstellen.

»Fein, dass du anfangen willst, Sandro«, sagt Maggan. »Ein hübsches Pony hast du. Wie heißt er noch gleich? Teufel?«

»Troll«, sagt Sandro verstimmt.

Wir sollen zu Beginn über eine lange Reihe von Bodenstangen traben.

»Anfängerkram«, mault Berit.

Maggan tut, als hätte sie es nicht gehört. Vielleicht hat sie es auch nicht. Berit meckert andauernd und niemand hört mehr hin. Mir tut nur ihr Mann ein bisschen leid, der auf der Zuschauertribüne steht und friert. Mich nervt es schon genug, Berit nur einmal die Woche eine Stunde lang zu erleben. Er muss sie an sieben Tagen in der Woche ertragen.

Ich finde, es macht Spaß, über die Bodenstangen zu traben. Star streckt die Beine so schön aus, dass wir über die Stangen zu schweben scheinen.

»Toll, Lisa!«, ruft Jonte.

Ich wage kaum, meinen Ohren zu trauen. Erst ist er so sauer, dass er seit Tagen kein Wort mehr mit mir redet, und jetzt lobt er mich ganz plötzlich! Und er lacht sogar! Dasselbe strahlende Lachen wie früher. Ich begreife langsam überhaupt nichts mehr.

11

»Was soll das werden, Lisa?«, ruft Maggan. »Ein bisschen mehr Konzentration könnte nicht schaden.«

Verwirrt sehe ich mich um. Jontes Lachen hat mir anscheinend völlig den Kopf verdreht. Ohne dass ich es gemerkt habe, ist Star in die Mitte der Bahn gelaufen und einfach stehen geblieben. Alle sehen mich an und die Mädchen auf der Tribüne kichern schlimmer als je zuvor.

»Man sollte sein Pferd wenigstens lenken können, wenn man am Springkurs teilnehmen will«, ätzt Berit.

Aber ich kümmere mich weder um sie noch um die gackernden Hühner. Sie können mich meinetwegen ruhig wochenlang verspotten, wenn nur Jonte nicht länger sauer auf mich ist. Schüchtern lächle ich ihm zu, aber Jonte sieht schon gar nicht mehr in meine Richtung. Habe ich mir sein Lachen vielleicht nur eingebildet?

»Lisa? Hallo! Erde an Raumstation!«, ruft Maggan. »Willst du jetzt weiter mitmachen oder nicht?«

Mühsam reiße ich mich zusammen und treibe Star an. Ab und zu schiele ich in Jontes Richtung. Aber er ist völlig auf das Reiten konzentriert. Ich muss mich geirrt haben.

»Heute üben wir einen Kombinationssprung«, sagt Maggan. »Wie ihr seht, habe ich zwei Hindernisse sehr dicht hintereinander aufgebaut. Die Pferde setzen auf und müssen ohne Zwischenschritt sofort wieder abspringen. Das bedeutet, dass ihr sie ordentlich treiben müsst, damit sie beide Sprünge schaffen. Peter, würdest du bitte anfangen und uns zeigen, wie das auszusehen hat?«

Die Hindernisse sind lächerlich niedrig für Lord. Er scheint kaum zu merken, dass er sie überspringt, und es sieht ganz einfach aus.

»Gut«, sagt Maggan kurz. »Jetzt du, Jeanette.«

Jeanettes weißes Pony macht einen schläfrigen Eindruck. Widerwillig galoppiert es an, und je näher sie dem Hindernis kommen, desto langsamer wird es.

»Treiben!«, ruft Maggan.

Aber Jeanette scheint das nicht gehört zu haben, denn sie macht überhaupt nichts. Die beiden überwinden das erste Hindernis mit Mühe und Not, aber dann ist es aus. Jeanette und ihr weißes Pony bleiben zwischen den Hindernissen stehen und sehen beide gleichermaßen erstaunt aus.

»Das war genau so, wie ihr es *nicht* machen sollt«, sagt Maggan. »Also noch mal, und diesmal will ich sehen, wie du ihn antreibst.«

Jeanette nickt gehorsam und nimmt erneut Anlauf. Jetzt bleibt ihr Pony schon vor dem ersten Hindernis stehen. Maggan stöhnt.

»Troll verweigert wenigstens nie«, sagt Sandro neben mir.

Als Jeanette es endlich schafft, ihr Pony zum Springen zu bewegen, wendet Maggan sich mir zu.

»Jetzt du, Lisa«, ruft sie. »Weil Star so klein ist, muss er zwischen den Hindernissen einen Galoppsprung machen. Achte darauf, dass er nicht zu schnell wird.«

Aber das ist einfacher gesagt als getan. Star liebt es zu springen und er steigert das Tempo von ganz allein, sobald ich ihn auf das Hindernis zulenke. Als ich die Zügel annehme, schüttelt er nur den Kopf und wird noch schneller. Mir bleibt nichts anderes übrig, als das Hindernis direkt anzureiten und das Beste zu hoffen. Das erste Hindernis überfliegen wir. Aber als wir landen, merke ich, dass wir das zweite nicht schaffen werden. Der Abstand ist zu kurz, als dass Star einen Galoppsprung machen könnte, und zu weit für gleich noch einen Sprung.

Alle anderen sehen das auch und auf einmal ist es mäuschenstill in der Halle. Sogar die Mädchen auf der Tribüne halten die Luft an. Noch eine Zehntelsekunde und Star wird in das Hindernis krachen. Ich kneife die Augen zusammen und klammere mich an der Mähne fest.

Star springt ab und macht einen Riesensatz. Es vergeht eine Ewigkeit, bis wir wieder landen, und es ist kein Poltern von fallenden Stangen zu hören.

»Hört mir heute überhaupt niemand zu?«, klagt Maggan. »Ich habe doch gerade gesagt, dass du ihn einen Galoppsprung zwischen den Hindernissen machen lassen sollst. Das da eben sah lebensgefährlich aus. Noch mal, Lisa, und jetzt konzentriere dich bitte!«

Ich nehme die Zügel kürzer und reite erneut das Hindernis an. Star versucht, das Tempo zu erhöhen, aber ich bleibe hart.

»So ist es gut, braver Junge«, flüstere ich. »Immer schön langsam.«

Star hört zwar nicht auf mich, aber er scheint von selbst begriffen zu haben, dass er zwischen den Hindernissen einen Galoppsprung machen muss. Diesmal tut er genau, was er soll, und springt mit Leichtigkeit über beide Hindernisse.

Nach mir ist Sandro an der Reihe. Er ist blass und sieht aus, als würde er am liebsten kneifen. So verbissen habe ich ihn noch nie gesehen. Den Grund dafür verstehe ich sofort, als er in Richtung Hindernis angaloppiert. Troll benimmt sich wie irre. Mit einem Ruck reißt er Sandro die Zügel aus den Händen und rast los. In einem Wahnsinnstempo fliegen sie über die Hindernisse und dann senkt Troll den Kopf und bockt wie ein Rodeopferd. Sandro klammert sich fest und ich begreife nicht, wie er sich überhaupt im Sattel halten kann. Erst nach mehreren Runden gelingt es ihm, Troll zum Stehen zu bringen.

Maggan schüttelt den Kopf.

»Ich frage mich, ob Teufel nicht doch der passendere Name für ihn wäre«, sagt sie matt. »Ist er immer so, wenn du mit ihm springst?«

»Draußen im Wald geht es ganz gut«, sagt Sandro. »Aber sobald er in einer Halle springen soll, dreht er durch. Obwohl er sich eigentlich schnell wieder beruhigt. Es geht nur darum, lange genug durchzuhalten.«

»Traust du dich, es noch mal zu versuchen?«, fragt Maggan.

Sandro nickt.

»Deshalb bin ich ja hier.«

Ich sehe ihn voller Bewunderung an. Nicht um alles in der Welt würde ich mit Troll springen.

»Okay, aber immer schön mit der Ruhe«, sagt Maggan. »Diesmal trabt ihr auf das Hindernis zu.«

Doch Troll denkt nicht im Traum daran, zu traben. Er macht wieder genau dasselbe, reißt Sandro die Zügel aus den Händen und bockt nach der Landung, dass die Sägespäne nur so stieben. Maggan sieht bekümmert aus.

»Dem kleinen Flegel werden wir wohl Manieren beibringen müssen«, sagt sie. »Sonst wage ich gar nicht, dich beim Weihnachtsturnier starten zu lassen. Das gilt übrigens für euch alle. Wenn ihr beim Turnier antreten wollt, müsst ihr ordentlich üben. Ich will stolz auf meine Schüler sein können.«

»Vergiss es«, sagt Sandro. »Ich habe nicht vor, daran teilzunehmen. Nie im Leben. Da stehen dann zweitausend Mädchen auf der Tribüne und lachen mich aus, wenn ich abgeworfen werde.«

»Du musst dich ja nicht jetzt entscheiden. Bis dahin ist noch reichlich Zeit«, sagt Maggan beruhigend. »In diesem Jahr finden übrigens nicht nur normale Springprüfungen statt, sondern auch ein Mannschaftsspringen.«

»Mannschaftsspringen?«, wiederholt Kristin. »Wer soll denn in welcher Mannschaft starten?«

»Das werden wir sehen«, sagt Maggan. »Ich stelle die Mannschaften in der Woche vor Weihnachten zusammen, bis dahin müsst ihr also gezeigt haben, was ihr könnt.«

In Kristins Augen glimmt ein entschlossener Funke. Sie wird alles tun, um ausgewählt zu werden, so viel steht fest. Ich selbst bin mir ziemlich sicher, dass Star und ich keine Chance haben werden. Star ist zwar ganz gut im Springen, aber verglichen mit den anderen Pferden hat er viel zu wenig Erfahrung. Obwohl, Spaß machen würde es schon.

»Wir machen ein andermal mit, mein Junge«, sage ich und streichle Stars Mähne.

»Du und ich bilden eine eigene Mannschaft«, sagt Sandro. »Stell dir vor, wie erstaunt die alle sein werden, wenn wir gewinnen.«

»Vor allem Berit«, sage ich und lache.

Jonte reitet neben uns auf.

»Ihr scheint ja eine Menge Spaß zu haben. Kann ich mitlachen?«, fragt er und sieht mich an.

Er redet wieder mit mir!

Jonte redet mit mir und er hört sich genauso an wie immer. Als sei alles in bester Ordnung und als sei er nie sauer auf mich gewesen. Ich bin so verblüfft, dass ich keinen Ton rausbringe. Mein Hals ist total trocken und meine Wangen sind glühend heiß. Jontes Augen sind noch genauso blau, wie ich sie in Erinnerung hatte.

»Wieso darf ich nicht hören, worüber ihr redet?«, fragt er wieder.

»War ja nichts«, sagt Sandro.

»Ich merke schon, ich störe«, sagt Jonte eingeschnappt und wendet Daisy.

Ich werde ganz kribbelig, als ich ihn davontraben sehe. Da hatte ich die Chance, mit ihm zu reden, und was mache ich? Nichts. Ich glotze nur und werde rot und benehme mich, als könnte ich nicht bis drei zählen.

Der Rest der Springstunde ist einfach nur peinlich. Ich schaffe es nicht, mich zusammenzureißen und aufzupassen, und Star merkt das natürlich sofort. Zweimal rennt er am Hindernis vorbei und einmal verweigert er sogar. Das hat er noch nie gemacht. Maggan wird richtig ärgerlich auf mich.

»Was ist heute nur mit dir los, Lisa? Du sitzt da oben und lässt dich einfach tragen. Du springst jetzt noch ein Hindernis, damit Star begreift, dass er nicht verweigern darf. Und dann hörst du am besten für heute auf. Wenn du weiterhin an der Springstunde teilnehmen willst, musst du dir schon etwas mehr Mühe geben!«

»Sag ich doch«, fügt Berit hinzu und sieht sehr selbstzufrieden aus.

Die Mädchen auf der Zuschauertribüne kichern wie die Blöden und ich lasse den Kopf hängen und schäme mich. So hat Maggan noch nie mit mir gesprochen. Ich hätte die Springstunde heute eben doch ausfallen lassen sollen. Wütend schiele ich zu Kristin hinüber. Wenn sie mich nicht überredet hätte, wäre das jetzt nicht passiert. Anschließend schäme ich mich nur noch mehr, denn ich weiß, dass ich ungerecht bin. Dass ich heute so schlecht reite, ist ganz allein mein Fehler.

Während die anderen eine ganze Runde springen, sitze ich auf Star und fühle mich ausgeschlossen. Für alle anderen läuft es wirklich gut. Berit springt fehlerfrei und Sandro gelingt es jetzt sogar, Troll über alle Hindernisse zu bringen, ohne dass der ein einziges Mal bockt. Nur ich habe mal wieder versagt. Armer Star, so eine schlechte Reiterin wie mich hast du nicht verdient.

»Lass den Kopf nicht hängen, Lisa«, sagt Sandro. »Nächstes Mal geht es bestimmt viel besser.«

Es ist eine Erleichterung, als die Springstunde endlich um ist. Hinterher lockern wir die Sattelgurte und führen die Pferde auf dem Sattelplatz herum, damit sie abkühlen können, bevor wir wieder nach Hause reiten.

»Was war denn heute los mit dir?«, fragt Kristin. »Begreifst du nicht, dass es für mich auch peinlich ist, wenn du dich dermaßen blamierst?«

»Halt bloß die Klappe!«, blaffe ich sie an. »Lass mich einfach in Ruhe, okay?«

Kristin wirft mir einen schiefen Blick zu und geht zu

Peter hinüber. Ausnahmsweise ist sie diejenige, die seine Nähe sucht, und nicht umgekehrt.

»Würdest du mir wohl beim Training helfen? Ich will auf jeden Fall beim Mannschaftsspringen dabei sein«, sagt sie und sieht ihn mit glänzenden Augen an.

Wenn es darum geht, in die Mannschaft aufgenommen zu werden, erträgt sie offenbar sogar Peters Gesellschaft. Das ist schlau von ihr, denn einen besseren Trainer könnte sie sich nicht wünschen. Peter springt bei überregionalen Turnieren und wird im Frühjahr vielleicht sogar im Ausland an den Start gehen.

Wenn man bedenkt, wie schlecht sie ihn immer behandelt hat, müsste Peter jetzt eigentlich sauer sein. Er wird ja wohl begreifen, dass sie ihn nur ausnutzen will.

Das tut er anscheinend auch, denn er grinst sie an.

»Klar kann ich dir helfen. Aber dann musst du auch mal abends mit mir ins Kino gehen.«

Kristin macht ein Gesicht, als hätte sie einen Regenwurm verschluckt.

»Ins Kino?«, fragt sie erschrocken. »Nur du und ich?«

»Genau.«

»Das ist Erpressung.«

»Überleg es dir«, sagt Peter leichthin.

Star trottet hinter mir her wie ein Hund. Ich grabe in den Taschen nach Mohrrübenstückchen. Die hat er sich wirklich damit verdient, dass er es mit mir aushält.

Ich kann nicht einfach nach Hause reiten, ohne mit Sandro geredet zu haben, obwohl ich mich am liebsten davor drücken würde. Vor der Reitstunde war ich entschlossen, ihm zu sagen, dass ich mit ihm gehen will, aber jetzt bin ich noch unsicherer als je zuvor. Wenn ich nur wüsste, was mit Jonte los ist. Ist er jetzt böse mit mir oder ist er es nicht?

Aber Sandro steht auf der anderen Seite des Platzes und unterhält sich mit Jonte. Solange er das tut, will ich ihn nicht rufen. Ich gehe weiter mit Star im Schlepptau herum. Ab und zu sehe ich heimlich zu Sandro und Jonte hinüber. Ich möchte bloß mal wissen, worüber die so lange reden.

Plötzlich dreht Jonte sich um und kommt in vollem Lauf auf mich zu, und Daisy trabt neben ihm her.

12

Jonte bleibt vor mir stehen, ganz außer Atem nach dem Spurt. Den Helm hat er abgenommen und die blonden Haare stehen zerzaust und verschwitzt nach allen Seiten ab.

»Ich muss mit dir reden«, sagt er.

»Dann tu's doch«, entgegne ich.

Meine Stimme hört sich ganz anders an als sonst, irgendwie hoch und piepsig. Ich werde schon wieder rot und komme mir total bescheuert vor. Aber Jonte scheint das nicht zu bemerken.

»Nicht hier«, sagt er. »Komm!«

Er nimmt meine Hand und zieht mich hinter sich her um die Stallecke. Dort ist niemand außer uns. Nur die Reitschulpferde sind zu sehen, wie sie sich um ein paar Heuballen auf der Koppel drängen.

Jonte und ich gucken uns an. Auf einmal merke ich, dass er meine Hand immer noch hält. Seine ist warm und ein bisschen feucht. Meine ist eiskalt. Mit einem Ruck ziehe ich sie an mich und verstecke sie auf dem Rücken.

»Was ist?«, frage ich.

Jonte blickt auf die Erde und tritt mit dem Stiefel nach einem Grasbüschel. Jetzt ist er derjenige, der rot wird.

»Sandro sagt, dass er dich gefragt hat, ob du mit ihm gehen willst. Stimmt das?«

Ich nicke.

»Bist du verliebt in ihn?«, fragt Jonte. »Sag!«

Was soll ich darauf antworten? Es klingt doch komisch, wenn ich sage »Ich weiß nicht«. Am liebsten wäre ich tausend Kilometer weit weg. Wie soll ich Jonte dazu bringen, etwas zu verstehen, was ich selbst nicht verstehe?

»Es ist einfach so gekommen«, sage ich leise. »Erst hat er gefragt, ob du und ich zusammen gehen, und als ich Nein sagte, hat er es einfach getan.«

»Was getan?«, wundert sich Jonte.

Ich sehe ihn erstaunt an.

»Hat Sandro dir nichts davon erzählt?«

»Wovon?«

»Von dem Kuss?«

»Was für einem Kuss?«

Ich begreife überhaupt nichts mehr. Wenn Sandro nichts davon gesagt hat, wieso war Jonte dann so komisch?

»Ich dachte, dass du deswegen sauer auf mich wärst«, sage ich.

»Ich war nie sauer auf dich. Warum sollte ich? Du hast mir doch nichts getan.«

Wir sehen uns verwirrt an.

»Jetzt kapier ich überhaupt nichts mehr«, sagt Jonte.

»Ich auch nicht«, entgegne ich.

»Komm, wir setzen uns hin«, sagt Jonte und zeigt auf einen Stapel alter Bretter, die an der Stallwand liegen. »Erzähl mir alles von Anfang an.«

Normalerweise fällt es mir leicht, mit Jonte zu reden. Aber jetzt ist alles anders, so kompliziert und schwierig. Trotzdem versuche ich es. Zuerst geht es langsam und stockend. Am schlimmsten ist die Stelle mit dem Kuss im Wald. Jonte muss mir jedes Wort aus der Nase ziehen.

Dann wird es einfacher. Als ich richtig in Gang gekommen bin, sprudeln die Worte nur so aus mir heraus. Ich bin froh, ihm endlich erzählen zu können, was für ein schreckliches Gefühl es jedes Mal war, wenn ich ihn anrief und er mich nur anschnauzte und gleich wieder auflegte. Oder dass ich richtig Bauchschmerzen hatte, weil ich wusste, er ist so stinksauer auf mich, dass er deswegen nicht mal mehr in die Schule kommt.

»Wie zum Teufel kannst du nach alldem behaupten, du wärst nicht wütend auf mich gewesen?«, sage ich abschließend.

»Aber das war ich wirklich nicht«, erwidert Jonte. »Dass ich nicht in die Schule gekommen bin und nicht telefonieren wollte, hatte doch nichts mit dir zu tun. Sondern mit meiner Mutter.«

»Mit deiner Mutter?«, wiederhole ich und begreife immer weniger.

Jonte seufzt tief und schweigt eine ganze Weile. Zerstreut krault er Daisy die Stirn.

»Erinnerst du dich, wie peinlich du es damals fandest, als ich bei euch zu Hause war und dein Vater aufkreuzte und so betrunken war?«, fragt er schließlich.

Ich nicke zögernd. An den schrecklichen Nachmittag möchte ich am liebsten nicht denken. Papa hatte gerade herausgekriegt, dass Mama und Lasse heiraten wollten, und war plötzlich von einer merkwürdigen Eifersucht gepackt worden. Er stand auf einmal hackevoll vor unserer Tür, beschimpfte Lasse und schlief schließlich auf unserem Sofa ein. Mama musste Elisabeth anrufen, damit sie Papa abholte. Ich habe mich noch nie so für meinen Vater geschämt wie an diesem Tag. Und am allerpeinlichsten war, dass Jonte alles mit angesehen hat.

»Es gibt Sachen, da möchte man am liebsten nicht, dass jemand sie mitkriegt oder davon weiß. Stimmt's?«, sagt Jonte. »Und meine Mutter ist nicht so normal wie deine.«

Wie er das sagt, ärgert es mich fast ein bisschen. ›Normal‹ hört sich so langweilig an. Nicht, dass Mama gerade eine Seiltänzerin oder Löwenbändigerin wäre, aber es gibt wirklich langweiligere Mütter als sie.

»Was meinst du damit«, sage ich scharf. »Meine Mutter ist absolut in Ordnung.«

»Weiß ich ja«, sagt Jonte. »Was anderes habe ich doch auch gar nicht behauptet. Ich wünschte, meine Mutter wäre so wie deine. Aber das ist sie nicht. Manchmal glaube ich, sie ist krank, aber genau weiß ich es nicht.«

Jonte sieht mich immer noch nicht an. Stattdessen beginnt er kleine, dünne Zöpfe in Daisys Stirnschopf zu flechten, die nach allen Seiten abstehen. Das sieht vielleicht komisch aus.

»Meine Mutter kommt nicht damit klar, dass mein Vater so weit entfernt arbeitet. Schon Wochen bevor er wieder losmuss, hat sie Depressionen. Dann kann man kaum mit ihr reden. Und wenn er dann wegfährt, dreht sie beinahe durch. Sie weint die Nächte durch bis zum Morgen und tagsüber kriegt sie Anfälle, bei denen sie schreit und mit Sachen um sich wirft. Es ist schrecklich. Wenn sie in diesem Zustand ist, müssen Peter und ich zu Hause bleiben und uns um sie kümmern. Deshalb war ich nicht in der Schule. Das hatte nichts mit dir zu tun.«

Ich winde mich unbehaglich. Mama kann zwar manchmal auch unheimlich wütend werden und ein paar Mal war sie so außer sich, dass sie eine Vase oder einen Teller zerschmettert hat. Aber das hier ist etwas anderes. Etwas, was ich nicht verstehe.

»Und jetzt traust du dich, deine Mutter allein zu lassen?«, frage ich vorsichtig.

Jonte zuckt mit den Schultern.

»Ich hoffe, dass es geht. Sie hat sich ein bisschen beruhigt. Nach der Abreise von Papa dauert es immer ungefähr eine Woche oder so. Danach ist sie wieder ziemlich normal. Jedenfalls für eine Weile. Wenn Papa auf dem Heimweg ist, wird sie auch wieder anstrengend. Aber dann nicht vor Kummer, sondern weil sie so superglücklich ist, dass sie nachts nicht schlafen kann, und eine Menge seltsamer Sachen anfängt, die nie fertig werden. Einmal hat sie massenhaft Leute zu einer Party eingeladen, aber als die Gäste kamen, hatte sie ihre Einladung schon wieder total vergessen. Du kannst dir ja vorstellen, wie peinlich das war.«

Ich überlege krampfhaft, was ich Tröstendes sagen könnte, aber mir fällt nichts ein. Für manche Sachen gibt es einfach keine Worte. Stattdessen rutsche ich vorsichtig ein bisschen dichter an Jonte heran und streife wie zufällig seine Hand mit meiner. Kein Wunder, dass er keine Zeit hatte, mit mir zu reden. Und ich renne durch die Gegend und bilde mir ein, dass er böse auf mich ist. Völlig unnötig.

»Ich wollte dich nicht kränken, als ich so schnell wieder aufgelegt habe. Aber ich hab's echt nicht gebracht, am Telefon zu plaudern und so zu tun, als wäre alles bestens, während meine Mutter auf dem Fußboden liegt und heult«, sagt Jonte. »Ich wollte die Sache am liebsten für mich behalten.«

»Das kann ich gut verstehen«, sage ich und lehne den Kopf an seine Schulter.

So sitzen wir eine Weile und schauen Daisy und Star zu, die gelangweilt an den wenigen, harten Grashalmen knabbern, die sie auf der Wiese vor unseren Füßen finden.

»Bist du wirklich verliebt in Sandro?«, fragt Jonte schließlich.

Es ist, als hätte ich selbst eine Ewigkeit über diese Frage nachgegrübelt. Aber auf einmal weiß ich die Antwort. Sie ist so selbstverständlich, dass ich überhaupt nicht begreife, wieso ich zweifeln konnte.

»Ich mag ihn«, sage ich. »Aber ich bin nicht in ihn verliebt. Ich dachte nur, dass ich es vielleicht sein könnte. Wenn ich in jemanden verliebt bin, dann in dich.«

»Bist du das?«, fragt Jonte und sieht mich unter seinen zotteligen Haaren hervor an. »Verliebt, meine ich?«

»Ich glaube schon«, flüstere ich.

»Und ich glaube, dass ich in dich verliebt bin«, sagt Jonte.

Ich lehne mich noch fester an seine Schulter und seufze zufrieden. Sein Pullover riecht genauso wie Stars Fell. Jonte mag mich und ich mag ihn. Auf einmal erscheint es mir völlig selbstverständlich, dass es genau so ist, wie es ist.

»Bist du sicher, dass du nicht sauer bist, weil Sandro mich geküsst hat?«, frage ich sicherheitshalber.

»Jetzt hör aber auf! Du kannst doch küssen, wen du willst«, sagt Jonte. »Obwohl ich natürlich hoffe, dass du lieber mich küsst als einen anderen.«

Am liebsten würde ich den ganzen Rest des Tages mit Jonte auf diesem Bretterstapel sitzen bleiben. Aber von der anderen Seite des Stalles höre ich Kristin nach mir rufen. Es wird Zeit, nach Hause zu reiten.

»Ich muss jetzt los«, sage ich.

»Und ich muss nach meiner Mutter sehen«, sagt Jonte. »Aber vielleicht können wir morgen zusammen ausreiten. Wenn du magst.«

Es gibt nichts, was ich lieber möchte.

Abtauchen und mitfühlen

208 Seiten, €/D 9,99

Als Thea mit ihrem Vater für den Sommer auf die Lakeview-Ranch kommt, trifft sie auf das völlig verwilderte Pferd Storm. Sie spürt, dass sie beide etwas verbindet: schmerzliche Erinnerungen und ein verschlossenes, einsames Herz hinter einer steinharten Fassade. Behutsam beginnt Thea, das Vertrauen des Pferdes zu erlangen. Als sie ein jahrzehntealtes Geheimnis der Ranch entdeckt, erkennt sie, dass sie wie Storm lernen muss, ihr Herz zu öffnen und dem Leben wieder zu vertrauen ...

kosmos.de Auch als E-Book erhältlich